三輪正胤著

歌学秘伝史の研究

風間書房

目　次

はじめに

新春に、文楽で上演される「式三番叟」は次のような詞章を高声に歌いつつ賑やかに舞い納める。

柳は緑、花は紅、数々や、浜の真砂は尽きるとも、尽きせぬ和歌ぞ敷島の

神の教えの国津民、治まる御代こそめでたけれ

四季折々の景色、それを詠みこんできた和歌、浜辺の砂は尽きることはあっても、代々詠まれてきた和歌の数は尽きることもない。神の教えた和歌によって我が国の民は平穏に暮らし、国は平和に治まっている、なんともめでたいことではないか、と言う。

新年の祝言として、挨拶代りにも語られるこの詞章、このように賑々しく、そして堅固な平和の論理で和歌を語ることが出来たのはなぜなのであろうか。

「式三番叟」は能楽の翁を受けていると言われる。しかし、能楽の歴史を紐解いても、この和歌の役割を説き明かすことはあまり期待できそうにもない。なぜならば、ここには和歌に対して、信仰にも近い想念が織りこまれているからである。和歌に信仰の論理を持ち込んだのは『古今和歌集』を読み解こうとした人々である。

先に『歌学秘伝の研究』（平成六年　風間書房）において、『古今和歌集』で読み解いたことを秘事とし、その秘事が伝えられる様相を潅頂伝授期から切紙伝授期へ、そして神道伝授期へと設定して考えてみた。ここに設定した三期の

区分は必ずしも時間軸の中に位置づけられるものでもなく、またそれぞれの理念と方法は重層的に入り組んではいるものの、三期として設定した期間には、およそ次のような特色を見る事ができた。

灌頂伝授期は、仏教の師資相承の際に執り行われる灌頂伝授の理念と方法とが歌学の秘事の伝授において援用された。十二世紀後半頃から、歌学の家である六条藤家の清輔によって執り行われたのがその初めである。この時期を受けての切紙伝授期には、秘事が切紙に記されて伝授された。十五世紀の後半に用いられた切紙には、神である天皇を崇める理念が込められていた。次に続く神道伝授期には、神道の理念によって歌学の秘事が再構成されていた。吉田兼倶によって創始された吉田神道の理念と方法とは切紙集に取り込まれ、細川幽斎の手を経て智仁親王から後水尾天皇に伝えられる一方、地下の松永貞徳にも伝授されていた。この歴史は、和歌が仏教、神道などの論理と方法とを学び、和歌の求める境地をより深くする道程として捉える事が出来た。和歌を神の言葉と捉え、揺るぎないものとして位置付ける足跡と見る事も出来た。

「式三番叟」の詞章が詠い上げている世界は、こうした歌学秘事の伝授が歩んだ道に重ね合わせて見ることができる。

江戸時代がその体制を強固に確立してくる十八世紀の初めに、松永貞徳から伝授を受けた有賀長伯は、元禄十三年（一七〇〇）に『和歌八重垣』を著している。その「和歌稽古の事」の条には、次のような言葉が見える。

和歌は此国の風俗本理として、仮令のもてあそびにあらず。天下国家の治乱を知、政道のたすけとなし、身をただし、五倫五常の道にかなひ、その外、諸道諸藝にかよふといふも更也。仍、神も仏もてらしみそなはしますす道なれば、世々のかしこき人もすて給はず。されば、この道にこころをよする人は、真実を先として正しくまなぶべき道也。

和歌を詠み和歌のことを考える人は、和歌の道の奥深いことに思いを馳せなければならない。和歌の道を学ぶことによって、天下国家が平穏に治まっているかどうかを知ることができ、更には、政治を行う助けともなり、わが身を謹む基ともなる。それぱかりではなく、諸藝諸道の理念にも適っている。和歌は神仏の守っている道であるから、昔から多くの賢人が和歌に携わってきた。和歌に志す人は真実を根本として正しくこの道を学ばなければならない、と言う。

神仏に守られた和歌道の理念は諸道諸藝の理念に通じ、人倫の根本に適っているとするこの強靭な驕りと自負こそが和歌を支えてきた心である。

信仰される和歌は秘事を常に携えていた。秘事を伝授する場も宗教性に満ちている。深遠にして不可思議な秘事の世界に分け入って、その道を辿ることは、閉塞状態にある現代に、大きな示唆を与えてくれるものと考えられる。

第一章　歌学秘伝史とは

第一節　歌学秘伝史を展望するために

歌学秘伝史を通観するに当たって心に留めておきたいこと、殊に時代の潮流の中で、秘事の伝授はどのように行われていたかを理解するために知っておいた方が良いことの幾分かを初めに記しておきたい。

歌学とは文字通り和歌に付いて学ぶことが体系化されたものである。和歌のことを考え、和歌を詠む上において必要な知識を身に付ける学問である。しかし、この和歌を学ぶ過程において特定の知識は秘密化されて秘事となり、特定の人にしか伝えられないこととなっていた。

和歌について学ぶことが体系を持っていると述べたが、その体系は十世紀の初めに編纂された『古今和歌集』によって創られたものである。

『古今和歌集』の編纂事業は十世紀の初め、醍醐天皇の命令によって行われた。日本が中国（当時は唐であるが）の文化の影響を大いに受けながらも、日本には独自なものがあると考え、積極的に動き始めた時代であった。従って、『古今和歌集』は和歌を通して日本、あるいは日本人とは何かへの答えを出そうとしている。

『古今和歌集』の序文（仮名序も真名序も共に）には、和歌の意味を「やまと」である日本の立場から考えること、和歌を詞と心の関係で捉えること、和歌の姿を六の形と捉えて六義論として考えること、和歌の歴史を個人の立場から捉えて赤人・人麿や六歌仙を論ずること、更には和歌の効用論などが述べられている。これらの大半の論題は、ここに記した「和歌」の文字を取り去って見れば、現代の日本人の思考回路に組み込まれていることが知られる。『古今和歌集』は大きな課題を抱え込んでいたのである。

『古今和歌集』の序文に続く千余首の和歌には、春夏秋冬の四季の移りに感嘆し、恋の思いに悲しみの涙を流す多様な人生模様が詠われている。この世に生を享け、時の流れの中に我と我が姿を見て、悠久を夢見る様が詠われている。

『古今和歌集』の序文は和歌の歴史を説くことから始まっている。天地開闢以来存在した言葉は、天にしては下照姫が、地にしては素盞嗚尊が、和歌の形を以って発したものだと言う。この考えは『日本書紀』の記述から考え出されたものであるから、『古今和歌集』を読み解く作業は、『日本書紀』を読み解く作業と共にあった。和歌を詠み、和歌を学ぶ人々は和歌の歴史に日本の歴史を重ね合わせて見ていたのである。

地にしては素盞嗚尊の詞が和歌となったとして語る『古今和歌集』序文の考えに変革を迫ったのは『千載和歌集』である。十二世紀の終わり頃に編纂されたこの勅撰和歌集は、その序文を次のように締めくくっている。

この集、かくこのたび記しをかれぬれば、住吉の松の風久しくつたはり、玉津島の浪ながくしづかにして、千々の春秋をおくり、世々の星霜をかさねざらめや。

『千載和歌集』の編纂を漸くに成し終えた。ここに集められた和歌は住吉の松に吹く風が永く伝わり、玉津島に寄せる波が永く静かであるように、末永く平和の内に伝えられることを願う、と言う。この文は『古今和歌集』の仮名序の最後が「青柳の糸たえず、松の葉の散りうせずして、まさきのかづら永くつたはり、鳥の跡ひさしくとどまれらば、歌のさまを知り、ことの心を得たらむ人は、大空の月を見るがごとくに、いにしへをあふぎて、今を恋ひざらめかも」と記し、永遠をひたすら願った姿勢とは大いに違っている。『千載和歌集』として撰ばれた和歌は住吉明神と玉津島明神によって末長く守られると宣言しているのである。俊成はその著書『古来風体抄』においても和歌を守護する神として、住吉・玉津島の神があると記している。固い信念に基づいた発言なのである。

和歌の道に新たな神として住吉・玉津島の神が招来されることによって、歌人の間には新しい動きが生まれた。和歌の神によって守られる和歌の道は家を核として守らなければならないと考えたのである。和歌の家としては既に藤原清輔、顕昭などが支える六条藤家があった。六条藤家においては人丸を神と称える「人丸影供」が行われ、歌学の秘事は仏教で行われる灌頂の方式で伝えられていた。俊成は六条藤家に対抗しようとしたのである。

『千載和歌集』の序文で新しい神の招請に成功した俊成は、仏の力を無視していたのではなかった。『古来風体抄』には次のような事を記している。

天台止観と申す文のはじめのことばに「止観の明静なること、前代も未だ聞かず」と章安大師と申す人の書き給へるが、まづうち聞くより、事の深きも限りなく、奥の義も推し量られて、尊くいみじく聞ゆるやうに、この歌の善き、悪しき、深き心を知らむことも、ことばをもて述べ難きを、これによそへてぞ同じく思ひやるべき事なりける。

天台宗で語られ実践されている止観の素晴らしいことは、章安大師の述べられた言葉に見事に現わされている。その奥深い境地は、とても言葉などでは表現できない。同じように和歌の良いことも悪いことも、更に奥深く秘められたことも言葉によっては語り、説き尽くせない。ただ、大師の言う通りにそのままに奥深いものと感じ取っておかなければならない、と言う。

和歌が求め到達しようとしている境地は天台止観に説かれていることと同一である、その同一であるものは、言語では説明できないと断言している。言語を越えて、尚、その向こうに広がる世界、微妙不可知な世界があるとして和歌は詠まれていると言う。言語を絶した世界、その向こうには、神と言い、仏と言う姿が見える。この境地は理解を越え、後人がその教えを継ごうとしても継ぐことのできない遥かなる空間である。俊成の後を継いだ定家は、和歌の心を幽玄、有心として説いた。これもまた言語としては説明し、表現できない境地であった。

家に集う人々は深遠な和歌を創造するよりは家を継ぐことに力を注いだ。俊成、定家はどのようなことを述べようとしていたのか。俊成、定家の子孫らは、父祖が語ったとする言葉を口伝えに聞いていると主張し、それを秘事とした。鵜鷺系偽書と称される『愚秘抄』『三五記』などの一連の書や、『悦目抄』、『竹園抄』などの書には口伝と称するものが多く記されている。

こうして出来上がった多くの秘事に新たな体系を与えたのは、南北朝時代に活躍した北畠親房である。その著『神皇正統記』では、歴代の天皇の事蹟を検証し、天皇は正直・慈悲・征伐の徳を身に付けなければならないとし、この理念は三種の神器に象徴されていると説いた。この考えは秘事を、三鳥、三木などとして伝えてきた歌人らに確信を抱かせた。歌学の秘事は三種の神器に準えて説くことが出来るからである。三種の神器とその意義に導かれて秘事は天皇に深く関わる問題に立ち入ることとなる。

『神皇正統記』が著されてから約百年が過ぎる頃、文明四年（一四七二）に、連歌師宗祇は東常縁から『古今和歌集』の講義を受けた。この講義には、秘事を別紙に記して伝える切紙が付随していた。切紙には親房の考えが取り入れられ、三種の神器の理念に倣って三鳥、三木の秘事が説かれていた。同じ頃、吉田兼倶は元初の神を探し求め、元本宗源神道の体系を組み上げていた。宗祇は兼倶との知遇を得ることによって、和歌の秘事の中核に神を据える秘事体系を組み上げることに成功した。秘事の伝授は宗祇から三条西家に伝わり、細川幽斎に引き継がれて行く中で、天皇が受けるべきものへと変容していた。幽斎は松永貞徳にも伝授を行い、堂上と地下の二つの流れに支えられた秘事は江戸時代を通して堅く守られて行くのである。一方、吉田兼倶の考えは、江戸時代に入っての吉田神道に引き継がれ、吉田兼雄の時になって、王道、神道、和歌道の三道の到達する所は同じであるとする三道一如の理念を生み出すに至っている。

天皇によって治められ、臣下がこれを助ける国の体制が復活した明治時代になると、和歌の道を守る和歌の家は力を失い、秘事を伝える道も閉ざされたかと思われた。しかし、『古今和歌集』を基本に据えて物を考える方向はしっかりと受け継がれていた。『古今和歌集』が教えた歴史を見る目は、詠史和歌の分野を支え育てていた。詠史和歌は日本の歴史上の人物の事蹟を顕彰し、勝れた国の姿を確かめるものであった。『類題和歌鴨川集』に集められた詠史和歌は『詠史歌集　初編』として編纂された。天皇の側近く仕えていた人々の詠んだ詠史和歌は『内外詠史歌集』に結実した。しかし、それらの詠史和歌は順次類型化していった。何よりも南北朝時代までの天皇のあり方を尊び、江戸時代には真摯な目を向けなかった人々は旧派和歌の人と呼ばれることになるのである。

第二節　歌学秘伝史を『八雲神詠伝』に見る―一如への道

一　八雲神詠は和歌の起源

歌学秘伝史において、重要な秘書と考えられるものに、『八雲神詠伝』がある。八雲神詠とは、『古今和歌集』の仮名序に記された素盞嗚尊が発した「やくもたつ　いつもやえかき　つまこめに　やえかきつくる　そのやえかきを」の詞を吉田兼倶が八雲神詠と称し、この詞の持つ意味を説いて、『八雲神詠伝』として著した。

この「やくもたつ」云々の詞は云うまでもなく『日本書紀』に記されて、素盞嗚尊が出雲の国において、奇稲田姫を褒め称えて発した詞とされている。この詞が『古今和歌集』の仮名序に記されて和歌の始めとされた。序文は和歌の歴史を語って「久方の天にしては下照姫にはじまり」「あらがねの地にしては素盞嗚尊よりぞ起こりける」と記した後に「人の世となりて、素盞嗚尊よりぞ三十文字あまり一文字は詠みける」として「やくもたつ」云々の詞を和歌の濫觴とし、更に、和歌とは三十一字の形態であると規定した。

「やくもたつ」云々の詞が和歌の初めとされ、その形態が三十一字であるとされたことにより、歌学者は、この規定された意味を解き明かさなければならないことになった。

二　和歌は三十一字と五句からなる

和歌は三十一字と五句からなっているとの形態に意味を与えようとしたのは、鎌倉時代に「家」を確立した御子左家の子孫に当たる人々である。尤も、和歌の三十一字及び五句についての発言は平安時代末頃の『俊頼髄脳』などには見られるけれども、それは歌体を論じての付随的な問題意識であった。

御子左家の定家の子供の為家、その子供である為顕の流派が著した『伊勢物語』の注釈書である『和歌知顕集』の冒頭には『古今和歌集』の仮名序に従いつつ和歌の歴史を次のように説いている。

①夫、大和歌者人のこゝろをたねとして、よく人の心をやはらぐるがゆへに、隠遁のみなもとゝして、菩提をもとむるはじめなり。

②まづ極楽に歌舞の菩薩ましますす。天竺にまた（陀）羅尼のことばあり。漢土に詩賦をつくる。それ六種にわかれたり。

③なかにも、我国の風俗として、神代上代のむかしよりすえの代いまにたえず。そのはじめをふかくたづぬるに、久かたの天にしては下照姫にはじまり、あらがねのつちにしては、素淺鳴尊よりぞおこりける。（略）そさのをのみこと、出雲そがのさとにして、女とすみ給はんとてみやづくりし給ふに、かのところに八色の雲のたつを見て思はく

やくもたついづもやえがきつまごめに　やえがきつくるそのやえがきを

といへるよりぞ文字を三十一字にさだめ、句を五にわかちける。

④文字三十一字に定し事、如来の三十二相になぞらうるなるべし。抑、如来の三十二相の中に無見頂相といふ相ましけます。凡眼しる事なし。かるがゆへにあらはれては三十一相なり。このうたにかならずひとつのこころあり。これは文字にあらはれずしてぞ心こもれるなり。さればこれを三十二相といひ、かれを三十二相とおもふべし。⑤次にうたに五句あり。遍序題興流といふ。これすなはち地水火風空の五輪なり。しかれば、ことうたをよくつくりいだすときは、五根五力の仏をつくり、五智五章五相五時の法みなこれよりおこれり。もし人のあしきうたをよみいだしつれば、衆の体にのぞむるによて、五雲五欲五見五竟となる。（観喜光寺本による―注一）

今、仮に①から⑤までの符号を付してみたが、先ず①において、和歌は仏道に入る手立てとなるものであり、次いで②では、和歌は天竺における陀羅尼、漢土における詩賦と同じ趣意をもつものであるとする。③においては、その和歌は神代の時から今の人の世に至るまで絶えることなく受け継がれてきたのである。その和歌の詠まれてきた歴史を辿れば、『古今和歌集』の仮名序が言うように、天の代にしては下照姫に、地の代にしては素盞鳴尊に始る。この素盞鳴尊の発した詞が三十一字と五句の形をもつ和歌であった。④に至って、和歌の三十一字の形は如来の三十二相に相当する。本来、仏には三十二相があるが、目に見えない一相を除いて三十一相の形と現じている。和歌も同じように言葉には表されない心を現わす一相がある。言葉としては表には現れない一相、目に見えない一相を観じることによって総じて三十二の世界を見ていることになる。次に、和歌の五句の意味を説いて、⑤において、和歌の五句は地水火風空の五大の意味を担っている。従って、良い歌を創り出せば五根五力を秘める仏を創り出して五智五章などに恵まれる。又、悪い歌を創り出すと五雲五欲等の煩悩に取りつかれると言う。

和歌を発想し創り出し、その心が究極に表現しようとするところは、仏教で云うところの諸業の行程と、その果てに到達する仏の心と同じであると説くのである。

こうした考えは為顕流においては基本に据えられており、『和歌古今潅頂巻』(注二)では、次のように説いている。

一首を読めば、一仏を造る善有り。況んや、十首百首乃至千首万首を読めば、如数千万の仏を造るなるべし。故に、歌の体を、三十一字につもる事、如来の三十二相を形取るなり。但、三十二相を一字に用ることは、無現頂の相といへる、仏の実体の功徳なれば、仏の名はありて、姿は見得ざるなり。

三十一字の形が如来の三十二相に相応することを説くのは『和歌知顕集』と同じであるが、更に、和歌一首を創ることは一仏を創るに同じであるとその効能をも説くに至っている。

このような為顕流の動きに連動するように、定家と並び称された家隆の子孫が一派を成した家隆流にも同様な趣意を説く書が著されている。その中の一つ『和歌潅頂次第秘密抄』は、和歌の五句、三十一字について、次のように述べている。
①文字を三十一字にさだめ給ふことは、仏の三十二相にあて給ふなり。文字は三十一字なり。三十二相に、一相たらぬは、三十一字に道理をあらはす心をくはへて、三十二相にあて給ふなり。
②五七五七七のはじめの五文字、人の五行なり。五行とは地水火風空なり。

やくもたつ	地	五行	骨肉
いづもやえがき	水	天神七代	身内血
つまごめに	火	地神五代	身暖気
やえがきつくる	風	七難即滅	身気

身心

そのやえがきを　空　七福即生

③そさのをの尊は権化の神にてわたらせ給へば、この仏の姿をもて、三十一字五七五七七の句に定めてよみ給ふ。三十一字の始めなれば、この歌を和歌の父とす。されば、この心をえて、三十一字の五句によみて、だうりをあらはすは仏をつくる、我等をつくる、世界をつくるにおなじきゆへに、一首の歌には、仏もあはれみをたれ、神も、なうじうあるなり。

（静嘉文庫堂本による）

①に言う和歌の三十一字は仏の三十二相に相当する、仏の相としては表には現れない一相があるように、和歌においても同じことが言えるとの論理は『和歌知顕集』が説くことと同じ趣意である。ただし、三十一字に加えてもう一つの心は道理を現わすとすることに少々の新見を見せている。和歌には道理があるとの主張である。②では和歌に五句があるのは、それぞれの句には五つの意味が込められているからだと言う。為顕流は五大五雲などの意味を含んでいると考えるのに対して、家隆流は初めの五句には五行の意味が込められ、更に続く各句には、天神地神の神々、七福七難の齎す意味があると言う。家隆流はこの部分において為顕流よりは幾分か思考範囲を広げ、陰陽道の考えを採り込んでいる（注三）。その上、③において素盞鳴尊を権化の神とすることによって、仏をも尊ぶ考えを出している。

こうした為顕流、家隆流の発言の基底には、和歌即仏教、即ち和歌仏道一如観の考えがある。先に為顕流が「一首を読めば、一仏を造る善有り」というのは、仏教界において称揚された多数作善の考えを援用しているものである。多くの仏を創ることによって、より多くの功徳を積むことが可能であるならば、和歌を創ることにおいても同じであって、和歌を多く創ることによって多くの功徳を齎すことができるとしたのである。このように仏教の考えに通じて、仏教に言う理念は和歌の理念と同じであると考えるのは、鎌倉時代に広く行われていたことであった。

その最も象徴的な言葉は「この歌すなはち如来の真の形体也。一首詠み出ては一体の尊像を造る思ひをなす。一句を思ひつづけては秘密の真言を唱ふるに同じ」である。この言葉は『栂尾明恵上人伝』（注四）に記されて、西行が述べたとされている。この言葉が西行によって発せられたか否かについての真偽問題はさておき、和歌一首を詠み出すことは一体の仏像を創るに等しい行為であり、真言を唱える心根と同じであると言う言い方には、和歌仏道一如観が良く現わされている。

為顕流への直接的な影響関係で云えば、西行の言を借りるよりは、為顕流の祖となる藤原俊成からの影響を考える方がより適切である。俊成は『古来風体抄』において「止観の明静なること、前代も未だ聞かず。と章安大師と申す人の書き給へるが、まづうち聞くより、ことの深きも限りなく、奥の義も推しはかられて、尊くいみじく聞ゆるように、この歌の善き、悪しき、深き心を知らむことも、ことばをもて述べ難きを、これによそへてぞ同じく思ひやるべき事なりける」と述べている。天台の教理を良く援用して、その境地は和歌のそれと同じであるとする。天台宗において、究極的に観じる仏の姿は詞を以ってしては語られない、そのように和歌の到達しようとしている世界は、この上もなく深遠な人生を創造するものであって、言葉に表すことができないとしているのである。

三　潅頂流の秘事として

為顕流、あるいは家隆流などの秘事は、ある時期に集成されて新しい流派となって継承されている。『歌学秘伝の研究』で考えた潅頂流（注五）と仮称される流派である。潅頂流は流伝の中で、先に述べた『和歌知顕集』の序詞言に相当する部分を切紙の一環として伝授している。

京都大学図書館谷村文庫本、宮内庁書陵部高松宮本、陽明文庫本などからその様相が窺えるが、それを陽明文庫本（注六）によって見てみよう。陽明文庫本の「他流切紙十三」と表題する切紙集と共にある「和歌秘密知顕集　四病八病次第之事　神通風伝集」と内題を記す「和歌秘密知顕集」の部分には次のようにある。

和歌秘密知顕集

①夫和歌者、人心ヲ種トシテ、万ノ者ノ心ヲ和ル故ニ、隠遁ノ源トシテ菩提ヲ求始也。是、皆心ニ思フ事ヲ和テ詞云出セル也。

②然ハ極楽ニハ歌舞ノ菩薩、我国ノ風俗トシテ神代ヨリ至㆓テ人世ノ今ニ不㆒絶。

③尋ルニ其本始ヲ、天ニシテハ下照姫也。地ニシテハスサノヲノ尊ヨリ発レリ。彼尊到㆓出雲国曽我ノ里ニ㆒宮造シ給ケルニ、其所ニ八色ノ雲ノ立ヲ見給テ読リ。

八雲タツ出雲八重カキツマコメニ　八重垣ツクル其八重カキヲ

是コノ三十一字ヲ被定。歌ノ根本ナレハ、歌句歌ノ体サマ文字皆、是迷前ニハ狂言綺語ノ罪ト成レリ。悟ノ前ニハ法喜禅悦ノ味ト成者也。

④文字三十一字ニ定事ハ、佛三十二相ニカタトル。其中ニ無限頂相在ス。此ノ相ハ顕テ人不知相也。顕テ三十（マヽ）相也。是ニ準テ三十一字ヲ読ニ、読顕セハ顕ハレ、ヨマネハ陰ル、所ヲ如来ノ無限頂相、喩テ歌ノ三十二相ト申也。

⑤次ニ歌ニ五ノ句有。是又地水火風空ノ五輪ニ当也。或ハ五根五力ノ歌ヲ作出ハ、五智五佛ノ法門、五音五色ノ形チ分タリ。悪キ歌ヲ読出セハ五蘊五欲五境ト成ル。

仮に①から⑤までの符号を付してみたが、①は和歌の徳のこと、②は和歌三国伝来の次第、③は「やくもたつ」云々の詞の謂れ、④は和歌三十一文字は如来の三十二相に相応すること、⑤は和歌五句の徳のことを記している。

これは先の『和歌知顕集』とその記載順序、その説く内容においても殆ど同文的に同じである。「和歌秘密知顕集」はこのあと、『和歌知顕集』の説かなかった五句の名称、歌の三心、詞と心の関係、六体、歌病、歌の八様、縁の字詞、仮名、文字論などを記してその変容の様を見せている。

『和歌知顕集』の序詞言に述べられていたことは、時代の新たな表現である切紙に記されて切紙伝授として生き続けているのである。

四　『八雲神詠伝』の成立

為顕流、家隆流に続いて「やくもたつ」云々の詞に更なる意味を見出したのは吉田兼倶である。「やくもたつ」云々の詞を「八雲神詠」と称し、その秘考を『八雲神詠伝』として著している。

『八雲神詠伝』がどのように成立し流伝したかの経緯については『歌学秘伝の研究』において述べているので(注七)、ここでは、その間の必要なことだけを記すことにしよう。

『八雲神詠伝』の諸本は神道者流のものと歌学者流のものとの二つの系統が認められる。神道者流の基本となる部分は吉田兼倶の考えが基本になって出来上がっており、歌学者流のものは神道者流のものにいくつかの増補と改変がなされて、松永貞徳によって地下の歌人間に相承されている。

神道者流の『八雲神詠伝』の構成は次のようになっている。

①八雲神詠口決事　神代之極秘　実以和国大事　不可如之候　感賜懇志御伝授之条　三生之厚恩候　於当流正脈一

人者　可伝授候　自余雖為実子　敢不可相続候段　且奉任天神地祇証明候　恐々謹言

二月九日　定家

冷泉権大副殿

②超大極秘之大事　八雲神詠四妙之大事

字妙・句妙・意妙・始終妙　逸妙は別伝

初重　逸妙之大事

二重　陰陽神詠数之大事

三重　十八字妙支配之大事

四重　十八意妙支配之大事

③抑此五ケ切紙者　神国口決　唯受一人大事　神道極秘也

④化現之大事　奥旨至極重位　三神三聖之口決　至極之中之深秘　深秘中之極秘也

（三神三聖が円環的に関連する図あり）

（天理図書館天文十二年兼右奥書本による）

①は藤原定家が冷泉権大副に当てた誓詞である。この秘密は誠に深遠な神代からの秘事であるから、唯一人にのみ伝授して大切に守っていくとの誓言である。冷泉権大副は清原宣賢が書写したと伝える『八雲神詠伝』（天理図書館本による）には兼直と傍書されている。定家が誓詞を提出した相手としては吉田家の先祖兼直が相応しいと考えての所業である。兼倶は幾度かの『日本書紀』の講釈において、定家が兼直に誓詞を提出したと述べて、その真実性を保た

せようとしている。

②は和歌の三十一字と五句の数とが持つ意味を四妙（字妙・句妙・意妙・始終妙）を基本として説く四重秘伝である。

字妙とは和歌の三十一字の意味を説く秘事である。三十一の数は一月は三十日になって止まり、また一日へと戻っていく。これは天道の循環は無窮であることを示している。そのように三十一という数は極まりない循環の意味を担っている。

句妙とは五句の意味付けを行う秘事である。五句は五行・五大・五音・五色・五味・五臓・五蘊・五常・五戒・五智・五仏等の概念に通じている。

意妙とは和歌一首としての意味を説く秘事である。和歌は非常に巧みに創られるから、天地を動かし、鬼神をも感動させ、男女の志を通ずるものであると、『古今和歌集』の序文が説いた和歌の効能論を援用した考えである。

始終妙とは和歌の風体を説く秘事である。和歌は神代から末世に至るまで絶えることなく続く、即ち始りも終わりもない姿を持っている。字妙で説く和歌は永遠であるとする趣旨が説かれている。

和歌は、字数、句数、一首の姿、風体において、天地の間に潜む諸相を具現しており、それは循環的であり永遠である意味が説かれているのである。このような基本概念を規定した上で、次に四重秘伝の段階となる秘事が説かれている。

その初重として言うのは逸妙之大事である。これは八雲の歌に「その」の言葉が二度詠まれていることの意味を陰陽二神の夫婦の有様に求めるものである。続いて二重、三重、四重として言うのは、『古今和歌集』の序文で「天にしては下照姫に始り」と規定された下照姫の「あなうれし」云々の詞に注目して、この詞は十八文字で構成されており、この数は陰陽の法則に合致しているとして、その様態を字妙、意妙の理念を応用して説くものである。「あなうれし」云々の詞は「やくもたつ」云々の詞と同等に深い意味があることを強調するのである。

③としては、これらの詞は切紙として伝えられ、神国の秘伝として、また神道の秘伝として尊ばれなければならないと言う。神道上の秘伝であることを強調するのは、宗祇が保持していた歌学秘事との差異を強調する為である。

こうして最後に説かれるのは④に云う化現之大事である。

和歌を守護する住吉の三神（底筒男・中筒男・表筒男）は日神であり、太陽の姿（夜・昼・朝）の三相を示し、和歌三聖（衣通姫・人丸・赤人）の意を体していると言う。

神道で云う三神と、和歌で云う三聖の化現の状態を示して、それは太陽の三相に相応しているとしたのである。日月を基本とする宇宙には循環の法則があるとしつつ、広大な世界への目を開かせているのである。

以上の様な考えの基本は兼倶自筆と認められる「日月行儀」（天理図書館本による）に見ることができる。「日月行儀」は文明八年（一四七六）の日付を記して「超大極秘之大事六ケ」と題して次の内容を切紙として記している。

八雲神詠四妙之大事・初重・二重・三重・四重・化現之大事・定家之誓詞・負而を記した後に「化現之大事者至極之深秘之間　御切紙殊以肝心之状　早々申語也」と記している。

この「日月行儀」によって、『八雲神詠伝』の基本構造は文明八年頃までには兼倶によって創り上げられており、切紙となって伝授されていたことが知られる。

兼倶の『日本書紀』の講義録である『日本紀神代聞書』（文明十一年から始まる講義）には「此歌ニ四妙ガアルゾ。四妙ハ一ハ字妙、二ニハ句妙、三ニハ意妙、四ハ始終妙ゾ」等の文言がある。この年以降に行われた『日本書紀』の講義においても同様であり、兼倶は『八雲神詠伝』の構想を自在に用いて講義を進めていたことが知られる。

『八雲神詠伝』の基本的な考えは兼倶の他の著書にも見ることができる。

先ず、五句の意味を述べて、すべては「五」の数に表象されつつ、一つに収斂するとの考えは『三元五大伝神録』に著されている。それを例えば天神五代の例で以って示せば次のようである。

国狭槌尊・豊斟渟尊・泥土煮沙土煮尊・大戸道大苫辺尊・面足惶根尊

已上五大神者化為五行。

元神、水・火・木・金・土是也。化為五星。

元神、辰星・熒惑・歳星・太白・鎮星、是也。化為五色。

元神、黒・赤・青・白・黄・是也。化為五方。

元神、北・南・東・西・中央是也。化為五時。

元神、夜半・日中・日出・日入・初後夜、是也。

（天理図書館本による）

『日本書紀』に語られる国狭槌尊を初めとする五神は化して五行の意を体しているのであり、それは又化して五星となり、五色となり、五方となり、五時等に当たると云う。同じく兼倶著作の『神明五大三元伝神妙経録略』（天理図書館本による）によれば、このような相関関係は天地人の神々の諸相において更に多様に認められると言う。

兼倶の神道の根本理念を説いた『唯一神道名法要集』には、自ら作り上げた神道を元本宗源神道と呼称して、その意味を次のように述べている。

問ふ。元本宗源ノ神道トハ何ぞ哉。

答ふ。元とは陰陽不測の元元ヲ明かす。本とは一念未生の本末を明かす。故ニ頌ニ曰はク、元を元として元初ニ入リ本を本として本心ニ任ス。と。

問ふ。宗源とは何ぞ哉。

答ふ。宗トハ一気未分の元神ヲ明かす。故に万法純一の元初ニ帰す。是れヲ宗と云ふ。源トハ和光同塵の神化ヲ明かす。故に一切利物の本基ヲ開ク。是れヲ源と云ふ。故に頌に曰はク、宗トは万法一に帰す。源とは諸縁基を開く。と。

（『日本思想大系　中世神道論』所収本による）


兼倶が唱えた元本宗源神道とはその一字一字の元、本、宗、源に意味が込められている。この世の初めに何かが生じて陰陽となるのであるが、その初めを明かす事が必然として要請されている。その初めを神といってよいのであるが、その神がこの世に変容して姿を見せているから元初の姿を明らかにしなければならない。神とその神化の相を究めて遂に一なるものを見出し獲得することが兼倶の思念であったのである。このように天神地祇の様相のすべては五行の概念によって支配されて構成されているとするのは『五行大義』に依拠するものであることはすでに指摘されていることである（注八）。それと共に「頌」として記される「元を元として元初ニ入リ本を本として本心ニ任ス」と記されている考えなどは、広く伊勢神道の五部書と称される内の一つ『倭姫命世紀』からの影響もあるとの指摘もされている（注九）。

兼倶の思考は、『五行大義』、『倭姫命世紀』などから多くの示唆を得ながら、神道、仏道、陰陽道などにおいて獲得された多様な知識の総体を一つの構造体として捉え、そうしたものの中心、基底に根元的なもの、唯一なるものの存在を見ようとしたものである。

このような『八雲神詠伝』には、更に、歌学に造詣が深かった連歌師の宗祇との関わりが考えられる。宗祇が東常縁よりの伝授を受けて記した『古今和歌集両度聞書』には『八雲神詠伝』に関わる記事がある。この『古今和歌集両度聞書』の主要な部分は東常縁が宗祇に説き明かしたものであるが、後に宗祇が増補したと認められる部分には次のような言を見出すことができる。

①日本紀の説に此歌に四妙をたてたり。字妙、句妙、意妙、始終妙なり。字妙とは、三十一字にして末代までの歌の根元となる妙なり。句妙は、神代の歌ながら、五句にして五行にかなへるなり。意妙は、上古の歌といへども、その心もあきらかなり。始終妙は、此歌を始めとして、万代不窮に不可断絶の義なり。

②此歌に清濁の口伝あり。はじめにある八重垣のかもじをばすみ、下句のかもじをば二ながら濁べし。天地上下の清濁にかたどるなり。

③此歌、神道家にあり。口伝と云々。京極黄門も伝授し給なり。此歌ばかりを注したるは、神の歌は、其心得よしと云る義なり。

（『古今和歌集両度聞書』版本による）

①に説かれている四妙の説の大意は殆ど『八雲神詠伝』に同じである。ここに「日本紀」とあるのは、忌部正通が著した『神代口決』などが記す『日本書紀』の講釈の一つの考えを正統とするための所為である。次の②に言う八雲の言葉に清濁の区別があると云うのは『八雲神詠伝』には語られていない。宗祇が伝授されていた秘事であり、東常縁流の音韻に関わる口伝の影響を受けたものである。次に③として「此歌、神道家にあり」と言うのは宗祇が『古今

和歌集両度聞書』に加筆した頃には、既に定家の誓詞を記した『八雲神詠伝』が神道家の側においては伝授されていた事を物語っている。宗祇は歌道家の立場から四妙説を展開しつつ、兼倶が立つ神道家の立場をも尊重して発言しているのである。このように宗祇が神道家の立場を尊重する姿勢は、一方の兼倶側においても歌道家側の立場を認める姿勢と成って現れている。文明十三年の兼倶の講釈である『日本紀聞塵』（天理図書館本による）には「歌道ニ秘曲アルゾ（略）定家ノ我等ガ先祖ニ此歌ノ事ヲ、問ツ、答ツセラレタリ」と記されている。兼倶は『八雲神詠伝』は吉田家の先祖が定家と問答しつつ口伝として伝受したものであると明言している。その上に「歌道家」においても尊重されている秘伝であると言う。

兼倶と宗祇の両者は『八雲神詠伝』を共有しつつ、『八雲神詠伝』をそれぞれ自流に適合させつつ伝授していく立場を確保していたのである。

五　細川幽斎に伝えられた『八雲神詠伝』

宗祇が保持した『八雲神詠伝』は三条西家を経て細川幽斎に伝えられている。その一つの形が「当流切紙二十四通」である（注十）。「当流切紙二十四通」は十八通と六通とに分かれているが、十八通は次の三様態として考える事が出来る。

三木の大事～三箇大事・三ヶ大事・三ヶ大事・重大事・切紙之上口伝・重之口伝・真諦之事　（七通）

三鳥の大事～三鳥之事・鳥之釈・鳥之口伝　（三通）

一虫・虫之口伝・三才之大事・秘々・桜歌之口伝・重之重・土代・伝受之次第

（八通）

「三木の大事」と「三鳥の大事」とは、鎌倉時代後半期頃には創られていた基本的な秘事である。それが、三木三鳥は天皇の帯する三種の神器に比定され、正直、慈悲、征伐の意味を持ち、天皇の治める国は、天皇、関白、人臣が相助けあうことによって保たれるとの意味を与えられていた。

この十通に続く八通の切紙は鎌倉時代以降、諸流派によって継承されてきた秘事を詠歌における心得、和歌史の認識の仕方などの観点から整理し、まとめたものが記されている。

次に切紙六通と分類されているものは「題号・流議・長短不同事・稽古方・稽古口決・神道」の六種の切紙から出来上がっている。

この六つの切紙の最後に置かれている「神道」の項には『八雲神詠伝』が取り込まれている。

「神道」の項に記される神詠事・八雲事・重大事・三神事・極位は『八雲神詠伝』を再構成したものである。

神詠事は『八雲神詠伝』の二重陰陽神詠数之大事と三重の十八字妙支配之大事とを合成したものである。八雲事は『八雲神詠伝』の超大極秘之大事と同じものである。重大事は『八雲神詠伝』の大意をとって、陰陽二神は天地の間の霊体であると説き、三神事は『八雲神詠伝』の化現之大事で説かれた住吉三神を身足翁として説いている。極位は「八雲神詠伝」の化現之大事に言う住吉三神は太陽の三相であり、和歌三神に相応する意を述べている。

「神道」の項の神詠事から極位までは、『八雲神詠伝』に説く秘事のうち、下照姫と素盞嗚尊の詞を時代順に並べ替え、次に陰陽二神の言葉の持つ意味の源義を説き、和歌道を守る住吉の神を老体としての神の姿に見て、これを太陽の三相として捉える構造である。元初としての神は住吉の神を経て太陽神へと結ばれていく一大宇宙が構想されている。

この雄遠な太陽信仰は、次に説かれる神遊神楽事によって更に太陰をも包含するものであることが判る。

神遊神楽事は「取物、榊、葛託物、弓、杓、アカ星事、岩戸、神通自在」と記されている。この切紙の本意は神遊神楽事の終わりに記される「神通自在」の言葉にある。

神楽は取物を持って神世界に寄り添うことを願いつつ、神を賛歌し、神と共に遊ぶ「神通自在」な境地を現出するものと捉えられている。宵に始まった神楽の舞は、時の進むに従って、「アカ星」の舞へと移っていく。赤（明）星の光の中に太陰の光の薄れゆく頃、東の空には太陽が微かに光を投じようとする。その瞬間に「神通自在」の時が訪れる。天地の間に神を感じ、神となる瞬間を観じるのである。唯一を観じるのである。唯一は瞬時であり、又、同時に永遠である。

吉田神道の理念を中核とする「当流切紙二十四通」の「神道」の世界は信仰の世界であり、法悦の時に酔い、夢見る浪漫の空間を夢遊する時なのである。

このようなたゆとう信仰の世界は「神道」の項目に先立つ切紙の「稽古方」に、それとなく準備されている。「稽古方」は藤原定家が『詠歌大概』において説いた情新、詞旧の理念に基づきながら言艶、心直として説くことを基本にして初重から五重へと順次深まりゆく次第となっている。その第六重に当たる切紙には、次のようなことが記されている。

一句之文ノ事　清ノ一句ヨリ六ノ義ヲ立ルニ依リテ、一句ノ文ト云也。

アキラケキ神達　オノ〳〵思ヒ給へ　古

目ニ諸ノ不浄ヲ見テ心ニ諸ノ不浄ヲ見ザレ　耳鼻舌身意　同之
此時ニ清ク潔キ事アリ　教
諸ノ法ハ影ト形トノ如シ　持
清ク潔キ物ハカリソメニモ汚ル、事ナシ　直
心ヲトラハ不可得　正
皆花ヨリ成レル果トナレリ　今

和歌一句を成り立たせている心とはどのようなものであるのか。

それは、「古」の世界にも、「今」の世界にも通じつつ五感による実体験の向こう側に存在する世界を唯一「正直」な情によって感得するものとする（注十一）。

「正直」と云う言葉は常縁によって宗祇に伝えられた詠歌の心得である。その古くも新しい「正直」を創りだす道程で唱えられる「アキラケキ神達云々」の詞は兼倶の創作となる「六根清浄大祓」の詞章である。「六根清浄大祓」は吉田神道において重用された、心身を清浄に保つための言葉である。この世で穢れた身体を清浄な境地へと導く神道行儀である。六根を徐々に清浄にしつつ、神の境地へと導くこの祓の言葉は『八雲神詠伝』の段階では未だ取り入れられてはいなかった。この祓の言葉が、切紙の中に取り込まれることによって切紙伝授の場は、より深遠な神の境地へと誘導されるのである。先の「神遊神楽事」は神と一体となる瞬間を夕暮れから夜明けまでの長い道程の光と闇の中に観ずることであった。その道程には「六根清浄大祓」が唱え続けられているのである（二〇八頁参照）。

「当流切紙二十四通」は、諸流派によって伝承されてきた秘伝を十八通にまとめ、次に六通の切紙で詠歌時の心の

あり方を述べ、次に、『八雲神詠伝』を総体として捉えた、神を観ずる秘事集なのである。吉田神道の理念と共に神道行儀の作法によって深められた境地を会得する歌学秘伝の世界が「当流切紙二十四通」なのである。言葉を限りなく少なくすることによって保たれてきた切紙は、吉田神道の理念によって、言葉の向こうに限りなく広がる世界、言語を絶した世界に踏み込んでいたのである。

藤原俊成によって天台宗の理念に和歌と同様な世界を見た和歌道は、吉田兼倶の理念によって日本の神の姿を見たのである。

六　神道王道歌道三道は一如

「当流切紙二十四通」を中心とする秘事は細川幽斎によって智仁親王に、更には、後水尾天皇に伝授される歴史を創っていく。名実共に切紙は、神の詞を唱え知る者、即ち天皇に確固とした位置を保証するものとして作用し、御所伝授と称される道筋が開かれる。『八雲神詠伝』が秘事の中心であり、『八雲神詠伝』を保持していた吉田神道家は、この大きな道に新たな意味を与えて行くことになる。

吉田神道家は一時、その力を弱め、その主体を吉川惟足に委ねてはいたが、惟足からの返し伝授を受けた吉田兼従の頃からその力は復活した。兼従からの伝授を受け継いた吉田兼雄（一七〇五～一七八七）は、天皇への『日本書紀』の進講を行い、神道儀式の一環として『八雲神詠伝』を伝授するに至る。

兼雄が桜町院へ『八雲神詠伝』を伝授するのは寛延二年（一七四九）のことである。「卜部兼雄略伝」には次のような記事が見られる（三四四頁参照）。

寛延二年八月二九日　此次神道事聖問数条、且命云可奉授八雲神詠伝者
一々受命而退
九月四日　是日奉上八雲神詠　中臣八ケ大事

（天理図書館本による）

寛延二年八月二十九日に桜町院から『八雲神詠伝』の伝授を行うようにとの命が下り、九月四日に『八雲神詠伝』と『中臣祓八ケ大事』とが伝授された。この間の経過をもう少し記せば次のようなことである。

延享三年（一七四六）四月に譲位した桜町院は、寛延二年八月一日に中臣祓、『日本書紀』の神代の巻の講釈並びに十八神道の伝授を兼雄に命じた。これに応じて同十五日には、十八神道の伝授が行われた。二十一日には、来る二十九日を中臣祓の講釈日と定め、同時に来る九月一日は伊勢神宮の遷座に当たるので、遷座祓を行うようにと命じた。予定通り、二十九日に中臣祓の講釈が行われ、同時に『日本書紀』の神代巻の注釈書が献上された。この時、院から神道についてのお尋ねが種々とあり、併せて『八雲神詠伝』の伝授が命じられ、九月四日に伝授が行われたのである。

兼雄が献上した『日本書紀』の注釈書とは延享二年（一七四五）には成書となっていた『思瓊抄』である。吉田文庫蔵の『思瓊抄』の奥書には、桜町院は前々から神代についての知見を得たいとの考えを述べていたので八月二十九日に参内した際に献上した。その後、九月十六日に返却されたと記されている。

『八雲神詠伝』の伝授に当たっては、『日本書紀』についての充分な知見が必要であることが両者には了解されていたのである。『八雲神詠伝』は「中臣祓」と同じく重い秘伝として扱われたのである。『八雲神詠伝』が伝授されたことを証明する兼雄の手控えが同じく吉田文庫に残されている。その包紙の表書には「桜町御所　寛延二年　九月四日　八

雲相伝留　上　兼雄」とあり、包紙の中には「化現之大事・十八字妙支配之大事・超大極秘之大事・陰陽神詠数之大事・逸妙二字之大事・十八意妙支配之大事」の六枚の切紙が入っている。この切紙は兼倶以来行われてきた『八雲神詠伝』と全く同じものである。しかし、兼雄には、解決すべき問題が残っていたと考えられる。恐らく先の八月二十九日、九月四日の際に院からお尋ねのあった問題に起因しているのであろう。『八雲神詠伝』の伝授から一カ月も経ない十月某日、兼雄は『和歌三神事口決』(天理図書館本による)を著している。「寛延二年十月日　兼雄」と表題するこの切紙は、『八雲神詠伝』の内の「化現之大事」に関わっている。住吉三神を八十枉日神、神直日神、大直日神に当て、和歌三神を新たな理解へ導こうとしている。先の、桜町院の質問の要点は和歌道の神が神道の神とどのように対応しているのかの点にあったのである。この勅問への解答の揺れは寛延三年九月二十二日になって漸くに新たな境地となって結実している。『三神三聖之口決・三神三聖之大事』と表題するこの切紙には次のように記されている(三一七頁参照)。

天ノ心者日也。天ノ和歌者春夏秋冬ノ体也。(略)然レバ天地ノ体常住ニ和歌ノ体ヲ示ス。今三十一字ヲ詠ズルノミ和歌ト心得タルハ道シラヌ人ノ業ナリ。(略)天地ノカギリナキ寿ハ和歌成。春夏秋冬ノ情ニ感ズルヤンゴトナキ故ニコソ其寿モ限リナキ也。神道ノ一名ヲ和歌ト申スコトモ余ギナキ事也。(略)凡天地一髪ノ間断ナキハ天地ノ和歌ニシテ、ソレヲ守リノ三神ナレバ住吉ヲ和歌ノ神トハ仰ギタットム事也。(天理図書館本による)

天地の間のことすべて、森羅万象は和歌が捉える四季の姿と全く同じである。三十一字として詠ずることだけが和歌であると考えるのは本質が捉えられていない者の言うことである。神道において神を見ることと和歌においてものを見ることとは同じであると言う。『和歌三神事口決』においては、和歌三神は『日本書紀』に記される神とどのように対応するのかの比較対照に止まっていた。それが比較対照ではなく、神を見、元初を見る目の確かなる獲得へと一気に飛躍している。歌道と神道とは一つの基盤の上に立っていることが見据えられている。元初とは何かの命題は兼倶以来の中心的課題であった。兼雄はここにその答えを記したのである。

しかし尚、この兼雄の視点の確立には『歌道秘伝』の媒介が必要である。『歌道秘伝』は兼雄によって書写されているから、兼雄の思考過程に大いに参考とされたと見て間違いはない。『歌道秘伝』の内の「歌道者王道王道者神道」と題した項目には次のような言が記されている（三一九頁参照）。

歌道ハ（略）天地ヒラクルトキノ声ガ歌也。（略）三十一字ノ和歌ハ素戔嗚尊ヨリヲコル八雲神詠也。是歌道ハ、陰陽合シテ、地合シテ万物生々ノ道ナリ。今皇キ歌道ヲ以テ業トシ玉フコトモ、神代ノコンノ法也。（略）吾邦キミノミチト云ハ、天地ヒラケテヨリ以来、曲玉ノ慈悲ノ御心ヲ以、天下万民ヲ憐ミ玉フ御心ガ、キミノミチ也。（略）歌道ハ王道ナリ王道ハ神道ナリトハ、モト吾邦ニ神道ト云名ノシ。吾道ハ神ノ徳神ノ教ナリ。夫ヲシバラク名ヅケテ云ヘバ神道ト云。（略）天照大神道ヲ基業シ玉ヒ、神々相受、人皇百王マデ受ツギ玉フ所ノ吾邦ノ治リノ道ガ神道ナリ。然レバ歌道神道王道一ツ也。ワカッテ云ヘバ三ツノゴトクト云ヘドモ、畢竟一ツナルガ故。

（天理図書館本による）

天地が開けた時の声がそのままに歌であった。それが素盞嗚尊の「やくもたつ」云々の詞であった。その詞が歌道として受け継がれ、和歌を詠むこと、和歌に携わることが天皇の業となった。天地開闢の時の心を受け継ぐ天皇は、勾玉に表象される慈悲の心によって国を平穏に治めてきた。こうしたことの基盤にあるものはすべて同じ一つから発したものである。神道と言うのも、もともと神道と言う事があったわけではない。天照大神から始まり、神々が受け継ぎ、天皇が受け継ぎして良く治まった国の姿がある。その有るがままの姿が神道と言われているだけである。神道、王道、歌道と、それぞれはそれぞれを道と称しているけれども、それは便宜としてそれぞれの道の名を付けているに過ぎない。歌道と言い、王道と言い、神道と言うのも全て一つであると言う。

元初の唯一なるものを追い求めてきた兼倶以来の吉田神道は根元としての元初に関わり、その初めに仮に神と名付ける神を見出していたのである。

神概念の先験的な成立を否定することによって、全てのものの根源を見出したと言ってもよいであろう。それは自らがよって立つ吉田神道の世界を否定するものであり、自己否定の発言であった。兼倶が示唆してはいたものの猶言いきれなかったもの、それが兼雄に至って披瀝されたのである。

歌道においては、仏道との一体の観を藤原俊成の時から追い求め、心敬に至って、それが全きものとして捉えられ、和歌仏道一如観が成立している。

歌道は吉田兼倶の時から神道の中に組み込まれ、兼雄の時に至って王道の中に組み込まれた。和歌について知見を得る事、和歌によって物を見、物を考える事は、仏教的にも、神道的にも、否、それらの媒介手段をも凌駕して優れた思考の根源であったのである。その辿りついだ極点を言葉として現わせば歌道王道神道一如観となるのである。

一如の世界は、仏道においても、神道においても、又歌道においても、それぞれの道を乗り越えて求められ、探し続けられるものであった。

一如の言葉が持つ一は存在としての一なのか、或いは一と言いつつ〇（ゼロ）なのか、有無を越えて難しい問題として存在している。

注

（一）以下、本文の引用に当たっては句読点、濁点を付し、必要に応じて漢字を当てることにする。歓喜光寺本は京都国立博物館に寄託されており、『歌学秘伝の研究』（二一四頁）においてそのことに言及している。

（二）『和歌古今潅頂巻』は『歌学秘伝の研究』に全文を翻刻し、『日本古典偽書叢刊　第一巻』（二〇〇五年　現代思潮社）に簡単な注釈を付した。

（三）家隆流が為顕流よりも、概念の範囲を広げた様子は家隆流の書である『古今潅頂之巻』（愛知県立大学図書館本）にも窺える。同書の「阿子根浦口伝」には、天神七代地神五代の成り立ちに五行の理念が応用される謂れを説き、和歌が三十一字である事を証明しようとしている。

（四）『栂尾明恵上人伝』は『明恵上人伝記』（平泉洸訳注　講談社学術文庫　昭和五十五年）によった。

（五）『歌学秘伝の研究』の第四章第一節において述べている。

（六）『古今切紙集　宮内庁書陵部蔵』（昭和五十八年　臨川書店）に所収されているものによる。

（七）『歌学秘伝の研究』第四章第二節。

（八）『五行大義』（平成十年　明治書院）の解題において、神道史からの側面ばかりでなく、天理図書館吉田文庫に蔵される『五行大義』の諸本の状態からも、その影響の大きさが指摘されている。

（九）『中世天照大神信仰の研究』（伊藤　聡　二〇一一年　法藏館）五〇三頁。

（十）注六の書による。

（十一）「一句之文」については、次の論考が有益である。
高尾祐太「古今伝授東家流切紙「一句之文」考―中世の神道実践と古今伝授―」（「国語国文」第九八五号、二〇一六年九月）

第二章　潅頂伝授期の諸相

第一節　『愚秘抄』の形

はじめに

俊成から定家へと継承される御子左家が、それまでにあった六条藤家を凌ぐようになったのは十三世紀の半ば頃のことである。同じ頃、六条藤家の子孫の知家と共に真観などが、この御子左家に対抗して反御子左派と呼ばれる一派を作っている。『古今著聞集』の原形が成立した建長六年（一二五四）に程遠くない時に、定家と並び称される藤原家隆の子供である隆裕、隆専なども家隆流を結成している。それにつれて藤原定家の子、為家の子の為顕が為顕流を成して文永年間（一二六四～一二七四）には、『竹園抄』等を著している。同じ頃、為家の子、為世なども動き始め、弘安年間（一二七八～一二八七）には、『悦目抄』などの一連の書を著わしている。この文永年間から正応年間（一二八八～一二九三）にかけて顕著な動きを示したのが為氏の子供である為実である。鵜鷺系偽書と言われているものの作成には中心的な役割を果たしたものと考えられる。鵜鷺系偽書については、従来から多くの関心が寄せられてきた。その基点になったかと考えられる『毎月抄』については、定家の書とするについての論は真偽相半ばしていると言ってよく、『毎月抄』の前後に作成された『愚見抄』・『愚秘抄』・『三五記』・『桐火桶』・『雨中吟』、それに『定家十体』などは、定家に仮託された書であろうかと考えられている。しかし、その個々の書は相互にどのような関係を保ち、全体を構成しているかについては余り考えられては来なかった。その原因は、鵜鷺系偽書、あるいは定家偽書などの名称が付せられていることに象徴的に現れている。これらの書物は定家が著したものであるかどうか、定家の真書に照らし合わせてどの程度に定家的であるかなどの真偽論に焦点が絞られていたからである。先に『三五記　下』を巡って諸書の関係はどのようになっているかを為実流と為顕流の動きに併せて考えて見た（注一）。『三五記』は多く鷺系の書とされているから、鵜系の書とされている『愚秘抄』について考えてみる事にしよう。

一　東北大学図書館本『愚秘抄』と諸本との関係

『愚秘抄』と『三五記』とは一対の物として扱われてきた。それは、『愚秘抄』の上下二巻には鵜本、鵜末と、『三五記』の上下二巻には鷺本、鷺末と内題が付けられているからである。鵜と鷺とは対応しつつ、鵜鷺は同音異義語として兎を意味し、三と五とは掛け合わせて十五となり、十五夜の名月へと連想される。それはこの両書が名月の夜に住吉の神から教えを受けて出来たとの奥書にも対応している。更には、『毎月抄』をも連想できるとの連想的な想念が成り立つのである。しかし、諸本の実態は多様であり、題名に従って整理し、分類してもその先に考えを進めることは困難である。

『愚秘抄』として流布している版本などは、鵜本と鵜末の二巻の形となっているが、二巻二冊や二巻三冊の形のものもある。同じく二巻本の形ではあるが、群書類従に収められているもの及びこの系列の書には内容の出入りが多い。これに対して一巻本の形のものがある。『日本歌学大系』（注二）に所収されている本（以下、歌学大系本と称する）は一冊本とされている。内容は二巻本であるが、鵜末部分が鵜本に組み込まれているので一冊本とされている。静嘉堂文庫本（注三）は、「愚秘抄　鵜本」とされている部分は現存の『桐火桶』に相当しており、「愚秘抄　鵜末」とされている部分は『愚秘抄』の鵜本、鵜末部分を合わせた形となっている。静嘉堂文庫本の「愚秘抄　鵜末」部分が形としては一冊本なのである。しかし、静嘉堂文庫本の鵜末相当部分を歌学大系本と対校してみても内容には相違が見られる。歌学大系本の内容に類似していて、なお一分類とした方がよいものに正和三年本系統と名付けられる諸本がある。もっとも、この系統は大筋では、版本系の文意を持っている。その正和三年本系統でも、すべて同じ本文、形態となっているのでもない。東北大学図書館本、彰考館文庫本、広島市立浅野図書館本、内閣文庫本などは鵜本相当部分の終わりの方に記される遍序題曲流以下の論の構成に共通性があるので、これを第一類とすることができ、高野山大学図書館本は、やや違った内容を記しているので、これを第二類とすることができる。

この二類に分けられる本を正和三年本系統と呼称するのは、その奥書に正和三年（一三一四）に伝授されて書写した旨が記されているからである。諸本の中で奥書も内容も注目される東北大学図書館秋田三春家旧蔵の本（以下、東北大学本と称する）を用いて『愚秘抄』の問題を考えていくことにしよう。

東北大学本は「愚秘抄　全」との題があり、前半は「愚秘抄　鵜本」、後半は「愚秘抄　鵜末（鵜とある傍らに〃一本鷺欤〃と校合がある）」と内題がある二巻に別れた一冊本である。この校合があることによって、『愚秘抄』の鵜本に対しては鷺末が組み合わされていた本の存在が知られる。「愚秘抄　鵜末」に記される奥書の内、健保五年の定家、宝治元年の為家、弘長二年の為氏、正応三年の為実までは、版本系とほぼ同じである。この後に「正和三年二月十八日相伝之自或貴方不慮／賜之染筆　救山松大臣　通春（一本　蚊山松印　通春在判と校合がある）」と記されている。この奥書は、「一本」云々と校合されている箇所に問題があり、他本に「蚊山松下　通春　在判」とあるのが意味は判りやすい。「蚊山松下」とは、出家者を意味する言葉であろう。事実、東北大学本は続いて暦応二年（一三三九）の初秋に「律師通春」の自筆本を用いて書写した旨の源遠信の奥書を記している。東京大学図書館本の「鷺之上」と内題を持ち、本文は『三五記　上』に相当する本の奥書には、正和三年の年時に続いて「新宮別当二位僧正通春」と記されていることも参考にすれば、通春は諸宗兼学の徒であったかと考えられる。通春は『愚秘抄』だけではなく、同じ時に『三五記　上』をも書写しているのである。

東北大学本はこの暦応の奥書の前に「私此奥口伝所々抄出」と呼んでよい一群の記事があると注記している。内閣文庫本、広島市立浅野図書館本は、「私此奥口伝所々抄出」と題する会席、撰集の故実等を記しており、これが東北大学本に言う「私此奥口伝所々抄出」に相当するものと考えられる。この形態上の点から、第一類はここで二つに分かれることになる。

この部分、東北大学本は、健保五年の定家の奥書の前に古今三ケ之大事を記し、その後に、次のようなことを記している。

これよりすえに、勅集、打聞此等可撰口伝をかきのせられたり。今、一札にして書写し畢。これはさながら、此道の至極、家の重事也。輙此才学人にかたる事なかれ。努々此書函の底をいだす事なかれ。住吉の明神の御告によりて、日来の用心を書付侍る也。

ここに言う「勅集、打聞此等可撰口伝」が先の「私此奥口伝所々抄出」に、ほぼ同じものと考えられる。それが「一札」という分量に相当するかは疑問ではあるが、本文から切り離されて一冊に仕立てられたのである。東北大学本が校合に用いた本は「私此奥口伝所々抄出」の部分を持っていたのである。内閣文庫本と広島市立浅野図書館本は、この部分が切り出される以前の形を伝えていることになる。

さて、この「私此奥口伝所々抄出」の有無に拘るのは、版本系はこの部分を「私此奥口伝所々抄出」と記して『愚秘抄　下』の最後に記しており、群書類従本系は『愚秘抄　下』の本文の中に組み込んで二巻の形を堅固に作っているることがあるからである。形態の面から言えば、版本系は、正和三年以降の一つの形を、群書類従本系は、それ以前の一つの形を伝えていることになる。

それともう一つ、この部分で注意されることとは、この「私此奥口伝所々抄出」は、勅撰集を撰集する際の故実を主として述べていることにある。この故実は歌道家の存亡を賭けた抗争に関わっている。鵜鷺系偽書が作成された鎌倉時代後期で、撰集のことが最も問題にされたのは、「延慶両卿訴陳状」の出される延慶三年（一三一〇）頃のことである。この陳状が出されたのは、京極家の為兼が撰集した勅撰和歌集の『玉葉和歌集』に関して、二条家の為世が異義を出し、勅撰集の故実について質したからである。勅撰集の故実に関して争うのは、勅撰集を撰ぶ故実を熟知しているか否かの問題であり、それは家を継ぐに相応しい故実についての見識を持っているかどうかの事態に及ぶからである。『愚秘抄』に「勅集、打聞此等可撰口伝」などの故実を口伝として披露するのは、自らが撰集に関われる、家を継ぐに相応しい力量の持ち主であるとの主張である。二条家の者でありながらながら、家を継ぐに至らない為実などの主張が、ここに披露されていると考える事ができる。

もう一つ、東北大学本の「鵜　本」（以下、「愚秘抄　鵜本」部分の略称とする）において注目される記事がある。

遍序題曲流の五も、家々にたつるすじに、かわる所侍らねば、さてこそ侍らめ、六義六体なども、またかくのごとし。六義は毛詩をつねにみるべし。正見をまほりてだにも、読もてゆけば、自然に、わきまえ知ねども、六義六体にあひ侍る也。但、六体の事は歌の六の体也。句の多少、文字の不同にて侍る也。三十一字の歌より外は、当時は、もちいよまねば、無沙汰にて侍りつれども、そのただずまひ、わきまへをとるべし。かたはしかたはし、鷺の末に申留侍べし。誰しれらんも、いささかかはる意侍らじなればとて

先に、高野山大学本は第二類になるとしたのは、この遍序題曲流に始まる部分がなく、心と詞の論で終わっているからである。それではなぜこの記事に注意が向けられるかと言えば、遍序題曲流や、六義六体のことなどを「鷺の末」に記してあると予告しているからである。この「鷺の末」の内容は、『三五記　下』と題する版本などが記すことに照応している。鵜の巻は鷺の巻に続いて執筆されていたことが判る。正和三年時の東北大学本は「鵜　本」と「鵜末」とが一対となっていた。しかし、校合に用いた本は「鵜本」に対応するのは「鵜末」ではなく「鷺末」であった。そこで「一本鷺欤」と記したのである。東北大学本の「鵜　末」相当部分が「鷺　末」と題されている形の本は、蓬左文庫に所蔵される『鵜本　鷺末』に見る事が出来る（注四）。その本文には東北大学本との異同が認められるものの、奥書には「正和三二十八相伝」と記されている。正和三年本系統なのである。勿論、蓬左文庫本は鵜本の部分において鷺の末は予告していない。それなりの整合性は保っているのである。

正和三年の時点で『愚秘抄』には二つの形の本があった。一つは東北大学本に見るような鵜本と鵜末が対になっているもの、二つには鵜本には鷺末が対になっているものである。この鷺末部分には、遍序題曲流、六義六体の論など

が記されていると言う。それは『三五記　下』が記している。遍序題曲流、六義六体などの論は、鵜本との関係で書かれているのである。

二　東北大学本の構成

延慶三年頃から正和三年頃までの『愚秘抄』の動向を伝えていると考えられる東北大学本の全体の構成はどのようになっているのであろうか。

〈鵜　本〉

序

1　十体を基本としての十八体論

2　十八体を元の十体に寄せる事（この部分、東北大学本は脱落があるので彰考館本を参照）

四体（至極体・松体・竹体・澄海体）を十体に渡す事

松体、竹体、澄海体の例歌とその説明

至極体の事　～文治の年の詮議、元久の年の詮議。

幽玄体としての行雲廻雪体　～妓女に譬える。文選高唐賦など。躬恒、経信の歌を老翁の姿に譬える。

有心体の本意としての理世撫民体　～尭舜、延喜天暦に譬える。抜群体、長高体は一体を存するのみ。

景曲体、写古体を存ずべき事　～景曲体は見様体、写古体は存直体である。写古体を人丸の歌などで説く。

亡夫卿の秀歌　〜亡夫卿への懐旧の思い。

皮肉骨の三体の事　〜三蹟の書風。強きは骨、愛は肉、優しきは皮。骨を本体とする。高野大師は三体を束ねて書く。

三体を十体に対す事　〜皮は長高体、見様体、幽玄体に、骨は拉鬼体、有心体、事然可体、麗体に、肉は濃体、有一節体、面白体となる。

俊頼云事　〜無上体は数体を詠みいれる。日くるればの歌他について。（群書は、長らえばの歌他について）

近来の好士の風体〜

イ　俊頼、清輔、基俊の優劣をめぐって。慈円他の人々への批評。

ロ　西行はこの道の権者、柿本の再誕。幽玄にて有心の体は清輔、亡夫卿、基俊である、それを真似よ。

ハ　鎌倉右大臣は勝れた歌人。箱根路、もののふの、笹の葉の例歌。

ニ　人丸の竜田川の歌、家隆は心浅いと云うが心が深い。月やあらぬの歌は不明体の歌。愚詠の松山との歌は本歌のもと。

ホ　西行の心なき他の歌の例。鴫立つ沢の歌についての逸話。

ヘ　（群書ト違イアリ）俊頼のうかりける、家隆の思い出よ、愚詠の忘れぬらんは末代まで有難い歌。

3　恋、述懐歌の案じ方について　（群書ト違イアリ）

4 詩は心を高く澄ますもの

蘭省花時の詩を先人高吟。白氏文集など見る事。門賓拾謁の詩は無上。（群書ナシ）二つの詩の良しあしについて、詩と歌とは違いがない。

5 歌に切れるところ

第一句から第五句までの例。親句は五句で切れる歌。経信は疎句に秀歌ありと云う。

6 歌に二つの大途（大系は例歌別ノモノ）心あらはに詞おぼめき、詞確かに心確かならず。

7 無尽の体

一骨詠む歌は良し。善悪を知る事。寛平以来の歌、人丸赤人の歌は無上。

8 良くも心得ぬ事他

（大系ナシ）由緒は人の知らぬ事。本歌を取る事、字の声他の事。

9 歌を詠むに大切な事

初心の時、已達の時の詠み方。一切は練磨による。己の分際による。

10 詞の縮みなどの事

（大系ハ説明少ナク、群書ハ多イ）人丸の歌万葉に入る。白楽天の詩と人丸の歌とは同じ。筆には大師、歌には人丸、詩には楽天。（版本ト類似）

11 詞一つを二句にわたす事

（大系ナシ。群書アリ）思い出でよなどの歌の例。（版本アリ）

12　歌の末をてにはでとめる事
（大系ナシ。群書アリ）物の名にてとめる例他。（版本アリ）

13　白きという詞の事
（大系ナシ。群書アリ）白きなどの詞詠むべからず。（版本アリ）

14　一首の内によせある詞を二か所に置く事
（大系ナシ。群書アリ）車にとうしや、床等の縁ある詞等。（版本アリ）

15　隔句の事
秋風の峰の松原等の例。隔句の定義。経信の歌、西行の歌も隔句にあらず。（群書ノミ）詩を心得れば許される。

16　四病八病の事
（大系ナシ。群書アリ）平韻声韻の病の内、声韻をさる。平韻、頭の字二字続くは避ける。一字は苦しからず。（版本アリ）

17　口伝云　遍序題曲流の事
（大系、群書ナシ。群書は詞古く心新しくの論及び住吉に秀歌を祈る事）詩の題目、破題、譬喩、述懐の四に心得る。親句は秀逸できず。あな苦しの歌は貫之の夢想によるもの。

跋文　家々に伝わる事、六義六体なども同じ。鷺の末に言う。（版本ホボ同ジ）

〈鵜　末〉

序文　（群書ホボ同ジ）冥慮なきは沈倫する。

1　道に執する事

能因法師と白河の関、俊恵法師と長柄の橋屑、橘為仲と白河の関、三位高遠の事。

2　勅撰に入らぬ歌の事

住吉の松の歌についての西行、愚等の意見。

3　歌を詠む時、直にして詠む事

西行、和泉式部、道綱の母の事。

4　古今に三個の大事の事

（大系アリ。群書ナシ）おかたまのき、長さ三寸、周り三寸とする。当家は交野のとしばと言う。（大系ナシ）丹波の国の例、また一説は口伝による。（版本アリ）めとにけつりはな、業平、けつりはなを女御の住む妻戸に指す。かはなくさ、あまたの義あり。ひし他。相伝にめとは草の類。（大系ハ河骨トスル）

跋文　住吉の告により日頃の用心を記す。

（版本ハ「私此奥口伝所々抄出」ヲ記ス。群書ハ版本と同ジ内容ヲ違ウ意ノ跋文ノ前ニ記ス）

右は、東北大学本を基本にして、歌学大系本、群書類従本との大凡の相違を各項目の先頭に記し、版本との相違を各項目の後に記した。この一覧に見る通り、東北大学本は歌学大系本とは、項目の立て方、表現の仕方においてかなりの差異が認められる。表現の仕方においては、群書類従本に近いところもある。正和三年本系統と分類できる中では、彰考館文庫本と近い文意を持っている。それでも、東北大学本の記述は、彰考館文庫本よりは簡明であり、論理の筋は通っている。

「鵜　本」の2の十体に寄せる論、即ち冒頭から近来の好士の風体までに至る項目の間には、各本とも異同が少なく総論的な位置を占めている。この部分を通してみると、象徴的手法によって和歌の歴史を説明しようとする意図が見られる。この説明に当たっては「歌には人丸、詩には白楽天」とする基準が設定されている。和歌には漢詩が対比されて語られ、人物には、人丸に白楽天が対比されている。この人物による対比は順次高められていき、その頂点に中国には神女を、日本には八旬余の老翁を置く形となっている。その事をもう少し具体的にみてみよう。

三　虎皮を敷く老翁

八旬あまりの老翁の、白髪なるが、宿徳にて断畜のごとくなる形気の、人よりことにとをれるが、錦の帽子うちきて、紫檀のよりかかりに、虎皮を松が本の緑苔（正本ニハ石厳ト校合アリ）にしきて、青嵐時々音信かはす夕間まぐれ、秋の葉かつがつ落しろいて、ものかなしき山の砌に、和琴かきならして、打仰ぎ打うそぶきて、吟詠せるをみるここちする歌也と申ためる

右の文は、躬恒、経信の歌の優れた様を老翁の姿に譬えて述べる部分（一覧の鵜本の2）である。八十余歳の老人が錦の帽子を被り、紫檀の寄りかかりに寄り、虎皮を敷いて座り、もの悲しき風情の中、琴をかきならす様と言う。青嵐訪れ、秋の落ち葉するとは、春と秋の風情、それに、夕暮れと山の砌との、時と場所が設定されて、幽遠な情景が

深められている。老翁には徳があり、枯木のようであるとも言う。これは何を意味しているのであろうか。この部分に至る文脈の流れをもう一度見てみよう。

「鵜　本」は、歌体論から始まっている。即ち、既に述べられている十体（それが『定家十体』に相当するか否かの論は暫く措いておくとして）を基にして、十八体が立てられるとして、その内の四体（至極体、松体、竹体、澄海体）が基本となる十体を凌駕していると言う。この四体の内の最高の理念を示す至極体は、亡夫卿の述べる有心体に相当すると考えるのが最も良いとする。次に十体の内の高い理念を示す幽玄体の説明へと移っていく。この辺り、叙述は輻輳しているのであるが、それは、古くの十体と、新しく立てられた十八体との整合性に戸惑っているからである。さて、その幽玄体は十八体の内の行雲廻雪体として捉えられ、「妓女の幽玄の姿」に譬えられるとして、『文選』の高唐賦・洛神賦が示される。その姿は「神女」であると説明される。それに続いて、躬恒、経信の歌が示され、その幽遠な歌風が、先の八旬余の老翁を借りて語られるのである。この後、有心体は、理世撫民体として語られ、異域の尭、舜に、我が朝には延喜、天暦の賢帝に当たるとされる。この理世撫民体の記述からは、中国と日本との賢帝が対比されて語られていることから、先の八旬余の老翁は神女に対比して語られていると判断される。神女に対する老翁は、神仙の翁としての性格を持つものと考えなければならない。

老翁は和琴を掻き鳴らしているが、そのような形での仙人と云えば、『宇津保物語』の一場面が思い起こされる。主人公俊蔭が仙境の花園より西を指して行くと「一つと云う山を見れば、梅檀の木のかげに、林に花を折り敷きて、琴弾く人、年三十ばかりにてあり」とある。雰囲気としては幾分か似ているところがある。しかし、状況、風体などにおいては「鵜　本」には、いろいろと仕掛けがある。その形容に錦の帽子を被らせるのは仕掛けの一つである。しかし、錦の帽子は、日本において語られる神仙、あるいは隠遁者の姿に見出すことは難しい。中国の仙人像にも求めがたい。特殊な造形と考えられる。次にこの人物を「松が本」に設定する仕掛けには、住吉の神が想像される。鵜本に対する鷺末の形をもつ『三五記』では、亡夫卿が住吉社に参篭した夜の夢に、住吉の神が「年、はや九九にも余りたらむとおぼしき老翁の、赤地の錦の帽子に白払をかなでて」登場している。神が錦の帽子を被る姿である。次には、老翁が「虎皮」を敷く仕掛けがある。この部分、群書類従系の本は「虎皮」としているが、版本系は「から草」を敷くとしていて明らかに違っている。「虎皮」に何らかの意味が込められているものと考えなければならない。

虎は、この時代までに、百獣の王として、威力あるものと認められていたことは、ここに例をあげるまでもない。中国においても、虎の意味する事は、そう異なってはいない。十世紀頃成立の中国の百科事典である『太平御覧』巻第八百九十一に記述される虎の姿には、その威、甚だしいものと説明されている。しかし、陰陽五行説、神仙説の分野に目を向けてみると、幾分か相違したことが見えてくる。『列仙伝』を見るに、虎を良く撫で使った鄭思遠、耆域の例がある。それは神仙の力は虎を上回っているものとして描かれている。『太平公記』巻第十六には「杜子春」伝が載せられている。その修行の場には「取一虎皮、鋪於西壁、東向而坐」とある。西壁に虎皮を「鋪」いたとあるから、西壁に懸けたのか、あるいは西壁に接して敷きつめたのであろう。いずれにしても、西方を守護する白虎の力を頼みにしているのである。こうした陰陽五行説を通して語られる虎は『後漢書　志　第五』にも見えている。十二獣の一つとされる虎は、十二神の内の一つ腓胃に食べられるとしている。これは『山海経』に、鬼門である東北の門に出入りする鬼を食するのが虎であることに基づいており、東北に常住する虎は神には退治されるとある。この故に、門に虎の絵を描く事があるとする古伝もあると言う。ここで注目されるのは、虎は白虎の持つ力の象徴としてばかりでなく、東北の門を守る役割があることである。「杜子春」が東面して坐すのは、背後に白虎の力ばかりでなく、東方に一種の力を認めているのである。

陰陽五行説に基づいた五行の意味を『五行大義』他に求めてみると、東の方は寅から辰を含む方角である。これは五行では、木に当たり、万物を育む春に相当するとしている。月に配当すれば、一月から三月までに相当し、一月が寅月となる。この寅月は物事の始まりであり、新しきものの芽吹く月である(注五)。これらの意味は動物の虎にも援用されるのであって、虎は新しく生まれ出る力を持つものと認められ、新生、生育の力の象徴とされている。杜子春は東面することによって、神仙世界に生まれ出る力を得ようとしているものと理解される。

こうした陰陽五行説に基づいて万物を理解する方法は日本においても大いに用いられていた。特にこの時代、為顕流にあっては、『玉伝深秘巻』、能基『古今和歌集序聞書』、『石見女式』、『玉伝集和歌最頂』、『深秘九章』などにおいて盛りに援用されている。因みに『玉伝深秘巻』を引用してみると「春は東より来る。万物の始まりなり。万物は仁を象る。みなことごとく任運の発起なり」とあり、能基『古今和歌集序聞書』には、「木ハ東ヲ司ル故ニ物ヲ始ムル義也。木ハ仁ニ当ル。万物ヲハゴクム義也」とある。春は東の方、木性に当たり、万物の始まりを示すことは十分説かれている。このような潮流の中に『愚秘抄』の「鵜　本」は作られていたのであるから、今、虎の意味を五行説に基づいて理解することは決して的外れではない。

しかしなお、為顕流にあっては、人丸の姿に虎皮を結びつけて説くことが急である。

四　化人、人丸は虎皮を敷く

為顕流の展開する論の根幹を説く書に『和歌古今潅頂巻』がある。その中に人丸は四人居るとして翁人丸・歓喜人丸・努日戸丸・不住人円をあげ、努日戸丸について、次のように記している。

一　努日戸丸　平城御宇至嵯峨、大同元年八月一日、出現ト云々。御装束、数寄烏帽子ニ大文指讃ニ直子ノ上ニ漏出相有之。上衣ヲ着ス。虎皮ヲ敷ヲ眠タル御影也。又云、仁志起ノ帽子ニ、紫檀脇足ヲ押ヘタリ。是、素盞烏尊、又ハ月神トモ申ナリ。

ここには、人丸の一つの姿態が語られている。一人は、烏帽子、直衣、指貫姿であり、公卿の平常服姿である。人丸を高い身分の公卿と考えている。この人丸が虎皮を敷いて眠る姿の像があると言う。もう一人の人丸は錦の帽子を被り、紫檀の脇足に倚り掛っている。この姿は素盞嗚尊、あるいは月神であると言う。

日本の始原に関わる神の化身として人丸が語られているのであるが、ここに描かれる二人の人丸の姿の半分づつの形、即ち公卿人丸の敷く「虎皮」を「錦の帽子」の神人の人丸に敷かせてみると、先の「八旬余の老翁」にぴったりと重なってくる。二人の姿を重ね合わせると一つの姿となるのはどうしてなのであろうか。

虎皮を敷く人丸は大同元年八月一日に出現したことになっている。これは為顕流の『金玉雙義』（注六）に引用される「自性論潅頂」に説明がある。人丸は天武天皇の時、石見の国に出現したと語られ、なお一説として、聖武天皇の崩御の後、平城天皇年間（大同年間）の八月十一日に贈官されたと記されている。この一説に関連して考えれば、人丸は大同元年の八月一日に出現し、同十一日に贈官されたことになる。人丸は化人なのである。「自性論潅頂」は、更に、人丸と赤人は一人二名であるとも述べている。人丸は文武天皇の時、事ありて上総国山辺郡に配流され、聖武朝に召し返されて山辺赤人と姓名を改めたと言う。この事は、その昔、唐の白楽天が、配流の後、大原白居易と改めて召し返された故事に倣ったものであると言う。しかし、この故事によるばかりでなく、人丸の流罪地とされる上総国は特別な意味を持って設定されていると考えられる。罪を得て遠流となる地は東国にあっては常陸国と『延喜式』では決められていた。それを「自性論滝頂」では、殊更に、上総国としてそれを「東州」と表記している。そこには東であることが強く意識されている。東は人丸が赤人となって復活するのに必要な方角であった。人丸は東に流されることによって赤人に生まれ変わり、復活する事が出来るのである。為顕流においては、『玉伝深秘巻』の「赤人縁起」において、上総国は赤人の化生した地であると言うのも同じ考えに基づいている。人丸と赤人との交代劇に相応しく選ばれた地が東の上総国なのである（注七）。努日戸丸に語られる人丸の二つの姿が一つとして捉える事が出来るのは、人丸と赤人との交代劇が背景になっているからである。この仕組みは『古今和歌集』の序文で「人麿は赤人が上に立たむことかたく、赤人は人麿が下に立たむことかたく」と記されていることへの答えとして創られていることは言うまでもないことである。

虎（寅）皮は東の意味することの全てを包含している。その上で、人丸が虎皮を敷いて座る姿は赤人の化生した姿でもあり、日本の神、素盞鳴尊の姿でもあり、神仙の人の意をも含むものなのである。『和歌古今滝頂巻』に語られる他の三人の人丸の出現の姿は、努日戸丸と際立って違っている事もここで見ておかなければならない。

四人の人丸の内、翁之仁丸は、大宝二年九月十三夜の月の夜に、不住人円は、延喜十三年八月十五夜の日に出現している。いずれも月の精霊を受けているのである。また翁之仁丸は住吉（日吉との一説も）の神でもあり、不住人円は賀茂明神の現形であるとも言う。もう一人の歓喜本人丸は、神亀元年正月十八日に、清水寺の観音から化生したと言う。これら三人の人丸像は、水干烏帽子、束帯に冠を戴く立ち姿であり、虎皮は敷かれていない。努日戸丸だけに、虎皮を敷かせて眠る姿として、陰陽五行説に基づく考えを強く入れているのである。

時代はずいぶんと下る事になるが、安部晴明八百五十年忌の際に設営された祭壇の図（注八）がある。その図には、正面奥から金銀幣を初めとする供具を四列に並べ、五列目の左側には八角の壇、右側には鏡を掛けた神木を中心にした壇が描かれている。この全体を囲む形での右側面には、奥から青幣・弓矢・赤幣・虎皮と並べられ、左側面には同じく奥から黒幣・白幣・白鶏が並べられている。この青、赤、黒、白の幣は東、南、北、西を、金、銀は中央の方角を意味している。右側の弓矢と左側の槍は悪鬼を退治する武器である。左側の白鶏は西方を守るものとして用いられている。そうすると右側の虎皮は東方を守るものとして用いられていることになる。江戸時代になっても、日本的な陰陽道の考えは東方の力を認める祭式を保持していたのである。

五　再び『愚秘抄』の問題へ

元永元年（一一一八）に始まる六条藤家で行われた「人丸影供」に用いられた人丸像は「左手操紙、右手握筆、年令六旬余之人」（注九）であった。この像は夢想によって得られたものであった。為顕流においての人丸像は、陰陽五行説を取りいれてのものであるが、「鵜　本」に言う老翁との類似性が考えられた。為顕流と為実流とは『三五記　下』である「鷺　末」において関わりの深いことは既に述べている（注十）。殊に『三五記　下』が記述する和歌仏道一如観に関わる論は為顕流の論からの借用であった。「鵜　本」に登場する老翁の姿にも為顕流との類似性が認められた。「鵜　本」に語られる老翁にはどのような意味が込められているのであろうか。

「鵜　本」の老翁には、為顕流が考え出した日本の始原の神へと通ずる意識はない。また、赤人が人丸に生まれ変り、復活する形もない。「鷺　末」が描く「九九に余る」住吉の神とも一線を画し「断菑」と描いている。また『人丸影供』の像が持っていた「六旬余」の姿とも違って「八旬余」とされている。『人丸影供』の人丸ほど若くはなく、住吉の神ほどには老いていない。しかし、先にも述べた通り、虎皮を敷き錦の帽子を被る姿は、為顕流の造形に共通している。

「鵜　本」が描いた「八旬余の老翁」は、日本的に造形された神仙の翁と考えられる。

歌体論で和歌の至高の姿を示す幽玄体は漢詩の行雲廻雪体と同じ詩想があるとされ、中国の神仙の艶やかな女性と、日本的な造形になる神仙の老人とが対比されて語られている。幽玄体の次位とされる有心体は、理世撫民体として捉えられ、中国の尭、舜に対しては、日本の延喜、天暦の賢帝の有様をもって語られる。次には十八体の中で「猶可存事」があるとして、景曲体、写古体が取り上げられる。景曲体は見様体に、写古体は存直体か遠白体に寄せられるとする。この写古体は「心慥かに、さるからもののあはれ浮そへる」が「よろしき」と称揚され、人丸の歌を用いて説明される、なかでも人丸の歌「身に寒く」云々の歌は「人丸の歌中に随分殊勝歌」と、亡夫卿が申したと言う。この後、二首の歌が示されて亡夫卿の七首の歌が挙げられる。それに続いて近来の好士の歌への批判が始まる。「鵜　本」の述べる歌体論は、亡夫卿の七首の歌の前で一段落していると見る事が出来る。ここまでは人丸を基準として評価しているが、これ以降の歌人の評価においては人丸が基準とはなっていない。俊頼、基俊に始まる十数人の歌人の評価においては、西行を「此のみちの権者」と褒めて「柿本の再誕」と記している（一覧の2のロの項目）。評価の基準である人丸が絶対視されていないのである。人丸詠とされる竜田川の歌は他の歌人と対等に批評の対象（一覧の2のニの項目）となっている。人丸は「無上の歌」を詠むとは言うものの、あくまでも一人の歌人として扱われている。歌体論の立場からしても、人丸の歌は写古体とされ、幽玄体・有心体の持つ高い価値は与えられていない。

人丸がその位置を低くする直前までの「鵜　本」の歌体論は、神仙、帝、人という形での三位の構造、あるいは天、地、人の三才を意識した構造を持って語られている。この時、神仙、帝の例は、中国と日本との対比で語られている。それならば人としての人丸は何に対比されているかというと、それは白楽天である。この対比は、和歌は漢詩と同様に優れていることを言うための設定である。和歌を案じて心性妄りがわしくなる時には、詩によって心を良く澄ますべきと説明されている。詩は心を高く澄ますものとして、高く評価されている（一覧の4の項目）。「凡そ、詩を構て読歌と心得べし。都、相違なき事也」と詩を詠む境地は和歌に通じているとされる。こうした詩の効用を認めた上で「楽天の詩と人丸の歌は同事」（一覧の10の項目）と、詩における白楽天と和歌における人丸が対比的に語られることになっている。

ここに「鵜　本」の歌体論には、次のような構想が立てられている事が判る。

	神仙	帝	人
中国	神女	尭・舜	白楽天
日本	神仙の翁	延喜・天暦の賢帝	人丸
歌体	幽玄体	有心体	写古体

こうしてみると、一覧の10の項目の縮みなどの事の項目までが、「鵜　本」の基本的な形として存在している事が見えてくる。詩と和歌との対応の様を語り、次に勝れた和歌の心の在り方までを語って一段落しているのである。この観点から改めて一覧を見直し諸本のあり方を見てみると、歌学大系本などは、この項目以降に省略が多くなっている。諸本間の本文の揺れも大きい。こうした揺れの現象は「鵜　本」が持っている右の構想が充分理解されないまま、恣意的な本文の改変が行われたことによるものと考えられる。

しかし、「鵜　本」の構想を右の様に捉えて見ても、この構想自体にも不充分な点のある事も指摘しておかなければならない。それは既に述べてきたように歌体論と人丸論において際立っている。歌体論は和歌に対して漢詩を例示し、その境地を説明し、対応する様相を語るのであるが、この視点が最後まで保持されていない。人丸は白楽天に匹敵する歌人との位置付けがされているにも拘わらず、歌体としては写古体に分類される低い評価しか与えられていない。古来からの歌人たちの評価においては人丸を基準としているにも拘らず、近来の歌人への評になると、この基準は守られていない。

詩と和歌の対比による歌体論のこうした不十分さは、『三五記　上』において補完されようとしている。「鵜　本」に言う元の十体と十八体との関連の複雑さを簡明に説明しているし、和歌と漢詩との対比配列には注意が行き届いている。しかし、論としての完成度は低い。一方、『三五記　下』は「鵜　本」の構想を活かしながら、当代に流行する新しい歌論に応じようとする姿勢を示している。『三五記　下』は、為顕流の『和歌知顕抄』に言う「経信卿云、和歌は隠遁の源として」に始る和歌と仏道とは同じ境地を求めているとする言を引用して始り、遍序題曲流、六義、六体、親句疎句の論などを展開している。「鵜　本」が語らないで予告だけに終わったものを完結しようとしている。

遍序題曲流などの論は為顕流が論じていたものである。前代には全く語られなかったこれらの論を取り上げて独自の考えを述べ、当代の趨勢に応えようとしているのである。定家から伝えられたとする奥書とは裏腹に、鎌倉時代後半の流派抗争の一端を物語るものとなっている。

大きな枠組は構想されてはいたものの、それぞれの作業過程にあっては、構想への理解の不十分さがあってそのまま作業が進行したものと考えられる。指揮統一がとれていないのである。この作業集団を初めに統率し構想を立てたのは『愚秘抄』『三五記』の奥書に名を残す為実であろう。しかし、為実流として活躍し、後を引き継いだ人々は、それぞれの思惑のなかで鵜本、鵜末、鷺本、鷺末を改変したのである。東北大学本『愚秘抄　全』は正和三年の段階での一つの形を見せているのである。

注

（一）『歌学秘伝の研究』第三章第四節為実流―鵜鷺系歌論・その他の流派。
（二）『日本歌学大系　第四巻』（佐佐木信綱編　昭和四十一年　風間書房）に所収。
（三）静嘉堂文庫本『愚秘抄』の位置づけに言及しているのは次の書である。
『中世文学論研究』（田中裕　昭和四十四年　塙書房）四八三頁。
（四）蓬左文庫本は鵜本の奥書に、相伝系図として定家から、為実までの奥書を記した後、「正応三正四件本同京極黄門自筆同相伝／正和三二十八相伝」と記している。
鵜と鷺との関係から正和三年本に言及しているのは次の書である。
『中世歌壇史の研究　南北朝期』（井上宗雄　昭和四十年　明治書院）二一二頁。

注三の『中世文学論研究』の四八六頁。

（五）次の書には、陰陽五行説による種々相が説かれている。

『神々の誕生　易・五行と日本の神々』（吉野裕子　一九九〇年　岩波書店）

『日本陰陽道書の研究』（中村璋八　昭和六十年　汲古書院）

（六）『歌学秘伝の研究』の資料編に翻刻した『柿本人麿之事』を詳説する『金玉雙義』（書陵部蔵）の「自性論潅頂」による。

（七）「赤人縁起」には、赤人の日本にあることを中国からの流され人としても語っている。貴人の漂着地としての視点も含んでいることになる。更に、赤人と人丸は父子であるとの説も記している。問題は多岐にわたっている。

（八）この図は京都府立総合資料館蔵であって、『陰陽道の本』（一九九四年一月　学習研究社）に掲載されている。

（九）『柿本影供記』による。人丸像は多様な変化を遂げて伝承されていた。『実隆公記』延徳三年十月十一日の条には信実筆とされる人丸象は「とらの皮しくなり」とある、

（十）注一に同じ。

第二節　『竹園抄』の流伝

『竹園抄』に記される歌論が歌学史の中でも特異な論理を持っていたことについては『歌学秘伝の研究』において述べた（注一）。

そのいくつかの特異な論というのは、親句疎句の論、性体形の六義の論、九章の論などであり、和歌会席の法・懐

紙の書法などにも注目されるものがあった。『竹園抄』の成立する前後に『新撰帝説集』『玉伝深秘巻』『深秘九章』などの書が相次いで成立している事も確認した。更に、その伝授儀式に潅頂の作法の採られていることも確認できた。それらを支える論は『和歌古今潅頂巻』(神宮文庫蔵)に展開されていた。これらの書は竹園抄系歌論と名付けられる一群として捉える事が出来、為顕流としての所業とすることができた。

『竹園抄』は一連の歌論の中心となり、為顕流を主張するに象徴的な位地を担わされている。しかし、『竹園抄』の諸本を整理してみると、なお多くの問題が潜んでいることがわかる。

『竹園抄』の諸本は六十余本を調査したと『歌学秘伝の研究』に記しておいたのであるが、その後に調査が可能になった本を加えると八十余本になる。それらの資料を用いて、二つの点に絞って考えて見たい。

その第一は古い年時のことがらを伝え、あるいは古い時代の本と考えられる本の様態のことである。その古い本に記されている事をめぐって『竹園抄』の作者は誰と考えられていたかを第二の問題としたい。何れも『竹園抄』の流伝の状態を探る作業である。

『竹園抄』の書写年代として鎌倉時代を想定できる本は三本ある。

その第一は尊経閣文庫本である。その奥書に「元応二年二月十八日以小倉抄本書之/右筆左道後見有憚歌道又無沙汰/旁無其詮然而如垂髪尤可謂大切歟仍/以漸々隙終功了(花押)/交合了不可有外見者也」とあって元応二年(一三二〇)二月十八日に小倉抄本を以って書写した旨を記している。この小倉については小倉公雄であろうかと井上宗雄氏は記している(注二)。書写されたのはこの年時かと考えられる。

第二は伝為実本(注三)である。久松潜一氏の旧蔵になるこの本を納める箱の上書には「伝為実」とあって『竹園抄』

を伝承したのは為実であるとしている。また、この本を書写したのは為貫と記している。鎌倉時代後期には書写されていたと言うことになる。ここに記されている為実は『歌引袖宝集』などの関わりから『竹園抄』を改変した立場に居たであろうことは既に明らかにした（注四）。この為実が関わったことを示す記事は蓬左文庫蔵の一本『竹苑抄』に「本云　以冷泉三品為実之本令書写了」とあり、また、東京大学図書館本にも「以冷泉三品為実私之本令詠作之百趣ト云々」とある。為実が所持し、或いは書写したと考えられる本、「為実本」と称される本が存在していたのである。

鎌倉時代後期書写の本の第三としては、国立国会図書館本がある。この本は国立国会図書館の電子図書館の一環として公開されており、その解説には書写年代は鎌倉時代後期となっている。この認定は私が国会図書館において調査を行った昭和五十四年十二月の段階にあっては行われていなかったから、それ以降の調査鑑定によるものである。写本の書写年代の鑑定作業は随分と進歩した面もあり、その上、国会図書館の仕事であるから、それなりに評価されるものがあろう。しかし、その認定には不確定な面のあることも先の二本と共に銘記しておかなければならない。この国会図書館本は表紙及び裏書に「伊豆の山円秀坊」等の書き入れ及び相伝者の名前が記されている。『竹園抄』の作者かと考えられる為顕の流派の一人、能基が伊豆の走湯山と親密な関係を持っていた事も既に明らかになっていることであるが、その伊豆山に伝来していた本としても貴重な本であることには間違いない。国立国会図書館本の奥書には「本云　為家　為顕　能基　三代也　云々」と相伝者が三代と記されている。

以上の三本に次いで鎌倉時代の動向を記している本は祐徳神社文庫本である。相伝者の名前を「為家為顕能基空恵以上四代」と記した後に「于時正応五暦中夏上旬之天於／　勢州稲木江涌住寺之住僧／　伝授之畢桑門空恵切題紙／上一寸弐分置て書也首ハ中程／ハ書下五分残也横八分也色ハ四／　季に替当色を可用　但当／世ハ染紙まれ也と云リ」と記している。伊勢街道沿いの稲木にある江涌住寺の僧侶に、『竹園抄』の第四番目の伝承者とされる空恵が正応五年（一二九二）に伝授した本である。この伝授の時、空恵は懐紙短冊の書式をも伝えたのであり、その一部がここに記されているのである。『竹園抄』系歌論の一つ『新撰帝説集』は懐紙短冊の書法を記しており、懐紙短冊の書法について為顕流は特別な関心を寄せていたことが窺われる。因みに、この祐徳神社本が書写されたのは近世も後期のことである。

　続群書類従に収められている『竹園抄』は三本を以って校合したが、異同が多いので旧本の体に従ったとある。その奥書部分には「為顕本云　為家　為顕　能基　三代也　嘉元二七二日」と記されている。嘉元二年（一三〇四）には為顕が作者か、あるいは書写者と認定できる「為顕本」があったのである。蓬左文庫に蔵される本の一つには嘉暦二年の書写奥書が記されている。「本云　嘉暦二年丁卯十月二日　書畢／　文明十六年霜月十二日　書畢／　文明十七年十月三日　書畢」と三つの年号を記している。その初めの年号が嘉暦二年（一三二七）である。この蓬左文庫本の奥書の二番目に記されている文明十六年（一四八四）よりは、やや古い年号を記しているのは三輪の所蔵する一本である。この本は裏打ち補修する際に上下の部分が裁断されたと考えられ、縦二十・五糎　横十八糎の変形となっている。最終丁には「為家　為顕　能基　空恵　四代と也」と相伝者を記した後、「相伝　藤原□卿　藤原□□□」とあって「文明拾年戊□月七日　書之」（□は判読不能の文字）と記している。文明十年（一四七八）に書写された本である。同じく文明の年号を記しているものに久松本の一本がある。「文明十九年正月十日終功此一冊／按察使藤原親　御判有之」とあって、藤原親長の花押のある本を室町時代後半に写した本である。文明年間の年号を記している本はもう一本ある。京都大学図書館蔵の平松本は、その奥書に「文明十六年三月之比写之」と文明十六年（一四八四）の書写であることを伝えている。

文明年間の流布状態を知ることのできる本は四本あることになる。

『思文閣　古書資料目録』（平成二十七年二月）に掲載された『竹苑抄』は「享徳四年正月十一日書了　藤原」と奥書に記されている。享徳四年（一四五五）の書写である。この奥書のすぐ前には相伝者の名前が記されている。それには次のようにある。

定家―為家―為顕―侍従

―覚智―慶盛　在判

―阿仁

ここに見える、覚智、阿仁、慶盛と続く系譜は東洋文庫本『竹園抄』にも記されている。井上宗雄氏が史料蔵の言語不滅集と題する『竹園抄』を紹介しているが、それにも同じ系譜が記されている（注五）。『竹園抄』には三代或いは四代と続く系譜があるのである。天正十三年（一五八五）に連歌師の里村玄仍が書写した本は相伝者を為家、為顕、能基の三代としている。これは久松本である。天文六年（一五三七）に虎千代が書写したとするのも、久松本である。後に述べる厳島神社蔵本は天文十三年（一五四四）の年号を伝えている。龍門文庫に蔵される本は川瀬一馬氏によって慶長年代頃の書写と鑑定されているが奥書類は何も記されていない。三輪蔵の一本は弘文荘書肆の鑑定によって元和寛永頃の書写とされている。奥書には「永禄弐年霜月十三日宝樹軒郎球大／徳被書之所持之間所望申老のともに仕らん／ために写之つれつれにもおもひ悪筆はゝか／らすうつしおきなきあとまても忘かたみとも／あるへきか／永禄十年五月十二日　山栖宗英」とある。永禄二年（一五五九）に伝承されていた本を江戸時代に書写したのである。

以上に挙げた古い年代の本に記されたことなどを参考にしつつ、『竹園抄』の作者のことを考えてみよう。

『竹園抄』は為家以降三代あるいは四代にわたって相伝されたとしているが、この相伝次第の第一代に為家を置き、為家を『竹園抄』の作者とする考えがある。厳島神社蔵の本がその一つである。はじめに「竹苑抄」と題名を記して、それに続いて為家卿作と記している。奥書には「天文十三甲辰／藤原高包書之畢／以本抄藝州厳島之住元翁如写本非首尾書之畢／不可有他見云々／永禄八年南紹十二日」とある。この奥書からも知られる通り親本は、首尾整わない本、即ち和歌講の作法の項を持たない系統（おそらく為実が関わったために和歌講の作法の項が削除された系統の本）であったと見え、この項目を他本によって補っている。初めに為家卿作と記すのは『竹園抄』を為家の著作と認めてのことである。『竹園抄』の作者は為家であって、為家からの相伝を受けた為顕は為家の論の祖述者であるという考えである。

こうした考えは後に、寛永版本が広く流布させ通説となったものである。即ち寛永版本（寛永甲申暮秋上旬刊行本）は「凡這抄ハ最極／秘事の雖口伝初心のために書をく所也／為顕入道殿小童の時竹園にてをしへ給へ／る民部卿入道殿の言葉を為顕殿のかき／あつめ給ふなり世間に未被露物也穴賢／不可有外見可秘竹の苑にて御子／にをしへ給へる為家の詞なり仍号竹園抄／者なり」と記している。この版本の奥書は少なくとも二種類のものを組み合わせている。「凡這抄ハ」から「不可有外見　可秘」までが一文で、為家の言葉を為顕が書き集めておいたの意である。それに続く一文は、竹園において教えたので竹園抄と名付けられたとする書名の由縁を説いている。この二つの考えは古くから伝えられていたのであり、先の国会図書館本は「為家の入道殿小童の時竹苑にて教給／へる民部卿入道殿の詞を為顕の書あつめ給／へる也これは世間にひろめさる書なり能々／可秘々」と記している。寛永版本が参考にしたかと考えられる記事である。

このように為家の言を伝えたとする考えがあれば、為家自身がその成立に関わった由来を記す本があっても不自然ではない。書陵部蔵の一本はその典型的な形である。「凡雖十体多為初心之輩如此記之／和歌第一之秘々也箱底可納是若／於他家伝是者親子物而約之後以／七文起誓文可授是也最除秘中／文暦一年初春天　為家卿　藤原朝臣」と記している。『竹園抄』の最終項目の十体論に続く箇所であるが、この本は堅く秘すべきである、若し他家の者に伝える時は親子の約束をして七枚起請文を記して授けなければならないと言う。ここに、文暦二年（一二三五）の年代での為家の言葉と記しているのは、次に続いて記される奥書の十歳の小童に授けたとの記事に呼応している。「彼抄者自筆十歳之内為小童之書撰是／者也和歌非流雖為遍此義体不可過最／源秘中云々懐中之外不可出是／為家卿法名明覚」とある奥書は、為家の自筆本があり、その本は十歳の小童に与えられた事を述べている。この十歳の小童が為顕を指しているとすれば、為顕の生まれは、仁治三年（一二四二）頃かと考えられている（注六）から、ほぼ妥当な言い方である。しかし、「為家卿法名明覚」とあるのは明らかな誤りである。為家の法名は融覚であり、明覚の法名は為顕であるからである。奥書に「為家卿　藤原朝臣」と署名する形も解せないものである。こうした不審な点は認められるにせよ、この奥書には起請文が用いられ、十歳の小童に与えられたことが記されており、注目されるのである。

　こうした為家作とすることのもう一つの見方に、為家が他の書物から引用して『竹園抄』の形を作ったとする考えがある。例えば、先の文明十九年の奥書を記す久松本、国会図書館蔵の『悦目抄』の一部などを合写する本などは、その冒頭に「八雲御抄より集也／竹の園にて御子に訓給へる言葉也／仍竹園抄と号なり」とある。為家の言葉ではなく「八雲御抄」から集めたものであると言う。ここに言う「八雲御抄」を後鳥羽院が著作した『八雲御抄』と考えるならば、為家が後鳥羽院作の書物から借用して、説き直して為顕に伝えたことになる。しかし、『八雲御抄』と『竹園抄』との間には何らの関係も見出せない。一方、『八雲御抄』と関連を持ったと考えられる書は為顕の周辺に存在している。『和歌密書』である。『和歌密書』は『八雲御抄』の論と『三五記　下』の相当部分を取り合わせて一書としている。この書に関係したのは為実である（注七）。「八雲抄」が『八雲御抄』を指していないと考えると、類似した名前の書を、為家の周辺に見出すことができる。為家の著作と考えられている書に『詠歌一体』がある。その広本系統とされる書の題名に『八雲口伝』の名がつけられている。『詠歌一体』の成立、その伝播の複雑な過程について良く整理された論は佐藤恒雄氏にある（注八）。佐藤氏によれば、『詠歌一体』の諸本は大きく広本系と略本系との二つの系統に分類できる。広本系統は、二条家と冷泉家が伝承した系統の二つに分類される一方、広本の一部が記されて略本系統が出来ているとされる。広本は四十八本、略本は五十六本の諸本を丁寧に調査された結果でもあり、首肯される考えである。この広本系統の中に『八雲口伝』の名称をもつものがある。この名前がどの段階で誰が付けたものかは断定できないものの、『八雲口伝』は二条家系統において、冷泉家系統に対抗するために用いられた書と考えられ、その書名も「八雲の道の口伝」あるいは「和歌の道の口伝」の意味かと考えられている。為家から和歌についての口伝を受けたとする意思が明瞭に現れている本が、二条家系の伝本として受け継がれていることは、為家没後の流派抗争の中において起きたことの反映である。その『八雲口伝』と同じように、為家の八雲の言を記した「八雲御抄」から、為家が選んで為顕に口伝したことを記しているのが『竹園抄』であると主張しているのである。為顕も『竹園抄』を手にして流派抗争を争ったのである。文明十九年の奥書を持つ久松本などが記す冒頭の「八雲御抄」の言葉を「八雲抄」と記す本がある。日光輪王寺本（注九）、宮内庁書陵部本である。「八雲抄」は『八雲御抄』を指していると考えなくてもよいのである。「八雲抄」は為家の論を記している本である。その論を為顕が口伝で受けて記した本が『竹園抄』であると考えて良いのである。日光輪王寺本と宮内庁書陵部本とは同系統の本であるが、架蔵する本もこの系列に入る本である。三輪本の奥書には次のようにある。

①文永二年三月六日書之畢　　藤原為顕

②文永七年八月十三日洛陽東山於法勝寺／祖相伝之可秘々／更々不可出懐中

沙門家恵

③弘安三年九月十三日於六波羅遍相伝之／努々不可在外見作可秘々々

正五位下行源朝臣

④正安三年十一月十三日於白河房相伝之／可継跡之仁一人外者不可有他見之由／戸部禅門子息拾遺為顕ニ被遺言／云々　以更不可他見者也／且可肖先師禅／門之遺言者乎加之／

求法仏子

⑤加元二年八月八日於雲林院房書写畢／此秘本頗於身過分有不慮之／子細自或貴不慮相伝尤任志歌道／除可秘者也

①は文永二年（一二六五）に為顕が書いたとの奥書である。この書いたと言うことの意味も単に書写したのか、あるいは一書として書きあげたと見るのかについてはまた異見のでるところではあろうが、少なくとも、この年には『竹園抄』は形を成していたことは確かである。その書が②では文永七年（一二七〇）に、沙門家恵（家恵は或いは寂恵カ）に伝えられ、③では弘安三年（一二八〇）に、正五位下行源朝臣に伝えられ、④では正安三年（一三〇一）に求法仏子に伝えられた。⑤では加元（嘉元カ）二年（一三〇四）には、或貴人から某に伝えられたが、この本は身に過ぎた本であると言う。『竹園抄』の評価にはこれ以上ないほどの賛辞が記されている。

④は、戸部禅門（為家）が子息為顕に跡を継ぐ人一人だけに見せよと遺言した事が記されている。為家の遺言であるとする言の意味は重く、為家の後継者は為顕であり、一子相伝として引き継がれるようにとの言まで記されること

によって、家を継ぐ第一人者の位置が更に増幅されている。こうした重要な書であることに呼応するかのように②から⑤に記される伝承の場には意味が込められている。伝承の場は法勝寺であり、六波羅であり、白河房であり、雲林院である。これらの場所は院政期以来、都の文化が生まれ伝播される地である。雲林院は歴史を語る場として選ばれ、法勝寺を中心とした白河の地には多くの貴顕が往来し、六波羅は武士政権の世となって以来、都の政権の中心地であった。人々が出会う場所であり、一つの時代、一つの文化が形作られた場所である。『竹園抄』の伝播には、話題作りには格好の場が選ばれ、時代の脚光を浴びるようになっている。

この三輪本の形に対して宮内庁書陵部本と日光輪王寺本とは、やや違った状況を伝えている。その奥書を日光輪王寺本によって見ると、その初めには「本云　文永七年八月十三日洛陽東山於法勝寺遍或／女房許相伝之可秘々々更不可出懐中云々／弘安三年九月十三日於六波羅遍相伝不可有外云々」とある。三輪本に云う①の為顕の奥書は記されないものの、②と③の大筋は抑えられている。相伝者の名前は記されないものの、相伝の場としての法勝寺、六波羅は明記されている。殊に法勝寺においては、ある女房が伝授に関わっていたと言う。女房は更に高貴な人物に相伝関係を持つことができるとの状況設定がある。それは次に続く奥書に関連している。日光輪王寺本の奥書は「本云　正安三年十一月十三日於持妙院以或人秘本片時／馳筆書写畢努々不可在外見能々可秘々云々／延文元年六月九日以或人本校合之処大略無相違也／法印仲顕」とある。三輪本に云う④の正安三年十一月十三日と同じ年月日でありながら、書写の場所は白河房ではなく、持妙院とされている。白河房から持妙院へと特定されることによって、場所はより意味を持ってくる。持妙院は言うまでもなく天皇の御所となった所であり、南北朝時代に至っては、政治の中心となる所である。『竹園抄』は第一級の貴人達の間に話題を提供する書となっているのである。更に、延文元年（一三五六）には、ある人の秘本によって校合を行ったが大略相違することがなかったと、伝本の正しさまでも証明されている。書陵部本によれば、正安三年に書写したのは仲顕である。ある人の本を早々の内に書写し、それを延文五年に校合したとする日光輪王寺本も仲顕と記している。この行為に従事した仲顕は勅選作者部類に記載される『新千載和歌集』などに所収される和歌の作者である仲顕に相当するかと考えられる。仲顕は源邦長の子であり、『顕秘抄』の書写も行っており、『顕秘抄』の古筆断簡の伝称者とも推定されている（注十）。都の貴顕の一人によって校合され、或人の「秘本」との校合の結果にも相違はなかったと仲顕は言う。仲顕の見た「秘本」にも書陵部本、日光輪王寺本が記すように、その冒頭に「八雲御抄」ではなく、「八雲抄」と記されていたのである。為顕は為家の後継者であると改めて仲顕からも確認されているのである。

一方、三輪本の冒頭は「竹のそのにて子息におしへ給へる為家のことばなり　よってちくえんとごうす」とある。「八雲抄」については何も記していない。

『竹園抄』は都で高い評判を得ていたに違いない。為顕と同様に為家の後を継ぐことのできる資格を持つ為実が、『竹園抄』の一本である伝為実本を所持する一方、『竹園抄』の一部を改変する行為に走るのも（注十一）、この都での『竹園抄』の持て囃され方を見れば首肯されてくるのである。

『竹園抄』の相伝者は為顕である。作者も為顕である。しかし、以上に見た動向から見えてくることは作者と言う言葉は相伝書には相応しくないと言うことが出来る。相伝する事柄の持つ意味を理解しない者は作者が誰であるかを求め過ぎているのである。為顕に伝えたのは為家である。しかし、為家は作者ではない。為家も定家から伝えを受けている。この連鎖を断ち切ることは許されないのである。なぜなら御子左家は歌道の家であるからである。御子左家は確実に家として機能している。『竹園抄』は、為家の口伝を記し、為家が子息に伝えた論が記されていると強調する事が何よりも必要であった。家の継承とは、証本となる書を与えられたり、書写を許されるなどの行為によって完結していたのではない。口伝が行われて初めて家の継承が行われたと考えられていたのである。

『竹園抄』は、竹園抄系歌論の象徴的な書としてあるばかりでなく、家の継承において口伝がいかに重要であるかを教える書としても見なければいけないのである。

注

（一）『歌学秘伝の研究』の第一章第三節為顕流。

（二）『中世歌壇史の研究　南北朝期（改訂新版）』（昭和六十二年　明治書院）の三五九頁。

（三）久松潜一氏蔵本は一括して国文学研究資料館に寄託されている。これら諸本について、久松氏は次の論考を記している。「竹園抄攷」（『日本学士院紀要　第十五第三号』　昭和三十二年）

（四）注一の書の七四頁、七五頁。

（五）注二の書の三六二頁。

（六）『中世歌壇と歌人伝の研究』（井上宗雄　平成十九年　笠間書院）の第一部第三章藤原為顕。

（七）『歌学秘伝の研究』の三一五頁、三一六頁。

（八）『藤原為家研究』（佐藤恒雄　平成二十年　笠間書院）第四章の第一節から第三節に亘る「詠歌一体」の考察による。

（九）日光輪王寺本は山田忠雄氏によって調査、写真撮影されたものによる。

（十）『日本歌学大系　別巻五』（久曽神昇編　昭和五十六年　風間書房）の解題による。

（十一）　注四に同じ。

第三節　心敬をめぐる三つの秘書

はじめに

和歌の秘伝書は、伝授を受けた者が、次には師となり、新たな考証による識見を加えて変容を遂げていく。師ばかりでなく、弟子が師の心を推し測って論を進めることによって変容することもある。師と弟子とが相俟って識見を加えていくと、どこからどこまでが師の考えなのか、あるいは弟子のものであるかの判断も難しくなる。その上、それらの識見が秘事となり、口伝となっていくから、真偽の判定は容易ではない。前節において、定家の歌論を引き継いだ鵜鷺系偽書、為顕が作者と考えられる『竹園抄』などの考察を行ったが、それらの書の原形などは容易には推定できない。同じようなことは連歌の論書の場合にも言えることかと考えられる。

歌学秘伝史において一つの時代を作ったのは宗祇である。この宗祇の師とされる心敬は和歌と共に連歌にも勝れ、連歌の目指している境地は和歌のそれと同じであり、それは仏教に説くことと同じ地平に立っているとする和歌仏道一如観に至った人とされている。それ故に、秘事口伝などには関わりがなく、真摯に高い境地に至ったとされている。そのせいであろうか一般教養書として書かれる日本史の講座類でも、次のような言い方をされていることがある。

『室町人の精神』（注一）を見ると、室町時代後半には「神秘主義」の流行があるとした上で、「よく知られている古今伝授はその典型だが、和歌・連歌の世界でいえば、後世の茶人たちに多大な影響を与えた心敬も、「もとより歌道は吾が国の陀羅尼なり」と語り、和歌、連歌に「仏の法報応の三身、空仮中の三諦」を見出すなど、その理論は宗教性を帯びていた（但し心敬のばあい秘事口伝には批判的だった）」と記されている。

神秘主義が流行した時代に生きた心敬の論は後世への影響が大きかったと記した後に、秘事口伝には批判的であったと殊に注が付けられている。心敬は秘事口伝に批判的であったなどと、何故に注がつけられているのであろうか。この言葉の裏には秘事口伝に批判的であったが為に、考えは深められ高い境地に至ったとの考えがあるのではないだろうか。もしそうであれば、秘事口伝などは役にも立たない無用のものになってしまう。

心敬は秘事口伝をどのように考えていたのであろうか。その検証を行ってみなければならない。

心敬作とされる『私用抄』と、心敬に師事した大胡修茂が編纂した『大胡修茂寄合』の二書は、連歌の実践的な場において必要とされた言葉の用いられ方を説く寄合書である。一方、心敬がその論を良くしているのは『ささめごと』である。この三書を取り上げて、秘事口伝との関わりが、どのようになっているかを考えて見る事にしたい。

一　『私用抄』をめぐって

『私用抄』について、最もよく言及されたのは島津忠夫氏である。島津氏はその論考（注二）において『私用抄』の諸本として大阪天満宮文庫本、京都大学図書館本（注三）を紹介し、その内容は心敬の式目観を知る唯一の資料であるとして、寄合書としての歴史的意義を高く評価している。

島津氏の論考においては触れられなかった（注四）天理図書館本の紹介を先にしておくことにする。

天理図書館綿屋文庫蔵の一冊本。袋綴、縦二十八糎、横二十・七糎、丹表紙の左側に直接「兼右卿御筆」と記し、その左に続いて『仮　連歌論雑抄』と比較的新しい筆で記してある。

表紙及び書冊の前後に一葉ずつある遊紙は、江戸時代後期の改装時に付されたものと思われる。その改装を示す識語が後ろの遊紙に「兼右卿御筆也加修補訖／弘化四丁未歳十一月二十日／従三位行神祇権大副兼侍従卜部良芳」と記されている。良芳が補修した本は吉田文庫には多くあり、弘化四年（一八四七）に良芳が識語を加え修補した兼右筆の本も数本ある。墨付は四十五丁、全体は四書が合わせられたものである。第　丁（遊紙は含めず墨付部分から数える）から第十三丁までが宗祇の『長六文』、第十四丁から第十七丁までが同じく宗祇の『連歌心付之事』、第十八丁から第二十八丁までが『私用抄』である。第二十八丁裏に「鳥ほころふ」以下九語の解説をし、第二十九丁から第四十五丁までが『詞林抄』である。

第四十五丁裏の左下に小文字で「弘治三年八月二十二日遂書功了件本以外狼藉奇恠也／重而可校合先暫書留也右兵衛督卜部朝臣（花押）」と記されている奥書は、全四書に係るものと見られ、筆者は卜部兼右である。

『私用抄』の最後に「文明第三暦季春後九日　旅客心敬　判／大田備中入道殿」とあって、心敬が太田備中守に与えたことが判る。これと同じ趣意の奥書は大阪天満宮文庫本、京都大学図書館本にもあるから、『私用抄』は心敬の作であることは確かである。

さて、弘治年時の奥書に言うように、この天理図書館本には「以外狼藉奇恠也」な点が存する。宗祇の『長六文』『連歌心付之事』の二本の部分にも問題はあるが、『私用抄』にも問題点がある。『私用抄』は二部から成っており、前半は式目を記した部分であり、後半は「三十ケ条故実」と題する、故実に関する部分である。

その前半部を占める式目事項とその説明は諸本間において大きく異なっている。

島津氏は大阪天満宮文庫蔵の二本（但し、この二本は親子関係にある本である）と、京都大学図書館本との式目の項目及び、その配列とを比較し、校合出来得ないほどの差異があると述べている。ここに天理図書館本を加えて三本を対校してみても、島津氏が指摘する通り、諸本間に共通する祖本を想定することは困難である。

この諸本間に見られる相違の大きさの原因として、『私用抄』には、心敬以外の人の手が入っていると考える事が出来る。諸本の奥書には、共通して、心敬が太田備中守道真に与えたと記されており、心敬が同一人に相違した内容の書を複数回授与する可能性はほとんど考えられないからである。

では、心敬以外の人の手が入っているとは、どのような事情、経緯を考えたら良いのであろうか。この問題の手掛かりになるのが『私用抄』の後半部に記されている「三十ケ条故実」である。

大阪天満宮文庫本、京都大学図書館本は、式目の項目の後に続く後半には、執筆の故実作法、連歌観を記している。これに対して天理図書館本は「三十ケ条故実」を記している。

「三十ケ条故実」は、「両神聖廟毎朝可有御祈念行水勿論事」と始っている。和歌の神である住吉・玉津島の両神と共に連歌の神でもある北野の神を毎朝良く祈念し、行水も勿論行えと言う。第二項以降は連歌を詠むに当たって心がけなければならい事を箇条書きに記している。例えば、第二項についてみると「名歌の心覚知事」とだけある。名歌とは何か、その名歌の心とは、どのようなものであるかなどについては何も言っていない。第三項では「むかし語るまじき事」とあり、第四項も「景物の前に可有用心事」とあって、表示された命題に対しての答に類することは何も記されていない。中に、第十五項などにおいて「無名の虫に名の虫不可然　草木同然」とあって、言葉の付け合い方を述べてはいるものの、極めて初心者向けの心得でしかない。こうした中にあって、第七項には「下の句一ふしの事口伝」とある。「一ふし」の持つ趣の具体的なことは「口伝」を受けなければならないと指示している。口伝によって伝えられるとするこの指示は、この第七項だけに限られるものではなく、第一項を除いた全項目に適用されると見てよいものである。即ち、掲げられている各項目は、これから伝授される項目の一覧であって、師によって具体的なことが口伝えによって伝授される予告なのである。和歌の伝授で行われた名目だけを予め伝授する名目伝授の形を採っているのである。

「三十ケ条故実」とは、師が弟子に伝授する事項について、その表題を示すに止まっていると考えるならば、第一項に記された両神並びに聖廟への祈りの意味は少しく違った意味合いを持ってくる。

例えば、『宗祇禅師返答』（注五）に続く「秘伝」には「和歌三神毎朝祈念行水勿論よき句出侍るめぐみあるゆへ」とある。この場合は、「よき句」が出てくるようにとの願いを込めて和歌三神に祈念し、行水をしなければならないの意である。しかし、「三十ケ条故実」の場合は、連歌会において良い句が詠めるようにと祈願し、行水をするの意味合いだけではないと考えられる。これから師からの口伝が行われるのであるから、弟子に対して伝授を受けるに当たっての必須の条件が提示されたと見なければならない。これから行われる伝授の場は神事として催される。従って、その場に臨むには、受者は和歌・連歌の守護神に祈念し、行水をして精進潔斎しなければならないとの意である。「祈念」し、「行水」することも「勿論」であり、伝授の当日まで「毎日」行わなければならないのである。

こうした方式の提示があるのを見ると、「三十ケ条故実」に限らず、連歌の故実の伝授には、ある決まった形式、方式が確立していたものと考えられる。

宮内庁書陵部に『連歌五百箇条』と題する一巻がある（注六）。この書は「於湯山三条西殿式目条々三色／明応三年

正月日　夢庵」と始る多くの秘事、伝書を集めており、その総称として『連歌五百箇条』の題名が付けられている。この内に「連歌秘伝条々事」と題する部分があり、その冒頭には「両神聖廟毎朝可有祈念行水勿論」と、『私用抄』に記すことと殆ど同文の文辞が記されている。次に続く第二項には「昔を語間敷事　口伝」とあり、第三項にも「未来慈悲可有事　口伝」とある。項目名だけが記されていて、その後に続けて「口伝」と記されている。提示された項目について、師の口伝を受けなければならいの意である。「三十ケ条故実」では一箇所だけ記されていた口伝の文字の記載は、この書では一箇所だけには止まっていない。口伝の文字が記されていない条項も、確かに口伝を受けなければならい事が要請されていると見るべきである。また、第四項に「舌の先より句を出事返々口惜　いかにも心底骨髄より可出に候」とあるのは、「三十ケ条故実」の第五項に「舌端より句を出す事口惜候　心底より可出事」とあることと同じ内容である。両書には共通し、類似する項目がこの他にも見られる。伝授されるに当たっての作法、伝授される故実項目において、一つの形式が整っていたことが窺われる。

宗長の書とされている『宗長五十七ケ条』と題する本がある（注七）。この本も、「両神・聖廟祈念と云は、住吉・玉津島并北野を可信事」と始っている。第二項には「座の様可執とは、花を立て、香を炷、綺麗にせよとの事」とあり、第三項には「発句之心持とは」とあって、続いて、その具体的な内容が記されている。第三項以降においても同様であって、命題の提示があってそれについての答えが記されている。先の「連歌秘伝条々事」に言う口伝とする記載はなくて、命題の後、その内容が記されているのである。この『宗長五十七ケ条』の諸本のあり方について興味ある事実が指摘されている。京都大学国語国文学研究室本を底本にして対校本文を提供した『連歌論集　四』には、次のようなことが述べられている。

内閣文庫本は京大本の目次にあたる部分だけしか存しないが、中には、第三十八条のように、京大本の目次が「花を待と尋ると云心持之事」となっているのに、この内閣文庫本では、「花をまつ尋とは心有べし。もみぢを待とはいかが。郭公を待とはあるべし。鶯をまつとはいかが、少心へあるべし　口伝」となっているというふうに、目次に解説が書き添えられている場合も時折見出すことができる。それに、京大本と一致する条項の中の二十二箇条に「口伝」という注記があり、これは解説的な内容を口伝で伝えたものと考えることができるのである。この内閣文庫本は恐らく、「五十七ケ条」の異本の面影を伝えるものと見てよいであろう。

右に述べられている京大本の目次（本稿においては、それを命題として扱っている）だけが記され、その多くに「口伝」とだけ記されている内閣文庫本の形は、伝授の過程を示すものと理解することができる。即ち、故実の伝授は口伝で行われるのが基本であった。その口伝が行われて、その内容を記したのが京大本の形であり、口伝が行われる以前の状態を示すのが内閣文庫本なのである。目次に続いて解説的なことが記されていて、それにも「口伝」とあるのは、伝授された内容が不十分であり、更に口伝を受けなければならないことを示しているのである。内閣文庫本は異本などと規定されるものではない。伝授が行われる以前の形の本に、口伝が書き入れられ、なお必要な部分に口伝が行われることを予記した伝授の途中形態を示す本としなければならない。

岩瀬文庫に『連歌奥儀明鏡秘集』と題する本がある（注八）。この書名はその外題によるものであって、全体は二つの部分から成っている。その前半部分が「連歌奥儀明鏡秘集」であって、「大文四歳中春　宗牧在判」他の奥書を記している。その後半は「故実条々」とあって、奥に「右此条々和歌之明鏡也。歌道之志深／者ニハ是可有御覧者也。穴賢々々」とあって「心敬在判」等の奥書がある。この「故実条々」の始めに「両神祈念事」が記されており、以下、故実の簡単な説明がなされている。この後半部分の故実の伝授に心敬が関わっているとの意で心敬の奥書が記されているのである。「故実条々」も伝授において守られるべき「両神祈念事」が必須条件として掲げられている。

以上のような三種の本の在り方を見ると、連歌（和歌の場合も同じと考えられるが）の故実の伝授の様相が幾分か判明してくる。

故実は伝授の形式を採って伝えられたこと、その伝授は口伝であったこと、伝授は神事行事で行われたので、精進潔斎が必要であったこと、故実として伝授されるべき項目には一定の範囲があったこと、その項目は例えば「三十ケ条」「五十七ケ条」などと明確に数字で表示されるものであったこと、現存の本には、師が授けるべき項目のみを記した本と、口伝を受けてその内容を記した受者が作成した本との少なくとも二種類の本があること等である。

天理図書館本に記される「三十ケ条故実」は、伝授に当たって、師が伝授すべき項目を記した書なのである。伝授すべき項目、伝授の際の行儀などにあっては、一定の方式が出来上がっており、それが記されているのである。それら項目を見ると、その意味を深く説いて論ずるものではない。初心者が身に付けなければならない必須の条項である。しかし、口伝する内容は受者の器量才能によって変更される自由性をもっていたものと考えられる。連歌を詠む際に必要であった実用書として利用される部分は、受者の裁量と共に連歌の張行される場に応じても変容が可能である。そうした変容の様相がそのまま記され、それが師の教えとして伝承されていくのが伝書である。「三十ケ条故実」は伝書の形の典型として捉える事が出来、そうした伝書としての特質が『私用抄』にも投影しているものと考えられる。

このように考えると「三十ケ条故実」の作者は誰であろうかとの問題が浮かび上がってくる。島津氏は『私用抄』に「三十ケ条故実」を続けて記したのは「後人」の「付加」と考えて、それ以上には踏み込んではいない（注九）。「後人」

の「付加」であるとしても、付加された「三十ケ条故実」は誰の作と考えるべきなのであろうか。心敬をその作者と考えても良いのではないだろうか。作者とは言っても、伝授書としての定型を持った書の作者である。「三十ケ条故実」に記されていることには、それほどの具体性もなく、論としての展開もない。従って、心敬の考えに相違するか否かの判断もそれほどには必要とされない。しかし、「三十ケ条故実」は心敬の存生時代の典型的な伝書としての形を持っている。心敬は口伝と言う伝授行為には全く関与しなかったとの先入観を取り去るならば、心敬が初心者に向けて故実を伝授した手控え的な書が「三十ケ条故実」であると考える事が出来る。仮に、「三十ケ条故実」が心敬の作でなく、他人の作と考えても、心敬の周辺には「三十ケ条故実」を心敬の作と信ずる人が居た。天理図書館本の『私用抄』を手にした「後人」は心敬を師と崇める人である。故実を伝授できる人は師であり、心敬は故実を伝授できる師であると信ずる人なのである。このような人は『私用抄』を伝授された太田備中守道真の只一人だけではない。心敬を師と仰ぐ人々が、心敬流と称してよい流派を構成していたのである。その内の一人が「後人」と称される人なのである。

二　『大胡修茂寄合』をめぐって

『大胡修茂寄合』（以下に述べる太田武夫蔵本による呼称）は、心敬に師事した人胡左衛門尉修茂が作者であるかと考えられている。今までに、京都大学国語国文学研究室蔵本（以下、京大本と称する）と太田武夫蔵本（以下、太田本と称する）の二本の所在が知られていたが（注十）、ここに架蔵する本を紹介し、改めて考察を加えて見たい。

既に知られている諸本の内の一つは京大本で、『連歌作法』と表紙左肩に題簽を張って、仮題がペンで記されている。

この本は『連歌寄合集と研究（下）』（木藤才蔵・重松裕巳編著　昭和五十四年　未刊国文資料刊行会）に翻刻され、解題と研究（「連歌作法考」と題して木藤才蔵氏が執筆）が所収されている。

木藤氏は『連珠合璧集』などの寄合書と比較して、その特徴を次のように述べている。

本書で見出語として取り上げられている寄合の項目数は、「連珠合璧集」のそれとは比較すべくもないが、それぞれの見出語と対になる寄合語は合璧集とほぼ同じぐらい多く掲げられている。しかも、それらの寄合語の中で、名所や地名の占める比重が相当に大きいのが特色である。さらに、本書に取り上げてある見出語についてみると、「連珠合璧集」や「連歌付合の事」にくらべて、四季や自然に関する語の比重が甚しく多いということ、その反面、恋や述懐をはじめとする人事関係の寄合語が全く取り上げられていないのも著しい特色といえる。

更に引用されている和歌・連歌・漢詩その他の出典について調査した後、成立と作者について、次のように記している。

成立の時期は、「河越千句」の中の心敬の句が引用されているところからみて、文明二年の春以降であり、「竹林抄」を利用した形跡の見えないところからみて、文明八年以前、さらに宗祇の句がその自撰句集の中に一句も見えないことを考慮にいれると、宗祇の最初の自撰句集「萱草」の成立した文明六年二月以前ということになる。このように考えると、先にも触れた、本書の巻末に付載してある「不好詞」のあとにある「長享三年卯月三日　天阿書之」は、本書の成立を示す年月ではなく、単にこの書を書写した年月ということになる。本書の作者が誰であるかは明らかでないが、心敬の句が圧倒的に多く引用されているところからみて、心敬の影響を強く受けた連歌作家であることは確かであり、あるいはその門弟の一人ではなかったかと思う。

諸本の第二としてあげられるのは、太田本で、『大胡修茂寄合』と題する本である。この本は『連歌貴重文献集成　第七集』（金子金治郎編　昭和五十五年　勉誠社）に影印翻刻され、両角倉一氏による解説がなされている。京大本、後に紹介する三輪の架蔵する本には記されていない「四季物（季題一覧）」が冒頭にあり、それに続いて寄合の語が記されている。最後に次のような識語があり、太田本の成立事情を窺うことが出来る。

右一冊ハ大胡新左衛門修／茂とて武州仁也心敬／宗祇東国下向之時山岡／千句なとにも相加執心不／浅ゆへ此寄合をあつめ／少々かの先達の以下知／しるしをかる、もの也雖然／今時難用事もまし／れると云々猶心を付らる、／ほかあるへからさるもの／ならし

慶長七年五月二日書之／長繁

両角氏は、この識語と引用された連歌により、太田本の成立について次のように述べている。

「大胡修茂寄合」の識語の伝承の如く、修茂が両先達の直接の指導を受ける機会はあったわけである。心敬と宗祇の滞在中にその指導のもとに本書の編集に着手し、後に整備して完成したというところであろうか。本書の完成した時期の下限は確定できないが、上限は文明五年（一四七三）春と推定される。本書の九丁裏（三三〇頁）の連歌の付句「秋をまつ二葉の菊を植置て　根さへかれずは花や又みん　宗祇」が文明四年十二月十六日～二十一日張行の「美濃千句」第五の二折裏六句目であるのが、その根拠である。

以上の二本に加えて諸本の第三として、架蔵する本（以下、三輪本と称する）を紹介したい。その体裁はおよそ次の通りである。

楮紙を用いた袋綴の一冊であるが、仮綴じとなっている。縦二十・六糎、横十五・四糎。全丁墨付四十丁。表紙はな

く、本文の冒頭部を欠く。内題、外題共になく、最終丁に「文明四年八月一日　大胡新左衛門尉藤原修茂　印」と記す奥書がある。黒の陽刻印があり、大胡と判読できる。書写年次もこの文明四年にそれほど遠くない時期かと思われる。内容は〈梅〉以下〈しか〉に至る寄合語を列記し、解説を加え、その証歌をあげている。時として、寄合に直接関係しない事、連歌詠作上の注意点などに及ぶ記述がある。寄合語に続いて、「ほっくきれし」とその例句。「せいはい」「らんのほっく」「もしかきることは」が記され、識語があって、先に挙げた奥書が記されている。

以上の状態からすると、三輪本はまず、その成立年次を知る上で重要である。「文明四年八月一日　大胡新左衛門尉藤原修茂　印」とする奥書は、木藤氏が推定する「文明六年二月以前」という成立時期に矛盾しない。但し、両角氏の指摘する「文明四年十二月」を上限とするとの論には適合しない。しかし、両角氏が論の根拠とする「美濃千句」の連歌は、京大本にも、三輪本にも見えない。文明四年八月には本書は成立しており、十二月には増補が行われたものと考えられる。

『大胡修茂寄合』の原型は文明四年八月には成立しており、作者（あるいは編者か）は藤原修茂と考えてよいであろう。

次に、三輪本の本文について考えてみよう。

三輪本には欠丁部分があり、京都大本、太田本とつきあわせてみると明らかな誤りや欠脱がある。その個所を以下に挙げる。

（1）冒頭部〈梅〉を欠く。京大本に比較して約一丁分を欠いていることになる。

（2）〈柳〉のあと約一丁分を欠いている。その結果〈柳〉の項目が途中で終わり、〈桜〉の項目が途中から始まることになっている。

（3）〈こも〉の見出語のあと、寄合の説明が〈ほたる〉のものになり、以下〈ほたる〉の証歌に続いている。この部分も約一丁分が欠けていることになる。京大本では〈鷹〉〈百合草〉〈蝉〉〈蛍〉と続き、太田本では〈鷹〉〈蝉〉〈蛍〉と続いている。〈百合草〉は京大本独自の項目かと考えると、三輪本は少なくとも〈蝉〉を欠いていると考えられる。

（4）〈なら〉の見出語のあと、寄合の説明は〈なら〉と〈菅〉の説明とが混じったものであり、証歌と説明は〈菅〉のものになっている。京大本では〈なら〉〈森〉〈鷹〉〈菅〉と続き、太田本では〈なら〉〈森〉〈檜〉〈槇〉〈鷹〉〈菅〉と続いている。太田本の〈檜〉〈槇〉は独自なものと考えると、三輪本は少なくとも〈森〉〈鷹〉の二項目を欠いていることになる。

（5）〈芭蕉〉の項目を欠いている。（3）（4）のばあいと違い項目がまったくないので落丁か脱文かなどの判断はできない。

文明四年八月から僅か四ヶ月を経て、太田本の様な改変が行われたとすると、当初から改変されることは想定の内であったかと考えられる。京大本もまた、形態的には三輪本に近いけれども増減が見られる。これらの三本の共通の項目についてみても、項目内の増減は甚だしい。その例を次に見てみよう。

〈はき〉の項目

「三輪本」しか、かり、ひとりある人、みやきの、いはれの、あたの大野、うへのみや、たかまと、たかさこ、かすかの、さかの

「京大本」鹿、雁、摺衣、ひとりある人、宮城野、あたの大野、遠里小野里、野路の玉河

「太田本」鹿、雁、すり衣、狩人、いはれ野、宮城野、高円、宇治、高砂、春日野、嵯峨野、あたの大野、遠里小野里、野路の玉川

三輪本は寄合語を十一語掲出している。京大本は八語であり、三語を削除していることになる。しかし単純な削除ではなく、三輪本のものと共通するものを五語残し、三語を新たに付け加えている。太田本は十四語を掲出している。これも三輪本に単純に三語を増補しているのではない。三輪本から二語削除し、新たに五語を付け加えている。その五語の内、三語は京大本と一致している。三本はそれぞれ独自な判断基準によって増減を行っているのである。しかし、〈野路の玉河〉は、三輪本にはなく、京大本、太田本には共通している。両本とも証歌として「あすもこん野路の玉河萩こえて　色なる浪に月やどるなる」（『千載和歌集』281番）を挙げている。両本の改変は全く別個に行われているのではないのである。

〈なてしこ〉の項目

「三輪本」いはほ、山かつのかきほ、から、やまと、あしたのはら、こまの、たかまと

「京大本」岩尾、山賤の垣尾、朝の原、美豆野、高円、大和、唐

「太田本」巌、山賤の垣尾、朝の原、美豆野、高円、大和、唐

三本の間で〈はき〉ほどの大きな差異はない。唯一異なっているのが三輪本の挙げる「こまの」を京大本と太田本が「美豆野」に入れ替えていることである。三輪本は「こまの」に対応する証歌として「やまとにもからにもあらず山しろのこまのにさけるなでしこの花」（『夫木和歌集』3455番）を挙げる。京大本、太田本には、この歌は勿論載っていない。両本が単純に「こまの」を落としたのではなく、意図的な改変をしているのである。

以上のように、三本を対照してみると、寄合語の順序、相互の出入り、証歌の挙げ方、付される注釈内容、言葉遣い等に様々な違いがみられる。また、三輪本、京大本には、太田本にはない「らんのほっく」以下の部分があり、太田本には、三輪本、京大本にはない「季題一覧」が冒頭に記されている。一書の形としても整序されているとは言い難い。修茂の奥書がある三輪本が最も原態に近い可能性はあるが、それ以上の事は言えない。ましてや三本に共通する祖本などを求める事は到底できない。また、そのような作業をする意味などもあまりないと考えられる。むしろ一本一本を丸ごと、まとまったものとして受け止めることの方が有効であると考えられる。

例を挙げて示したように、それぞれの伝本には独自な改変がなされている。その様相は、寄合語だけが増減する場合が最も多い。また証歌の異同を見ると、寄合語と対応するように増補されたり、削減されたりしている。見出語の数は、三輪本が最も少なく、太田本が最も多いと推定される。三輪本には先に指摘したように書写過程、あるいは装丁段階の落丁をも含めて脱落箇所が認められる。それらすべてを意図的なものではなく、単なる欠脱とみなしても、なお〈芭蕉〉の項目は欠けていると判断される。一方、京大本は三輪本、太田本にない〈百合草〉の項目を持つ。太田本は冒頭部を欠くものの、両角氏の述べるように、本来は存在していたと考えてよく、さらに、京大本、三輪本にない、〈樗〉〈檜〉〈槇〉の項目を持っている。

このように、各伝本間に単なる誤写や誤脱ではない異同が生じているのは、どのような理由によるのであろうか。その理由の一つとして、時代の動向ということが考えられよう。このような寄合書は実用書としての面が強いのであるから、ある場面において寄合語が追加された可能性が考えられる。逆に、実作として使用されることの少ない寄合語は削除されると考えられる。時代の好みと云うことである。

異同のもう一つの理由は、享受者によることが考えられる。もちろん右に挙げた時代の好みという点も、結局はこの享受者という点に収斂していく問題である。太田本の識語、三輪本の奥書から、この寄合書の成立に藤原修茂が関わったことには疑いはない。しかし伝本状況からみて、彼一人の手からこのような異同を持った本が生み出されたと考えることはできない。むしろ心敬に師事していた修茂を出発点として、それぞれの享受者によって意図的な改変が加えられたと考える方が穏当である。

本書は、ただ寄合語を列挙しているだけでなく、実際の場での連歌の詠み方や心得を記しており、また寄合語には簡単な注釈も付されている。初心者への手引書と考えられる。同時に師から弟子へと受け継がれる伝書の面も持ち合わせている。一書としてまとまったものを持つことは、師弟の関係を俟って初めて成り立つものである。そこに享受者の意思が加わり師の心を受け継ぐに相応しい形としての改変が加えられて、新しい一書が成立していく。それぞれの享受者によって新たな伝授書が作成されていくのである。

そのように考えることによって、この三本間の異同は漸く説明できる。つまり、それぞれの伝本が、それぞれ個別の寄合書として成立していったのである。それでは、このことは本書にだけ起こっている特別な現象なのであろうか。この点については、先に『私用抄』で考えたことを思い合わせることができる。

『私用抄』として現在知られている諸本には、「式目の項目の出入りや、並べられ方に、校合出来得ないほどの差異があり、共通の祖本を求めることは到底できない」ものである。即ち、『私用抄』は当初、心敬の作として登場したが（例えば大阪天満宮文庫本のような形で）、順次伝えられていく中に後人の手によって改変されて「伝書」としての形が出来上がっていったと考えられた。

この説明は、この『大胡修茂寄合』の伝本状況について考察してきたことに、ほぼ同様に応用することができる。それぞれの伝本は、変容を遂げつつも、一個の「伝書」として完成しているのである。

大胡修茂は心敬に、「直接の指導」（前掲太田本の解題の言）を受け、それに自らの考えを加えて、自己の立場を強固にすると共に、また他人によって改変される伝書の成りゆきを知っている一人である。ここに、他人と言うのも、全くの遠い存在の人々のことではない。心敬の考えを最もよく理解し、最もよく心敬を崇める人々である。

『大胡修茂寄合』を通しても、『私用抄』と同じような行動形態を見る事が出来、そこに心敬流の人々の存在を想定できるのである。

三　『ささめごと』をめぐって

『私用抄』及び『大胡修茂寄合』の二書の検討を行う中で、心敬を頭に頂く心敬流の存在があり、その人々が伝書を支えてきたと考えた。この想定は心敬の著作である『ささめごと』においては、どのように考える事が出来るであろうか。

『ささめごと』の多くの諸本を整理し、現在に至る研究の基礎を作り上げたのは木藤才蔵氏である。『さゝめごとの研究』は、その大成の結果を記した書である（注十一）。そこに見られる諸本論の大要は次のようなことになる（注十二）。

現存諸本は大別して、草案本系統と改編本系統の二種類にわけることができる。草案本は、上巻が先に成立して流布したために、上下そろった本のほかに、上巻だけのものや下巻だけのものがある。改編本は、草案本の上下巻の重複する点などを整理したもので、改編者は心敬自身と考えてよいであろう。

木藤氏の右の結論の中で、草案本系とされる本の上巻と下巻とは正篇と増補の関係にあると判断している。その理由は次の通りである。

草案本系統の本（主として版本系）は下巻の冒頭に「さきにたづね侍りし。六義・篇序題興流、なほおぼつかなき事残り侍り」と記している。これは上巻の言を受けたものと読み取ることができる。また上巻に記されている友をえらぶことの項目について、これを下巻で「さきにもたづね侍りし。いかにも友をえらぶべき事おぼつかなし」と記してあるので同じく下巻で補ったものとして、「上巻が正篇であるのに対して、下巻が補篇であることを示す、最も明らかな証拠」とした。また、神宮文庫本の奥書に「上巻流布之後書之拾遺耳」とあることによって、「上巻は正篇であり、下巻はその拾遺として書かれた」（注十三）として下巻は上巻の拾遺ともしている。

この二巻本の形は、文明三年に成立したかと考えられる『老のくりごと』の中に「むかし牧童竹馬かようの用心ども尋ね侍りしに、ささめごと二冊に、すぢごともなき麁言を記し侍り」と記されており、心敬も二巻本としての形を認めていることも、確かな証拠とされている。

この結果、現存の諸本は次のように分類されている。

草案本系　　尊経閣文庫本、天理図書館佐々木本本他……上下二冊本
　　　　　　天理図書館七海本、高野山図書館本他……上巻単一本
改編本系　　書陵部本、国会図書館本他

まず、この上下二巻の形について生じている問題について考えてみよう。

下巻は上巻の「増補」（あるいは「拾遺」）と考えられているが、「増補」はなぜ行われたかの意味が問われなければ

ならない。上下二巻のそれぞれにおいて立てられている項目は、それぞれ相応の内容を有してまとまりがある。特に上巻から下巻へと増補されなければならないような構成とはなっていない。しかし、増補を行なったという明らかな証拠の一つとされる六義と遍序題曲流の項目には問題が潜んでいる。六義については下巻においては新たな説明はないものの、遍序題曲流については上巻とは異なった説明がなされている。上巻では「仮令、下の句に曲の心あらば、上の句を篇・序・題になして言ひ残すべし。又、上の句に曲の心ありてもみたらば、下の句を篇・序・題になして言ひ流すべし」として、一句を曲の心を中心として考え、これに遍序題の心が応じて構成されると説明している(注十四)。和歌の五句の関係において論じられた遍序題曲流の考えを連歌の二句の付け合いに応用することによって、遍・序・題・曲・流の五箇の概念は、ほとんど機能しないものになっている。和歌の五句を相互に関連させながら一首としてどのように仕上げるかの視点は、連歌の二句の付け合いの問題には応用できない性質のものである。更に、「歌には曲を二所にいはじとて、おほく序の言葉・休めたる言葉を置くもの也」と、曲の意味を歌に用いられる序の言葉、あるいは休め言葉と同類のものとして説いている。歌において用いられている曲の意義は全く理解されていない。これに対して下巻での説明は「篇・序・題・曲・流の五つは歌の五所の作りざまなるべしとなり」と、この五つの概念は歌の五句に対応して出来上がっていると言う。和歌の五句のあり方に則しての考えになっている。しかし、それに続く説明においては、人を訪ねて、来訪を知らせ、意趣を述べ、立ち去るまでの五つの姿体に譬えられるとしている。人の来報から辞居するまでの次第と言うのは、和歌一首には初めと終わりがあり、時間的な一直線上に展開するものと捉えての言い方である。和歌にも優れていた心敬の言辞としては安易な表現である。和歌に言う概念を連歌に応用して語るのでもなく、連歌の付け合いを論じるものでもないこの上巻の記述に、従来は多大な評価が与えられてきた。

遍序題曲流の概念を説明するにあたって心敬が依拠した書は『三五記』であるとされてきたことを踏まえて『さゝめごとの研究』では次のように言う（注十五）。

親句疎句に関する論や篇序題曲流に関する論は、三五記等の偽書においては、実作には大して役に立たない煩瑣な知識といった趣のものであるが、「ささめごと」においては、これを付合の基本原理にすえ、実作のための有力な武器に切りかえている。

『三五記』などの論は役に立たない煩瑣な論理であったかどうかはともかくとして、親句疎句や遍序題曲流の論が連歌の付け合いの基本原理となって応用されていると考える事は困難と言うほかはない。評価が過剰に過ぎている。心敬が下巻を執筆したのは、六義、遍序題曲流の五箇のそれぞれの意味を説明し直すことなどではない。『ささめごと』は次に続いて「篇　序　題　曲　流の五は五大所成　五仏　五智　円明をあらはし、六義は六道　六波羅蜜　六大無畀　法身の体也。古今集潅頂などと言へる密宗の一大事とて相伝口決に替事なしと也」と述べる点に主眼がある。六義、遍序題曲流と和歌において提示される概念は仏教に言う概念と見事に対応している、和歌が至る境地は仏教が至る境地と同じであるとの根本義、和歌仏道一如観と称される考えの表明にあるのである。

和歌仏道一如観は、藤原俊成によって表明され、その継承者達によって秘事として説かれていた。六義や遍序題曲流について、その論を良くしたのは為顕流、家隆流である。為顕流の『和歌古今潅頂巻』では和歌の意味を説いて「大和歌ト者真言ヨリ出タリ　然者序ニアサカヤマノ詞トイヘルハ𑖀字　大和ノコトハト云ヘリ　𑖀ヲオキニヤハラクルトヨメリ　𑖀ナクハイカテ和歌ヲ造立乎　和歌之五句ハ即五体五輪也　五大ト云ハ地大水大火大大風大空大也　然者歌之五句五大ハ即無始本有之仏大也　詠歌詠月是皆本有之徳用ナリ」と述べている。「大和歌」とされる和歌の真髄は真言の教理に基づいて言う阿字の本義に適っている、歌の五句は五輪五大に相応して本来の仏、無始の大有を表しているとする。この根本義のもとに和歌の種々相を説くことができ、六義については「六義トイフ時ハ五根　五智　五蘊　五章　五声　五時ノ法　コレ皆ナ歌ノ六義ニ当ツル時ハ　風　賦　比　興　雅　頌　コレヲ正ノ六義トイヘリ」としている。ここに言う正（性）の六義についての為顕流の考えは『玉伝集和歌最頂』に説いていること、既に述べたことである（注十六）。

『和歌古今潅頂巻』は五句について更に「標流支曲足」の名目を挙げており、これに樂曲の音階を示す「羽徴角商宮」を当て、「肝心脾肺腎」「青黄赤白黒」「東西南北中」「双調黄鐘調平調盤渉調一越調」「木火土金水」の五要素に対応することも示している。この「標流支曲足」の名称は次に示す家隆流が言う五句の十三種の変奏の様態の一つと考えを同じくするものである。

為顕流の著作である『和歌知顕集』の「序詞言」は、和歌についての総論を記している（一一頁参照）。その冒頭には「夫、大和歌者人のこゝろをたねとして、よく人の心をやはらぐるがゆへに、隠遁のみなもとゝして、菩提をもとむるはじめなり」とあり、和歌を詠ずる際の心のあり様は、仏教において真の仏を求める心と同じであると説いている。次いで『古今和歌集』の序文に云う和歌の歴史に準じて素盞嗚尊の「やくもたつ」云々の詞が三十一字であることと、それは仏の三十二相に相当することを説き、次に「うたに五句あり」として遍題曲流を説く。「遍序題興流といふ。これすなはち地水火風空の五輪なり。しかれば、ことうたをよくつくりいだすときは、五根五力の仏をつくり、五智五章五相五時の法みなこれよりおこれり。もし人のあしきうたをよみいだしつれば、衆の体にのぞむによて　五雲　五欲　五見　五竟となる」と言う。遍序題曲流の概念は地水火風空の天地を構成する五大要素に相当している。この基本となる五要素の出来具合によって天地の構造の良し悪しが決まるように、和歌の良し悪しも遍序題曲流の構成の仕方によって決まってくると言うのである。

家隆流にあっては、その書『和歌潅頂次第秘密抄』に、五義三体の秘密を説き、その五義の秘事で遍序題曲流を説いている。そこでは、詠歌の際に題を第三句に置き、その前後をどのように組み立てて一首とするかの要諦を説いている。家隆流の考えは『和歌潅頂伝』(注十七)では、更にその変奏の姿が説かれている。和歌の五句を構成する上の句と下の句の関係は陰陽の関係として捉えられ、その各五句は人体に応じては頭、胸、腰、尾、足に、身に付けるものとしては冠、衣、帯、裳、沓に応じているとする。この関係は更に各句にどのような意味が込められているかの視点から、標、流、友、曲、証などの十三種の変奏の形として語られている。十三種のあり様においては、題は必ずしも第三句に置かれる必要はなく、題を中心として一首は多様に構成されるのである。その実態を標、流、友、曲、証の例で述べて見れば、標とは題を現わすことであり、流とは丸く言い流し、友とは思わせて後ふっと云い切らないで支えることであり、曲とは題に曲を付け、証とは理をつけて上下の句が相適うように詠むことである。つまり第一句に題意をあらわして次に続いていく句でどのようにこれを受け、更に次の句に渡して一首としてどのように構成するかを説いているのである。こうした構成の方法として掲げられる十三種の一つに序、題、友、曲、証がある。これには「序は題をいはんとて序なり　題は友也　曲はあきらかにといふ也　証は如前」と説明があり、それぞれの標題に対応して「ココロサシヲ　タイニアラハシテ　トモヲ　アキラカニ　スクシ」との文辞が記されている。こうした説明を見ると先の『和歌潅頂伝』が言う序、題、友、曲、證の形式は、題を第二句に置いて一首を構成する一つの方法であることが判る。

『和歌潅頂伝』に見られる各句の名称は『ささめごと』の上下二巻構成の系統に分類される穂久邇文庫本の下巻部分に見る事が出来る。穂久邇文庫本はその本文を「篇、序、題、興、流」と記し、その傍らに「序、題、友、曲、証ともいへり」と注記している。さらに、「序、題、友、曲、証」の標題に対応して「ココロサシ　アラハス　トモアキラカニ、スクシ」と記している。この注記は明らかに家隆流の秘事を受けないことには記す事の出来ないものである。その上、先に心敬が人を訪ね、立ち去るまでとした『ささめごと』下巻の説明は、「ココロサシヲ　タイニアラハシテ　トモヲ　アキラカニ　スクシ」の文辞から連想されているものである。

家隆流と言い、為顕流と言い、心敬の活躍した時代には、編成しなおされて潅頂流と称することのできる様態になっていたことは既に述べたことである(注十八)。心敬には潅頂流の伝授が行われているのである。

『ささめごと』が最もよく評価される和歌仏道一如観は下巻に記される「篇　序　題　曲　流の五は五大所成　五仏　五智　円明をあらはし、六義は六道　六波羅蜜　六大無畀　法身の体也。古今集潅頂などと言へる密宗の一大事とて相伝口決に替事なしと也」の部分である。ここでは、六義及び遍序題曲流の概念は仏教の説く理念と同一の境地を示しているのであり、それは「密宗」で伝えてきた「相伝口決」と変わる処がないと言う。『ささめごと』の上巻ではまだ充分理解することのなかった境地が、口伝を受けることによって獲得できた。その表明が下巻の執筆となっているのである。

『ささめごと』に見える下巻の記事を右の様に理解することに対しての反論は湯浅清氏によって行われている(注十九)。

「古今集感情なとといへる、密宗に一大事とて伝あるにかハることなし、(ささめこと　国19⑧)

古今和歌集の潅頂なとといへる密宗の一大事とて相伝口決に替事なし(ささめこと　穂45①)(他本との校合部分は省略する—引用者)

心敬が古今集潅頂口伝を受けていたと考える説があるが、この文における「かはることなし」というのは、篇序題興流の五は五大所成・五仏・五智円明をあらはし、六義は六道・六波羅密・六代無畀法身の躰　に続く文の結びであるから、文学と仏教において互に関係があることが、「古今集潅頂」の場合も他と変わらないということであって、口伝とは全く関係のないことなのである。かりに穂（穂久邇文庫本の意―引用者注）の「相伝口決」を口伝と考えたとしても、それは和歌の口伝であって、六義の口伝とは全く無関係のことなのであるから、六義のしめくくりの所で「作者口傳有」と記すことは心敬の真意とは相違すると言わなければならないのである。

ここに反論として記されている主要な点は二つと見る事が出来る。

第一には「文学と仏教とが互いに関係ある」ことが「古今集潅頂」の場合と変わらないと認めておいて、それは、口伝とは全く関係がないと言う。

この考えを言うためには、心敬が「古今集潅頂」のことを、どのようにして知ったかの問題が明らかにされなければならない。「古今集潅頂」のことを何かの本で読み知ったとか、知人から聞き知ったとか言う次元では済ますことができないからである。「古今集潅頂」というのは秘事を伝える世界のことであり、伝授を受けなければ伺い知ることはできないのである。

第二には「相伝口決」は和歌の口伝の意であって、六義の口伝とは全く無関係と言うことである。「相伝口決」が和歌の口伝であると認めながら、それが六義の口伝とは全く無関係とはどのような口伝を想定した上での言なのであろうか。心敬の時代に至るまで、六義を説くのは『古今和歌集』の仮名序に記された六義論についてであった。それを秘事として説き、和歌の口伝として伝承していたのが潅頂流であった。

問題となる二つの視点は、何れも、前提が必要であるにもかかわらず、その前提についての説明が全くなされていない体のものである。

更にこうした論の結びとして湯浅氏は「作者口伝有」の言辞を心敬の真意と相違すると言う。ここにおいても心敬の真意とはどのようなものであったかの説明が全くなされていない。心敬は秘事口伝には全く関係がなかったとする前提が用意されていての発言なのである。

おわりに

『私用抄』『大胡修茂寄合』の二つの寄合書の周辺には、心敬を師と仰ぐ人々の動向が想定できた。それらの人々が、心敬の著作である書に、心敬の考えを追加し、自らの意見などを加えて秘伝書を作り上げていた。その結果、現存する諸本からは、原型を推定することなどは不可能なほどの変容が見られた。連歌会の張行される場に応じた自由性と、書を享受する者の強い意志とが変容を助長したのである。連歌会が開かれる場に相応しい言葉の選択が行われ、それが記される寄合書よりは、論としての展開を見せている『ささめごと』においても変容が見られた。現存する上下二巻本は、その形と記述内容から、上巻から下巻へと書き継ぎが行われたと考えられてきた。しかし、この変容は、単なる増補としての変容ではなく、秘事の伝授を受けたことによって生じたものである。心敬は新たな境地に達したことを表明するために下巻を書いたのである。新たな境地に連なっている和歌仏道一如観は鎌倉時代前半期頃から形作られてきていたが、その流れを主導していた為顕流、家隆流の秘事が核となって潅頂流が形成されていた。潅頂流の考えは心敬に和歌仏道一如観の世界の広がりを教え、口伝が意味することを教えたのである。

「はじめに」にも記したように、心敬の論を評価するに当たっては、既に出来上がっている高い評価を堅固に守ろうとする立場、即ち心敬崇拝論と言ってよいものがある。心敬が到達したとされる和歌仏道一如観は改めて淹頂流の秘事から得られたものとして考え直すべきであり、その視点は『ささめごと』の諸本論の再検討を促すことになっているのである。

注

（一）『室町人の精神』（日本の歴史第12巻　桜井英治　二〇〇一年　講談社）三四八頁。

（二）「私用抄をめぐって─連歌式目の一考察」（「国語と国文学」昭和三十年六月号）。

（三）京都大学図書館本は伊地知鉄男氏によって『連歌論新集』（古典文庫　昭和三十一年）に解説を付して翻刻され、その奥書によって心敬の関東漂泊中、太田備中守道真に書き与えられたとされている。また『連歌貴重文献集成　第四巻』（金子金治郎編　昭和五十五年　勉誠社）には、影印翻刻が行なわれ、島津忠夫氏の解説が付されている。そこでは新たな本の所在も報告されている。これらを受けて『連歌論集　三』（木藤才蔵校注　昭和六十年　三弥井書店）においては、京都大学図書館本、天満宮文庫本の二本、天理図書館本、東京国立博物館本、宮城県立図書館本の解説がなされ、京都大学図書館本を底本とする本文が提供されている。

『心敬の研究　校文篇』（湯浅清著　昭和六十一年　風間書房）には、『私用抄』の対校本文が作成されている。

（四）島津氏の注（一）の論考は『連歌の研究』（昭和四十八年　角川書店）に収載された。その際に、天理図書館本の調査は既に済んでいたと補記されている。

（五）宮内庁書陵部蔵『宗祇禅師返答』は、『宗祇所々返答書』と称される第三状に相当する書である。

（六）宮内庁書陵部蔵『連歌五百箇条』は、数種の秘伝書を集成したものである。全体は、細川幽斎から松永貞徳に伝えられたと奥書に記されている。

（七）『宗長五十七ケ条』は「五十七ケ条」と題して『連歌論集　四』（木藤才蔵校注　平成二年　三弥井書店）に、京都大学国語学国文学研究室本を底本として静嘉堂文庫本、内閣文庫本との校合本文が提供され、解説が付されている。作者は「宗長もしくは、宗長と近い関係にあった者」とされている。

（八）『連歌奥儀明鏡秘集』と題する本は岩瀬文庫本の他に架蔵の二本がある。一つは江戸時代半ば頃の筆写になる巻子本、一つは明治十九年に鈴木慶三郎が書写した冊子本である。伝来を示す奥書等はなく、「五音相通事」に始って「一句の品又二心の事」に終わる六十一ケ条を口伝として許したと記している。連歌と、その題名に記してはいるものの、故実は和歌に関することをも含んでいる。

（九）注四の『連歌の研究』の二二三頁。

（十）本稿の基礎的な部分は一九九五年発行の「大阪府立大学　人文学論集（第十三集）」に発表した。その後、諸本の探索は進み、東京国立博物館本、宮城県立図書館本の二本が加えられた。その大要は『連歌論集　三』（昭和六十年　三弥井書店）の解題に見る事が出来る。

三輪本の紹介の後、長谷川千尋氏は「『連歌作法』伝本の成立」（『京都大学蔵　貴重連歌資料集　第一巻』平成十三年臨川書店）と題して、太田本、京大本、三輪本の三本の詳細な比較検討を行い、およそ次のような結論を得ている。

注釈部については「三輪本を推敲して、京大本が成立し、推敲後の本文を継承して太田本が成立した。三輪本が最も原型に近いと云う三輪氏の説を裏付ける事が出来る。」

寄合語については「京大本が①（三輪本にあり京大本にない語）の三輪本の寄合語を削除する一方、その倍の量の②（三輪本になく京大本にある語）の寄合語を増補し、増補部の大半は太田本に踏襲されているありさまがみてとれる。（但し、として若干の例外部分を指摘する）。寄合語の部分の全体的な傾向として、三輪本から京大本への流れが確認できたと言ってよいだろう。」

「注釈部と寄合部を総合すると、三輪本と京大本の関係は、まず三輪本が成立し、三輪本に加筆修正して京大本が成立したということになる。」

『大胡修茂寄合』には、一書から切り離されて「切」として伝承されていることが次の二つの論稿に報告されている。

小林　強「連歌寄合書関係の古筆切資料覚書」（「大東書道研究第八号」二〇〇三年　大東文化大学書道研究所）

小島孝之「古筆切の中の連歌切二種について」（「成城国文学論集第三十二輯」平成二十一年）

（十一）『さゝめごとの研究』（木藤才蔵著　平成二年　臨川書店）は、昭和二十七年に刊行された『校註　ささめごと　研究と解説』の増補改訂版である。以下、本稿での引用は『さゝめごとの研究』による。

（十二）『連歌論集　俳論集』（日本古典文学大系　昭和三十六年　岩波書店）に収められた木藤才蔵氏の解説による。

（十三）『さゝめごとの研究』二三二頁。版本系統の諸本の上巻と下巻についての論による。

（十四）以下の『ささめごと』の引用本文は、注十二の書『連歌論集　俳論集』に所収された尊経閣文庫本を底本とするものによる。

（十五）『さゝめごとの研究』研究篇第一部の4歌論書との関係　二八六頁。

（十六）『歌学秘伝の研究』八一頁。

（十七）『和歌潅頂伝』については、三手文庫本に、神宮文庫本を対校し、『歌学秘伝の研究』において考察を行っているが、その後、三手文庫本の親本に当たるものは陽明文庫本『和歌潅頂伝』であることが判明した。

（十八）『歌学秘伝の研究』第四章第一節。

（十九）『心敬の研究』（湯浅清著　昭和五十二年　風間書房）三七三頁。

第四節　暗号化された秘事

はじめに

秘事の相伝には口伝が重要な位置にあることは言うまでもない。だからと言って、口伝に対する書伝の形が軽んじられたわけではない。口伝は、言語の有効性を能う限り遮断して他言を禁ずる形で、古代の言霊信仰的な神秘的な背景の中で成立していたと言える。これに対して書伝は、視覚的な文字の伝達性を重んじながら、他見を禁じる形で成立している。両者はいずれも閉鎖され、遮断された中で自らの領域を確保する方法である。しかし、いずれの場合においても、人は秘密を保持しきれない。話し言葉であれ、書き言葉であれ、言葉は一旦発せられてしまうと、他人に伝えたい願望の中に投げ込まれてしまう。秘密自体の重さと秘密を持つことの重さの中で、この願望が揺れ動くとき、人は秘密性を更に高めようとして秘密にまた新たな仕掛けをしていく。

ここに、紹介しようとする『和歌秘伝抄』には、そうした書伝による秘密に一段の仕掛けを施し、秘事を暗号という形で伝えようとしたものである。

一　集大成される秘事

『和歌秘伝抄』は、国立国会図書館所蔵の一冊本である。全丁墨付きで三十八丁、縦二十一・五糎、横十六・一糎の大きさで列帖装、表紙は茶色地に墨の刷毛引き、その中央に直接「和歌秘伝抄」と題名が記されている。表紙見返しの右端に「北嶋孝弌蔵書」とあって、次に「神なひにひもろきたてて云々」の和歌を記して、「ひもろぎ」にかかわる解釈を記している。

第一丁裏の左端には「古今切紙通別之事」として、「春部二六　秋冬部二六　恋部十二　雑ト大歌所二十二　以上三十六通也」とある。『古今和歌集』についての秘事を記した切紙が各部立に何枚あるかを記しているのである。切紙に記された秘事が部立てによって分けられているのは、切紙自体の総体が意味を持っている宗祇流などの形とは違った系統の秘事である。

第二丁表からは、「古今集目録」と題して、『古今和歌集』の各部立における歌数及び作者名を記している。これは、毘沙門堂旧蔵『古今集註』に記されるものを補訂したものである。

次に第七丁裏からは「古今集秘伝　阿古根浦口伝」が記されている。これについては後述するが、流派としては、為顕流のものである。

第十一丁裏からは、「三個ノ大事」が記される。これについても、後に触れることにするが、流派的な特徴から言えば、為顕流に近いものである。

第十三丁裏からは、「古今代々相伝次第」が記される。これは、『古今和歌集』の証本となるものが三本あるとして、その伝来行方を語るものである。初め六条藤家の清輔において問題とされ、為顕流、家隆流などで流派の正当性を言うために鎌倉時代の後半に創られていくものと同類のものである。しかし、本書では、その証本の行方について語ることをせず、この書の流派を特定することはできない。

第十四丁裏からは、「人丸赤人ノ事」が記される。能基『古今和歌集序聞書』『玉伝深秘巻』や毘沙門堂旧蔵『古今集註』に記される、人丸の出生、人丸と赤人同人説などと同類のものである。

更に続いて、「三人之翁事」「両宮ノ御門」「黒主之事」「猿丸大夫之事」「二人大事」等を記すが、これらの秘事についても、どの流派のものかの特定は出来ないが、為顕流のものに近似している。この傾向は以下に記される「三鳥大事」としての喚子鳥　稲負鳥　都鳥、「都鳥云事」「序大事長柄橋事」「春日野焼事」「七夕事」「かぐや姫事」「序大事の湯津柱ト云ハ榊」「狩ノ使ト云事」「人ヲ夢ニ見事」「アヤメト云事」の各項目においても同じである。

この後、第二十七丁表に、本稿において問題とする暗号の解き方を示す解読原票とでも呼んで良いものが記されている。

次に、第二十七丁裏に、「巫女のこと」「加夫青と云者」「奥義抄云越中多子浦歌」の秘事を箇条書き風に記して、二十七丁裏の最終行から、次のような奥書が記されている。

右件伝唯授一人秘注也。若無師許而及披見者、堅住吉玉津島背冥慮、先達違　相承者也。穴賢々々、可秘々々。

干時　天文十一壬寅年二月吉日嘉辰縁僉

真言沙門芳伻侠欽授之

此切紙、先年江戸隠岐守法名蓮阿上洛之時、飛鳥井之栄雅ヨリ令伝授之書也。然而、忠通右筆藤原宗伝秘ニ令書写候ヲ色々以懇志、又令書写者也。可秘々々。

右に続いて、第二十八丁裏から、やや覚書風に、次の事柄が記されている。

阿字観（権大僧都法印宥日判とあり）、運天図、四声図、四条公任の作の書の謂、天地開闢・大和の国名等の日本書紀注に関わる事、天皇系図（神武天皇より花山天皇に至る）、倶舎論の頌、林和靖題梅の漢詩、陰陽方位図。第二十八丁裏右下に、北畠（続く刑部の字を見せ消ちにして兵庫と記す）筆とあって、裏表紙見返しに北畠孝常と記す。

ここに記される大和国名等の秘事は、毘沙門堂旧蔵『古今集註』他に記される鎌倉時代後期の為顕流などのものと同類である。

奥書からは天文十一年（一五四二）に真言僧の芳伻が所持していたものと判るが、芳伻については伝不明である。一書としての特徴を考えて見るに、天正年間に宗哲に伝授された秘書他に見られる、為顕流の秘事を中心として構成された潅頂流の秘書と考える事が出来る。

二　暗号の構造

本書においては、「古今集秘伝　阿古根浦口伝」と「三個ノ大事」の三木の秘事の部分に、特殊な文字、暗号として機能する文字が用いられている。

この暗号の解読には、第二十七丁表に記されるイロハ順に記載される漢字一覧が役立ってくれる。つまり、この漢字一覧は、暗号文字を解読する為の原票となっている。イロハの文字の一字が一音によって表記される様態を示す漢字の一覧である。

暗号化された文字の解読に当たっては、その文字を解読するための原理が判っていないといけない。原票をみると、その暗号文字を構成するに二通りの原理が用いられていることが判る。仮に、その二種類をA、Bと名付けておくと、この内のAだけが本文には応用されている。このA、Bは基本的には相似た概念によって創られている。以下に、この二種の暗号を成立させている概念を整理しておこう。

Aの方法は、漢字を形と音とからなるものとして捉え、そのなかに仮名の成分を見出すものである。それには三つの方法があり、一つは漢字が持っている形の中に片仮名成分を見出すもの、二つに全く新しい漢字を考え出し、その中に片仮名成分を見出すもの、三つには漢字の音訓の一部を借りて一音として読み、それを片仮名とするものである。

このことを、イロハそれぞれに応じて示すと次のようになる。イロハ四十八文字のうち、ンを除いた四十七文字は次のように分類してみることができる。

（1）漢字を構成する偏、旁などを片仮名として読むもの

倫の字の人偏をイ　台の字の下部をロ　兵の字の下部をハ

保の旁の下部をホ　乞の字の異体字の上部をト　仟の字の旁をチ

利の字の旁をリ　奴の字の旁をヌ　名の字の夕をタ

孔の字の旁をレ　牟の字の上部をム　耕の字の旁をヰ

政の旁を久と書いてク　笈の字の竹冠をケ　芝の字の草冠をサ

虹の字の旁をエ　肝の旁をテと書いてテ

老の字の老冠の下部をヒ

（2）漢字を構成する一部を誇張して書き、片仮名に見立てて読むもの

永の字の第一画と第二画を横長に書いてニ

鳥の字の列火部分を連綿風に書いてへ

穴の字の八の部分をルと書いてル
分の字の刀の部分をカと書いてカ
習の字の羽の部分を連綿風に書いてヨ
南の第一画と第二画の部分をナの形に書いてナ
孝の字の老冠の下部の子を丁字形風に書いてマ
用の字のけい構えの中の部分をキと書いてキ
言の字の第一画と第二画を連綿風に書いてユ
目の字の横画の下部三本をミと見てミ

（3）門構えの部分を借用して新しい漢字を創り、新しく加えた部分を一音として読むもの
門構えの中にヲを書いてヲ　　門構えの中にラを書いてラ
門構えの中にコを書いてコ　　門構えの中にエを書いてエ
門構えの中にモを書いてモ　　門構えの中にスを書いてス

（4）漢字のもつ音訓を借用して片仮名として読むもの
和をワ、曾をソ、津をツ、好をネ、宇をウ、之をノ、於をオ、
耶をヤ、不をフ、阿をア、女をメ、志をシ、世をセ

右の分類においては（1）と（2）とは、相互に相通ずるところがあるが、（2）の方が漢字の一部を誇張することが顕著である、新しい漢字への創造性を秘めていると言える。これに対して、（3）は、すべて門構えの中に、片

仮名を書いて新しい漢字としている。しかし、様々な偏、旁、構えの中から門構えだけを取り出しているのは、暗号としての秘密性を薄くし、単純化されすぎているものと言えよう。（4）の方法は、奈良時代に片仮名が漢字から発想されてくる流れを引き継ぎ、あるいは応用したものであり、暗号としてはきわめて安易な発想と云うことが出来よう。

次に、Bの方法は、秘事本文には適応されてはいないものの、秘密の暗号化の思考過程を示すものとして、重要なものと考えられるので、Aと同じく、その解読結果の分類を行ってみよう。

（1）漢字のもつ意味によって連想される一字の漢字音を用いるもの

イは筵～　筵は葦草（イグサ）を材料とするから
ロは船～　船は櫓（ロ）で漕ぐから
ハは木～　木には葉があるから
ニは馬～　馬は荷を負うから
ホは田～　田には稲穂の穂が実るから
ヘは刀～　刀には柄（つか）があるから、柄はへの音である
トは家～　家には戸があるから
チは人～　人は地に立つから、或いは人の血からとも
リは詞～　詞は理（リ）を述べるものであるから
ルは金～　金属は鏤（る）するものであるから

ヲは山～　山には尾（尾根）があるから
カは花～　花は果（果実）を結ぶから、或いは花の音からか
ヨは竹～　竹には節（ヨ）があるから
ツは海～　海には津があるから
ナは野～　野には菜があるから
ムは物～　物は無と同じであるから
ヰは土～　土を耕すことから、耕の字の旁を井と看做して
ノは矢～　矢は野で放つものであるから
クは十～　九の次は十であるから（十の前は九でもある）
ヤは弓～　弓と矢は対であるから
ケは筆～　筆は毛を材料としているから
フは楽～　楽には譜があるから
コは女～　女性は子を産むから
テは幡～　幡（旗）は手で掲げるから
アは仏～　仏の意味は梵字のアにあるから
キは火～　木は火に焼かれるから（五行説による）
ユは水～　湯は水からできるから

メは姦〜　女は姦しいから、女の音はメでもある
ミは躰〜　身は躰であるから
シは文〜　文は詞であり、詩であるから
モは牛〜　牛の鳴き声はモウであるから
セは河〜　河には瀬があるから
スは鳥〜　鳥は巣に篭るから

（2）漢字の形の一部を誇張して記し、それを借用したもの
ワは専〜　専の字の上部から寸に続く部分を車と書いて、車には輪（ワ）があるから
タは名〜　名の文字の夕の部分をタと看做して
ソはサンズイの旁に羽をかく文字〜　羽の文字をツと看做して
ラは衣〜　第一画と第二、第三画をラの形に看做して
オは掃〜　掃の手偏をオの形に書いてオと看做して
ケは筆〜　竹冠をケと看做して（Aの応用カ）
エは生〜　生の字の一部にエがあるから
エは形〜　旁をエの形に書いてエと看做して
ヒは老〜　老冠の下部をヒと看做して
ノは矢〜　第一画をノと看做して

（3）漢字の音訓を借用したもの

アは阿　、ヌは奴、レは礼、ネは好、ウは宇、マは間、サは佐、

右の内（1）は、本暗号化において最も苦心したものと推察される。漢字一字の音は、どのような概念に結びついて新たな漢字を連想させるかに着目したものである。平安時代から行われてきた「判じ物」にも通ずるところがあるものの、それを乗り越えてかなりの程度の教養を必要とする部分に踏み込んでいる。たとえば、リを詞としたのは、詞は理を述べることから発想しているのであるが、同時に、事を述べる詞は理と共にあることを認識する仏教的な事理の理論体系を意識したものかと考えられる。同じようなことは、シについても考えられ、文は詞によって述べられることを言いつつ、文は詩であるとする漢学の素養があっての発想かと考えられる。

こうしたことを、一字一字について考えていると、この暗号化に携わった人物は、かなり程度の高い漢字文化圏に属していたといえよう。

漢字の持つ意味は勿論のこと、漢字音にも通じ、草書体の世界（書道として文字を書くことを基本とする）にも堪能であったのである。この際、漢字を一律に草書化、あるいは行書化したのではなく、漢字一文字に一音が対応している文字が連想されていくような知性を働かしているのである。

さて、このような知識教養によって創られた暗号は、実際の場面において、どれほどの有効性を発揮しているのであろうか。

三　暗号としての機能

まず、「古今集秘伝　阿古根浦口伝」の本文を記してみよう。暗号で記されている部分は《　》で括る。

古今集秘伝　阿古根浦口伝

右大臣藤原仲平時平弟也、延喜六年七月三日、伊勢国阿古根浦行タリシニ、十一二計ナル童、何所ヨリトモ不知出来レリ。向仲平云、誠ヤラム、当時、都ニ古今集トテ出キテ候ナルト問ケレバ、仲平、サル事アリト云。又童云ク。抑、古今ト云事知リ給ヘルヤ、不知給ヤ、不然バ申サント云ケレバ、仲平、我古今ト云コト未知ト云ケレバ、童云。是ハ我国ノ御法也。自神代伝レリ。夫、古者陽也。今ハ陰也。本来不生不滅之法性堪然寂静之理是古也。森羅万法之具足スル処ヨリ、一如之妙理皆是古也。サレバ、一切皆何事カ非古乎。今ト者、三世常住之理体青黄赤白黒色、天地万物其相皆今也。サレバ、汝、色心モ古今也。一切万物何物カ、離古今二字、山河大地草木人畜皆備古今二字云。其時、仲平合手云。古今二字承ヌ候。抑、古今ノ中、何歌ヲカ可秘候ヤト云。童子云。古今ニ六首歌アリ。

《イサコ、ニワカヨハヘナンスカワラヤフシミノサトノアレマクモウン《ヲイ》》

《ツキヤアラムハナヤムカシノハナナラヌワカミヒトツハモトノミニシテ》

《タツタカハモミチミタレテナカルメリワタラハニシキナカヤタエナム》

《カラコロモキツ、ナレニシツマシアレハ、ルハルキヌルタヒオシソオモフ》

《ソテヒチテムスヒシミツノコオレルオハルタツケウノカセヤトクラム》

《アリアケノツレナクミエシワカレヨリアカツキハカリウキモノハナシ》

問云、此歌共ハ如何ナレハ可秘哉。答云、此歌ハ皆可秘々也。

其故者、《イサ》爰ニノ歌ハ可秘作者。月ヤアラヌノ歌者有者深義。夫、《ツキヤアラヌ》ト者、出法性寂光之土、為利益常役之衆生ヲ、伊奘諾伊奘册二神、現形ヲ此国、宗トシ、男女語ヲ、結縁衆生ヲ給也。サレバカカレドモ、真如ノ明月ト申ハ、非法身之月ニ、為ニ救《スクハンカ》仮物、出トモ利益之道ニ、不費法性ノ月ニハ云リ。

《ハルヤムカシノハル》ナラムトハ、陰陽ノ二神ト云ハ、我モ神ノ化度、神モ我也。サレバ、其時ノ春モ、我身也ト云心ヲ読也。此歌ハ可秘義也。

《タツタカワ》ノ歌ハ、大同二年九月十三日、平城天皇御幸シ、立田川ニ給タリケルニ、河上ニ如張紅葉錦ヲ、面白シ。水神水ヨリ出テ、奉而王ニ読ル也。其御門ノ御歌ト申也。実ニハ、水神ノ御歌也。サレバ、此義ヲ可秘也。此歌ハ、或説ニ、上ノ句ハ御門ノ御句、下ノ句ヲ水神ツギ玉フト伝タリ。

《カラコロモ》ノ歌、《カラコロモキツ、ナレニシ》トハ、着瓔珞細㲲之衣ヲ、伊奘諾伊諾册尊陰陽ノ二神ト被云給シ事ヲ云也。妻シアレバト云ハ、即二神也。遥々キヌル旅ヲシゾ思フトハ、出利益ノ門ニ、凡夫応同ノ身ニテ年久ト云心ヲ読タル也。

《ソテヒチテ》ノ歌ハ、袖ヒチテ結ビシ水者、法性ノ心水也。真如寂静ノ水也。氷レルト云ハ、仮ニ迷出テ、導ヒク万人ヲ心也。和テ一切衆生ノ妄想ノ心ヲ、令証仏果ヲ事ヲ読也。

有明ノ歌ハ、延喜三年九月十三夜ニ、月見ニ八幡ヘ参タリシニ、大神社ヨリ云出シ給ヘル歌ヲ、忠峰我カ歌ト云リ。此六首ヲ古今ノ秘歌ト申也。時丁、仲平云。汝ハ何人ソト問ケレバ、童子云。我ハ是、天照大神ノ第三ノ王子風早ノ尊也トテ、カキケス様ニ失給ヌ。此レ神伝タル上ハ、最上ノ秘伝也。言発セハ冥儘誠ニ有憚者候。
穴賢不可出円《トシキミ》ヲ、可秘々也。

題名に言う「古今集秘伝　阿古根浦口伝」は、『阿古根浦口伝』の秘事であり、そのことについては既に述べている(注一)。『古今和歌集』と共に『伊勢物語』が重んじられて、仏教的思想と神道的思想とが混融して、『古今和歌集』が成立した由来を言う秘事である。その諸本は四種に整理できる。第一は、いくつかの秘事と共に伝えられているもので、「古今集秘伝　阿古根浦口伝」と共に、人丸の出生のこと、万葉の意味、人丸の秘歌の三つの秘事を語っている。京都府立図書館本、宮内庁書陵部本、東山御文庫本、伊藤正義氏本などがそれである。この系統の本は、『古今和歌集』と共に『万葉集』が重んじられていることに特徴がある。第二のものは、鎌倉時代後期の為顕流が関わったと考えられる書物の中に取り入れられているもので、内閣文庫本、神宮文庫本などがそれである。第三のものは、神宮文庫に一本しかないものであり、同じく鎌倉時代後期の歌道家の二条流の某に伝えられたものである。この神宮文庫本にも、いくつかの秘事が取り合わされている。第四に分類されるものとしては「古今集秘伝　阿古根浦口伝」が、そのままの一種類の形で伝えられているもので、島原松平文庫本、三輪蔵本などが、それである。本書はこの第二分類に最も近いものである。

本秘事は『古今和歌集』の由来を伊勢神宮に求め、神宮の使いである童子から六首の秘歌を受け、その深意を説き明かすことになっており、最も基本的な形を残している。為顕流の中で創られ、灌頂流が保持していたと考えられる。それ故に奥書に記されているように、飛鳥井栄雅のもっていた秘伝とは考えにくい。飛鳥井家流の秘伝であることを言うよりも、飛鳥井栄雅という権威の名が必要であった人々が伝えたものである可能性が高い。ある個別の秘事の価値よりは潅頂流の秘事を持っていることに意義を認めていた人物が、秘事としての価値を更に高めるために、暗号化することに辿り着いているものと考えられる。

では、この暗号化という方法は、「古今集秘伝　阿古根浦口伝」において有効に機能しているかを考えてみよう。まず第一に記される六首の秘歌の秘事においては、暗号は殆ど有効でないことが諒解される。六首の秘歌をすべて暗号化して記しておきながら、その説明部においては、全く暗号が用いられていないからである。本秘事は、『古今和歌集』の六首の歌を通して「古」と「今」との根本義を説くことを主眼としている。それには、第二首めの〈月ヤアラヌ〉、第三首めの〈妻シアレハ〉〈遥々キヌル旅ヲシソ思フ〉、第五首めの〈袖ヒチテ結ヒシ水〉〈氷レル〉、第六首めの〈有明ノ〉などの言葉は、その秘密を解明するに重要な鍵となるものである。その言葉が通常の文字で表記されており、読み手（あるいは被伝授者）にとって六首の歌の根本義は容易に理解されてしまう状態にある。文字の暗号化によって、ただ単に六首の歌そのものが秘密であることを言っているにすぎないことになっている。

暗号化による機能は果たされてはいないものの、六首の秘歌は暗号文字が用いられることによって、呪歌とも云ってよい秘密性の中に閉じ込められている状態は良く理解されるのである。

しかしながら、次に記されている「三個ノ大事」の「三木伝」においては、この問題は別の方向に向かう可能性を示している。

まず、「三個ノ大事」の全文を記すことにしよう。先と同じく、暗号化されている文字は《　》で括って表記する。

三個ノ大事　　初ケ

一《メトニケツリハナ》之事云々

又云《メトノケツリハナサス》事　御賀ノ時、七尺《メハシキ》ニ、十二之《ケツリ》花ヲ指テ奉祈王ヲ給也。此花敷、当天神七代地神五代ニ也。天子ノ御前、〈タカキカメ〉花立、為御覧置也。仍、花立タル〈カメ〉也。意ハ、上心紛乱シヌレバ、万事之政乱ル。一人垂拱シヌレバ、四海無事也。サレバ、随時《ケツリ》花ナンドヲ症可シ視《ミセ奉ル》上皇ニ。然レバ、清冷殿ニ殖竹、常ニ凝シ青竹之観ヲ給フ。竹ハ是レ備フ五徳ヲ。竹風冷クシテハ、思ヒ鳴《ミヤウ》凰ノ管ヲ、迸《ハビコル》笋ノ盤マシルハ、似リ臥龍之文ニ、ヨ、ノ直クナルハ。又似リ賢人ノ心ニ。節々ノ連ナレルハ是整ヘル列節ヲナルベシ。楽天云、竹ハ是中カゴノ空シケレバ、為ス我友ト、水ハ是ナメラカナレバ、又為友云リ。則、何モ上心ヲ為奉令喜シメ也。又可聞口伝。

一《オカタマ》ノ事　第二ケ

王子御誕生ノ時分、《カヤ》ノ木ヲ以テ、六角ニ削テ但一尺二寸ト云リ、面ニ《テムセウタイシム》ト書キ、ソバニハ《セムシウハムセイ》ト書テ、裏ニ王子御誕生ノ時ノ日時ヲ書テ、智法僧ニ、七日加持セサセテ、高山ニ埋ト云々。又一義ニ云、《オカタマ》ノ木ハ、王子御誕生ノ時《マツ》ノ木ヲ、辺四寸長サモ四寸ニ切テ破リ、両方ノ一方ニハ《テムチヤウチキウ》ト書、一方ニハ《チフクエムマム》ト書テ、懸サエ進セテ後、《カレ》ニ副、高清所ニ奉置、崇之給也。又御賀時、四十命ニ入給シ時、内侍所ニシテ、御祝ノ舞アリ。其時ニ、王懸給フトモ云リ。

一《カワナクサ》ノ事　第三ケ

帝王ノ御枕ニ沈檀シャクヤク等ノ上香ヲアツメ給テ、丸薬ニシテ、玉玉枕中ニ入テ奉給ヘバ、寿命モ長ク、御代モ栄ヘ給フタメシ也。御心地煩ヒ給ル時、此枕ヲ御覧アルニ、イツヨリモ潔《イサキヨク》御咄ト云リ。則、玉玉枕ノ名ト云リ。又云、此字ヲ日本紀ニハ読也。藻字也。深義秘也。右三ケ大事如件。能々見テ人ノ機ヲ、可授也云リ。

第一の〈メトニケツリハナ〉のことは、秘密の中心命題である〈メト〉と〈ケツリ〉花についての事柄と意義が明瞭に述べられている。天皇の心持を鎮め、天下が無事に治まるように努めるのが臣下の責務である。そのために〈ケツリ〉花を用いる事が必須であると言う。花を立てる〈カメ〉に〈ケツリ〉花を挿すことが読みきれないと、この秘事の持つ意味が理解できないようになっている。暗号として有効に働いているのである。

第二の〈オカタマ〉のことについては、第一の〈メトニケツリハナ〉の場合よりも更に、暗号化は有効に働いている。皇子御誕生の時の祈願として、どのような木に、どのようなことを書くかがこの秘事の主眼である。その方法には二つあるという。第一の説としては、〈カヤ〉「栢」の木を用いる場合には片面に〈テムセウタイシム〉即ち「天照大神」と書き、その傍らに〈セムシウハムセイ〉即ち「千秋万歳」と書く。第二の説は、〈マツ〉「松」の木を用いる時には片面に〈テムチヤウチキウ〉即ち「天長地久」と書き、他の一面に〈チフクエムマム〉即ち「知福円満」と書くと言う。こうした一種の呪術的な文言が暗号で記されているのである。この呪術的な意味が解読出来ない限り、この秘事は理解できない。まさに暗号は有効に働いているのであり、秘事としての意味合いが更に高められていると言ってよいであろう。

ところが、第三の〈カワナクサ〉の秘事においては暗号は有効には働いてはいない。表題の〈カワナクサ〉の言葉は暗号化されて記されてはいるものの、その本文部分には暗号は全く用いられていない。このことは三個の秘事の第三番目に〈カワナクサ〉という秘事を立てたことが重要であり、同時に〈カワナクサ〉という内容説明が、特殊であることに特徴がある。〈カワナクサ〉を説明して帝王の枕に関わる説は、管見の及ぶ限り他に例を見ないものである。秘事の暗号化よりはむしろ、その特殊性故に秘事となっているのである。本書が書写されたと伝える天文十一年（一五四二）の頃の三木の秘事は、天皇の役割を象徴的に捉えることへと変貌している。しかし本書の秘事は三木の秘事が作られた鎌倉時代後期の形のままである。暗号という新しい器に古く淀んだ水を注いだといってもよいであろう。

以上のような暗号を用いた三木のあり方に対して、三木と並列して説かれる三鳥の秘事はどのようになっているであろうか。まず、その全文を記してみよう。

一　三鳥大事　初ケ

一　喚子鳥之大事　鵠也。ハッコ鳥トモ人ハ云也。呼子鳥ト云也。

一　稲負鳥之事　鳥也。昔、伊奘諾伊諾冊尊、此国ニ下テ、夫婦婚合《ミトノマクハヒ》之道ヲ成給ントシケル時、陰神不叶誓言シ給シヲ、シヒテ所為《マクハヒ》セントノ宣ヒケレバ、サテ誓言ヲバ如何トスベキト、陰神ノ宣ヒケレバ、アノ天ニ飛ブ鳥ニササセ給ヘトノ宣テ和合ハシヒ給ヘリ。此鳥、御目前ニ落死ケリ。鶺鴒《セキレヒ》、馬、又人ヲ云ナンド異説多之。然ドモ鳥ヲ為正義ト云々。

一　都鳥云事　王ヲ申也。其故ハ、文集第《スイ》十九ノ巻ニ云、朝今侍テ晨ニ、翔ケリ遥ニ雲路ニ、天下得テ自在ヲ、飛テ如鳥矣。然間喩也云々。或書云、王ヲ鳥ト云事ハ、王道記云、鳥君政ノ翅ハ、翔リ四海ノ波ニ、賢政ノ恵雲ハ、覆《ヲ、ウ》千万ノ峯ニ、文集ヲヒク。又帝ヲ日ト云事、文集云、帝日没シテ、峯ニ万侶闇深ク、公雲落テ谿ニ、百官ン嘆キ厚《アツ》シ、文。

本書が書写されたと伝える天文十一年（一五四二）頃の三鳥の秘事は三木の秘事と同じく天皇と臣下の間の密接な協力

関係を言うものへと変貌しており、宗祇流、宗世流、尭恵流などはそれぞれの方法で、秘事を組み直していた。それが、本書に見るものは、喚子鳥を鵠など、稲負鳥を烏など、都鳥を王としてその本源を語るなどとして、統一の取れない状態となっている。古い形である。それに暗号などは全く用いられていない。三鳥の秘事は三木の秘事ほどには工夫が凝らされていないのである。三木の秘事と三鳥の秘事は対等に扱われて両者が相俟って一つの世界観を示すことにもなっていない。この均等を欠いた状態は、先の六首の秘事が六首とも均等に扱われていなかったことにも通じている。秘事そのものの価値は認められていないのである。

暗号化を全面的に推し進めようとする段階には達していない。暗号を用いるには躊躇されるところがあり、ある種の試みの段階にとどまっていると言っても良いであろう。

おわりに

三鳥三木の秘事が有機的に組み合わされて、天皇、関白、人臣の役割を示し、三種の神器の意味を担う時代の中にあって、本秘事は有効な形も意味も見出せないで語られている。秘事は秘事として機能していないのである。

秘事を秘事として保持しても、次の場において権威が高められないと判断した時、新たな秘密の仕掛けが必要となる。その一つが暗号化という方法なのである。暗号化は当事者以外には知られたくないという秘事の基本的な性格に良く合致した方法である。しかし、それは秘事の全文において用いられないと有効性を発揮しない。それが本書におけるような秘事の一部分だけに実施されているのであれば、暗号化という行為事態さへも意味を薄くしていく。本書の暗号化を発想した基には、秘事の重みを考えるよりは、暗号化する行為事態に、即ち、イロハの文字列にどのような文字を当てるべきかを考えるという知的な行為への思いがあったと判断される。

暗号化の基本表とも言える「原票」が本書には記されている。もし、この「原票」が記載されていなかったら、事態はどのようになっていたであろうか。本書中に「原票」を記させたのは、そうした予想される危惧への対処の思いである。しかし、暗号化という行為とは相反する「原票」の公表によって、暗号化はもろくも崩れているのである。この相矛盾した行為の中に、暗号化と言う手段に辿り着き、幾分かを実行した功は評価されて良いものである。

言語を暗号として用いることは日本の歴史においては数少ない例と考えられる。遠く万葉集時代の人々が、漢字と言う文字を知って万葉仮名への発想に至り、奈良時代の僧侶集団が片仮名の創造へと導かれたような事における大きな功績は認められない。しかし、秘事を考える中から発想された暗号があったとの一事は記憶に留められて良いものである。

注
（一）『歌学秘伝の研究』九〇頁から九五頁まで。

第三章　切紙伝授期の諸相

第一節　切紙の総体

一　切紙の大きさ

歌学で扱う切紙とは歌学上の秘事が一項目あるいは複数項目が一定の大きさを持った一枚の紙に記された状態の物を指して言う。

この切紙が原型のままで纏まった形で所蔵されているのはそう多くない。宮内庁書陵部に蔵されるものは細川幽斎が収集し、整理、書写したものである（注一）。陽明文庫に蔵されているものは、近衛家流のものである（注二）。藤沢流の切紙は川平ひとし氏が調査し、報告している（注三）。神宮文庫には臼井家旧蔵の切紙がある。千葉東家に関わる臼井家のものを神宮の荒木田尚胤が宝暦四年（一七五四）に書写している（注四）。曼殊院に蔵されるものは、影印翻刻が行われる予定であったが、刊行作業は中断しており全容は不明である（注五）。一条家の切紙は写真撮影されたものが東京大学史料編纂所に蔵されているのを武井和人氏が調査し、報告している（注六）。後述する架蔵の切紙は近衛流のもので、元禄時代に美濃加納城の戸田通光に伝えられたものである。その他、蓬左文庫、天理図書館、宮内庁書陵部、陽明文庫などには切紙の一部が蔵されている。

さて切紙には一定の大きさがあると述べたが、その大きさについて、『詠歌口伝書類』（注七）には、「千葉東家切紙寸法　長九寸二分　広一尺三寸八分ハカリ」とある。三条西家伝来とされる『古今伝授書』（注八）にも「千葉東家切紙寸法　長九寸二分　広一尺三寸八分ハカリ」と全く同じ事を記している。この二つの書は、「宗祇分」の切紙は「寸法九寸五分　広一尺七分ハカリ」とも記している。宗祇流の切紙は千葉東家伝来のものよりは、やや大きい寸法となっているのである。次節で扱う『古秘抄別本』には「このたけたかき切紙は尭孝法院より相伝、少みじかきをば素暹相伝也」とある。為家から伝授を受けたとされる東家の素暹の持っていた切紙よりも、尭孝伝来の物はたけ（長さ）が高い（長い）形であったのである。

細川幽斎が書写した「当流切紙二十四通」（注九）は縦二六・七～二七・七糎、横四一・五～四二・六糎の大きさである。『詠歌口伝書類』『古今伝授書』が伝える千葉東家のものよりは大きめであるが、「宗祇分」よりは小さめである。『宗祇流切紙口伝』の一書である書陵部蔵『切紙口伝条々』には「紙寸法　横十一寸　縦十一寸五分又　横九寸七分　縦九寸八又　横九寸三分　縦九寸六分」と三種類の切紙の大きさを記し、この記事に続いて「口伝　横十一寸　縦十一寸三分」と記し、更に「東ノ家ハ少短クセハキ也」と注記している。宗祇流の手元には三種類の切紙があり、新たに口伝による切紙が加わり、四種の大きさの切紙が揃っていたのである。ここでも『詠歌口伝書類』『古今伝授書』が記す「宗祇分」よりも東家の切紙の方が小さいと記されている。

このように東家が持っていた当初の形よりは、時代が進むにつれてだんだんと大きくなってきている。切紙の形の変化につれて、切紙には様々な変化が起きたことが予想される。

二　切紙集には意味がある

切紙は複数枚で纏まっている。一枚の切紙に記される項目は一項目が原則であるから、切紙が複数枚になると、それに応じて内容は増え、切紙の順序次第にも変化が及んでいく。切紙集は数枚から三十数枚のまとまりとしてある。例えば、宗祇から三条西家に伝えられ幽斎が整理した「当流切紙二十四通」は十八枚と六枚の二種から出来ている。同じ宗祇から近衛尚通に伝えられた「切紙二十七通」は、二十二枚と五枚との纏まりから成っている。また宗祇から肖柏に伝えられたものは十五枚だけである。同じ宗祇から伝えられたものでありながら、切紙の枚数には相違がある。当然のことながら、切紙の枚数に応じて項目数も増減している。その上、十八枚と六枚あるいは、二十二枚と五枚との組み合わせに見るように、一つの切紙集の中でも、差が設けられている。この六枚あるいは五枚のまとまりは、奥の義とされている。一番大切なまとまりの意である。後に見る架蔵する近衛流の切紙では、奥は同じ流派の確認になると記されている。奥の部分がないと同じ流派と認められない、或いは同じ流派であっても低い位置にあるとの認識である。奥の部分のない切紙の多くは切紙集が分断されて出来たものである。切紙は切り売りされていたのである。宗祇の師である常縁の行為が記録に残っている。「古今相伝人数分量」（注十）によれば、「十ノ物七」との表記がある。全体の七割を伝授したの意である。これは『古今和歌集』の講義に関わってもいるが、切紙伝授の事が主である。十枚ある切紙の内、七枚だけを伝授したのである。全体から切り離されたと言うことは、全体を統括する意味が軽視されたことを示している。切紙集には切紙を構成する原理があり、それは切紙の枚数と順序次第によって形作られている。

切紙の総体には構成原理があることを知っていたのは、北条長氏の子息・幻庵宗哲である（注十一）。天正七年（一五七九）に手にすることができた切紙集（書陵部高松宮本）は十六枚から成っているが、順序次第が判然としないと言い、更には翌年の天正八年には切紙十三巻（陽明文庫本）を手にしたが、順序次第を記したものを伝えられていないので詳細は判らないと述べている。宗哲が伝えられた切紙集は滝頂流（注十二）のものである。滝頂流の切紙というのは、鎌倉時代の後半に活躍した為顕流、家隆流などの秘事を基本にして出来上がっている。『伊勢物語』の注釈書である『和歌知顕集』の序詞言で、和歌の歴史、歌体などを論じたものと、『古今和歌集』と『伊勢物語』の秘事などが取り合わせられている。

宗哲が切紙を手にした頃、切紙は一纏まりの形となって伝授されていたことは、『古今和歌集　姫小松』（天理図書館本）を見ると良く判る。『古今和歌集　姫小松』の記す切紙は、天正二（一五七四）年に奥州旅行中の祐友が竹貫において随身の法印に与えたものである。宗祇流、飛鳥井流、冷泉流のものが記されている。その枚数は、宗祇流は三鳥三木の六枚とミタリノ翁の計七枚である。これに「古今集内聞書」として十一項目、「内外口伝歌」として二十五首の歌の解釈、「寿峰口伝」として三項目、「真名序」についての秘事の十項目が追加されている。飛鳥井流のものは、天地人之歌之事、人之歌之事、ホノボノト明石ノ浦の歌の三枚である。冷泉流のものは、去来波去来鳴尊夫婦婚合之時歌、下照姫二首歌事、梅ノ花ノ歌、ホノボノトノ歌、柿本人丸事、山辺赤人事、猿丸大夫事（以上を七箇の大事と言う）、オカタマノ木ノ事、ヤマ薪ノ事、天神御実名事（以上を三箇大事と言う）、袖ヒチテノ歌、和歌ノ浦ノ歌、宇治山喜撰法師事、百和香（以上を四箇の秘事と言う）の十四枚である。

切紙が枚数と順序次第によって構成されており、それには意味が込められていたことを良く示しているのは「当流切紙二十四通」である。

「当流切紙二十四通」は「切紙十八通」と「切紙六通」の二種から出来ている。「切紙十八通」は三鳥三木の秘事を中心にまとめられており、「切紙六通」は稽古の次第などを記した後に、「神道」の項などを特立している。

前半の十八通が持っている構成原理を判り易く説いたのは『図書寮典籍解題　続文学篇』(注十三)の解題であり、後に、『古今切紙集　宮内庁書陵部蔵』の解題(注十四)では、それを幾分か補正している。

『図書寮典籍解題　続文学篇』は三ケ大事、重大事、切紙之上口伝、重之口伝、真諦之事と記されている項目は順次に高位となる状態に並べられていると言い「初に歌乃至語彙の一般的な諸説解釈をなし、次にその詞のもつ儒教的解釈乃至意義をのべるといふ二段構の形式になっている」とした。この儒教的解釈乃至意義の解釈に、『古今切紙集　宮内庁書陵部蔵』の解題においては、神道的解釈の意義を付け加えている、こうした解釈あるいは意義は相互に関連して次のような理念の表明となっているとしている。

	三ケ大事	重大事	切紙之上口伝	重之口伝	真諦之事
御賀玉木	諸説紹介	内侍所	天照大神の御魂	正直	神即ち真理
妻戸削花		神璽	国母たる二条后	慈悲	信
賀和嫁		宝剣	河水の清浄	征伐	宝剣の由来

これ以下に続く三鳥などの切紙においても同じような「二段階の論理構成」があるとしている。

ここに示された事は、「御賀玉木・妻戸削花・賀和嫁」の三木は、三種の神器に比定され、三種の神器の持つ意味が込められている。三種の神器の意味とは徳目としての正直、慈悲、征伐と言うことである。

ここに見える、天皇が帯している三種の神器と人倫としての徳目の概念とは一体化しているとの考えは北畠親房が『神皇正統記』に説いたことである。

三　『神皇正統記』の理念を受けて

親房は三種の神器が天照大神から下された時の神勅を解いて次のように言う（注十五）。

此三種ニツキタル神勅ハ正ク国ヲタモチマスベキ道ナルベシ。鏡ハ一物ヲタクハヘズ。私ノ心ナクシテ、万象ヲテラスニ是非善悪ノスガタアラハレズト云コトナシ。其スガタニシタガヒテ感応スルヲ徳トス。コレ正直ノ本源ナリ。玉ハ柔和善順ヲ徳トス。慈悲ノ本源也。剣ハ剛利決断ヲ徳トス。知恵ノ本源ナリ。此三徳ヲ翕受ズシテハ、天下ノヲサマランコトマコトニカタカルベシ

三種の神器は国が成り立っている根本を教える物である。この物には意味が込められている。鏡には正直の、玉には慈悲の、剣には剛利決断の意味がある。この意味は国を治める者、天皇が身に付けるべき徳であって、この徳があって初めて国が治まると言う。三種の神器には国を治めるに必要な治世の理念が込められている。それは天の神からこの世に渡されたものであると論は始まっている。この始まり方は巧みである。なぜならば、天の神の意志と言った途端に全ての事は肯定されるからである。神の意志を否定することなどあり得ないからである。例え、あったとしてもその考えが実現したことなど一度もなかったからである。しかし、ここで必要なことは、そのような論理の巧みさや展開される論理の飛躍や矛盾を指摘することではない。三種の神器は正直、慈悲、決断の意味を持っていると親房

が規定したこと、それを追認することだけである。親房はこのように考えたことを、実行に移す手立てまで考えている。著書のまとめとも言える処に次のように述べている。

オヨソ政道ト云コトハ所々ニシルシハベレド、正直慈悲ヲ本トシテ決断ノ力アルベキ也。コレ天照太神ノアキラカナル御ヲシヘ也。決断ト云ニトリテアマタノ道アリ。一ニハ其人ヲエラビテ官ニ任ズ。官ニ其人アル時ハ君ハ垂拱シテマシマス。サレバ本朝ニモ異朝ニモコレヲ治世ノ本トス。二ニハ国郡ヲワタクシニセズ、ワカツ所カナラズ其理ノマヽニス。三ニハ功アルヲバ必賞シ、罪アルヲバ必ズ罰ス。コレ善ヲス、メ悪ヲコラス道ナリ。是ニ一モタガフヲ乱政トハイヘリ。

治国の為には三つの徳が必要であると述べたものの、中でも決断の実行が何より必要と考えている。その決断は、官位に相応しい人物の任命、国郡の私的所有の制限、信賞必罰の実行であると言う。親房は政治的に有能な手腕を持った人物を求めていたのであり、同時に罪ある者には罰を与える決断の強さを求めていたのである。それは徳を身に付けた徳の高い人物によって実現される。この実現のために天皇は正直・慈悲・決断の徳を身に付けなければならないのである。これはこれなりに正論と言うべきであろう。その故もあってか、この論は容易に受け入れられている。秘事を三鳥、三木等の形で説いてきた歌学の人々には、三と言うまとまりの概念からも容易に応用することが出来たようである。

『神皇正統記』の論を切紙集に採り入れている代表的な書を二つ見てみよう。二つとは、清原宣賢が伝えたとする切紙集と『宗祇流切紙口伝』である。

宣賢が伝えたとする切紙集は中田光子蔵本（国文学研究資料館寄託）、宮内庁書陵部本、米沢市立図書館本（国文学研究資料館収集資料）、架蔵する二本の計五本などは、ほぼ同じ形である。その大要を中田光子本によって記してみよう。「古今和歌集伝授切紙」と、表題、内題共に記した後、三木の事、三鳥の事、伊勢物語の事を述べ、宣賢の奥書を記す。続いて「古今和歌集」と題して三木の事、三鳥の事、ミタリ翁の事を記し、宗祇の奥書を記している。この二つの奥書によって本書は二つの書を取り合わせている事が判る。前半部が宣賢の伝えた切紙集であり、後半部は『宗祇流切紙口伝』の増補部分を持たない系統の切紙集である（以下、この前半部分を『宣賢伝』と仮称する）。

先ず、宣賢の奥書は次のようにある。

此両秘事者以付紙伝授吾伝之子孫伝之　猥不可及他見／　可思／三神罰　於執心者　堅相守誓言　及四十有人可相伝者也／　享禄戊子仲秋　正三位行侍従清原朝臣　宣賢判

ここに両秘事と言うのは『古今和歌集』と『伊勢物語』の二書についての秘事のことである。両秘事は切紙の形で子孫に伝えるのであるが、みだりに他見を禁ずるものである。若しこの戒めを犯せば和歌三神の罰を受けることになる。和歌道に執心し、誓言を堅く守り、四十有余歳になった者には伝えて良いと述べている。この奥書が宣賢によって享禄戊子の年（一五二八）八月に記されたのである。この秘書が江戸時代に至るまで清原家に伝えられていたことは、他の本の奥書によって知ることができる。それを架蔵A本によって記すと次のようである。

右此古今和歌集伊勢物語切紙伝授者／　従先祖清原宣賢号環翠軒宗尤家伝物也　依累／代本紙或破壊或紛失故此度令校合及全／部　子孫与之　穴賢穴賢　他見言有間鋪／者也／　元禄十一戊寅暦仲秋日　行年六十八書之　本姓清原後平氏　政国入道　在判

宣賢（環翠軒宗尤）から伝えられたこの書は家重代の秘書である。しかしその本が破損したり、失われたりもしたので、校合して一本に整えたので、子孫に伝えるものである。他見、他言は禁物であると、元禄十一年（一六九八）に清原家の政国が記している。政国はこの時よりも早く、元禄二年には、一本を所持していたと見え、架蔵するB本の奥書には「元禄二己巳仲夏下旬　平野氏　清原姓政国」と記している。

清原宣賢は吉田兼倶の三男として生まれ、後に清原家に入り、清原家職の明経道に通じた碩学であるのみならず、広く日本の文学にも通じた人物であることはここに述べるまでもないことである。大永六年（一五二六）には正三位に昇進しており、『宣賢伝』に記されている奥書年号は、この昇進以後のことになる。

『宣賢伝』に記されている秘事はどのようなものとして捉えることができるであろうか。

初めに記される三木の第一「ヲカタマノ木」は神鏡であるとして、天香具山において天照大神の形を映して作った鏡であるので、岡谷を照らした、そこで、岡玉木と名付けられたと言う。次に、白河院の時、女官が内裏を飛び出した鏡を止めた故事を言い、天照大神がこの鏡を吾を見るが如くに見よと言ったとする鏡の来歴を記している。続いて、この鏡は仁の表象であるとする。第二の「カハナ草」は宝剣であり、勇の意味を持っている。草薙剣との別名もあるとする。この草薙剣の由来を語る中で、素盞嗚尊が大蛇の尾から得た剣で夷を退治したと語り、大蛇は簸川上に住んでいた故に川名草と名付けられたとしている。第三の「サカリ苔」は「栄箱」と言い、神璽であるとし、智の意味を担っていると言う。このように三種の神器に込められている意味は『古今和歌集』が編纂される時代までは受け継がれてきていたが、この意味を更に末長く伝える為に『古今和歌集』が編纂されたと言う。さてなお、この三種の神器に込められた智仁勇の意味を改めて述べれば、鏡の徳は方円にして明に豊かであり、清濁二つに分かれて一つに統一する仁者の徳に相応し、宝剣を勇に象るのは、剣は非常を防ぐからであるとし、智は智者の徳明らかであり、物の善悪を分かつ意があるとする。しかし、「准后親房ノ記」には「仁ヲ神璽トシテ智ヲ内侍所トシテ勇ヲ宝剣」としていて、ここで述べる説とは違っていると理を入れている。この「准后親房ノ記」とは言うまでもなく『神皇正統記』である。切紙で語られる三種の神器に込められた意味を説き明かしたのは親房であることを確認し、それとの相違も指摘している。しかし、「准后親房ノ記」との違いを述べるのは、この場ではやや不適切な感がする。この言葉は注記であって後人（例えば、清原政国）が記したのかもしれない。書き入れは誰であるにしろ『宣賢伝』は『神皇正統記』の論理を応用していることは明らかである。

『宣賢伝』が『神皇正統記』の論理を応用しているからと云って、『宣賢伝』は「当流切紙二十四通」などと同じ系統の書であると言うことはできない。『宣賢伝』が三木としてあげるのは「ヲカタマノキ木」「カハナ草」「サカリ苔」である。「当流切紙二十四通」は、三木を「御賀玉木」「妻戸削花」「賀和嫁」としている。三木の取り合わせに違いがある。また、「ヲカタマノ木」を神鏡とする説も「当流切紙二十四通」とは違っている。三鳥の取り合わせにおいても『宣賢伝』は「呼子鳥」、「都鳥」、「稲負鳥」とするが、「当流切紙二十四通」は「喚子鳥」「婇名負鳥」「百千鳥」である。こうした基本的な処で相違があるのは流派としては別系統であることを示している。このような流派の違いと考えられることは、続いて記される『宣賢伝』の秘事の説明に見ることができる。

『宣賢伝』は三鳥三木に続いて『古今和歌集』の大事が伝えられた謂れを述べている。文徳天皇が住吉に行幸した時、その御供をした業平に住吉明神が和歌の秘書を授けた。その秘書に、神鏡は「ヲカタマノ木」、草薙剣は「カハナ草」、神璽箱は「サカリ苔」であると記してあった。この時に賜った秘書の「阿之巻」「玉之巻」の二巻の内、「阿之巻」が伊勢神宮に奉納され、「玉之巻」は棟梁に授けられた。延喜の御代に、この両巻が天皇の目に触れ、『古今和歌集』が編纂されることになったと言う。

『古今和歌集』の編纂の契機が住吉明神から賜った秘書にあり、その書が伊勢神宮に伝えられたとする考えは、為顕流の『阿古根浦口伝』が説いたことである（注十六）。しかし、為顕流は住吉明神から伊勢神宮への秘書の伝授は語っているが、その秘書に、三木が三種の神器に相応することも、その三種の神器が更に三の徳目に相応することも語ってはいない。為顕流の説を借りながらも独自な論の展開を見せている。

以上の点から見れば、『宣賢伝』は三鳥三木を核にして秘事を語る一流派の書と認められる。三鳥の持つ意義の説明には『神皇正統記』の論理を応用し、『古今和歌集』の編纂の由来を語るに当たっては、為顕流の秘事によりつつ独自の説を展開している書である。

『宣賢伝』と同じように『神皇正統記』の考えを応用して三鳥の意義を説く書は『宗祇流切紙口伝』（注十七）である。天理図書館蔵『古今和歌集　姫小松』が記す『宗祇流切紙口伝』によって「御賀玉ノ木」の説を記してみよう。

天照大神天の岩戸に籠給ひし時、諸神集まり給ひて榊の上ツ枝には璽を掛け、中ツ枝には鏡を掛け、下ツ枝には木綿掛て神遊びしたまへる也。其鏡を掛たる榊の事、御賀玉の木と云、是ハ神の魂を置と云義也。是ハ、二条家にも秘し失て不謂説也。然を東の家に残て相伝也。をが玉の木と云、魂を掛奉る木と云義也。是、三種の神器の義なり。尭孝説、鳥柴とて木の有る也。是も魂ををくと云義。

ここには天岩戸伝説が応用されて「御賀玉ノ木」が語られている。岩戸の前に立てられた榊に三種の神器が懸けられたが、その榊が「御賀玉ノ木」であると言う。三種の神器には神の魂が込められている故に、「御賀玉ノ木」にも神の魂が込められていると言う。この説は、二条家には引き継がれずに、東家に残っていたものであると、その伝来を言う。ここで、尭孝説としてあげられている「鳥柴」説は『愚秘抄』が一説として「戸柴」として掲げたものである。『愚秘抄』の基本となる部分は鎌倉時代中期ごろには出来上がっていたと考えられる。正和三年（一三一四）本系統である東北大学図書館本（第二章第一節参照）には次のような説が記されている。

　古今三ケの大事書留べし。岡玉木、妻戸に削花、川名草此三を申也。岡玉木家々に立る義まちまちに侍り。ある人のいはく、御門御即位の時、三笠山の松の枝を記（切カ）て長さ三寸まはり三寸にけづりて、御まほりを朱にて書て、御くびに懸させまいらせて、御即位はてて後、彼御まほりを種々の御宝のすぐれたるにそへて帝の正気年の御方にうづむ也、これを岡玉木と云々。当家の口伝に岡玉木と申は交野の御狩のとき、鳥を付てまいらする戸柴といふ木をいふ也。いつのとしやらん　丹後国へ下向ありし時、興ある山路を過るとてみしかば、紅葉の色めきて侍りしを草刈ていたりし老翁にあの紅葉はなにの木ぞと問つれば、老翁あれは岡玉木と申。やがて手輿よせて見るに、かた野のと柴也。本よりの口伝にあひ侍りしかは、それよりことに此義を旨と重くして侍り。又一説あり。口伝に知べし。秘説なれば書付不被。

「おかたまのき」は「岡玉木」であって、三笠山の松の木を長さ三寸、周りも三寸に削って、これに「御守り」と朱書きして首に懸けるものである。この作法は天皇即位の時に行われ、行事が果てた後に天皇の正気の方に種々の宝物と共に埋めるのだと言う。この「御守り」説に対して、当家の流儀としては交野の御狩の時、鳥を付けて参らす「戸柴」の木とする説を採る。なぜならば（当家の定家が）丹後の国へ下向した時に、土地の古老が珍しい紅葉のような木を岡玉木であると教えてくれた。それは「交野のと柴」と同じ木であった。

天皇の御身体を守る「御守り」とする説に対して、天皇の身近にあって天皇の手に触れる「戸柴」説を掲げている。

この両説は「御守り」あるいは「戸柴」として、物の相違はあっても、天皇の手に触れ、身体を守るものとしての機能は同じである。天皇の身体は神そのものであるとする視点は揺らいでいない。

「としば」としての実態も意味も明らかでなかったものの根源に天皇の存在を見る。天の岩戸の前に立てられた「榊」には三種の神器が掛けられた。三種の神器は天皇の存在そのものであるから「榊」にも天皇は存在する。天皇の魂が置かれた木である、それが「御賀玉木」と表記されているのであると言う。「おかたまのき」に天皇の姿を見る『愚秘抄』の説を採って『宗祇流切紙口伝』の考えは成り立っている。「おかたまのき」に天皇の姿を語ることが出来れば、それに並列される二木も一連のものとして捉える事が出来る。『宗祇流切紙口伝』は言う。「めどにけづりばなのこと、是は前に注す如く妻戸也。昔は妻戸なんどに作りばな指してかざりける。それを神璽にたとへて言う也」と。『伊勢物語』に記された「めとにけつりはな」が三木の第二として取り上げられ、妻戸に指す削り花と説き明かされる。これが何故に神璽に譬えられるかと云えば、天照大神と素盞嗚尊が玉と剣とを取り替えた仕業が「陰陽和合」と考えられるからと言う。天の神と人の世の神とが玉と剣とを交換して和解したように、人の世にあっては陰と陽との和合によって世が良く保たれていると言う。「陰陽和合は柔和の義也。されば玉は形丸にして柔和なる所、慈悲の心也。是則神璽の心也」と説いている。妻戸に指される削り花が「陰陽和合」を示しているとの考えは、花を指す行為に男女の和合（交合）の姿を見るからである。宗祇が肖柏に伝授した切紙（一九九頁参照）には「古伝私」として「妻戸ハ女体也、花ハ男子の表也、畢竟陰陽之理ノ云也」とある。『宗祇切紙口伝』はこの説を用いて「陰陽和合」を説いているのである。第三の木としての「かわなくさ」は「宝剣」に比定され「清心の正直なるより、せいばつをただす也」と説明している。

『宗祇流切紙口伝』はこの三の比定をした後に「これにて世は治る也」と治国の論理できっちりと結んでいる。親房が説いた第一義は充分に受け継いでいる。三種の神器が徳目としての正直・慈悲・征伐に比定され、この徳目を帯した天皇によって世は良く治まるとの考えは『神皇正統記』の論理そのものである。

『神皇正統記』が創見した三種の神器に関わる論理は『宣賢伝』及び『宗祇流切紙口伝』に受け継がれている。更に整備されて「当流切紙二十四通」に受け継がれている。

『神皇正統記』の論理の淵源には『平家物語』（覚一本系）も語った宝剣が壇の浦で失われたことがあること、言うまでもないことである。宝剣の失われたことを『平家物語』は熱田神宮に祭られる剣が本来のものであるとの論で事を済ましている。『神皇正統記』も同じように熱田の剣を言う。しかし、親房は剣の意味を問うたのである。鏡の正統性だけには終わらせなかった。三種の神器には実態の有無を乗り越えて理念があるとした。失われた宝剣は物としての存在だけではない。三種の神器には正直、慈悲、決断の意味が込められているとした。三種の神器に心が与えられたのである。物は心になったのである。『神皇正統記』が見つけ出したこの論理は歌学の切紙集が欲していた論理である。三種の秘事を説いてもそれを統一する論理がなかったからである。「おかたまの木」に天皇の姿を見い出していても、三種を一体化するには至っていなかった。三種の神器を理念として説くことが出来るならば、三種の秘事も理念として説くことが出来る。三種の神器が物から心となったように、切紙も紙としての物から心に変わる事が出来ると考えたのである。その時、切紙は三種の秘事ではなく、三種の神器へと代わった。これは切紙が天皇の心を持つことをも意味していた。切紙は天皇の心であるから、天皇に伝えられても良い。この不思議な論理が動き出していく。しかし、切紙が天皇に伝えられる道はまだ遠い。

この苦難の道程を歩むもう一つの切紙集があった。それは近衛流の切紙集である。

注

（一）『図書陵典籍解題　続文学篇』（宮内庁書陵部編　昭和二十五年　養徳社）第四古今伝授にその大要が記されている。

（二）新井栄蔵氏の次の論考に、その大要が紹介されている。
「陽明文庫蔵古今伝授資料」（新井栄蔵「国語国文」五〇九号　昭和五十一年）。

次の書には、その一部が「陽明文庫蔵古今切紙」と題して影印翻刻されている。

『古今切紙集　宮内庁書陵部蔵』（京都大学国語国文学研究室編　昭和五十八年　臨川書店）

（三）「冷泉為和相伝の切紙ならびに古今和歌集藤沢相伝について」（「跡見学園女子大学紀要　第二四号」平成三年）。この論考は『中世和歌テキスト論』（川平ひとし　二〇〇八年　笠間書院）に収録された。

（四）「三鳥之大事」他十三項の秘事を記している。「目録」と題する一枚があり、その奥書には次のようにある。
右古今伝者歌道之／深秘重位而雖為曰／井家累代之祟秘今／般受後室秀子之計／容謹而拝写之間奉／存尚胤微意之神忠／進納於／皇大神宮文殿御蔵者／也
一文字縫殿
宝暦四甲戌年六月　荒木田尚胤（花押）

（五）『曼殊院蔵古今伝授資料』（汲古書院）として、曼殊院に蔵される古今伝授関係書の影印翻刻が行われ、その叢書の第八巻として「切紙・関連文書（影印・翻刻）」と予告されている。しかし、この第八巻は発刊には至っていない。

（六）「一条家伝古今伝受資料―切紙を中心に―」『王朝和歌と史的展開』（一九九七年　笠間書院）に所収。

（七）『詠歌口伝書類』は「鶴見大学図書館蔵『詠歌口伝書類』解題・翻刻」と題して次の書に収録されている。
『国文学叢録　論考と資料』（鶴見大学日本文学会　二〇一四年　笠間書院）

（八）『早稲田大学蔵　資料影印叢書　中世歌書集　7』（昭和六十二年　早稲田大学出版部）に収載されている『古今伝受書』の六五一頁。
（九）注二に記した『古今伝授書　宮内庁書陵部蔵』に収録されている。
（十）注八に記した書に収載されている。
（十一）『歌学秘伝の研究』第四章第一節一―一。
（十二）注十一に同じ。
（十三）注一の書に同じ。
（十四）注二に記した『古今切紙集　宮内庁書陵部蔵』。
（十五）『神皇正統記』は『神皇正統記　増鏡』（日本古典文学大系　昭和四十年　岩波書店）による。
（十六）『歌学秘伝の研究』第三章第一節一―一。
（十七）『宗祇流切紙口伝』の概要は『歌学秘伝の研究』三八九頁から三九六頁に記している。

第二節　切紙を読む―近衛流切紙集の変容

前節において、「当流切紙二十四通」の思想的な背景を『神皇正統記』に求め、切紙集を構成する原理を考えて見た。「当流切紙二十四通」と同じように近衛尚通も宗祇から伝授を受けて一派を成している。架蔵する切紙集は、近衛流において伝授されたものである。この切紙集の特徴はどのようなものであるか先ず考えて見よう。

切紙集は桐箱に収められている。箱の外形の大きさは縦二十九・五糎、横十一・五糎、深さ九・五糎で、内側に沿って厚さ三粍の板を四方に張り、これに被せ蓋をしている。箱には何も記されていない。この箱は本切紙の大きさに応じて作られており、何らかの箱が転用されたものではない。箱に収められている切紙の一枚の大きさは、縦二十六・五糎、横二十糎で、用紙は厚手の雁皮紙である。この用紙が約三・五糎幅に折りたたまれて薄手の雁皮紙に包まれている。この他に切紙を半裁した大きさのもの三枚と奉書紙に記された一枚とがある。

奉書紙一枚は、表に「古今系図」と記された包み紙に包まれている。奉書紙は縦四十糎、横五十六・五糎の紙を横長に二つ折りにした仕様となっている。約七・五糎幅に折りたたんであり、その表には「古今相伝之系脈」とある（以下「古今系図」を「古今相伝之系脈」と記す）。その内容は次の通りである。

○柿本人麻呂
○紀貫之 —— 典侍 貫之女 延長元年癸末 典侍伝授之
—— 女 典侍カイシヤクノ女也 号但馬歌不読 只典侍方ヨリ書ヲ預テ年久護持ス
—— 女 是ハ但馬カ知所有者也 江州有之 彼但馬又預所ノ書ヲ傳 是モ歌ヲハ不読
—— 女 山法師ノ妻ト成
—— 女 山法師妻ノ女也 是伝テ前ノ文書ヲ持也 従延喜至永保三百六十一年 此女房永保三癸末授金五基俊也
—— 基俊 奈良南焔堂 依御夢想此書ヲ被祈畢 依夢想大津被之尋 又大津八幡之依夢想 此書ヲ被傳云々 是家之口伝也
—— 俊成 皇太后宮大夫三位法名釈阿

―定家　民部卿権中納言　法名明静　―為家　中院大納言正二位　民部卿　法名融覚　―為氏　大納言正二位　法名覚妙

―為世　正二位　民部卿　法名明尺　―頓阿　俗名泰尋　―経賢　法師　頓阿子也

―尭尋　権大僧都　経賢子也　―尭孝　法印　尭尋子也　―常縁　東下野　―宗祇

―尚通　太政大臣関白　准后後法成寺　―稙家　関白太政大臣　准后恵雲院　―将嗣　関白太政大臣　准后法名龍山

―信尹　関白太政大臣　三藐院　―妙道　―光通

（信尹から続く）―紹之　寸苗院法印　―能園　北野　法橋　―常久　同名　同所

（信尹から能園に続く罫線あり）

上来系脈世々相続正当座伝授也

皆

元禄癸未歳三月六日卯之上分影幻手記

附与

河州藤原光通公

（○印、罫線はすべて朱筆。人麻呂に付す○印は三つ丸）

初めに柿本人麻呂と一行に記し、次行に紀貫之と記し、貫之の後、典侍とあって、以降代々に伝授されていく系図である。典侍からは女性四代を経て基俊に続き、基俊からは俊成、定家、為家、為氏、為世と伝わり、これが頓阿、経賢、尭尋、尭孝、常縁、宗祇へと続き、更に、近衛家の尚通、稙家、将嗣、信尹に伝えられ、これが妙道から光通へと伝わっている。信尹の後の系統はもう一つあって、信尹は紹之に伝え、これが能園、常久へと伝えられている。信尹は能園にも伝授している。紀貫之に始って御子左家に伝わり、二条家流の系統へと続く系図は凡そ「当流切紙二十四通」と同じである。宗祇からは牡丹花肖柏、三条西実隆、近衛尚通などに伝えられたものが確認されており、本切紙は、この近衛尚通に伝えられた系統のものである。しかし、その切紙の内容は尚通に伝えられた「近衛尚通古今切紙　二十七通」(注一)（以下「切紙二十七通」と称す）とは幾つかの点において相違が認められる。それらの事は読み進める中で考えていくことにする。

本切紙集は、元禄十六年（一七〇三）三月六日に影幻から光通に伝授されたのであり、本系統図は影幻の手記である。この影幻については、光通が記した「起請文」の宛名に槇尾山平等心王院影幻律師とあり、「松竹」と記す切紙にも平等心王院律師と記されているから、京都槇尾山平等心王院、俗に西明寺と称される寺院の僧侶である。先の「古今相伝之系脈」に記されている妙道は影幻の別名である。「素盞」と題する切紙にも「元禄癸未歳三月六日　妙道手記」とあるから影幻と妙道とは同一人である。妙道は近衛信尹から伝授を受け、それを光通に伝えたのである。

影幻から伝授を受けた光通は肩書に「河州」とあるから河内守である。元禄年間に河内守であった光通とは美濃加納城主の戸田光永の子供の光通である。「戸田松平家譜」(注二)他によれば、戸田光通は初名光豊、従五位下となる。延宝二年（一六七四）美濃加納に生まれ、元禄元年（一六八八）に名を光豊から光通に改め、この年に河内守となっている。

正徳二年（一七一二）に光熈と改めている。没年は享保二年（一七一七）で、享年四十四歳、濃州桑山智勝院に葬られる。法号は宝霊院殿徳翁良泰。

さて、切紙の全体は「目録」と題する切紙によって知ることができる。「目録」を記す切紙の包み紙は現在では失われて存在しない。切紙を二枚繋いであり、その裏に「題目録」と肩書があり、表には「目録」と記す。その内容は次の通りである。

目録

一　起請文之事
一　法度之事
一　入用之事

第一　今上皇帝和歌之事
同二　稽古之事
同三　風体口伝歌之事
同四　古歌事
同五　号題ノ口伝之事

同六　　流儀不同之事
同七　　名題之事
同八　　吉野ノ山ノ桜之事
同九　　賀茂祭歌ノ事
同十　　花ツミノ事
同十一　ホノ〳〵ノ歌ノ事
外
同十二　三神カザリヤウノ事
同十三　重ノ重之事
弟廿四ノ内
同十四　ミタリ翁之事
同十五　メドノケツリ花之事
同十六　カワナクサノ事
同十七　ヲカタマノ木ノ事
同十八　姪名負鳥之事
同十九　三鳥ノ大事ノ事
同二十　ミタリノ翁歌ノ事

同二十一　我国ノ事
　己上廿一紙
一　天地神歌之事
一　三鳥重ノ口伝ノ事
一　系図ノ事
　都合二十七巻
　右者恐紛失故一致集記之畢
　元禄十六癸未年三月六日

初めに記される起請文之事等の三枚と今上皇帝和歌之事に始る二十一枚と次に記される天地神歌之事等の三枚と、すべて合わせて二十七枚（目録表記では都合二十七巻とする）の切紙がその総体である。光通は伝授されると直ちに紛失を恐れて本目録を作成したのである。

この二十七枚の内、第十六、第十八に相当する切紙は包み紙と共に現在は失われている。

この目録の「己上廿一紙」の次に記される天地神歌之事以下の三枚には、本紙の裏に記される肩書及び表題に異同がある。「天地神歌之事」は、包み紙及び肩書に「奥ノ一」と記されている。「三鳥重之口伝」に相当する包み紙は失われてなく、切紙の肩書も記されていない。「系図ノ事」は包み紙に「神道血脈図」と記されているが、肩書は記されていない。この他に、「松竹」、「素盞」、「附与」と包み紙に記すものが二枚あり、それは前記切紙を半裁した大きさである。別紙として授与されたものである。「古今相伝之系脈」を除いた計三十枚の切紙は、同一紙質である。又、他に包み紙だけが一枚残されている。その中央に「宝寿鳥」と記し、その下方に「不許開」と記されていて、閉じ目には封印が押されている。包み紙の折形からすれば、縦二九糎、横九糎程度のものが折り畳まれて包まれていたと考えられる。

さて、目録題に沿って順次内容を見ていくことにしよう。

初めに三通として纏められている第一となるものは、包み紙に「上起文」、肩書にも「上　起文」と記されている。その内容は次の通りである。

起請文之事

一　古今集ハ貫之典侍乃至三藐院殿下等貴老迄相続明白也我此道を尋求事多年之間也今古今之奥旨伝受之事候恩難報事

一　二条家之秘事冷泉家江堅もらし申間鋪之事

一　切紙之事ハ誰なりとも古今習之仁者
三通免の申事其上本之伝受儀式者
貴師江尋相渡し可申事子孫江伝受
仕事ハ唯今可蒙御免事
右之旨相背者　住吉玉津島天満宮
可蒙御罰者也
元禄十六年癸未年三月二日　　藤原光通血判
槇尾山平等心王院影幻律師

これは伝授に当たって、光通が影幻師に提出した起請文である。初めにこの伝授は紀貫之に始って典侍以下に伝えられ、三藐院（近衛信尹）に伝えられてきた由緒正しい系統のものであることを言い、長年求めてきたこの道の奥儀が伝えられる有難さを感謝している。次には、この伝授は二条家に伝えられてきたものであるから、冷泉家の者には漏らさないことを誓っている（注三）。続いて、『古今和歌集』に習熟している人には切紙は三通まで許される事、本の伝授に当たっての儀式は良く師に尋ねる事、子孫に伝授する際は師の許しを得る事の諸条を記している。第一の条項は伝授を受ける現在の受者の状況を踏まえての誓約であり、第二第三の条項は今後、師として立つに当たっての心構えについての誓約である。第二の条項からは、この切紙が二条家のものとして伝えられていることが重要であり、冷泉家には漏らさないことが記されている。伝授の家、流派としての確固とした権威を守ることの重要性が考えられているのである。第三の条項では、切紙の内三通は別個に伝授してよいとあり、本の伝授の儀式については改めて「貴師」に問わなければならないとしている。伝授においては儀式を伴うのが正式であったのであるが、貞徳流の墨流斎が行った伝授においては儀式が伴っていなかった（二二六頁参照）。伝授の空洞化が進んでいるのであって、秘事の秘密性も充分に保つことのできない状況も生まれていたのである。こうした伝授の空洞化は我が子一人に伝授する場合の問題にも響いている。伝授においては一子相伝の形が採られることが多かったのであるが、我が子の器量が不充分な事態も多く生じてきていた。従って、第三項の一つに子孫に伝授する際には、師にその許しを得なければならないと言う。しかし、我が家にはそれを継ぐ人物が居ない場合が生じてくる。この伝授の危機を救う方法が勘案されていた。それが「箱伝授」である。それは次の「法度」に記されている。

さて、こうして師に誓約はしても、誓約に違反した時には、住吉、玉津島、天満宮の罰を受けると最後に結んでいる。和歌の神として祭られた住吉、玉津島と共に北野天満天神が守護神となっている。宗祇から牡丹花肖柏へと伝授された堺流（一九八頁参照）の「古今伝授之時誓文案」は、永正三年（一五〇六）に交わされた「起請文」であるが、それには「両神殊天満天神」とある（注四）。

三通のまとまりである第二の切紙は、包み紙、肩書共に「中　法度」と記されている。その内容は次の通りである。

法度

一　伝受之通他言他見不可有事
一　其身一代已後抄切紙火中之事
一　伝受を請輩有之ハ其人体を撰先師江／尋可伝受事
一　雖為一子無器量者にハ不可相伝事／附箱伝受各別之事
一　切紙三通之外堅免間鋪事
一　子々孫々に至とも歌道捨間敷事
一　常々受師之大恩難報事を可相守事
右之條々相背者和歌　三神之御罰／可深蒙者也
年月日　誰血判
誰

ここに記される「法度」は、先の「記請文」に記されていたことに対応している。しかし、「起請文」は「法度」に記されている条件を厳しく守って記されてはいないし、またやや敷衍した状況も考慮されて作成されている。

第一項では伝授されたことについて他言したり、他見させることは許されないとする。秘密は固く保持されなければならないのである。第二項では、この伝授で受けた抄物、切紙は一代限りのものであって、その最終処分は火中に投ずるとされている。この規定は、伝授が厳格に行われていた時代の名残である。もし、この規定が厳格に守られていたならば、本切紙集はここに存在していないことになる。「法度」として規定されながら、「起請文」に記されず、実行もされない事態も、現実には起こっていたのである。次の第三項には伝授を願う者が現れた時には、その人物の評価を師に報告し、その判断を俟たなければならないとある。伝授を受けたからと言って、自らの意志で、他人に伝授は出来ないのである。一つの流派を引き継ぐ者にはそれ相応の人品技量が備わっていなければならない。しかし、伝授を望む者が増えて行く状況にあっては、この規定は有名無実なものになっていく。師になったとしても、すべての師が弟子の人品技量を見抜く裁量を持ち合せているとは限らないのである。

こうした人品技量の低下に伴う問題は、我が子への伝授にも関連してくる。それが「法度」の第四項に記されている。器量の認められない我が子には相伝が許されないとある。しかし、この場合、「箱伝受」の形で伝授するのは別の扱いであると言う。「箱伝受」については、その発生も、実体も不明の点が多いものの、切紙が箱に入れられたまま伝授され、開封は厳禁されていた（二一三頁参照）。

法度の第五項では切紙は三通迄許されることを言う。「起請文」の第三項に対応している。本伝授に適応して言えば、二十一項目の秘事（実質は二十項であるが）で出来上がっている切紙の内、三通のみは総体とは関わりなく伝授が許されるのである。「十ノ物七」等と記されて、全体の七割が伝授された事が、文明九年（一四七七）にはあったとの記録がある（注五）。秘事の総体の意味が考慮されていないのである。先に、儀式の行われない伝授を変容と考えたが、この全体から切り離されて切紙が伝授されることは、それ以上の変容の姿である。

以上に見るように種々と困難な問題を抱えた伝授ではあるが、伝授を受けた者は、歌道に励み、師の大切さを心に深く留め、感謝する心を失ってはならないと第六、第七項は規定している。

次の第三の切紙は、包み紙、肩書共に「下　入用」と記されている。その内容は次の通りである。

古今伝授之入用之事

一　黄金　五枚　併台
一　銭　三十貫　両方江十五貫宛分テ積也
一　唐錦　一巻　台
一　白布　五端　同
一　長昆布　五本　同
一　ケン台　一ツ
一　三方　三膳　但四方ニシテ三寸　洗米ノ載用也
一　三寸　錫　三対
一　ヒサケ　一ツ
一　香炉　三ツ　段ノ図ニハ一トアレトモ　三神ノ御前ニ一ツ宛ナリ
一　灯台　二ツ
一　花瓶　一ツ
一　机　三脚
一　タ、ミ　弐畳　三神ノ御前左右ニ敷之　其間或二間三間或五六間其間ノ広サ狭サニヨルヘシ

一　伽羅　　焼香用
一　手水桶　同杓　同手拭
一　四目縄　其間ニ引ホト
已上

これは師に捧げられる金品と式場の荘厳に必要な道具の一覧である。

師に払われる謝礼は黄金五枚と銭三十貫、それに布類などである。師への謝礼が記される例は、藤沢流の伝授を伝える『古今集藤沢伝』（天理図書館本）に見ることができる。それには「施財者　金銀、瑠璃、珠玉、錦、綾、絹布、車、馬、米、銭、奴婢男童僕等可隋力也」とある（注六）。天正十九年（一五九一）に行われた藤沢流の伝授では、金銀瑠璃などの宝石類、綿絹などの布類、車馬、米、銭、それに奴婢などの下働き人など、資力に応じた謝礼が求められている。尤も藤沢流の場合には布施の意も入ってはいるが、伝授における謝礼、対価は相当程度に高いものであったのである。

謝礼に続いて記されるのは伝授式場の荘厳に必要なものである。和歌三神の図像の前には畳が敷かれ、机と台が置かれ、洗米が供えられる。香炉には伽羅が焚かれ、灯台には明かりが灯される。精進潔斎した授受者が結界された場で行う荘厳な式場である。御所伝授の式場には三種の神器の模造品が用意されているが、本式場には用意されていない。臣下の伝授であるからである。

以上に見る三枚の切紙には上中下の肩書が付されている。「起請文」に始り、起請文を支える「法度」を記し、伝授儀式の入用品を記す「入用」と続く順序である。

次には目録に「巳上二十一紙」と記された切紙を順次見ていこう。
包み紙、肩書共に「第一」と記されるものは、次の通りである。

朱　　　　朱　　　　　　在別紙
奉授　　ウワカキ　土台　　発端

奉授

今上皇帝和歌　依倫言

神南日能

上桜花歌　桜花咲にけらしも芦曳の山のかひよりみゆる白雲

延喜三年十一月二十三日

紀貫之

「当流切紙二十四通」の「土台」と肩書があるものに相当し、「切紙二十七通」に「土台」とあるものの一部に相当する。「朱」とあるのは元の切紙にあっては朱筆で書かれていたことを示している。「発端」の右肩に「在別紙」とあるのは、「発端」に当たる部分は別紙として一枚の切紙が用意されていたことを言う。その発端部分は「当流切紙二十四通」にある「土台」の切紙に相当する。それには「口伝云　是ハ此集ノ土台也　是ヨリ歌ヲ授ル事始ル也　文武へ人麿道ヲ奉授テ此歌ヲ申入シ也　是ヲ貫之カ知テ　延喜ヘ神南日ノ歌ヲ奉授也　然ルヲ就倫言上桜花歌トハ　貫之モ人丸ノ如ク自歌ヲ以テ可申之由倫言ニ依テ　桜花ノ歌ヲ奉授　名誉之儀也云々」とある。この切紙が「土台」と称されるのは、古今伝授の根幹に関わるとの認識である。『詠歌口伝書類』（注七）には「是ヨリ歌ヲ授ル事始ル也」とある。

紀貫之が延喜三年十一月二十三日（「当流切紙二十四通」には二十二日とある）に『古今和歌集』の編纂を終えて醍醐天皇にその報告をした。その際に、『万葉集』が撰集された文武天皇の時には、人丸が自讃歌を献上した。その例に倣って、貫之が醍醐天皇に和歌を献上した。しかし、醍醐天皇は「倫言」を下し、再び和歌を献上するようにと命じ、貫之はそれに応じたと言う。ここに、君臣相和して撰集の事業の完成を祝しつつ、歌道の継承が行われる基盤が確立したとするのである。醍醐天皇の主体的な行為を確認することによって、新たな伝授の歴史が始まったと特に強調している。

桜花の歌は『古今和歌集』巻一春上（五九。『新編　国歌大観』に記された番号を記す。以下同じ）にあり、「歌奉れと仰せられし時に、よみて奉れる」と詞書にある。この詞書を『古今和歌集』編纂事業の終了時のものとし、天皇がそれを祝して和歌を奉じよと命じて貫之が桜花の和歌を献じたと読み解いたのである。

『宗祇流切紙口伝』の「内外口伝歌」には「土台ノ事」と題して、同じ読み解きがある。同じく「内外口伝歌」においては「桜花」の歌は「晴ノ歌ノ本体也」「タケタカク類ナキ也」とされ、宗祇の『古今和歌集両度聞書』においても「幽玄の体、又晴の歌の姿なり」と称揚されている。宗祇は秘歌の格を高めたのである。右の事を巡っては、新井栄蔵氏の論がある（注八）。

包み紙、肩書共に「第二」と記されるものは、次の通りである。

稽古

情新　　　　詞旧

心直　　　　玄艶

弘長元年二月九日授素還―

三代撰融覚判

素還　行氏　時常　氏村　常顕

師氏　素明　氏数　常縁　尹正

右稽古方素書也

是ハ慶長十一十二於摂殿関―

本ノマヽ如何事共無御存由也

三まい

「当流切紙二十四通」の「稽古」の初めの二行分に相当し、「切紙二十七通」の「稽古」に相当している。「稽古」と題されているように和歌の稽古に当たって心掛けなければならないことを説いている。それと共に、秘事伝授がどのような系譜で行われてきたかを示している。この系譜に相当する部分は「当流切紙二十四通」にはない。

この切紙の前半に記される詞は定家の書『詠歌大概』に基づいて考えたものである。『詠歌大概』の冒頭には「情以新為先求人未詠之心詠之　詞以旧可用詞不可出三代集先達之所用新古今古今人歌同可用之」とある。和歌に詠まれることは新しい情によって支えられていなければならず、用いられる言葉は古歌のものであるべきと説いた定家の意を汲んで、端的に「情新　詞旧」と表現したのである。「心直　玄艶」は定家以降における二条家で理想とされた風体を直截に現わした言葉である。「心直」の「直」の意は「正直」の「直」である。「正直」について宗祇は『古今和歌集両度聞書』に、「正は自性の心也。自性は言語のをよぶ所にあらず。されば正直の二字の尺に中ならずして中なるを正といふ。抂而不抂を直といふ。中は無極の称といへり。はかられぬ境なり。」と、その極まりない深い境地を述べている。宗祇は『詠歌大概註』においても「いかにも道なき所にむかひて道をもとめ、及ばぬさかひにのぞみて新しくよまむと心をかくべき也」と和歌の道の深遠なことを述べている（注九）。この奥深さは「玄　艶」の言葉で現わされる。艶について定家は『近代秀歌』において「余情妖艶」の語を以って現わしている。しかし、『古今和歌集見聞愚記抄』は「聞きやすくなたらかなる詞」によって表現されると記している。

系譜は、二条家の為家が千葉東家の素暹（切紙に素還と記すのは誤り）に伝授した弘長元年（一二六一）二月九日が初めであることを言う。『詠歌口伝書類』は「素暹法師古今伝授事」において、為家が素暹に三代集伝授などを行い「門弟第一」と認めたと言う。その交流の証拠として、宝治元年から文永九年に至る間の為家の書状が存在することをも言う。

「慶長十一十二於摂殿関――」とあるのは、慶長十一年（一六〇六）十二月に、近衛家において本切紙の伝授が行われたことを言う。

「右稽古方素書也」とあるのは、本文に省略があることを言うのである。「当流切紙二十四通」には、このあとに、「再稽　二重」「作伝　三重」「道　四重」「和　五重」「中　六重」と続く項目が記されている。この部分に相当する内容は本切紙にはなく、また、「三代撰者融覚」以降の系譜の部分にも省略が認められる。こうした省略を「素書」と言うのである。「本ノマ、如何事共無御存由也」とあるのは、本の切紙に記されている通り記したが、理解不明な所がある。しかし、師からは明確な解釈は示されなかったと言う。次に「三まい」とあるのは、他に三枚の切紙があるの意で、「当流切紙二十四通」に記されている「再稽」から「中　六重」までの部分がその三枚に相当するかと考えられる。

包み紙、肩書共に「第三」とあるものは、次の通りである。

風体口伝歌

八久毛立　　伊左爰尓　　寿明石裏
梅能波奈　　左遠鹿乃妻問
夕去ハ野辺の秋風

来ぬ人を待夕
見すとやいはん玉津島　人トハ、—
かすむ入り江の春の明ほの

此外三代宗匠撰者之自歌又入撰集
仏神御歌等也

朱
根本此切紙ハ誰ヨリ誰ニ伝授可尋
私為世ヨリ頓阿ヘナリ猶別紙ニ種々—

「当流切紙二十四通」にはなく、「切紙二十七通」とは同じである。八雲の道、和歌道において理想とする風体を詠み込んだ歌を歴史的に説く切紙である。

『古今和歌集』の序文で、和歌の初めと規定された八雲の歌に続いて、読み人知らずの古い歌、人丸の歌二首、御子左家の俊成、定家、為氏等の歌が挙げられる。「伊左爰尓」の歌は『玉伝深秘巻』において、神の詠んだ歌とされている。その意が汲まれて八雲の歌に続いて、神意が示される歌が掲げられるのである。これらの歌の相互関係については既に述べている（注十）。

「此外三代宗匠撰者之自歌又入撰集　仏神御歌等也」とあるのは、「三代宗匠撰者」の藤原為家が東家の素暹に伝授を行ったことは「第二」の切紙で明らかにした。しかし、為家から素暹に伝授された時には為家の歌は手本とされていなかったので、素暹以降の伝授においては、為家の歌が手本とならなければならないとの見識を示す。同時に、勅撰集に採られた仏神の歌も手本となるべきと言う。古今伝授の歴史における、為家の重要性ばかりでなく、仏神の歌に示される宗教的境地の習得が強調されてのことである。

朱書部分には、この切紙が誰から誰に伝えられたのか、一番大切なことであるから尋ねなければならないとあり、その思考過程の一端が記されている。その一つの答えが「私」として記され、為世から頓阿への伝授であると言う。為家から為氏と続く二条家流を称揚する為の言辞である。しかし、この解釈にはいくつかの考えがあり、別紙にはそれが記されていると言う。

包み紙、肩書共に「第四」とあるものは、次の通りである。

朱

古歌之事　　　ウハカキトニ　口伝
　　　　　　　トノ字ニ口伝アリ

古歌事

伊津具志喜御賀本尓而
茂呂〳〵能人手見給伝三
多加良都作古々路佐之

波　可　議　利　在　也

「当流切紙二十四通」では本切紙の「第八」と共に一紙に記されている。「切紙二十七通」とは同じである。「当流切紙二十四通」では、「古歌事」と題して、本切紙の「第十三」に相当する詞を記し、続いてこの古歌を説いている。「本義ハ別紙切紙也、今以類一紙也」と注しているから、別の切紙としてあったものを、類似した内容と認めたので、一紙に纏めて記したと言う。本切紙の形の方が古いのである。「当流切紙二十四通」では、この歌に「イツクシキ君タル人　柔和ニシテ　可向人也」と注記して、民に向かう天皇の心は柔和でなければならないと説いている。

「第三」において八雲の歌以下を手本として示したので、八雲の歌、「いさここに」云々の歌に続く古い時代、神の心がそのままに生きていたとする時代の古歌を示すのである。その古歌は「美しき御顔にて　諸々の人の手見給ひてみ宝となす　志は限りあるなり」と言う。神である天皇が柔和なお顔で、民の手を御覧になって尊いとされる御心は限りなく広く深いのである。「みたからと」の「と」の字について口伝があると朱書は言う。

包み紙、肩書共に「第五」とあるものは、次の通りである。

朱号題之口伝之事

号題之事

古 文武天皇 人丸　　今 醍醐天皇 貫之

古 自宇多天皇以前　　今 当代

古　天地未分　　今　自国常立以来

以上

「当流切紙二十四通」では「切紙六通」の第一に「題号」の表題を付けて記している。「切紙二十七通」は本切紙と同じである。

『古今和歌集』と題名が付けられた由縁を説く切紙である。「第三」と「第四」において、「人」の世となって「今」に至るまでの歴史が説かれたので、それはどのような時代であるかを題名の観点から説くのである。『古今和歌集』とは「古」と「今」との対照によって示される理念であり、三通りの意味合いがあると言う。

その第一は撰集に関わった天皇と臣下の関係に基づいて規定され、「古」は文武天皇と人丸とが『万葉集』を、「今」は醍醐天皇と貫之が『古今和歌集』を撰集したことに当たるとする。「第一」の切紙を受けての考えであって、『万葉集』の撰集において文武天皇と人丸とが君臣相和したように、『古今和歌集』においても、醍醐天皇と貫之が相和して事が成就したことを称揚するのである。第二には、天皇の治世に着目し、『古今和歌集』が撰集された「今」の御代は醍醐天皇の代であり、醍醐天皇の直前の宇多天皇の代以前が「古」に当たるとする。第三には、和歌を発想する心の歴史に着目して、歌の心は神が誕生する以前の「天地未分」の時に既に存在し、この「古」に対して国常立尊の誕生以来の心が「今」であるとする。和歌が和歌としてあることを天地未分の時以来の歴史として捉え、根元的に存在する意識が『古今和歌集』に受け継がれていると言うのである。三義共に「古」と「今」とは対峙しつつも通底する処に神を見ているのである。

宗祇の『古今和歌集両度聞書』の冒頭には、この「古」「今」の三義が本切紙と同様な趣旨で説かれている。常縁は宗祇への講義において切紙の心を充分に説いていたのである。

包み紙、肩書共に「第六」とあるものは、次の通りである。

朱　流議不同　朱

尹　タ、ス　タツノ両義也

流議不同

同　古曽止　古止新

土母憶也

三陽ノ事

一　冨士ノ山煙ノ事

一　巻頭歌ノ事　古

一　おましく　万　ハシマシ

一　色見えて　澄

一　雲林院　ウリンキン

一　御国忌　ミコキ

一　我身世に　フルナカメ　霖雨ナリ

一　といふうれはしき事　澄　是ハ照門　天子へ遣上候

こと　切紙ニアリ

一　をか玉の木　　神木ニアリ
一　冬の加茂のまつりの歌　　　今同
　已上

「当流切紙二十四通」では、「切紙六通」の内に配され、「流議不同」の表題が記されている。「是ハ東カ家ノ切紙之内也」と注記している。東家伝来の切紙とは違った別の体系がこの頃には出来上がっていたのである。「切紙二十七通」とは同じである。

『古今和歌集』の和歌解釈を巡っては、流派間の解釈の相違は大きく、それがまた流派を特徴付けていたのであるが、流派に関わりなく十項目を選びだして作成された切紙である。流派の壁を越えようとする意志がある。

「巻頭歌ノ事」に「古」と記し、「冬の加茂のまつりの歌」に「今同」と記すのは、巻頭歌と巻末歌とが『古今和歌集』の題名の意味を担っているとするのであって、「第五」の切紙を受けての解釈である。

「おまし丶」「色見えて」「雲林院」「御国忌」「といふうれはしき事」は、訓み、清濁に関することであるが、「をか玉の木」を「神木」とするのは『愚秘抄』の説を受けている。

朱書に「タ、ス　タツノ両義也」とあるのは「尹」（近衛信尹の意カ）の口伝によっており、「冨士ノ山煙ノ事」について、煙が立たずと煙が立つとの両義が提示されたことを言う。朱書で「古曽止　古止新　土母憶」とあるのは、『古今和歌集』の巻頭歌の解釈に関して「こぞとも、今年とも思う」の解釈に多義があることを言う。これも「尹」の口伝である。「といふうれはしき事」の項に「是ハ照門」云々とあるのは、照高院宮道晃親王が時の霊元天皇に自らの考えを申し上げたことを言う。照高院宮は天皇の後見役でもあった（注十一）。

包み紙、肩書共に「第七」とあるものは、次の通りである。

朱　名題之事

名題之事　　　　ウハカキ其ニ《之イ》反旨

真体

已上

「当流切紙二十四通」の「真諦之事」の意に通じ、「切紙二十七通」にはない。

「第五」において「号題之事」として『古今和歌集』と名付けられた意味を歴史的に説き明かしたので「名題之事」として、その本質をどのように捉えるかを説く。

「当流切紙二十四通」では「真諦之事」と題して「真体ト名字ヲ不顕シテ仮ニ名ツケタリ、実ニハ鏡ノ事也」と説く。「真諦」に倣って同音の「真体」と表記することによって、「真諦」が持っている仏教的な境地と同時に、鏡を本源とする日本の神が現わす和歌的な境地が現わされているとする。しかし、「ウハカキ其ニ反旨」と注記があるように、上書は切紙の本質を捉えた表記ではないと言う。本切紙の解釈には疑問があったのである。包み紙、肩書共に「第八」とあるものは、次の通りである。

朱　吉野山桜之事　　ウハカキ又口伝　イ本同
発端

吉野ノ山ノ桜ノ事
此集ニサル歌見ヘス撰者ヲシテ云ヘカラス
其上対シテ書タツタ川ノ歌ハカリ旁以不審
アルヘキトナリ当家ノ口伝
文武天皇吉野ノ山ニ御遊覧ノ時御供ニアリテ
人丸白雲ノ色ノ千種ニ見ヘツルハコノモカノモ
ノ桜也ケリト云々又説チルハ雪チラヌハ
雲ト見ユル哉吉野ノ山ノ花ノヨソメハト
云々

相構丶　可秘蔵也

「当流切紙二十四通」の「桜歌之口伝」に相当し、「切紙二十七通」の「切紙五通」に含まれる「又口伝」の項に相当する。

『古今和歌集』の序文には、竜田川の紅葉と吉野山の桜とが対比して述べられているのに、その証拠となる歌が竜田川の歌はあるのに、吉野山の歌にはないことの矛盾を説く切紙である。

「撰者ヲシテ言ヘカラス」とは、撰者貫之は特にこのことについて述べていないのは、実はこのことに秘密があるとの含みを読み取るようにとの措辞である。その書かれなかった秘密の歌は、文武天皇に供をした時の人丸の歌「白雪ノ」云々の歌である。しかし、その歌とするについては、他説として、人丸の「散ルハ雪」云々の歌が挙げられる。この歌は、鎌倉時代後期の成立である毘沙門堂旧蔵『古今集註』、能基『古今和歌集序聞書』、『玉伝深秘巻』などに記されており、為顕流で秘歌とされた。「散ルハ雪」云々の歌に対して「白雪ノ」云々の歌を掲げる一派が有力になっていく流派抗争の一端が垣間見られる切紙である。「当流切紙二十四通」では、「撰者推シテ」と表記して、撰者の心を推し測って考えてはいけないの意と理解している。

包み紙、肩書共に「第九」とあるものは、次の通りである。

朱　賀茂祭ノ歌事

　賀茂祭此集肝心只コ、ニアリ

　　猶可聞口伝　山―祭之事

賀茂祭歌　　是ハ下重ノ内

カヘルハル卯月ノイミニサシコメテ
シハシミアレノ程マテモミン

忌トイフハ賀茂ノマツリノ料ニ大明神ノオハシ
マス四方ヲカキリテ榊ヲサス也ソレニサシコメラレハ
祭ノスクルアヒタハ外ヘモ出サルトナン卯月ノ
イミトハ賀茂ノウシロノ山御誕生所ト言也

朱書では、『古今和歌集』の理解の根本は冬の賀茂の祭の歌に関わっていると言う。それはこの歌が『古今和歌集』巻二十の巻末に位置しているからである。集の巻頭と巻末の歌は集全体の意味を担うものとして重視されることは「第六」で述べた。巻末歌である冬の賀茂祭の歌が巻頭歌にどのように対応しているかを言うのである。賀茂の祭には卯月の忌がある。その証歌もある。神の居られる処を聖地とするが、祭の間はその聖地から出られないと言う。春の行事で忌とされることは冬の行事でも同じであるとする。巻頭の春の歌に対して冬の歌として対応しつつ、冬は又春へと連関する。『古今和歌集』を理解するとは時間の連続と循環を知ることであるとの意がある。「切紙二十七通」では「猶可聞口伝」と記すが、本切紙には師の口伝が記されているのである。

包み紙、肩書共に「第十」とあるものは、次の通りである。

花ツミノ事

花ツミノ事

花ツミト言事ハ昔ハハナツミ石塔ト云々春ノ
野ニ出テ子日ノヤウニ遊テ石ヲヒロヒテ
塔ヲタテ、クヤウシケル也此事今ハアレトモ
タ、可然寺ニテ行也蔵人所ニハ今モシ侍ル
ナリソノ日道師ノ節教化ニハ行基井ノ歌
モモシヤクヤヤソシヤクソヘテタマヒテン《シ》
チフサノムクヒ今ソワカスル
今日セスハイツカハスヘキ夜モ更ヌ
我世モフケヌイツカマタセン
読之

右定家卿注之

「当流切紙二十四通」「切紙二十七通」共に記していない。

『古今和歌集』巻二春下（一三二）の歌の詞書に「三月の晦日の日、花摘みより帰りける女どもを見てよめる」とある「花摘み」について説く切紙である。花摘みは巻十一恋一（四七九）の歌の詞書にも記されている。藤原顕昭の『古今集注』（注十二）には、藤原清輔の言として「はなつみ」が石塔に関わって説かれたと記している。「はなつみ」に摘む花は何であるかにも定説がなく、顕昭は同書で藤原教長の説として百和香を摘むとしている。石塔を立てて供養する行事に、行基の歌が唱えられるとするが実態は不明である。「定家卿注之」とあるが、現存する定家の書に本注と合致するものは見出せない。しかし、宗祇の『古今和歌集両度聞書』にも「此事、京極黄門の自筆の本に書付らると云々」とある。『詠歌口伝書類』は、行基の歌は心地観経の意に通ずると説いている。『宗祇流切紙口伝』の「古今集内聞書」には明応年五月十五日に西殿正本から写したとある。包み紙、肩書共に「第十一」とあるものは、次の通りである。

ホノ〴〵ノ歌ノ事

此歌ニサマ〴〵ノ儀家々ニ口伝アル所也然共貫之
旅ノ部ニ入レタリ更此外不及沙汰事ト也シイテ
今ノ儀ヲタツ天武天皇第一ノ皇子高市ノ皇子
十九歳ニシテ世ヲ早シ給テヨメル歌トナンホノ〴〵ト云ニ
四ノ儀アリ明若寿風ナリ万葉ニツカウ所ナリ明ト

云ハ夜ナトノ明ルヲ云左伝ニ明旦ト書テホノ〳〵トヨメリ
若ヲホノ〳〵トハ春ノ草木ノモエ出ル体也典義抄云
深草未出春色　若《ホノ〳〵》タリト言ヘリ寿ハ文選ニツカウ
字也ハツネニ（注）文選云寿伝三公政得ノ道トイヘリ
文集ニ風《ホノカ》ニ聞クト言ヘリ此四ノ義ノ内ニハ今ノ歌寿ノ義也
王子ノ崩ニアツル也浦トハ此世界ヲヘタテ行ニヨソヘタリ
霧又物ヲヘタツルナラヒ也
一説　霧ヲ病ニアツルコレ嶋カクレ行トハ去行也
一説　生老病死ノ心魔ニアツルヨシ申此四ニカクサレ給
　舟ヲシソ思トハ舟ヲ王ニタトヘリ王子ハ帝々タカウヘカラス
　然者舟ト言也貞観政要ニ言君如舟臣如水トイヘリ
　種々ノ義アレトモ不及筆端也

朱

　寿風ハ常ニ文通ニツカウ字也文選ニ云　寿《ホノ〳〵》伝《ツタウ》也

此紙面

　一朱ニテ書タルハ東ノ家ノ本ニアル説也

（注　ハツネニの四文字を丸で囲っている）

人丸の歌と伝称される『古今和歌集』巻九羇旅（四〇九）の歌についての切紙である。顕昭『古今集注』、定家『顕注密勘抄』において作者、歌意について見解の相違があり、これを受けて種々の説が展開した。それを整理して「今ノ義」として記すのは毘沙門堂旧蔵『古今集註』の説である。それ以外にも有力な説は「一説」として記されている。朱にて記す「寿風ハ」云々の言葉は東家伝来の本に記してあると言う。東家の本を見た人がいるのである。

宗祇の『古今和歌集両度聞書』では「此歌を当流に秘する事は、心詞と、のほりて、しかも幽玄にたけたかく余情あれば也」と言い、一首としての格調の高さに注目している。

包み紙、肩書共に「第十二」とあるものは、次の通りである。

此間四目引　新タ、ミ　新ヒシャケ　シホ水　玉ハ、キ松也

物名読時精進之事

天井無之所ニテ不読

灯トウシン長　鳥目十五貫

三寸

洗米　香炉

玉津島大明神

長昆布　台

判金五枚　同　師

三寸

住吉大明神　洗米　香炉　唐錦一巻　同　盃

クキヤウニ挑子一献アリ

白布五端　同

北野大明神　三寸　立花　松竹

洗米　香炉

弟子百首之歌　堀川百首ノ題ニテ

心経　起請文

灯　右同　鳥目十五貫

元禄十六癸未年二月六日卯刻

この切紙は「目録」に「三神カサリヤウノ事」とあるように「古今伝授入用之事」に記された神具等を用いて儀式を行う式場の様を示したものである。目録に「外」と注記があるように、『古今和歌集』の理解とは関わらない別伝である。切紙は縦書きに用いられている。

三神の前に供えられるものとして「入用」には記されない「堀川百首」「心経」「起請文」がある。「堀川百首」は伝授に先立って伝授を受ける弟子が和歌の技量を示す為に「堀川百首」の題を用いて詠みおいた百首のことである。「起請文」と「心経」が共に供えられる。和歌の心は「心経」に通じているのである。伝授の謝礼となる金子が記されている。「物名読時精進之事」云々とあるのは、三鳥三木の秘事が披露される際は精進して身を清め、天井のある間で詠みあげられないといけないと言う。閉ざされた空間での声の響きにも配慮される。伝授の儀式も「卯刻」に終わらなければならない。

北野大明神の前に立てられる立花は松竹である。「松竹」と題する切紙が別にあり、松竹の意義が説かれることになる。

包み紙、肩書共に「第十三」とあるものは、次の通りである。

朱

重ノ重　ウハカキモ　ウ――ニ

重之重

一重之重　身仁―他仁―　是モ天子ノ心也又人々此心ヲ可尋

身　仁　邪　奈　久　　願ハ土田ニ雨降テ及セ　秋ニ秋トハ
百姓ノ事也

一又重ノ重　是ヲ本始ト云也　天照大神の御心也仏法ニとれは心経也

他　仁　慈　乎　与　　五薀度一切苦厄五薀ノ空ヲ

好知ハ一切ノ苦ヲ度スルニテ侍ル
是真実不虚之心也サレハ歌人ノ心者空虚ニ持テ
四時一切変化改ニ執ヲトムヘカラス本始ト云ニヨリ
モトツキ観ツヘシ此集ノ大悟也

「切紙二十七通」とは同じであるが、「当流切紙二十四通」では、本切紙の「第八」と共に「古歌事」と題して一枚に記されている。「当流切紙二十四通」では、本文の十文字の意味するところを「身ヲ立テ、国ヲ治メ、家ヲ斎フヘキ事」の根本と説いている。我が身は欲を離れ、他人を恵む心がなければ、道を好む人とは言えないと言い、この心は万人に共通していると言うのである。

切紙の書き込みには、この十文字の言葉は天皇の心であるから、人々は良くその意味を極めなければならないとされる。天皇の心とは、田に雨が降り、百姓の心が安穏であれと願う心である。この心は天照大神の心であり、「心経」の言う所に通じているとする。仏法にあっては空を観ずることが肝要であるように、歌人にあっても、心を空にし、四時の変化に執心しない事が大切であると説く。この心持が『古今和歌集』の根本理念と捉えられなければならないのである。それ故に、重い秘事として、「重之重」に位置付けられている。

包み紙、肩書共に「第十四」とあるものは、次の通りである。

ミタリ翁之事
雖有説々
底筒男神　　　　　　　　　地
中筒男神　　　　　　　　　人
表筒男神　　　　　　　　　天
右三神共住吉也　神体杖ヲツキ
給事ハ此世ニ足ヲト、ムヘキ所ナキ
事ヲ示《シメ》シテノ形也老ヲイトフ歌ヲ
以即五体分離ノ事ヲ思ヘト也

「目録」の肩書に「第二十四ノ内」と記されるように、本切紙の体系とは別のものが組み入れられている。その「第二十四」は「当流切紙二十四通」に記されるものには相当しない。

「当流切紙二十四通」の「切紙六通」に含まれる「三神事」には「身足　三足ハ他流ノ義也　所用ハ当社三神也表筒男　中筒男　底筒男　是ヲ三タリト言　道ヲ守リ衆生ノ願ヲ成シ早ク仏果ニ至ル此三徳也」云々とある。「ミタリ翁」を住吉三神に当てそれを三徳の顕現と説いている。

『古今和歌集』巻十七雑上（八九五）の歌の左注に「みたりのおきなのよめるとなむ」とある。この「みたり」の意味について「三人」、「身足」、「三足」などの「説々」が提示されてきた。本切紙では「三人」説を採りながらも、それに該当する人物の名を具体的に指摘する説ではない。和歌の神である住吉の神は三体であるとし、更に老体であるとする。老体の神が杖を突く様から、この世に止まれない姿と観じ、老体に伴う五体分離の考えを導き出している。住吉の神を老体とする説は藤原清輔の『袋草紙』に見える。

包み紙、肩書共に「第十五」とあるものは、次の通りである。

十五　朱

三ケ大事

メトノケツリ花ノ事

メトハ妻戸ノ事也　種々ノ花ヲケツリテ

妻戸ニカサシサス也口伝アリ又云著ト

云草也又云左近ノ馬場ノヒオリノ日

マユミノ手綱ノカサシニサス花トモ云也

「当流切紙二十四通」、「切紙二十七通」とほぼ同じ。

「妻戸に削花さすといふ事、是ハ業平うつくしく削る花をして、ある女御の住給ふ妻戸にさしたりけるとなむ。め戸とは妻戸つまとなり。けつり花とは作花也」と記す『愚秘抄』の説を受けて「妻戸」の「ケツリ」花が説かれている。「口伝」、「又」の説が記されて流派間の相違の大きいことを示す。

包紙、切紙本体共に「第十六」は失われているので、次は包み紙、肩書共「第十七」とあるもので、それは次の通りである。

十七

三ケ大事之内〇ヲカタマノ木事

〇　ヲカタマノ木ノ事ハ家々―在別紙

本艮

別紙

御賀玉木

当時サル木アリ共不聞

口伝神社ニ用木也　　英顕筆端也

三木の一つ「ヲカタマノ木」について「家々」の説があると言うだけで、特定の説を記さない。その上、別紙にある説を記しても、その木の存在を知らないと言う。「口伝」として記す説は、神社で用いる木と言うのみである。「切紙二十七通」の「第九」の「三ノ口伝之内」に類似する。それを参考にすれば、「英顕筆端也」は「莫顕筆端也」の読み誤りかと考えられる。切紙に書き記してはいけないの意である。「本艮」は本のままの意であろうか。諸説の整理のつかない状態を示しているが、口伝が重んじられ、筆記は禁じられた故のことである。
包み紙、切紙本体共に「第十八」は失われているので、次は、包み紙、肩書共に「第十九」とあるもので、それは次の通りである。

三鳥大事

三鳥之大事

一　ヨフコトリノ事　一説サル　一説ハコトリハハヤコ〱
ト云ヤウニ鳴ユヘニ云トイヘリ又人ヲモイフト
云リ春ノ山野ニ出テワカナワラヒ風情取
アツメテカヘルサニ友ヲヨフ故ニカク云
トイヘリ又ツヽ鳥ト云アリ是ヲ家ノ
口伝トス

一　イナオホセ鳥ノ事　家々ニ種々ノ説ア
レトモ口伝庭タヽキヲ云也

一　百千鳥ノ事　鶯ト云也家ノ口伝ウクヒ
ス一ニアラス種々ノ鳥春ハ同シ心ニサエツ
ルヲ百千鳥ト云也

「当流切紙二十四通」に同じ、「切紙二十七通」にほぼ同じ。

三鳥が何に相当するかの考えを記し、「第十五」と同じく流派間に相違のあることを知らせた後に家の口伝を記す。

包み紙、肩書共に「第二十」とあるものは、次の通りである。

廿　ミタリノ翁　ミタリ翁ノ事　本艮

住吉明神也　うはつつをなかつつをそこつつをとて三社也是をみたりと云々

彼明神之詠也　底中表―在別紙

内義歌道本尊として此道を守り給ぬ是のみならす諸人の

梅可枝尓来居類鶯

願をいや〳〵叶へ給事諸神にすくれたり又是のみならす後生をも

野辺近具家居勢麗波

如仏具菩提にはやくいたらしめ給也此三社ヲあけてみたりと云り

本登々幾須鳴屋五月

別義ハ外奥ノ義ハ内也内外を在けると云宗順坊相伝八分

今朝来奈紀伊満多旅那流

一天照大神みそきをし給時よれる也是則云所内前上中底三にわかてり

物古登耳秋葉加奈志喜
故にうはつつを中つつをそこつつをと也爰より始名付高貴大明神也
多津田川錦遠利賀具
是住吉別名也住吉に御座事前の尊号高貴也
賀李古毛乃思飛乱禮伝
みたり口伝十合円満大神の御祓により給へは三足《みたり》と
伊津者利登思婦物可良
三にたると也　深秘々々
阿可奈具尓磨多喜毛月能
賀倶志津々世遠屋津具左無
私作者之相伝アリ

「ミタリ翁」を住吉明神の三体とすることは「第十四」で説いた。それを受けて、住吉の神の誕生から老いに至る迄の多様な顕現の姿が、人の一生、殊に恋の思いの始終に託して語られる。その様相は『古今和歌集』に詠み込まれた和歌によって示されるとして十首が掲げられるのである。

「梅可枝尓来居類鶯」は巻一春上（五）の「梅が枝に来居る鶯春かけて鳴けども未だ雪は降りつつ」である。春と思って鳴く鶯に雪は尚も降りかかる。ほのかに人（鶯）を思う始まりである。

「野辺近具家居勢麗波」は巻一春上（一六）の「野辺近く家居しせれば鶯の鳴くなる声は朝な朝な聞く」である。鶯の鳴く声は毎日聞かれるようになり、その声も日毎に美しくなっていく。日々の暮らしの中に光は射し初め、心は揺らぐ。

「本登々幾須鳴屋五月」は巻十一恋一（四六九）の「時鳥鳴くや五月の菖蒲草あやめも知らぬ恋もするかな」である。菖蒲咲き、時鳥が高い声で鳴く頃、我が心は思いに乱れて、ものの綾目も判らなくなる。

「今朝来奈紀伊満多旅那流」は巻三夏（一四一）の「今朝来鳴きいまだ旅なる時鳥花橘に宿は借らなむ」である。旅の途中にある時鳥よ、せめて今宵は花橘に宿を取って欲しいと願う。我が思う人は離れて行く人であろうと思いつつも、今宵の一時を求めて乱れる心を抑えきれない。

「物古登耳秋葉加奈志喜」は巻四秋上（一八七）の「物ごとに秋ぞ悲しき紅葉つつ移ろひゆくを限りと思へば」である。夏は過ぎ、秋が訪れる。物ごとの悲しさは増すばかり。紅葉はその色を早くも変えていく。限りあるものの悲しさが心をよぎる。

「多津田川錦遠利賀具」は巻八冬（三一四）の「竜田川錦織りかく神無月時雨の雨をたてぬきにして」である。竜田川を染める紅葉の錦に白く細い時雨の織り模様、しかし、それは人生に降りかかる雨でもある。燃え滾る思いの身に、老いを思わせる一筋の何かが琴線に触れる。はらりと落ちる雫は涙であろうか。

「賀李古毛乃思飛乱禮伝」は巻一一恋一（四八五）「刈り菰の思ひ乱れて我恋ふと妹知るらめや人し告げずは」である。我が思いは人知れずの恋であった。友の告げ言もなければと。今はただ苦しい思い出の中にあの人はいる。

「伊津者利登思婦物可良」は巻一四恋四（七一三）「いつはりと思ふものから今さらに誰がまことをか我は頼まむ」

である。あの恋はすべて偽りであったのだ。今更に何を誠と信ずることができようか。心に浮かぶ疑念は拭いきれない。

「阿可奈具尓磨多喜毛月能」は巻十七雑上（八八四）の「飽かなくにまだきも月の隠るるか山の端逃げて入れずもあらなむ」である。思い切れないあの人は、もう去ってしまう。もう一度逢う術もない。滔々とした流れは誰にも遮ることは出来ないのであろうか。

「賀俱志津々世遠屋津具左無」は巻一七雑上（九〇八）「かくしつつ世をや尽くさむ高砂の尾の上にたてる松ならなくに」である。こうして人は世を過ごしていくのか、あの高砂の松はすべてを見知って、猶も厳かに立ち続けている。松に宿る神はすべてを見通しているのだ。

以上の歌には作者についての口伝があると言う。

この十首の歌を通して住吉の神の有り様が師によって説かれた。それが行間に書き込まれている。

住吉の神は上筒男、中筒男、下筒男の三社の神であり、この神が「みたり」として表現されている。その本質は和歌の道の守護神である。しかし、守護の内実は多様であり、例え願いが無理なものであっても、良く聞き入れて下さる神である。仏と同じように素早く彼岸に至らしめてくれる。伝授において、別の義は外、奥の義は内と分けられているように内外の区別が厳然としている神である。伝授においても、あの宗順は全体の八割しか伝授されなかったこと（注十三）に、この譬えの意味を良く知ることができる。さて、住吉の三神は天照大神が潔をしている時に寄ってきて生まれた神であり、その関係で上、中、底の別となり、上筒男、中筒男、底筒男の神となった。この三神を初めは高貴大明神と名付けた。故に住吉の神の別名は高貴大明神である。「みたり口伝」には、すべてのことが成就する祓が説かれているが、それによれば満ち足りる意であって、三に足るとなり、三足の説も妥当であるとする。

包み紙、肩書共に「第廿一　終」とあるものは、次の通りである。

一　我国ノ名ヲ大日本国トイヘルハ大日ノ本国ト云也
伊弉諾尊伊弉冊尊ハ天神也今ソサノウノ尊ノ
祖父也然ル天ニテ我ニ陰陽アリ天アリアニ
此底下ニ地ナカランヤトテ滄溟ヲ見給シニ
胎金両部大日如来ノ印明ニウカヘリ
開塔ノ印ハ金剛界閉塔ノ印ハ胎蔵界也
印ヲ開ク時観念也顕ル光ハ大日ノ光也八雲ハ
天蓋也夫ヲカタトルニヤ胎内ノ子ノ上ニエナト
云テウヘニタレオホヘリ母ノ熱寒ノ食物スル時
子ニカヽルヘキヲ彼エナニテフセクト云々爰ヲ以テ
思ニコノ八雲ノ立も如此ナルヘシ

日本国と命名されている謂れを説く切紙である。

大日本国と言うのは大日の本国であると説く。『日本書紀』に見る伊弉諾尊伊弉冊尊による国生み神話によりつつ、両神が天上から見ると、海上に金胎両界から成る大日の印文が浮かんでいた。その印文は、天蓋となって覆っている八雲を通して指す大日の光であったので、八葉の形となっていた。この八雲があるのは、胎内の子供にえなが覆っているのと同じである。母は食べ物の熱い寒いが子供に直接当たらないようにえなで守っているのである。八雲の雲も大日の光を和らげていると説く。

『沙石集』に説かれた大日の印文説を受けつつ、金胎両界の世界に言及し、それを胎内の子供のことへと展開する論理には中世神道、殊に、立川流的な思考の影響を見る事が出来る。大日の光が和らげられると言うのも「大和国」は大いに和らぐとする説を踏まえている。大和歌への仏教の影響を見つつ、厳として存在する神に守られる和歌を称えて切紙は終わるのである。

以上で、二十一通が終わり、続いては特別に伝授される三通である。

目録に言う「天地神歌之事」に該当するものは、包み紙はなく、肩書に「奥ノ一」と記されている。

朱　三才大事　　　　ウハカキ三才大事

付　神詠

天地神ノ歌ノ事

一久方ノアメニシテハ天上ノ事也下照姫ハ天雅彦ノ妻也
アメワカ彦崩御ノ時喪屋ヲ天ニツクリテモカリス下
照姫ノセウト味耜高彦《アチスキタカヒコ》ノ神トフラハントテ天ニ

ノホリテアリケルニ其カタチウルハシクシテ二ノ岳ト二ノ
谷ノアヒタニカ、ヤクヲ見テ下照姫此事ヲ人ニシ
ラシメントテ歌ヨミシテ曰阿妹奈屡夜ヲトタナ
(注1)ハタノウナカセルタマノミスマルノアナタマハヤミタニ
フタワタラス
アチスキタカヒコ返歌曰
(注2)アマサカルヒナツメノエワタシメロシテヨシニヨシリコネ
イシカハタカフテ　此歌事也　本ノマ、
一地ニシテノ歌ノ事　出雲国ニ宮作シテヨミ玉フ
ソサノヲノ八雲タツノ歌也
一人ノ世トナリテハソサ《マヽ》ヲノミオコトノ三十一字ノ歌ヲ
用ヨムト也カナ序ニテハコトハリ見ニクシ家ノ
口伝天地人ノ歌此分也

(注1)○八　三才の大事　是又切紙の上の外無別儀猶も人の世となりて并そさ烏の所をあけたれは猶心えさせんためなり三才の題をとり面には書へきにあらされは切紙と云々

(注2)はる　ハ　わたらまほしといいしかはふきかたかけにあまはりわたしまつよしによ、にわたいしかはふたりに此歌の事也　イ本私書之　朱也

（注１・２は行間書き入れ）

「当流切紙二十四通」の「三才の大事」、「切紙二十七通」の「三才ノ大事」に、ほぼ相当する。『古今和歌集』仮名序に言う和歌の歴史を、天地人の三才の様態と捉え、天地人に相当する歌を掲げる切紙である。地、人に相当する歌の事は既に説かれたので、天に相当する歌を特にここに説く。天地人に該当する歌は『古今和歌集』の序において既に齟齬があるので、それを改めようとしての所為である。切紙としての筋を通すと共に、和歌の歴史を正しく捉えないといけないとの思慮である。歌学の根本に関わっての識見を示すのであるから覚悟して口伝をすることになる。

書き入れの注に三才の事を八と記しているが、「当流切紙二十四通」「切紙二十七通」共に第八番には位置していない。他の流派の体系から取り入れられたものである。

目録に言う「三鳥重ノ口伝ノ事」に相当するものは、包み紙もなく、肩書も記されていないが、次のような内容である。

左　　化鳥

関白　　化喚子鳥

貫之

化鳥

今上皇帝　　化嫿名負鳥
　　　　　　貫之
右　　　　　化鳥
群臣　　　　化百千鳥
　　　　　　貫之

醍醐天皇と貫之とが君臣合体の心で完成した『古今和歌集』は、「喚子鳥」「嫿名負鳥」「百千鳥」の三鳥が有する変幻自在の力によって天皇、関白、群臣そして貫之となっていた次第を説く。三木は天皇の徳は正直、慈悲、征伐にあり、それが三種の神器に現れ、天皇、関白、人臣が力を合わせたと考えられたことを更に展開して、三鳥によって構築される様相を示している。『古秘抄別本』には、この展開の様相が語られている（一九二頁参照）。目録に言う「系図ノ事」は、包み紙に「神道血脈図」とあるが、肩書は記されていない。次のような内容である。

日本記相承
〇国常立尊天神七代――日神地神五代――神武天皇乃至代々――
桓武平城嵯峨――淳和――仁明――文徳――清和――陽成――光孝――
宇多――醍醐等帝々
（嵯峨より続く）弘法――真雅――源仁――益信――寛平――寛空――元果――仁海――成尊――秀海――実卯

──海真──性遍──秀範──湛賢──弘賢──弘卯──一吽──祐光──高海──円海──明海──祐尊──
慶賢──良遍──宥尊──頼尊──貞祐──阿厳──教実──宥尊──有以──有尊──妙道──光通
（嵯峨より続く）嵯峨──賢恵等
大日──金薩──龍猛──龍智──金智──不空──恵果──弘法
賢慶等

麗気記三国相承系図（大日に結ぶ線あり）

右神祇水丁血脈相承如件

元禄十六癸未歳三月六日
（系図に記される罫線はすべて朱）

『日本書紀』、殊に『麗気記』の伝授の際に用いられた血脈図である。中世神道世界に一派を成した御流神道が保持していたものである。

以上の三通の他に「松竹」、「素盞」、「附与」と包み紙に記される三通がある。

包み紙に「松竹」とあるものは、次の通りである。

右血脈平等心院律師依大望伝
授之堅可秘々々

右
松
左
竹

これは影幻の大望によって授与された「古今相伝之系脈」に付されていた印可状の写しの一部である。右左として記される松竹は伝授式場の荘厳であって、瓶に立てられる松竹である。『詠歌口伝書類』には正直を説いて「松之屈曲　竹之清立　共ニ以自然ト見レハ共ニ以直風也　造作ノ心ニ愛スル時　屈曲ニ落異風ヲ生也」と述べている。古今伝授の心は正直の精神に貫かれているとして、それを松竹の様態において説明する。「第十二」に記された式場に掛けられる北野明神図の前に「松竹」が立てられている。その意義を示す為の切紙である。包み紙に「素盞」とあるものは、次の通りである。

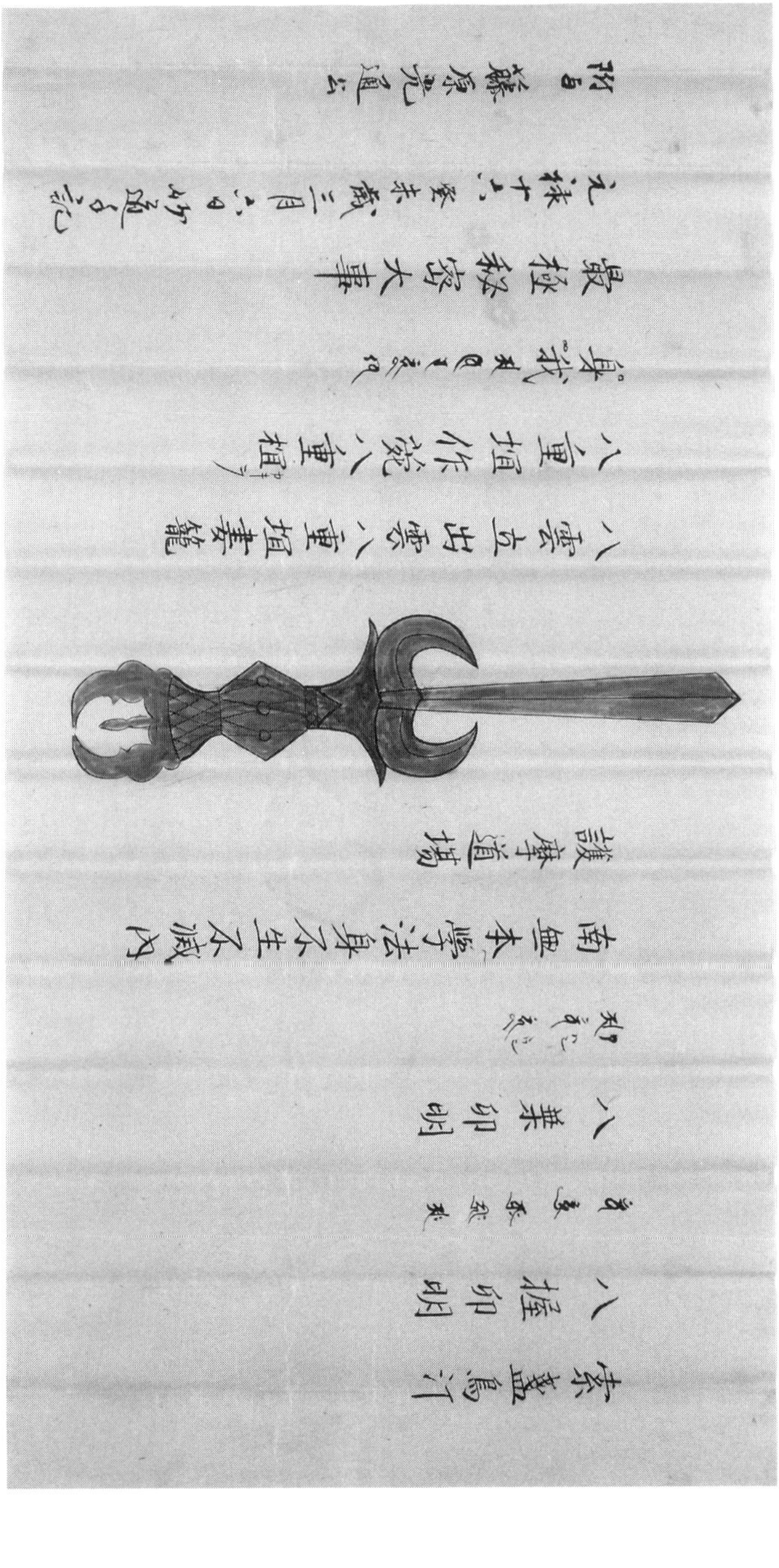
索盞烏汀
八握印明
八葉印明
南無本覺法身不生不滅内
護摩道場
八雲立出雲八重垣妻籠
八重垣作說八重垣
最極秘密大事
元禄十六癸未歳三月六日妙道記
附与
藤原光通公

伝授儀式は潅頂の儀式に則って行われたのであるが、本伝授は、殊に素盞嗚潅頂の方式で行われている。儀式には、素盞嗚命の象徴としての宝剣が奉納される。剣は天叢雲剣であろう。道場には厳めしき宝剣の図が掲げられ、八雲立つの歌が奉納されるのである。

包み紙に「附与」とあるのみで肩書は記されていない。その内容は次の通りである。

古今相伝者雖有両種以二条家為正伝依神道
潅頂之正儀奉崇敬　　三種之神祇為和歌三神
本尊勧請諸神並歌仙等且為令受持奉候
歌道深秘之神種任師伝始尚初重入壇潅頂
之儀式終迄　　神帝御代々不絶印信血脈
伝授明白也猶以太政大臣相承之秘抄附属而已
於後代守其志伝授者也尚此以後須依伝
奉候　報答　諸神伝事之御恩矣　因茲奉送一首和歌
　古の神の心を種として今伝ぬる大和ことの葉

元禄十六癸未年三月六日卯時上分　　　　影幻
妙道（花押）

附与
河州　藤原光通公

伝授が行われたことを証明する伝授証明書である。

二条家の秘事を伝授するに当たっては、三種の神器を敬い、その意味を担って和歌三神が本尊とされ、諸神及び歌仙等が勧請され、神祇潅頂の方式で行われた。この伝授は神の心に通ずる重い伝授であり、近衛家に伝わる重要な秘書を伝授した。従って、今後大切に守り続けるようにと戒める。無事に伝授が終わっての感慨が一首の和歌に託されている。古から伝わる神の心を秘める大和言の葉の真髄を伝え切ったことよと安堵し、又、褒め称える歌である。「第十二」に予告された通り、伝授の儀式は「卯時上分」に終わっている。神秘的な夜明けの時を滞りなく迎えたのである。

先に「第三」の式場に「入用」な物の説明に際して、三種の神器の模造品が無いのは臣下の伝授の故であると述べた。しかし、その考えはこの「附与」の記述によって訂正されなければならない。臣下の伝授の場合でも、三種の神器の意味する精神は堅固に保たれて、『古今和歌集』の理解は行われなければならないのである。

以上に見るような形を持ち、それに意味が与えられて受け継がれてきたのが、架蔵本に見る近衛流の切紙集である。

以下、本切紙集と近衛尚通が宗祇から受けた切紙集とを判別するために近衛家影幻流と呼称することにする。

近衛家影幻流切紙集が近衛家において用いられた切紙集であることは「古今相伝之系脈」に、近衛家に連なる系譜が記されており、「附与」と記された切紙には「太政大臣相承之秘書」が影幻から光通に授与されたとあり、光通から影幻に提出された「起請文」には、「貫之典侍乃至三藐院殿下等貴老迄相続明白也」と記されていることなどによって確かである。従来、宗祇から近衛尚通に伝授された原本は「近衛家以外に伝へられることなく、唯大覚寺准后義俊大僧正（尚通の子）が相伝したにすぎなかった」とされ、尚通が伝授した古今伝授の箱は万治四年（一六六一）の火災によって焼失したと考えられてきた（注十四）。この為に、近衛家にあっての伝授の実態は不明とされてきた。しかし、近衛流による伝授は「古今相伝之系脈」によって、近衛家の内外において継続して行われており、「第二」の切紙への書き入れによって、慶長十一年（一六〇六）十二月にも行われていたことが判る。

さて、この伝授に当たっては、神祇潅頂の方式が採られたことが「附与」に記されている。神祇潅頂であっても、特に素盞嗚潅頂の方式が採られたことも「素盞」によって明らかである。

伝授の式場は厳粛に造作されている。和歌道を守護する三神である住吉・玉津島・北野の図像が掛けられる荘厳の有り様は「第十二」に詳しく図示されている。

式場には、堀河百首題による三十首及び「心経」が「起請文」と共に供えられている。和歌守護神の前に「心経」が置かれることによって仏は神と共にあり、和歌を守っているとされている。神と仏との関係は「第二十一」の日本国の命名の由来によって具体化されている。「第二十一」には、大日の光を八雲の雲が覆っているとある。神は仏の光を和らげているのである。この神と仏との関係は、又、違った角度からも考えられている。別紙として伝授されている三枚の切紙の内、「系図ノ事」である。「系図ノ事」に記される系図は御流神道で用いられたものである。『古今和歌集』についての伝授は、神の心を引き継ぐ天皇と臣下とが一体となって創り上げた世界を理解することである。天皇の心は『日本書紀』によって明らかであるから『日本書紀』を基本とする神道世界は重く受け止められていた。吉田兼倶の提唱した唯一神道の論理によって『八雲神詠伝』の世界が構築されて一段と関係を深くした。それが、又、新たな体系を持った御流神道を受け入れることになっている。「系図ノ事」は神道と仏教とを体得しているのは嵯峨天皇であるとし、嵯峨天皇を仲介にして神と仏との緊密な関係が示されている。嵯峨天皇の心は大日の心を語る弘法大師に引き継がれている。こうした系譜は『日本書紀』を新たに語り始める『麗気記』の伝授にも関わっていた。御流神道の伝播の様相については、伊藤聡氏の勝れた研究に委ねて置くことにしよう(注十五)。又、この系譜は高野山の真言寺院において用いられていたことも既に述べたことである(注十六)。神仏は微妙な度合いを保ちつつ相和して日本国を守っているのである。

本切紙集が持つ「起請文」と「法度」についても注意が向けられる。「起請文」は、現在いくつかのものは見ることができるが、本切紙集の様に「起請文」と「法度」とが一組となっているものは少なく、両者の整合性を論じられるのは幸いとしなければならない。「法度」と「起請文」との間には認識の違いが認められ、時代の推移に応じて「法度」を守りきれない事態があったことも確かめられる。

本切紙集の構成にも、特徴が見られる。細川幽斎が書写整理した「当流切紙二十四通」と宗祇が近衛尚通に伝授した「切紙二十七通」との項目の対比を行って見えてきたことは次のようなことである。「切紙二十七通」は「二十二通」と「五通」との二種類から成っているが、本切紙集は、二十一通と別伝の「三通」との構成である。この二十一通の内「第十二」は目録にも「外」と記されているように式場の荘厳の図であるから別紙であり、実質は二十通である。この二十通の内で、「切紙二十七通」の「五通」の部分に含まれるものは「第八」と「第十九」の二枚である。「切紙二十七通」で奥の位置を占める「五通」が切り離されている。「切紙二十七通」の構成をそのままに受けてはいないのである。「切紙二十七通」との項目との共通性を見ても、相似ていると判定できるものは半数程度である。「第十四」には、「弟廿四ノ内」と目録に記されているが「当流切紙二十四通」には該当しない。二十四通の体系を持った別の切紙集から取り入れている。「第九」には「是ハ下重ノ内」との表記もある。これも別の体系のものである。しかし、「第四」でも記したように、「第四」は「当流切紙二十四通」よりも古い形を残している。明らかにどこかの段階で構成の組み換えが行われているのである。「当流切紙二十四」は整然とした形を持って奥義に至るのであるが、そのような形とも無縁である。

以上に述べたことの参考に、「切紙二十七通」を基準にして、「当流切紙二十四通」と本切紙集との関係を一覧としてみると次のようになる。

		近衛流	当流切紙二十四通	近衛家影幻流
1	一	秘々（ホノホノノ歌）	十四ノ異文	十一
2	一	三ケ大事ノ内（ヲカタマ）	三ケ大事一	十七異文
3	二	三ケ大事ノ内（メトニ）	三ケ大事二	十五
4	二	土代（口伝以下なし）	十七土代の本文	当流に同じ
5	三	三ケ大事ノ内（カハナクサ）	三三ケ大事三	十六
6	三	口伝（古歌事）	十六重之重の本文	四
7	四	号（号題之口伝）	六通の1「題号」	五
8	五	玄、之旨	七真諦之事の真体	当流に類似
9	六	三ノ口伝之内（御賀玉木）	五上口伝の異文	十七

10	七　三ノ口伝之内（妻戸）	五上口伝の異文	
11	八　三ノ口伝之内（川名くさ）	五上口伝の異文	
12	九　鳥（烟・喚・百）	九鳥之釈の異文	
13	十　重之重	十六重之重の異文	十三、半分
14	十一稽古方	六通の４の本文	二
15	十二流儀	六通の２の本文	六
16	十三加茂祭	六通の２の祭事	九異文
17	十四短歌	六通の３に相応	
18	十五三才ノ大事　天地人	十三三才之大事	別伝一
19	十六三鳥重	九鳥之釈の本文	
20	十七風体事	六通の５の風体口伝	三
21	十八　歌聖の名	六通の５の三	
22	十九　作伝（詠歌の心得）	六通の４の作伝	

切紙五通

1	三鳥之大事	八三鳥之大事	十九
2	重大事	四重大事	
3	又口伝（吉野山ノ桜事）	十五桜花口伝の本文	八

4　序之歌数

5　俊成から為世までの勅撰集の事など

近衛流の切紙集は「当流切紙二十四通」と共通するところが多くあるから、その源流を辿れば同じところに辿り着くと判断される。つまり、宗祇からの伝授なのである。近衛家影幻流の切紙については、相互に相違が認められるから、宗祇からの伝授とは言い切れない。この相違が生じている理由の一つには、近衛流の切紙集の伝承過程の事が考えられる。「当流切紙二十七通」は、戦乱の混乱の中で偶然見る事を得たものである。後にまた見る事を得た本が、一見していたものと同じであったので手を加えずに正確に写したと細川幽斎は伝えている（注十七）。この事は、幽斎の言とは裏腹に「当流切紙二十七通」に幽斎が手を加えたとの考えを呼び起こすのである。しかし、これを実証する資料は現在のところ存在しない。可能性のある事として措いておくの他はない。

ともあれ、近衛家影幻流の切紙は「当流切紙二十七通」とは全く別個に成り立っているとは言えないであろう。と言って密接な関係があるとも言えない。参考にしたと言っておくのが穏当かと考えられる。その中にあって、独自な考えを出そうとしている「第二十」の切紙には注意が向けられる。「ミタリ翁」を主人公にして物語を語る体になっているからである。切紙の形を踏み出している。切紙集の新しい形が考えられているのであろうか。

切紙の本文への書き込み部分にも独自性が認められる。「第十七」には書き入れを禁止する注意書きがあるにも拘らず、書き入れが行われた跡が見える。全体を見渡しても書き入れは多くある。書き入れは少なくとも二回行われている。本伝授が行われる以前に既に書きこまれていたものと、書き込みの肩に「朱」と記されたものとの二回である。それに本伝授が行われた際の書き込みがあるかと考えられるが、それを峻別することはできない。可能性としては三回行われている。師によって新しい教えが伝授されると、必要な事が切紙に書き込まれて増幅していく。そうした過程を良く示しているものとしてこの書き込みは重要である。別伝とされている三枚の切紙の書き込みには特に注意が向けられる。

二十一通とは別に用意されている三通の一番めに当たる切紙は「天地神歌之事」と題がつけられている。この切紙の肩には「奥ノ一」とある。三通は「奥」の扱いである。「奥」は「第二十」の書き入れに「別義ハ外奥ノ義ハ内也内外を在けると云」と意味付けされている。「奥」は同じ流派内であることを確認する大切な意味が与えられている。「天地神歌之事」が大切な切紙であることは先に述べた。歌の発生は天、地、人の三才において語られなければならない。しかし、『古今和歌集』の序文の言い分には錯誤が見られた。それについての識見を提示しないといけない。重い決断の上に識見を示し、創られた切紙である。天の歌とした下照姫の詞にも書き込みが行われている。神の歌に異文があるとの指摘も重い作業である。

二番めの切紙である「三鳥重ノ口伝ノ事」は先にも解読したように、天皇と関白と群臣の三者が一体となって国を支えている構図の中に三鳥が語られるものである。三鳥は「化鳥」であるが故に、容易に一体ともなり三体ともなって『古今和歌集』を創り上げているとの意味があった。三番めの切紙である「系図ノ事」は、全く新しい概念である御流神道の系譜を自流のものとして組み込んでいる。切紙の思想の変革ともなるものである。重要な秘事として扱われるのは容易に了解される。「三鳥重ノ口伝ノ事」はどうして「奥」に扱われているのであろうか。

「三鳥重ノ口伝ノ事」は、天皇、関白、群臣の三者が相和して国にあり、『古今和歌集』の編纂に携わった。この三者が三鳥に比定されるとする考えである。この考えを良く説いているのは『古秘抄別本』である。

『古秘抄別本』は五本の諸本を調査してみると、広本と略本に分類できる。そこに語られる秘事には、国を治めるための論理があるとして、新井栄蔵氏が紹介された本である（注十八）。その広本（陽明文庫本）には、三鳥を次のように説明している。「婗名負鳥は万物の根元たる間、帝にたとへたてまつる也」とあり、「百千鳥は春来てさへつる気色群臣の王命にしたがふさま関白の教に応ずる体」とある。婗名負鳥は万物の根源であるから天皇に譬えられる。喚子鳥は広くに知らせる役目にあるから、関白に譬えられ、百千鳥は春の季に囀る様から王命に従い、関白の教えに応ずる体であるから群臣に譬えられるとしている。「三鳥重ノ口伝ノ事」の切紙は先にも見た通り、天皇は「婗名負鳥」、関白は「喚子鳥」、群臣は「百千鳥」に比定されていた。その様相が図となって示されていた。「当流切紙二十四通」では、三鳥の「鳥之釈」の項で、婗名負鳥は今上、喚子鳥は関白、百千鳥は臣に比定されている。しかし、それ以上の意味は説かれていない。伝授の際の口伝においてどのようなことが説かれたのかは窺うこともできない。しかし、本切紙では、三鳥の相互関係が切紙で図示されている。その具体的な関係は口伝で語られ、図示までされて理解されやすいようになっている。天皇、関白、群臣の三者が相助けあって国が治まっているとする構図の内に位置する天皇は「婗名負鳥」に比定される、「万物の根元」であるから、関白は「喚子鳥」に比定される、「あまねくしらしむる」からなどとそれぞれの鳥の特徴が捉えられ、それが天皇、関白などの地位、身分、職分に関わって説かれる。『古秘抄別本』が記すこの説明は、口伝そのものと言って良い。殊に、天皇については「第十三」に「身　仁　邪　奈　久」云々の古歌の意味を説いて「重ノ重」として、「是モ天子ノ心也　又人々此心ヲ可尋　願ハ土田ニ雨降テ及セ秋ニ　秋トハ百姓ノ事也」との書き込みがある。天子は百姓のことを思いやって、実りの秋まで田に雨の降ることを願っているとある。『古秘抄別本』の「重之重」

の項目を見ると「これも天子の御心なり。又、人々此心を守るへし。願ハ公田に雨降て秋に及セ。秋とハ万姓之事也」とある。田と公田、百姓と万姓との文字の違いを除けば、両者は全く同一の文章と認められる。天皇に百姓を思いやる心のある事などは「当流切紙二十四通」には見ることはできない。本切紙集の書き入れは『古秘抄別本』に記されるものと同一であり、全く独自な説と見る事が出来る。

「第十三」には更に次の様な書き込みが続いている。

一又重之重　是ヲ本始ト云也　天照大神の御心也　仏法ニとれは心経也
五薀度一切苦厄五薀ノ空ヲ　好知ハ一切ノ苦ヲ度スルニテ侍ル
是真実不虚之心也　サレハ歌人ノ心者空虚ニ持テ　四時一切変改ニ執ヲトムヘカラス　本始ト云ニヨリモトツキ観ツヘシ此集ノ大悟也

「第十三」に言う古歌の心には「心経」の説く境地に通ずるものがあると言う。「五薀度」云々と続く章句は般若心経の一節である。歌人は般若心経が説くように一切の変化に心惑わすことなく空虚な心を保たなければならないとする。すべての根本となるこの境地が会得されて初めて『古今和歌集』が判るのだと言う。この処に「心経」即ち般若心経の一章句が引用されるのは、「第十二」の「三神カサリヤウノ事」の図に関係している。三神の一つ北野大明神に供えられるものの中に「心経」がある。先にこの「心経」を神と仏との緊密な関係を示すものと解読したが、近衛家影幻流においては『古今和歌集』の理解には「心経」が必要であり、「心経」の心を和歌道に携わる人々に教える目的があるのである。

「第十三」に続いて見られる右の書き込みも『古秘抄別本』の「又重之重」の項に、次のように見る事が出来る。

又重之重　是を本始と云也　天照大神の御心也　仏法にとれは心経也
　時照見五薀皆空度一切苦厄五薀ノ空ヲ好知ハ　一切之苦ヲ度スルニテ侍ル也
　これは真実不虚ノ心なり　されは歌人の心ハ空虚ニ持て四時一切変改ニ執をと、むへからす　本姿と云によても
　とつき観すへし　此集の大悟也

この文も先と同じく、僅かな言葉の用いられ方の違いを除けば全く同文的に一致している。

「第十三」に書き込まれていることは『古秘抄別本』の本文であり、それが口伝として用いられているのである。これを通常の伝授の場での事と考えれば、師から口伝で教えられたことが弟子によって書き込まれたと考えるべきものである。しかし、ここに見られるように両者が同文的に一致する状態では、別の考えが必要である。書き込みは伝授が行われる以前に行われていたと考えなければならない。なぜなら、『古秘抄別本』に見る長文が殆ど間違えることなく口伝えにされ、それを聞いてほとんど間違いなく文字に移すことは不可能に近い作業であるからである。書き込みを行ったのは師である。師が切紙を伝授する前に、師自身の手で書き込みをしているのである。この師は『古秘抄別本』を見ることのできる師である。しかし、その師を影玄師であるとするのは早急に過ぎる。何故なら、伝授に当たっての重要事項を記した書が『古秘抄別本』であるからである。『古秘抄別本』は師の伝授手控書であると言っても良い。師以外には開くことのできない本である。師も容易には開くことのない、それでいて伝授の行われる度に開かなければいけない書である。『古秘抄別本』は最大二十九項目の秘事について本旨を語り、解説を行っている書である。しかし、それらの記事は重複していたり、同じ項目でありながら違った立場からの説明がなされている。それは、伝授の行われる度に、新しい知見が得られて書き入れが行われた結果と考える事が出来る。そのような『古秘

抄別本』を影幻師は開くことはできない。まして影幻師に与えられる可能性も殆どない。近衛家の当主が手許において、伝授を行う度に見、開き、参考にし、更には新しい知見を書き入れていく。『古秘抄別本』は近衛家の秘書である。秘書を開くことが出来るのは近衛家の当主だけである。

「三鳥重ノ口伝ノ事」は大きな問題を抱えた切紙なのである。「奥」の意味は充分過ぎるほど背負わされている切紙である。

近衛家は関白職を継いでいく家である。関白の職掌は天皇を助けながら群臣の願いを聞き届けるものであるとの意思は「三鳥重ノ口伝ノ事」と『古秘抄別本』とに充分に表明されている。

近衛家影幻流切紙集は、近衛家に最も相応しい切紙集として出来あがっている。

注

（一）『古今切紙集　宮内庁書陵部蔵』（昭和五十八年　臨川書店）に影印翻刻されているものによる。

（二）「戸田松平家系譜」（国立国会図書館蔵）による。『新訂　寛政重修諸家譜』（昭和三十九年　続群書類従完成会）をも、参考にした。

（三）二条流と冷泉流の秘事は峻別されるべきとの考えは、寛文四年（一六六四）に行われた伝授において、後水尾院にもあったことが、次の資料によって知られる。
「京都大学付属図書館蔵中院文庫本『古今伝授日記』解題・翻刻（二）」（海野啓介　尾崎千佳「上方文芸研究　第3号」平成十八年　上方文芸研究の会　編集・発行）

（四）注一の書の三三二頁。

（五）『早稲田大学蔵　資料影印叢書　中世歌書集』（昭和六十二年　早稲田大学出版部）所収の「古今相伝人数分量」による。
（六）『歌学秘伝の研究』の第二章に伝授方式の変遷を記しているが、藤沢流の方式については六〇頁に記している。
（七）前節にも記したように、『詠歌口伝書類』、注五の書に影印翻刻された「古今相伝人数分量」「古今伝受書」、『古今和歌集見聞愚記抄』は、「当流切紙二十四通」などについて解釈などを加え、解説した書である。
『古今和歌集見聞愚記抄』は宮内庁書陵部本による。
（八）注五の書と共にある月報に記されている「資料雑感―古今伝授切紙の論理―」。
（九）『詠歌之大概』（昭和四十二年　笠間書院）に翻刻された宗祇作「詠歌大概註」による。
（十）『歌学秘伝の研究』五四頁。
（十一）注三の論考による。
（十二）『日本歌学大系　別巻四』（久曽神昇編　昭和五十五年　風間書房）に所載されている書の一八六頁。
（十三）注七の「古今相伝人数分量」には、宗順は「十ノ物六半」とある。本切紙集では「八分」とあり、相違が見られる。
（十四）『図書寮典籍解題続文学篇』（昭和二十五年　宮内庁書陵部編）一九五頁。
（十五）『中世天照大神信仰の研究』（二〇一一年　法藏館）第三部第一章。
（十六）『近代高野山の学問』（二〇〇六年　新典社）三八頁。
（十七）注十四の書の一九六頁。
（十八）新井栄蔵氏が『古秘抄別本』の諸本分類をし、その意義を説くのは次の論考である。
「古秘抄別本の諸本とその三木三鳥について―古今伝授史私稿―」（「和歌文学研究　第三十六号」昭和五十二年　和歌文学会編集発行）
広本とされる陽明文庫本の影印翻刻は次の論考に掲載されている。
「影印　陽明文庫蔵　古秘抄別本」（「叙説」昭和五十四年十月　奈良女子大学国語国文学研究室）

第三節　切紙に託された願い

前節までにおいて「当流切紙二十四通」と近衛家影幻流切紙集との二つの切紙集の特色を見てきた。「当流切紙二十四通」には二十四通を統一する論理があった。その論理は、天皇には正直と慈悲と征伐の三の徳を備える事が必要とされ、この三の徳は天皇が帯する三種の神器に込められているとされた。三鳥はこの三徳の意味を持ち、天皇、関白、臣の三者の姿を現わしているともされた。近衛家影幻流切紙集は、天皇、関白、群臣によって治められる国は関白が天皇と群臣とをつなぐ役割を果たしている事を強調するものであった。

近衛家流影幻流切紙集の前段階に位置するのは近衛流切紙集の「切紙二十七通」である。この切紙集については「当流切紙二十四通」との対照が行われている。「近衛流切紙の無秩序さは目立っている。恐らく義俊大僧正の相承後に、切紙順序が混乱したものであろう。しかしながら、内容的に近衛流切紙をみてみると、三木、三鳥、二条・冷泉家本文相異、短歌長歌、天地人の歌、風体歌及び詠歌心得の六項目を中心としている。また、その表現をみると、おおくは、当流切紙の本文だけに相当している。この事から推定すると、近衛流切紙は当流切紙の原型的な形態を保っているともいい得よう。」（注一）との結論は概ね了承されるところである。ここで指摘されている切紙の順序の乱れは、同じ様に切紙集の対照を行った小高道子氏によって次のように結論が出されている（注二）。

> （切紙）の順序は一見「出鱈目」（『図書寮典籍解題　続文学篇』）にもみえるが、「一秘々　ホノ〱ノ歌ノ事」「二土代」「三口伝　古歌事」を除けば、整然としている。つまり、『切紙十九通』を、この三通（以下『切紙三通』とする）

と残りの十九通（以下『切紙十九通』とする）に分けて考えると、『切紙十九通』・『切紙三通』・『切紙五通』とそれぞれ整然としたグループに分かれるのである。そして、その内容から、恐らくこの順に相伝されたと推測される。宗祇は実隆に相伝した後、尚通に相伝する間に切紙の内容を整理したのであろう。

近衛流の切紙集には、基本的な乱れはないのである。全体は「当流切紙二十四通」に記されると同じ内容の切紙集が用いられて構成されており、整然としているのである。ただ、三鳥、三木についてみると、三種の神器に相応する考えは記されてはいるものの、正直、慈悲、征伐の概念に対応しているとの考えは薄い。こうしてみると近衛家影幻流に付されている三鳥に関白職のあり方を説く一枚の切紙の持つ意味は大きいものとしなければならない。

さて、「当流切紙二十四通」は文明十七年（一四八五）に、宗祇から三条西実隆に伝えられ、近衛流のものは明応七年（一四九八）に、宗祇から近衛尚通に伝えられている。この二つを伝授する以前の文明十四年（一四八二）に、宗祇は、連歌師肖柏に伝授を行っている。

宗祇から肖柏に伝えられたものは宗訊に伝えられ、後に堺伝授と言われる一派を成していく（以下、この切紙集を持つ一派を堺流と記す）。この切紙集は十五通から成っている。十五通の切紙は「当流切紙二十四通」と近衛流の「切紙二十七通」との相互関係が検討され「十通は近衛流切紙十八通の内に、三通は同切紙五通の内に含まれている。相当する当流切紙と内容的に比較すると、簡略であり、極めて異文であるといえよう。内容的には近衛流切紙の記述に近い」とされている（注三）。この堺流の切紙集において注意されることは、ここで「極めて異文」とされる部分にある。この異文とされるものは、三鳥三木などの部分に続いて記されている。三鳥三木の部分は「当流切紙二十四通」とほぼ同じ説が掲げられている。これに続いて「古伝私」と肩書に記されている三鳥三木に関する秘事がある。この部分は、他の二つの切紙集（「当流切紙二十四通」と「切紙二十七通」）には全く記されていないものである。

イナオホセトリ　吾門ニトハ、乾坤ステニ開ル処也、此鳥ハ夫婦陰陽之道ヲオシヘタル鳥云々、鳴トハ、今朝トハ、一気ノ生スル時ヲサス、風ハ声ノミニシテ聞之也、雁ハ目ニ見、色アル物也、見聞ノコトワサ、一気ノ生ルヨリ起テ、種々造作トナル心也、畢竟、一心ノ上ヲ云也、是裏説也

ヨフコトリ　遠近ノタツキモシラヌトハ、乾坤未分ノサマ也、一気起処ハ呼ルニ答テ生ル心也、子トハ人ノ由也、鳥ハ色相ニアラハル、処也、是オホツカナキ理也

百千鳥　百鳥ハ、陽ノ始ヲエテ、其時ヲシル也、色相ニアラハル、物也、如此之相ハ世間常住ニシテ千々歳々不変也、我ソフリ行トハ、有待ノ懐見ナレハ、必変化スル心也、鳥ハ日本紀ニ鶏卵ノ如シト云心モ通スヘシ

この説明は『古今和歌集』に詠まれた三鳥の歌に則して行われているが、一読して理解されるように、男女の交わりの様を述べているものである。「イナオホセトリ」は、夫婦陰陽の道を教える鳥であると明確に言った後に歌の解説に入っている。「乾坤ステニ開クル処」とするのは『日本書紀』に言う天地開闢の意を含みながら、陰陽の両神が嫁ぎ教え鳥を真似て交わりを行った事へと連想を導いていく謂いである。一気は朝方に起き、微かな風に誘われて色あるものを目に見、様々な行為振る舞いに及ぶと言う。「ヨフコトリ」も同じ陰陽の鳥に例えられながらも、陽の呼ぶ声に応えて色を知ることになるとされている。「百千鳥」には、このような行為振る舞いは「世間」普通に行われて、「百千」即ち、百年も千年も繰り返されていくと説明される。三鳥にこと寄せて男女の交合の機微を語っているのには間違いがない。このような読み解きは次に続く三木の説明においても同じである。「一鏡ハ女体、剣ハ男体也、表相也。一妻戸ハ女体也、花ハ男子之表也。必竟陰陽ノ理ノ云也」とある。これは三木を三種の神器に比定する説を踏

まえた上で、鏡は女、剣は男に相応すると言うのが前半部分である。後半部分は、三木の一つを「妻戸に削り花」とする説に従いつつ、妻戸は女体であり、削り花は男体であるとする。「妻戸に削り花を指す」の詞が巧みに用いられて交合の行為を説明している。極めて具体的であり、興味を惹く内容は口伝の場において面白く語ることもでき、厳粛な人生の営みと教える事も出来るであろう。「古伝私」には、三鳥三木の秘事に続いてもう一項があり、次のようなことを記している。

一　神楽採物表相事

榊ハ心也、不変之色也、葛ハ物ニ託スル心也、歌道尤託物ヲ心トス、

弓ハ人ニシタカフ心也、是又心ノ肝要也、直ト和トヲ表ス、弦ハ直也、

弓ハ和也、人ニ随フ心也、杓ハ憶持スル心也、是又肝心也、杓ハ水ヲ汲持之理也

この部分を「当流切紙二十四通」に見れば、奥義の第六番目に当たり「神道神楽事」と題が付けられている。「神道神楽事」は神楽の取物の意味説明をしつつ伝授の場の神道的雰囲気を深めるようになっている（二六頁参照）。それが「古伝私」にあっては、神楽の取物の表相の意味説明に終わっている。取物の各種には、不変、託する心、直と和の心、思い置くなどの意味があるとされる。しかし、この意味を文字通りに、例えば、榊は色を変えない永遠不変な事の象徴などと理解して終わることはできない。なぜならば、古伝としての三鳥三木の秘事説明に続くのであるから、陰陽の道との関連において理解する事が期待されているからである。榊は、男女の思いは変わる事がなく、関係は何時までも続くの意である。「神楽採物表相事」は厳粛で神聖な神楽の意味を説くのではなく、巫女の持つ取物の属性から陰陽の道を教えているのである。

人生を男女の営みの視点から語っていたのは主として立川流であり、立川流に関わって和歌の秘事を説いていたのは為顕流であった。秘事としては鎌倉時代の後半期頃には創られていたものである。「古伝私」と名付けたのは切紙の筆者の智仁親王であろう。古い時代の秘事は、どのような経路を経て宗祇に届けられているのであろうか。立川流の影響などを受けた秘事は為顕流が保持していた。その後、為顕流の秘事は再編成されて滝頂流の秘事となった。この滝頂流に引き継がれていた秘事が宗祇に伝えられたとするのが一つの筋道である。先に、心敬の著した『ささめごと』には、滝頂流との間に伝授関係があり、『ささめごと』には、その片鱗のあることを確かめた。しかし、滝頂流と宗祇とを結ぶ道は、未だ見つかっていない。

伝播の経緯と共に、このような古伝を宗祇はなぜ肖柏に伝えたのかという問題がある。堺流の切紙を見渡してみると、「重大事」の項目に「御賀玉木　内侍所、賀和嫁　宝剣、妻戸ケツリ花　神璽」と、三木を三種の神器に比定する説が記されている。しかし、この考えが「当流切紙二十四通」に見られるような、天皇、関白、人臣などに比定されて国家に関わっていくとの考えを示す文言は全く見当たらない。それでいて、流儀不同、風体事口伝などの『古今和歌集』の秘事は説かれている。『古今和歌集』としての枠組みはしっかりと守られている。国家などの大きな問題に関わらず、人としての日常に密着する中で、『古今和歌集』の世界を捉えて行こうとする姿勢が見える。『神皇正統記』の論理を用いての伝授は常縁から宗祇に行われた。そこでは天皇・関白・人臣によって国は構成され相助けあうことによって治められる理想が説かれていた。しかし、国の基盤には、民として生きる人がいる。日常を営々と生きる人がいる。『古今和歌集』は、この民の心を基盤として語られても良いのではないか。宗祇のこの思いが堺流の切紙集には秘められている。

このように考えて来ると、近衛家影幻流切紙集のあり方が思い合わせられる。近衛家影幻流の切紙には、近衛家の家職とされる関白職はこのようにある、このようにあるべきだとの主張があると読み取れる。その主張を強めるために特別な一枚が作られている。前節で見たように三鳥に関わる「三鳥重ノ口伝ノ事」である。この一枚に匹敵するようなものが「古伝私」であると考える事が出来る。近衛家影幻流の切紙に主張があるように、堺流の切紙にも主張があるのである。宗祇が関わった切紙集には宗祇の主張が込められている。

宗祇が関わっていると考えられる切紙集はもう一つある。『宗祇流切紙口伝』である。この切紙集についての考察の大要は『歌学秘伝の研究』に記してある(注四)。門弟の玄清に伝授されたかとされるこの切紙集には、およそ次のような特色が認められた。三鳥三木の秘事は常縁の持っていた切紙集と同じ基盤の上にありながら、三鳥の秘事に手を加えることによって元初回帰の理を示している。この理は吉田兼倶の唱える理に極めて良く似ている。一方、三種の神器に比定されて治国の論を説く三木の秘事には手を加えていない。「みたりの翁の事」において説かれる和光同塵の論は兼倶の論に通じているなどの特色である。『宗祇流切紙口伝』の基本となっている三鳥、三木、みたりの翁の三項の秘事は、三木を除いては、兼倶的世界を借りての論であると捉える事が出来る。それは兼倶の代弁者的な立場を示しているかのようである。兼倶の論に共鳴し、会得した神道的境地を喧伝している。『宗祇流切紙口伝』には、兼倶的な神の世界に共感し、それに通暁したことを知らせようとする姿勢がある。兼倶的世界の神の心を教えようとしている。神はこのようにあり、このようにあるべきだとの主張がある。宗祇がこの主張をしたのにはある事情が考慮されなければならない。既に述べたように、『詠歌口伝書類』には「文明十五年四月十八日　以累代口決唯受人一相承所　令授与宗祇法師了　神祇長上従二位卜部朝臣兼倶」との奥書をもつ切紙がある(注五)。これは『八雲神詠伝』

に含まれる「重大事」「神詠支配之大事」等に記されており、兼倶が宗祇に伝授した旨を述べている。兼倶が宗祇との関係において、師として立った事を表明している。『宗祇流切紙口伝』が、この奥書年時の文明十五年以降に創られたとすれば、宗祇は兼倶の弟子になったことを認めての切紙作成となる。喧伝の意味は随分と低いことになる。文明十五年以前の事であれば、兼倶的世界の理解者としての矜持は保てることになる。『宗祇流切紙口伝』の創られたのは、文明十五年以前と考えるのが穏当である。先に記したように、宗祇は文明十四年に肖柏に、文明十七年に三条西実隆に、そして明応七年に近衛尚通に伝授を行っている。宗祇は文明十年代に切紙の整備に力を注いでいるのである。

さて、実隆に伝授された切紙集は三条西家の内を通り、細川幽斎の手に入って「当流切紙二十四通」となっている。この切紙の特色は見てきたように、天皇に治国の論理を説いているものである。天皇はこうあり、こうあるべきだとの主張である。「当流切紙二十四通」では、天皇のあるべき道を説き、近衛流「切紙二十七通」では、関白のあるべき道を説き、国家のあり方にまで及ぶ発言をする。この一方、堺流の切紙では民の日常のあり方を説く。『宗祇流切紙口伝』では、兼倶的な神の世界に共感し、それを喧伝する姿勢を見せる。それでいて、神の心を教えようとしている。神はこのようにあり、このようにあるべきだと主張する。宗祇の関わっている四種の切紙集には、それぞれの切紙に応じての宗祇の主張が込められているのである。

三条西実隆に天皇のあるべき姿を語るのは、現世の天皇への願いが秘められてのことである。天地開闢以来の神の心を継承しているのは天皇である。天皇には正直・慈悲・征伐の徳があるなどと説くのは実隆に向かってのものではない。実隆には宗祇の願いを天皇に伝える力量があると見込んでの口伝である。しかし、宗祇の願望の熱意は実隆に伝わったとしても、三条西家の三代を経ても実現の運びには至らない。宗祇の願いと共に細川幽斎の手に渡ることによって切紙は整備されて「当流切紙二十四通」となる。これが天皇に伝えられて、御所伝授への道が開けていくのである。

近衛尚通には関白とはどのような職であるのか。そしてどのように務めるべきかを説く。尚通には天皇の身に付けるべき正直などの徳を説く必要はない。尚通は宗祇の心の内を諒解した。しかし、口伝だけでこの意味を伝えて行くことは困難であると考えた。そして一枚の切紙を創った。この切紙を創ったのは尚通ではないかもしれない。しかし、賢明な当主は居た。それが近衛家影幻流切紙集の形となっている。

肖柏には連歌師として民に接する機会の多いことが見込まれての伝授が行われた。その為に、固苦しさだけではない切紙「古伝私」が加えられる。この「古伝私」は男女の道を示す。この道は「和」の心に通ずる。「弓ハ和也」とあり、「弓ハ人ニ従フ心也」と説明されている。陰陽の二つが相争うことではない。相異なるものが一つの世界を見つめ合う時間を過ごすことである。この時間は瞬間でもあり永遠でもある。永遠は瞬間であり、瞬間は永遠であるとの考えは宗祇が兼倶から教えられたことである。

瞬間は永遠であり、又、永遠は瞬間であることは切紙の理論としてだけではなく、切紙伝授の場においても実現されている。それを良く現わしているのは「当流切紙二十四通」である。

第一章第二節において伝授の場は宗教的雰囲気の中にあることを述べた。それをもう少し切紙に沿って述べれば次のようなことになる。

伝授の場には和歌三神図像が掛けられ、燈明が灯され、香が焚かれ、結界の場が作られる様は近衛家影幻流の切紙に見た。伝授の場で「清濁、談義、伝受、口伝、切紙、免許」と順序が進むこと、「当流切紙二十四通」の「此集伝授之法度」に明らかである。この切紙は奥儀となる切紙六通の第一通目に当たるから、先ず、伝授之順序次第が示されるのである。伝授が始まると切紙は一枚一枚、箱から出されて口伝を伴って渡される。第二通、第三通では、過去の伝授の過程で提示された異説との調和が図られている。第四通は「稽古方」と題されて、詠歌が真実の世界に至る過程に必要な事が語られる。その六重に分かれた第三重では「心ヲ正シク詞ヲスナヲニ、可詠、心ヲ物ニマカセテ、和ヲ基トセヨ、惣ニハ物ニ対シテ事ナカルヘシ」と、詠歌の際の心のあり方が説かれる。対象に対して心を働かすのではなく、素直に対象に入り込めと言う。この心が「和」である。物に対して事を構えてはいけないのである。この「和」は「和　五重」の題が付けられて五重で再度説かれている。「万物心ニ起ハ即詠歌、又時々万物ヲ留メサレ、時々ニ又心万物ニサカハサレ、逆ハサレハ無為ナル事アリ、是ヲ和ト云也」とある。詠歌とは、万物が心に自然に浮かんで来れば、それがそのまま詠歌となっている事を言う。万物を心に留めようとするのではない、万物がそのまま心に落ちる。あるがままの万物がある、その時に無為自然となっている。これが和の心であると言う。先に見た堺流の弓の説明に見た心に通じている。堺流の和の心の説明を補って言えば、陰陽の二つは陰が陽に、陽が陰に従うなどのことではない。陰は陰として、陽は陽としてそのままの姿が認め合えれば良いのである。第六重になると、「アキラケキ神達」云々の詞が示される。この詞は「六根清浄大祓」の詞である。「六根清浄大祓」は吉田兼倶によって創られ、伝授の場で心身を清めるために祓が行われた。その際に「アキラケキ神達」云々の詞が唱えられた。行儀作法である。その祓いの詞は七行に分割されて、次のように記されている。

　アキラケキ神達オノ〳〵思ヒ給へ　　古

目ニ諸ノ不浄ヲ見テ心ニ諸ノ不浄ヲ見ザレ　耳鼻舌身意　同之
此時ニ清ク潔キ事アリ　教
諸ノ法ハ影ト形トノ如シ　持
清ク潔キ物ハカリソメニモ汚ル、事ナシ　直
心ヲトラハ不可得　正
皆花ヨリ成レル果トナレリ　今

一行目の末に古とあり、七行目に今とあるのは、『古今和歌集』の心を題名の観点から意味付ける考えが援用されている。この祓いの詞も一行目と七行目の詞によって統合されている事を示すのである。神を呼び出し、神に願うのがすべての始まりである。目を初めとして心までも祓われる。「清ク潔」くなっていくと物が判ってくる、目に見える法は、影と形のようなものと例示され、正直の心が称揚される。「清く潔」くなったものは再び穢れることはない、その心を正直と云う。今、花は実となったと唱える。兼倶の思考法である花は果となるの詞がそれとなく用いられている。

第五枚目の切紙は「稽古口決」と題が付けられている。稽古に当たって唯一人の境地に至るための心構えが十一項に渡って述べられている。続いて最後の六枚目となる切紙には「神道超大極秘」の題が付けられている。初めに「神詠事」として下照姫の詞があり、「八雲事」、「重大事」などがあって「極位」まで説かれる。この部分は『八雲神詠伝』に説かれていることである。神道者流『八雲神詠伝』の誓詞と奥書を除いた内容すべてを、四段階に整理し、これに

他の神道関係のもの二つ加えて巧みに統一したもの」である（注六）。

「極秘」に続いて次の記事がある。

神遊神楽事

取物　榊　不変性常住　葛託物　意識触物表相　弓神代有四弓　杓憶持

アカ星事　岩戸　鉄塔　神通自在　性也

先の堺流に見たことと共通する部分はあるが、意味することは全く違う。行末に「神通自在」と記される詞が全てを物語っている。神の世界に入り、神を感じ、神と共に遊ぶこと、それが神通自在である。しかし、この境地には容易には入れない。手段が必要である。神楽の取物はこの手段である。その取り物には一つ一つ意味が込めれているとして、榊には「不変常住」の性があるなどと説かれているのである。しかし、ここでも先の堺流の切紙には見えなかったことが記されている。「アカ星事」と「岩戸　鉄塔」である。「アカ星」は神楽の曲名であり、明け方の空に輝く星を詠っている。「岩戸　鉄塔」には多くの意味がある。天の岩戸の前で神々が岩戸に隠れた神を呼び出した。「御賀玉木」とされる榊が立てられ、三種の神器が掛けられた。鉄が鋳られて三種の神器の剣が作り出された。この縁で鉄塔が立てられているが、この塔には神の魂が込められている。鉄塔には仏の心が込められているとする考えの援用である。

切紙の最後の一枚は右に見てきたような師の口伝で終わる。しかし、口伝の時間の流れは止まってはいない。近影家影幻流の切紙の「附与」には影幻師は伝授の終わりの感慨を和歌に託して最後に、「元禄十六癸未年三月六日卯時上分　影幻（花押）」と記している。伝授は「卯時上分」に終わっている。この時は、「アカ星」がその光を留め、太陽の光を待つ時である。「神遊神楽事」の直前の切紙では『八雲神詠伝』に言う三聖三神の変化の次第が説かれている。夜の下照姫が昼の赤人へと代わる、その時にも当たっている。ここには計算し尽くされた時間の設定がある。

宵から始められた伝授の場は朝と夜の境の時を迎えると終わる。夜の闇は光に向けて明けて行く時である。「六根清浄大祓」によって清められた心と身は、神々の詞を神の声と聞き、神詠の心を受け継いできた代々の名歌の心を訪ね、伝授の場で披露された古き師の説を質し、稽古精進の道を究め、吉田神道の真髄に触れて、神楽の舞われる内に神の近づくことを知る。神は巫女の手にする取物に憑り降りてくる。神を賛歌し、神と共に遊ぶ。宵に始まった神楽の舞は、時の進むに従って、「アカ星」の舞へと移っている。切紙伝授の場は宵から始まり、赤（明）星の光の中に太陰の光の薄れゆく頃に終わる。東の空には太陽が微かにその光を投じようとする。その瞬間に「神通自在」の時が訪れる。天地の間に神を観じ、神となる瞬間が刻まれる。天地の間に唯一の時を観じるのである。唯一は瞬時に訪れ、瞬時に消える。そして永遠である。この心に「和」がある。

宗祇の願いは切紙に込められていた。宗祇は三条西実隆、近衛尚通、連歌師肖柏、玄清、そして民を器量ある人と見込んで願いを語った。宗祇の壮大な夢は、宗祇の在生中には、実現を見なかった。しかし、勝れた弟子によって実現への道は開かれていった。

北畠親房は南北朝の動乱の中で、天皇のあり方を考えた。連歌師宗祇は文明の大乱の中で、天皇、関白、人臣のあり方を説いた。戦乱の中に国の荒んで行く姿を見て、国のあるべき姿を考えたのである。天皇を初めとして民に至るまで、和することが平和への道であると考えたのである。

『古今和歌集』の心が凝縮して秘事となり、秘事には「和」の心があると宗祇は説いた。古と近とが和し、神と人とが和し、神と仏とが和し、そして男と女とが和す、そこに日本の国はあると言うのである。

注

（一）『古今切紙集　宮内庁書陵部蔵』（京都大学国語学国文学研究室編　昭和五十八年　臨川書店）三四七頁。

（二）小高道子「宗祇流三流の古今切紙をめぐって―古今伝授における一子相伝―」『論集　太平記の時代』（平成十六年　新典社）に所収。

（三）注一の書の三五一頁。

（四）『歌学秘伝の研究』三八九頁から三九六頁まで。

（五）『歌学秘伝の研究』三八四頁。

（六）『歌学秘伝の研究』三七二頁。

第四章　神道伝授期の諸相

第一節　貞徳流の軌跡―墨流斎宗範をめぐって

細川幽斎は智仁親王から後水尾天皇へと伝えられる御所伝授への道を付ける一方、地下の間にも一つの道を作った。それが、松永貞徳を初めとする一派となり、貞徳流と呼ばれている。貞徳を受け継ぐのは平間長孝、望月長雅等である。この流れに関わった一人に、墨流斎宗範が居る。

墨流斎宗範が篠原相雄に伝授した八冊の本を架蔵している（注一）。その内の一つ『百人一首秘訣乾坤』の最終丁には本文とは別筆で「明治十四年上浣／木村東州蔵／共八冊」とあるから、明治十四年（一八八一）においても八冊が一括して伝わっていたのである。

八冊共に「享保二十一丙辰天弥生十八日」と篠原相雄に伝授した日時を記しているから、享保二十一年（一七三六）三月に、宗範の秘蔵する書の内から八冊が選ばれて相雄に伝授されたのである。

『百人一首秘訣乾坤』が宗範に伝授されるまでの経緯は、その奥書に明らかである。その奥書は二つあって、それに続いて宗範の奥書が記され、その後に宗範が確かに伝授することを証明する方形の朱印「墨流斎」と「宗範」の二つが押されている。その奥書を見てみよう。（以下便宜のため、通し番号を付す）。

①這二巻小倉山荘色紙形／之和歌者大蔵卿二位法印／玄旨逍遥《遊》軒明心居士／広沢陰士狭々野屋翁／長孝的々相承乃趣而／唯授一人之口訣秘極之中之／秘也然松平周防守殿雖／為多年夙望遠境而不克／口授故暫露筆尖傳之／被銘心腑畢而后約附丙丁／童子今亦強為懇望上／於此道無他心励篤実而／憲其器故不差一字書写以／令附属訖如誓盟全不可／有他見漏脱者也／六喩居士長雅／旹／宝永元甲申天／林鐘上浣／岡氏／高倫丈

②這二巻六喩居士奥／書之通二条家的々／相承之為極秘也雖／然多年強為懇望上／歌道感厚心篤実／以今書伝之令附与／訖如誓盟全不可／有他見漏脱也／蘆錐軒高倫／正徳五乙未天／臘月中浣／森本氏／宗範丈

③右百人一首秘註二巻者如／奥書二条家的々相承之／為極秘者也雖然多年強／為懇望上歌道感厚心／篤実以令書伝之訖必誓／盟全不可有他見漏脱／者也／墨流斎宗範／享保二十一丙辰天弥生十八日（浄要花押）／（「墨流斎」「宗範」の二箇の方形朱印）篠原氏／相雄丈

①は細川幽斎から松永貞徳、平間長孝、望月長雅、岡高倫（岡蘆錐斎、堺の人）へと伝えられた次第を語っている。殊に貞徳から「口訣」を受けていた長孝は松平周防守（康官）が伝授を希望したが「遠境」である故に「口授」する事が出来ないので書伝にしたと断っている。長雅は宝永元年（一七〇四）に歌道に熱心であり、その器と認められる岡高倫に伝授したことを述べている。②は高倫から歌道に熱心である故に宗範へ伝授する旨を、③は宗範から歌道に熱心な相雄へと伝授する旨を記している。この②に記される高倫から宗範に伝授される前の段階の本（高倫の所持していた本の系統）は東洋文庫に一本がある。それは『百人一首秘訣乾坤』巻本子二巻であって、高倫から享保二年（一七一七）に石橋直孝に伝授されている（注二）。

幽斎から貞徳へ次に長孝、長雅へと伝授される系譜は、貞徳流の主流であるから、宗範は貞徳流の主要な人物と云うことになる。

宗範に付いては『磯城郡誌』『田原本町史』及び日下幸男氏の著書（注三）などにおよそのことは記されている。それらを参考にして記せば、宗範は大和の国磯城郡の生まれ、地元大木村にて医業を営む傍ら、歌道に通じ墨流斎と称す。大和の櫟本にある柿本人丸の寺と伝える柿本寺を顕彰し、奉納した和歌などを記す『歌塚縁起』（享保八年（一七二三）刊）、大和にある廟陵を考証した『和陽皇都廟陵記』、『古今和歌集』を説いた『古今和歌集類解』などいくつかの著書がある。宗匠格として開催した歌会も多く、宗範の妻ふさ、娘ちさも歌人である。没年は寛保元年（一七四一）で、墓は地元の教安寺にある。

この宗範の所持していた八冊の書物を見ると、宗範に伝わるまでに二つの経路を経てきている事が判る。その一つの系統は『百人一首秘訣乾坤』に見られるように個人の関係が判然としているもので、そこでは二人の人物との関わりが認められる。

一人は先にも見たように高倫であって幽斎から貞徳、長孝、長雅を経て高倫へと繋がっている。『詠歌大概安心秘訣左右』と『伊勢物語七ケ之大事裏説并清濁口訣条目切紙』『春樹顕秘抄出仁葉之大事全』の三冊と先の『百人一首秘訣乾坤』の四冊がそれである。もう一人の人物は浜田定継で、同じように長孝、長雅を経て定継へと連なっている。『八雲神詠秘訣并超大極秘人丸伝』と『新古今七十二首秘歌口訣左右』の二冊がそれである。

もう一つの系統は二条家伝来の秘書と称するもので、『古今箱伝授』と『古今集切紙』の二冊がそれである。

さて、初めに記した高倫から宗範に伝授された系統の本である『詠歌大概安心秘訣左右』には次のような奥書がある。

①右之二巻者詠歌大概／秘訣口伝并二条家的々／相承之和歌之安心則／大蔵卿二位法印御述／作也爾来逍遊軒／明心居士広沢陰士狭々野／屋翁長孝伝来趣也／誠此道之奥旨読方／之至極奈加之哉雖然無／他事依為懇望無拠令／付与之訖如誓盟全不可／有他見漏脱者也／六喩居士／風観斎長雅／元禄甲申天如月吉辰／岡氏／高倫丈

②右之二巻者詠歌大概／秘訣口伝并二条家的々／相承之和歌之安心則／大蔵卿二位法印御述／作也爾来逍遊軒／明心居士広沢陰士狭々野／屋翁長孝風観窓長雅／伝来趣也誠此道之奥旨／読方之至極奈加之哉雖然／無他事依為懇望無拠令／付与之訖如誓盟全不可／有他見漏脱者也／蘆錐軒高倫／享保三戊戌天季春下浣／森本氏／宗範丈

③右二巻者詠歌大概安心／秘訣代々如奥書二条家／的々相承之趣也誠此道／之奥旨読方之至極奈心之哉雖然無他事依為／懇望無拠令付与之訖／如誓盟全不可有他見／漏脱者也／墨流斎宗範／享保二十一丙辰弥生十八日（浄要花押）／／（「墨流斎」「宗範」の二箇の方形朱印）篠原氏／相雄丈

①は『百人一首秘訣乾坤』と同じように幽斎以来高倫に伝授されてきた伝来の正しさを言い、②は高倫から宗範に伝授されたこと、③は宗範から相雄に伝授された次第を語っている。

宗範は既に宝永六年（一七〇九）に西光庵還了から『詠歌大概安心秘訣』二巻を受けているが（注四）、それとは別に高倫から伝授された書を相雄に伝授したことになる。伝授系統を重んじた宗範の思い入れがあったのかもしれない。

『詠歌大概安心秘訣』は藤原定家が著した『詠歌大概』の注釈書である。『詠歌大概安心秘訣』の諸本はいくつかあるが、東洋文庫に蔵される三冊はいずれも長雅伝来のものである（注五）。宝永元年（一七〇四）に長雅が大宅臣近文に伝授し、近文が大宅臣光世に宝永七年（一七一〇）に伝えた一本、同じく長雅が手にした本を義慣斎長基が伝え、天保九年（一八三八）に弄瓦軒元彊が加藤保定に伝えた一本、長雅伝来の書を以敬斎長伯が元禄元年（一六八八）に何人かに伝授した一本である。

この長伯の奥書のある本と同じ系統のものは架蔵本の中にもある。その奥書は次のようであるが、被伝授者は明らかではない。

①這二巻者詠歌大概秘訣口伝並／二条家的々／相承和歌安心而則／大蔵卿二位法印玄旨尊翁之御／述作也爾来逍遊軒明心居士／広沢陰士狭々野屋翁長孝伝来／之趣而誠此道之奥旨読方之極／意奈加之哉雖然無他事懇／望之上於此道感厚心篤実而有／其器以今正付与之訖如誓盟全／不可有他見漏脱者也／風観斎長雅

②右二巻者詠歌大概秘訣也相承之趣／見于前之奥書従風観斎長雅／先師相伝雖為唯授一人之大極秘／感厚信志以令付与訖如誓盟全／不可有他言漏脱者也／以敬斎長伯

もう一つ、上下二巻の巻子本を架蔵している。この本の下巻の奥書は次の通りである。

右二巻者二条家正統詠歌／大概安心秘訣大蔵卿二位／法印玄旨逍遊軒明心居士／広沢陰士長孝居士六喩長雅居士／世々相承従長雅居士以敬斎江／被令付与誠此道之大本秘授心／法奈加之如誓盟全不可有／他見漏脱者也／敬義斎長川／宝暦二甲年中夏／良辰／（敬義斎）の方形と円形の二箇の朱印／山本／実友丈

長雅は以敬斎長伯に付与し、それが敬義斎長川（有賀長川、長印に同じ）に伝わり、宝暦二年（一七五二）に山本実友に与えられた本である。

次に同じく高倫から宗範に伝授された『伊勢物語七ヶ之大事裏説并清濁口訣条目切紙』の奥書を見てみよう。

右伊勢物語裏説清濁七／箇口訣者細川幽斎玄旨／法印長頭丸貞徳明心／居士狭々野屋翁長孝／風観斎長雅六喩居士／岡蘆錐斎南浦居士伝／来之趣也／雖然多年強／為懇望上歌道感厚心／篤実以今書伝之訖如／誓盟全不可有他見／漏脱者也／墨流斎宗範／享保二十一丙辰天弥生十八日（浄要花押）／

（「墨流斎」「宗範」二箇の方形朱印）／篠原氏／相雄丈

細川幽斎に始り、長孝、長雅、高倫へと伝来したのであるが、個々の奥書は記されていない。或いはなかったのかもしれないが、宗範から相雄への直接の伝授であることが重視されているのであろう。この書は内題として「伊勢物語七ケ之大事裏説并清濁口訣条目切紙」とある通り、『伊勢物語』を注釈したものである。殊に秘された事を裏説、口訣、大事等のまとまりとして記した書である。貞徳流において創られたと考えられる『伊勢物語奥旨秘訣』、あるいは後述（二二四頁参照）の『伊勢物語秘註』との関係は認められるが、良く一致する書は見当たらない。しかし、『伊勢物語七ケ之大事裏説并清濁口訣条目切紙』はその注釈の中で、「裏説と云ハ　細川玄旨法印闕疑抄を撰ひ給し時に　能説を残し給ふ也　是を裏の説と云也　闕疑抄の趣と各別也」と述べている。これは他の伝書が幽斎からの伝来を事々しく言っているのに比べて、幽斎が著した『伊勢物語』の注釈書『闕疑抄』の説とは違っていることを断っている。表の説とは違った考えが裏説となって秘せられていると言うのであるから、この書と良く一致する書が他にないことは自明である。貞徳流の中で伝書が変容する要因が知られることとして注意される。幽斎以降の個々の奥書が記されないのも、本書が作者として特定の個人を決めない方が良いとする配慮があるのかもしれない。

次に同じく高倫から宗範に伝授された『春樹顕秘抄出仁葉之大事全』の奥書を見てみよう。

①這一冊大蔵卿二位法印玄旨よりの／伝也雖然種々申さるゝ間出葉の／こらす相伝申候一子ならては御ゆるし／有ましく候仮令雖為千金歌道無／執心之輩不可許之可秘々々／元和八壬戌年八月十三日／亜槐烏丸光廣／在判

②右条々者此道之階梯深秘之大事／於歌道末代之明鏡也仮令雖／運千金志少輩者不可相伝之／若背此旨　和歌三神并／聖廟之可蒙御罰也仍如件／相伝代々奥書如斯／相伝之次第／姉小路殿代々／龍本寺殿淳恵／源意金沢下野守入道

／源政宣明智中務少輔／源信秀佐々木刑部少輔／別伝衆中／元亀元年庚午年／巨哉判／慶長十三年／氏昇判／寛文七年／経晃判

③右一巻者如代々奥書此道之階梯／読方之至宝奈比之哉於堂上／出仁葉伝受者被許宗匠節有／御相伝為規模仍而容易不免／之雖然年来感厚心篤実以令／付与訖如誓盟全不可有他見漏／脱者也／六喩居士長雅／旹　風観（花押の模写）／宝永元甲申天林鐘上浣／岡氏／高倫丈

④右一巻者六喩居士如奥書此道之／階梯読方之至宝奈比之哉雖／然年来感厚心篤実以令付与訖／如誓盟全不可有他見漏脱者也／蘆錐斎南浦／旹（朱印と二か所に朱書）素慶（花押の模写）／享保九癸《マヽ》辰年仲春下浣／森本氏宗範丈

⑤右一巻者代々如奥書此道之／階梯読方之至宝奈比之哉／雖然於此道年来感厚心／篤実以令付与訖如誓盟／全不可他見漏脱者也／墨流斎宗範／旹享保二十一丙辰天弥生十八日（浄要花押）／（「墨流斎」「宗範」の二箇の方形朱印）／篠原氏／相雄丈

①は幽斎から烏丸光廣に伝授されたことを述べている。ここまでに紹介してきた宗範の書は幽斎から直接貞徳、長孝へと伝えられることによって二条家の秘本となることが強調されていた。しかしこの本は幽斎から烏丸光廣に伝えられているのであって、それは②の奥書に見られるように姉小路家より代々相伝されてきたとされるてにをは（所謂助詞のてにをは）の伝書である『姉小路式』(注六)の一系統の本である。従って、幽斎の説、あるいは教えと称する書を相伝の中核とする貞徳流にあっては、やや異質な書と云うことになる。貞徳流が形成されていく中で、てにをはの伝授が必然となる状況に迎合する思惑があったものと考えられる。そのことは③の奥書にも見られる通り、堂上においては、てにをはの伝授が行われ、更にはその「規模」が容易ならざるものであることが影響していよう。その「規模」

とは言うまでもなく伝授儀式の荘厳なことである。伝授においての儀式は重要なものであったのであり、伝授の決定、伝授日時の設定から、相当な量の謝礼の準備、当日の儀式、後日の儀式と一連の行程は粛々と執行されている（注七）。それに比べて、この貞徳流の場合、③の長雅から高倫へ、④の高倫から宗範へ、⑤の宗範から相雄への伝授に当たっては何らかの儀式が行なわれた形跡が認められない。伝授は本を書写し、それを相手に渡す作業として行われている。ただ単に本が写されてその本が相手に渡る、それが「付与」と表現されているのである。

次に、高倫からではなく定継の手を経て宗範に伝えられた系統の書を見てみよう。『八雲神詠秘訣并超大極秘人丸伝』の奥書は次のようである。

①右八雲神詠和歌三神并化現／之大事人丸相伝者雖為絶／妙深秘之口訣一貫伝心之／正理在奇異之大幸上於／此道被抽至誠之志条今長頭丸／令授与之訖如誓盟全不可在他／見漏脱者也／従二位大蔵法印玄旨／旹　慶長十一年霜月四日（「判形写之」と朱書し模写）

②右条々者神国之奥旨歌道／之要訣雖為一子相伝之極秘／於此道感厚心篤実以如一／器水写一器令授与訖如誓／盟全不可在他見漏脱者也／逍遊軒貞徳／慶安二年三月十八日（「判形写之」と朱書し花押の模写）／望月氏　兼友丈

③右条々者和国之大事歌道之／要訣而為絶妙之極秘於此道／備其器以感志之篤実今玄旨／法印明心居士嫡々相承之趣不違／毫釐令附属訖非血脈道統／之人而争伝之哉全他見漏脱令／禁止者乎／狭々野屋長好（マヽ）／延宝四年八月二十日（判形写之と朱書・花押の模写）平間氏／長雅丈

④（朱印と朱筆にて傍書）右二巻者八雲神詠之／口訣和歌三神之大事並／化現之大事人丸伝也於／此道雖為無上絶妙之深／秘感厚心篤実以的々相／承之趣不違毫釐書写以／令附与訖如誓盟全不可／他見漏脱者也／六喩居士長雅／

宝永甲申天改元日（花押の模写）／（朱印と二か所に朱筆）／浜田氏／定継丈

⑤右一巻者従風観斎長雅／高弟浜田定継江相伝之書／也予又定継懇望之蒙免／許令書写者也／旹宝永六稔丑弥生日

／墨流斎宗範／浄要判

⑥右二巻者八雲神詠／之口訣和歌三神之／大事并化現之大事／人丸伝也。代々奥書／之通於此道雖為／無上絶妙之深秘感／厚心篤実書写以／令付与訖如誓盟／全不可有他見漏脱／者也／享保第二十一丙申天／三月十八日／墨流斎宗範／（「墨流斎」「宗範」の二箇の方形朱印）／篠原氏／相雄丈

以上の奥書は①は幽斎から貞徳へ、②は貞徳から望月兼友（長孝）へ、③は長孝から長雅へ、④は長雅から定継へ、⑤は定継から宗範へ、⑥は宗範から相雄へと伝授された次第を語っている。

『八雲神詠伝』の諸本は大きく二系統に分類することができ、本書は吉田兼倶と宗祇によって創られた神道者流のものが貞徳流によって改変された歌学者流の系統に属する本である（注八）。この『八雲神詠伝』を貞徳が所持するに至る経緯が本書の末尾には記されている。貞徳は不思議な因縁で本書を手にすることができた。それは幽斎に伝わっていたものと全く同じ書であったので、改めて幽斎から正式な伝授を受けたと言うのである。

この伝授次第にまつわる逸話は、この書あるいは貞徳流の伝書の性格をよく物語っている。神道伝授の中枢にいる吉田家とも対等に近い権威を持ち、幽斎からの伝授も受けられる位置に居ることを強調しているのである。それでいて、この貞徳流の書にはまた神道者流とは異なった考えが盛り込まれている。単なる模倣ではない改変によって、堂上派にも匹敵するような意気を示しているのである。そうした次第を合わせ考えてみると、①の奥書の信憑性が問われてくる。奥書に記される「奇異之大幸」の言葉は正にこの書について回っているのであり、貞徳流のあり様そのも

のに「奇異」な側面があったものと考えられる。

同じく定継から宗範に伝授された『新古今七十二首秘歌口訣左右』には、次のような奥書がある。

①右新古今秘歌三十六首宛二かさね七十二／首の和歌ハ二条家代々先達口授にして／物にも書付す伝へ来りし趣也三十六首は／歌仙の数にて四条大納言公任卿の初／給ひし也先其数量に大事有り二柱の／御神心の御柱を左へめくり右へめくり給／ひて読初給ひし神詠あなうれしに／へやうましをとめにあひぬとある陽《オ》神の／御歌の字数十八字あり陰《メ》神の御歌又／又かくのことし其左右神詠の字数を／合せて三十六とし三十六人の歌仙と定む／されは神社の拝殿にも左右にわ／け掛奉る是を歌仙伝授といふ也又和歌／曼荼羅といふ事有和歌ハ唯一の神道／より出たれと聖徳太子子弘法大師なと／出給ひて神代の和歌なれハ理の遠き事／ありとて仏説に引合頓にさとしやすき／やうに習合し給へり此曼荼羅祭主輔親／三十六人の歌仙の像を絵書其上に過／去七仏の像を畫し其外其功力を文字／に明し和歌の曼陀羅と名付け時の／帝に奏聞して宇治の宝蔵に納む／それを又申出して伊勢外宮の神庫に奉／納せられけり此曼荼羅の図に習有／事なれと紛失して当代に所持したる人な／し然共やつかれゆへありて伝へを記し也其／三十六首の二を陰陽にわけ月令七十二／候にあて数を極められたり根本定家／卿より初り為家為氏為世頓阿二条／家嫡々相承の家々口授にのみ残りて／一首も筆頭に顕さすされハ僕先師廣／沢長孝より面授口伝して心頭に納め／置侍る然るにあて成人あまたゝひ御懇／望ありけれと遠境をへたて口授す／へき手たてなけれは神慮歌仙の／恐をかへりみす今筆に書顕はす／者也他見漏脱はいふに及ハす御／熟覧の後丙丁の童子にあたへ／られ侍りねかしといふ事しかり／元禄十六癸未歳仲冬十六日／風観斎長雅／宝永六己丑天大族上浣（花押の模写）／浜田氏／定継丈

②右一巻者従風観斎長雅／六喩元夢居士高弟浜田氏／定継江相伝之書也予／懇望之蒙許免令書／写者也定継者和陽矢部郷陰士也俗名／藤助剃髪後改自陰居士旹宝永七稔庚寅八月二十日／墨流斎宗範／浄要判

③右新古今七十二首之秘歌注者／平間長雅翁浜田自陰居士／伝来於此道至極之深秘也／雖然依多年懇望無拠令／相伝者也如誓盟全不可有／他見漏者也／墨流斎宗範／旹享保第二十一丙申天弥生十八日／（「墨流斎」「宗範」の二箇の方形朱印）／篠原氏／相雄丈

①は書名の由来を語っている。『新古今和歌集』から七十二首を選んで注を付したのは、三十六の数字に因んでいる。天の御柱を巡っての陰陽二神の詞を十八字の二歌、即ち三十六字と読むことに発し、これが三十六歌仙の制定にいたり、更には両界曼荼羅に比せられてきた。その形を更に月令七十二候に相応させて口伝の秘事としてきたものをここに一書として著す。ここに記す考えの基本は定家以降、二条家の伝来の秘事なのである。それ故に長雅は長孝から面授の書として受けたが、今、「あて成人」である定継は遠境にある故に面授はできないので、一書として伝授すると言う。

②と③は定継から宗範へ、宗範から相雄への伝来の過程を語っている。

この①に言う三十六の数に因んでの曼陀羅図の作製へと続く歴史の過程には吉田兼倶が関わっている。陰陽二神の発した詞を三十六字の統一体として捉えたのは『八雲神詠伝』（注九）である。また、歌聖を両界曼荼羅風に配置するのは、それより早く鎌倉時代後期に著された『古今著聞集』の和歌の部に見えることである（注十）。従って、ここで行われている『新古今和歌集』から選んだ七十二首を注釈する形は、『古今著聞集』などを参考にして兼倶の『八雲神詠伝』の構想に倣い長雅が最終的に完成した形と考えられる。事実、その完成図は長雅が著した『神国和歌師資相伝血脈道統譜』（注十二）に見ることができる。それによって見れば、古代・中古・新の三時代の歌仙となる十八人を両界曼荼羅に見立てて左右に配置し、それら歌聖に守られて歌道伝授が行われてきたとする一大系統図が描かれている。歌道伝授が遠く天御中主尊に始まって貫之などを経て幽斎に続き、それが貞徳に受け継がれ、長雅に至っている幽遠な伝授の歴史を語るのである。伝授は『古今和歌集』から始まるものではなく、遠く神代に始まったものであり、『古今和歌集』において一つの形となり、『新古今和歌集』に至ってなお新しい形を成したと主張するのである。

以上の六冊の書と違って単に先師伝来、二条家伝来の秘書と称する、『古今箱伝授』と『古今集切紙』の様態を次に見てみよう。

『古今箱伝授』の奥書は次のとおりである。

右古今和歌集箱伝授一巻者／尭恵法印之述作二条家和歌／之奥旨雖為先師伝来之秘／書多年懇望之上於歌道／感厚心篤実令相伝者也／如誓盟全不可有他見漏脱／者也／墨流斎宗範／享保二十一丙辰天弥生十八日（浄要花押）／（「墨流斎」「宗範」の二箇の方形朱印）／篠原氏／相雄丈

この奥書に記されるように、尭恵法印の著作になる『古今集延五記』に準拠して出来たのが本書である。天理図書館蔵二十三冊本は尭恵の自筆かとされるものである。その第一冊めには「古今集序注声句聞書」と第二冊めには「序注秘伝切紙」と内題が付されている。この二冊に相当する部分から主要なことが取り出されて本書は構成されている。本書は初めに「古今二字相伝」と端書して天神七代次第事、地神五代次第などの切紙秘伝などを記し、次に序中秘伝切紙などを記している。これに続いて「右此一巻には序の中の秘訣の分皆切紙にて／可授事を一紙に載前の一巻悉以当家の／聞書の一流なり夫を地として此巻を天に／なして源底極れりおろそかにすへからす祖神の冥慮難計但卞和か玉も磨かさる人の上／においての事也よくよく可思慮者乎」との奥書、更には次に続く奥書「第二帖／当家二条家之聞書和泉守藤原憲輔令／授二十二巻之内序分後一巻是には序之切／紙ヲ寄テ令書写者也／延徳四年壬子十月廿六比法印尭恵　在判／旹天正十六戊子仲冬下旬写之／権僧正秀信」も『古今集延五記』に記されているものである。尭恵の奥書が記された書を秀信が書写した系統の書が参考にされ本書が編纂されているのである。総じて『古今集延五記』の一部を『古今箱伝授』と書名をつけて一書に仕立てたものと言える。

箱伝授と呼称された伝授は宗祇の時代には始まっており、堺の宗訊に伝えられた堺流の系統において行われ、文字通り箱に入れたままのものが伝授されたようであるが、その実態は明らかではない。長雅はその箱を開封して実見したというから（注十二）、長雅が本書を作成して「箱伝授」の一部と装ったのかもしれない。「二条冷泉両家箱切紙又伝授」（初雁文庫本他）などと記される切紙を集成した書があるのも、箱伝授の実態が不明であったことによっているのかもしれない。本書の奥書に「尭恵法印之述作」と明言されており、二条家の伝来が強調されている。幽斎以降において伝授書となった可能性が高い書である。

なお、東大寺僧成慶は並河五一本『古今箱伝授』を書写しているから『古今箱伝授』は貞徳流の重要な秘書であったことは確かである（注十三）。

次にもう一つ宗範から相雄に伝えられた『古今集切紙』を見てみよう。その奥書は次のとおりである。

右古今和歌集切紙一巻者二条／家和歌之奥儀雖先師伝来之／秘書数年懇望之上感厚心／篤実令相伝之者也如誓盟全／不可有他見漏脱者也／墨流斎宗範／享保二十一丙辰天弥生十八日（浄要花押）／（「墨流斎」「宗範」の二箇の方形朱印）／篠原氏／相雄丈

『古今集切紙』は、古今二字相伝、天神七代次第事、地神五代次第事、人皇次第事、千葉破の大事、万葉時代相伝、十継の伝、十体、六義の事、三鳥の大事などを記している。この内容は先の『古今集延五記』の一部を含み、宗祇流の切紙集とも関連を持っている。この奥書も『古今箱伝授』と同じく二条家からの伝来を言うのみである。二条家系と認定した諸書の中から切紙として伝授する秘事を一書として編纂したものと考えられる。

『古今箱伝授』と『古今集切紙』の両書は貞徳流の伝授において、切紙の伝授に焦点を絞って編纂された書である。

以上架蔵する八冊の書の紹介をしてきたのであるが、これに加えてもう一冊、宗範から相雄に伝えられた書がある。それは『伊勢物語』の注釈書で、鉄心斎文庫に蔵される『伊勢物語秘註』である（注十四）。この本は影印翻刻されており、それによってみると宗範は高倫から享保四年（一七一九）に伝授され、それを相雄へ伝授している事が判る。その奥書を記してみよう。

①右伊勢物語一部者諸説勘合／師説之秘註也不可有他漏／脱也

②右伊勢物語注解者二条家本説師／師相承之秘本たりといへとも／年来懇望之上歌道感厚心而／老後書写相授而已尤如誓盟／之他見あるへからさる者也／蘆錐斎南浦居士／享保四已亥夏吉辰　素慶印

③右伊勢物語抄者細川幽斎玄旨／法印貞徳翁明心居士狭々野屋翁／長孝風観斎長雅蘆錐斎／南浦居士伝来之秘注也誠於此／道甚深之極秘雖為千金莫伝／之書也為授愚娘新書写之読／曲清濁等加朱者也／墨点之読曲清濁等者伝来之書之趣也／享保十九申寅八月二十五日書写功終／墨流斎宗範

④右奥書之通代々的々相承之秘注也／誠於此道甚深之極秘雖為千金／莫伝之書於此道感厚心篤実／以今書伝之令付与訖如誓盟／全不可有他見漏脱者也／墨流斎宗範／享保二十一丙辰天弥生十八日（浄要花押）／（「墨流斎」「宗

範」の二箇の方形朱印）／篠原氏／相雄丈

この奥書の①は幽斎が諸説を勘合して一書としたこと、②は長雅が蘆錐斎南浦（岡高倫）に伝授したこと、③は墨流斎が娘のために読曲清濁などを伝来の書によって書き加えて新写したことを記している。ここに記される宗範の娘とは先に記したちさのことであろうか（二一三頁参照）。④は宗範が相雄に伝授した次第を語っている。④の伝授日時の記載によって『伊勢物語秘註』は先の八冊と同じ享保二十一年三月十八日に伝授された事が判る。宗範から相雄へは同じ時に少なくとも九冊の書が付与されていたのである。

『伊勢物語秘註』の装丁はその解題によれば「縦二八・八センチメートル、横二〇・六センチメートル。黄色地海松文様などの下絵表紙の左肩に鳥の子金銀下絵の題簽」があると記されている。この解題によれば本八冊とは本の形態や装丁などに相当の違いが認められる。本八冊は、表紙は全て同じで、薄緑の緞子地に牡丹花蔓草繋ぎ模様を織り出している。その左肩に貼られた題簽は鳥の子料紙で、金銀箔散らし草木模様地である。袋綴じになる背には金泥で蔓草模様が描かれている。表紙見返しは天に金箔、地に銀箔を散らした地に銀泥を用いて草花樹木などを描いている。撫子・椿などの草花樹木は各冊ごとに異なっている。袋綴になっている料紙は鳥の子。本の大きさは二種類に分かれている。『詠歌大概安心秘訣左右』『百人一首秘訣乾坤』『伊勢物語七ケ之大事裏説并清濁条目切紙』『八雲神詠秘訣并超大極秘人丸伝』の四冊は縦十六・五センチメートル、横十八センチメートルあり、『古今箱伝授』『春樹顕秘抄出仁葉之大事全』『新古今七十二首秘歌口訣左右』『古今集切紙』の四冊は縦二十・五センチメートル、横十八センチメートルある。この二種類の本の大きさの相違はどのような由縁によるものか判然としない。また『伊勢物語秘註』の装丁とも異なっていることについてもその理由は判然としない。

さて、以上の九冊のあり方について、注意されることはいくつか記してきたのであるが、ここでもう一度まとめをしておくことにしよう。

最大の問題点は奥書に記されている「付与」の言葉の意味することにある。「付与」とは言うまでもなく書物を書き与えることである。しかし、この「付与」の行為によって伝授史には大きな変容が起きていることが知られる。

その一つは伝授に当たっての儀式が行われなくなっていることである。『春樹顕秘抄出仁葉之大事全』の奥書にある通り、てにをはの伝授においては、堂上派で行なわれている儀式の荘厳さは十分知られていた。しかし、貞徳流の伝授にあっては儀式が行われなかった。儀式が行われなかったとは、式場の荘厳な宗教的状況がなくなり、儀式の準備、執行、後祭りなどに行われていたすべての事柄もなくなったことになる。儀式の場は最終的には神と一体となる尊厳な場であった。吉田兼倶が行った伝授の場の荘厳さは「当流切紙二十四通」の神道の部に「神通自在」の言葉を記させるほどになっている（二〇七頁参照）。この神聖な場がなくなったのである。秘事の持っていた宗教的雰囲気が失われることによって秘事は単なる言語の問題にすり替えられていく。それは秘事を手にし、見る機会を得た賢者によって空疎な内容と非難される体の事を招く。口伝についても同じである。儀式の場の喪失によって本九冊の書が問題としている「口訣」（以下、口訣を口伝と言い換える）は必要でなくなっている。『百人一首秘訣乾坤』及び『新古今七十二首秘歌口訣左右』の奥書には「遠境」故に「口訣」が出来ないので一書に著して「付与」すると記されている。儀式と口伝を伝える場は少なくとも連動するものと認識されている。しかし、貞徳から長孝へ、長孝から長雅への段階においては口伝は行われていない。伝授は口伝から書伝へと大きく変わっているのである。

ここに、口伝が失われたことによる深刻な問題が生じている。

口伝とは文字通り口頭を以って伝えることであり、文字化を許さないものである。この故に何代かを経ていく内に口伝は少しずつ変容していく。この変容は師が偉大であればある程大きくなっていく。その変容にこそ師の存在価値があったと言ってもよいほどである。しかし、また口伝があまりにも先師伝来の説から隔たっていると考えられたり、奇異と考えられたりすると、口伝の正しさが問われることになる。例えば、三鳥の秘事の呼子鳥に喚子鳥、猿、箱鳥、筒鳥などと先師の説が列記されていると、正しいものはどれであるかと、心ならずも立ち止まってしまうに違いない。師も弟子も正しさの前で躊躇するのである。『当流切紙二十四通』には諸説を記した後に「不可免記」と書かれている場合がある。口伝は切紙に記しても良いのである。口伝は文字化されても良い。その言葉は口伝が口伝を否定する言葉である。口伝のなくなった書の「付与」は、師に安易な道を選択させることにもなる。師として、どのような口伝をするべきかの研鑽は必要がないからである。

こうした状態を弟子の立場から見た時、師は伝授される書に成り変わってしまっていると言ってよい。書に書かれていることだけが正しい師なのである。したがって伝授される書は確かに代々の師から確実に伝えられてきたことが保証されたらよい。ここに、歴代の師の名が記された奥書の一つ一つが記される意味が出てくる。師にとっても、弟子にとっても奥書は大事なのである。いくつもの奥書は、類型化した奥書となっても大事なのである。

師に成り変って「付与」された書には師の体温が感じられない。温もりが薄い。温もりがあるとすれば。師の筆になる書である事実だけである。

次には、書の重さが問題となってくる。書の重さとは表面的に言えば書の値段のことである。値段は書に施される装丁、紙質の豪華さにも比例している。宗範が伝授した八冊の装丁は先にも記したように、表紙、表紙見返し、料紙などに充分な配慮がなされている。東洋文庫には貞徳流の秘書の値段一覧を記したものが蔵されている（注十五）。長雅が記した「秘書伝謝礼之旧記」には、例えば「出尓葉伝授之秘書　一巻」（これは先に見た『春樹顕秘抄出仁葉之大事全』に相当するものである）に「黄金一枚」と記されている。謝礼とは言うものの、実質は本の値段である。

秘伝書に値段が付けられることの背景には、伝授されてきた知識の解放、即ち出版という新しい事態が絡んでいる（注十六）。多くとも二百部とも言われる一回の出版能力とは言え、知識は出版事業の出現によって金銭を持った人々に分け与えられ始めている。一部幾らと値段が付けられて売買される一般の出版物に呼応するように、伝授の書にも一部幾らと値段が付けられたのである。

金銭の多寡によって価値を判断された秘事は一書として出版される。元禄十四年（一七〇一）に出版された『和歌極秘伝抄』には、歌のとまり字の口伝、詠歌制の詞口伝、百人一首五歌の口伝、同他流の口伝、伊勢物語七ヶの秘事、つれづれ草三ケの口伝、古今和歌集三鳥の口伝、同七首の秘事、三木の口伝、一首十体、一首五体、木綿襷の歌の十二の項目が載っている。これらの項目のほとんどは秘事として伝えられてきたものである。江戸時代も後半になる文政十年（一八二七）に敦賀屋九兵衛が刊行した『都百人一首千載嚢』を見てみると、初めに「百人一首読くせ併五箇秘歌」が載せられている。この「五箇秘歌」には、「人麿の歌、喜撰法師、安陪仲麿、壬生忠峯、定家歌也」とある。この五首の歌の作者は、『和歌極秘伝抄』が載せる「百人一首五歌の口伝」の歌の作者と全く一致している。秘事は次々に公開され謎解きが行われている。『都百人一首千載嚢』は、江戸時代に多く出版される、和歌初学者を含む庶民、特に婦人のための教養書である。百人一首の歌と人物像を一頁に記し、その頭書部分に日常的な生活の知恵袋のようなものを記している。和歌三神の像、和歌稽古の仕様、和歌二聖六歌仙、年中式日の由来、七夕の歌づくし、やまと言葉、懐胎養生の事、産前産後食物能毒、小児育やう併薬方、婦人千金方、染物秘伝、しみものおとし伝、絹の張やうの伝、夢占の歌、生花指南抄、婦人五徳絵抄などがある。和歌三神の像は、日常的な常識として扱われている。この婦人のための教養ということに注目すると『百人一首千載嚢』と同様なものは種々とある。例えば、明和七年（一七七〇）刊の『女教千載小倉栞』の第一丁より第五十四丁表までは、「女中風俗品定」などの教養事項を記して、第五十四丁裏からは「百人一首読くせ併五箇秘歌」と同じ内容のものを載せている、この百人一首の秘事に続く後の四丁には「男女相性の事」などが記されている。

このように「百人一首読くせ併五箇秘歌」は、女性の教養の範囲に入ってきているのであり、「秘歌」と云うには余りにもかけ離れた次元で語られている。

秘事の日常性への回帰なのである。しかし、この出版状況が現出したものは文字によって秘密が「ある」と、知らされただけのことである。知らされた人々は、そのような世界が「ある」と、知っただけである。では、秘密の持つ世界は、知られることによって、その価値を失ったと考えてよいのであろうか。それは恐らく間違っている。庶民の間には、師匠から弟子へと伝授される師の声、師の手にふれる場が準備されていない。それに何よりも秘事が持っていた歴史が理解されていない。歴史に分け入る手立ても判らない。歴史には隠されたことの多くあるを知らない。秘事を守るには不安定な状況の中にある貞徳流は、二条家の伝統を堅固に守ることによって、この難問に立ち向かっている。

貞徳流は二条家に連なる流派であるとする自負である。「二条家本説」「二条家和歌之本説」などと奥書に記された例は既に見てきた。幽斎以来の伝書とされる『詠歌大概安心秘訣』（注十七）には「定家卿は古今集を以て此道の正義を覚知して、二条家の正流をたて給」とある。『古今和歌集』によって歌道が確立した、それを良く推進したのは定家である。その流れを汲む者が二条家であると言う。「よき風体の手本にみるべきものは秀歌体略　百人一首　正風体抄　草庵集」との言もある。定家の著書である『秀歌大体』『百人一首』、それに著者は不明の『正風体抄』、頓阿の歌集である『草庵集』を手本にして和歌の道は出来上がっている。その定家以来の二条家の正説を書によって学べと言う。これが書の重みの内実である。定家以来の正説を引き継いでいる頓阿、尭恵、宗祇らの系列の中にあるとの自負を持てと貞徳流は言うのである。

この二条家流と言う新しい流派が構築されていく背景には、堂上歌壇や、歌道の宗匠家である冷泉家の動向も密接に絡んでいること、言うまでもないことである（注十八）。

注

（一）『古典籍展観大入札会目録』（東京古典会創立百周年記念）に掲載された「古今伝授八種」である。この本は『書架解体』（井上宗雄　二〇一〇年　青簡舎）に〔八種合綴〕と記されているものに同じかと思われる。

（二）『岩崎文庫貴重書書誌解題　Ⅶ』（東洋文庫日本研究班編　二〇一三年）には、その解題がある。

（三）『磯城郡誌』（磯城郡役所編　大正一一年）、『田原本町史』（田原本町史編纂委員会編　一九八六年）等の町史に宗範の記事がある。
『近世古今伝授史の研究　地下篇』（日下幸男　平成十年　新典社）には、貞徳流における宗範の事蹟が多く記されている。
「陰士　森本宗範瑣事」（白井伊佐牟「皇学館論叢」第三十八巻第二号　平成十七年）には、宗範について丁寧な考証が行われている。

（四）注三の日下氏の書の四〇四頁。
（五）注二の書にも、その解題がある。
（六）てにをはの伝授書である『姉小路式』の諸本の状態については『てにをは研究史』（根来司　昭和五十五年　明治書院）がある。秘伝としてのあり方については『テニハ秘伝の研究』（テニハ秘伝研究会編　二〇〇三年 勉誠出版）がある。
（七）秘伝書の伝授の場が厳粛に且つ大規模に執行された様子は『古今伝授の史的研究』（横井金男　一九八〇年　臨川書店）に明らかである。海野圭介、尾崎千佳の論考「京都大学付属図書館中院文庫本『古今伝授日記』解題と翻刻」（「上方文芸研究」第二号～第四号　上方文芸研究の会　平成十六年～平成十九年）には、伝授の次第を示す日記が翻刻されている。てには伝授の場合も同じことであり、架蔵本『享和二年十二月五日　自　主上厳閣和歌天仁遠波御伝授雑記』には、享和二年に光格天皇より久世通根に行われた伝授の様子が記されている。
（八）『歌学秘伝の研究』の第四章第二節『八雲神詠伝』の成立と流伝。
（九）『八雲神詠伝』において語られる十八字妙の大事は陰陽二神の詞を十八字として読む秘事である。
（十）『歌学秘伝の研究』第五章第一節において、家隆流においては歌人が曼荼羅図的に配置されて家隆が称揚される形が創られていると述べた。
（十一）宝永六年に長雅が羽間重義に伝授した架蔵本『古今系図』による。
（十二）「平間長雅の箱伝授と『堺浦天満宮法楽連歌百首和歌』」（篗田将樹「上方文芸研究」第五号　平成二十年）
（十三）注三の日下氏の書の六〇二頁。
（十四）『鉄心斎文庫伊勢物語古注釈叢刊十二』（平成一四年　八木書店）。解題は西田正宏氏の執筆。同じ系統の本が東大寺図書館に蔵されていることが注三の日下氏の書の五九六頁に記されている。
（十五）注二の書に解題がある。
（十六）出版によって知識が解放されていく状況については、次の書が有益である。

『元禄和歌史の基礎構築』（上野洋三　二〇〇三年　岩波書店）
『浸透する教養　江戸の出版文化という回路』（鈴木健一編　二〇一三年　勉誠出版）
（十七）架蔵する四巻四冊本『倭歌伝書』に所収される「詠歌大本秘訣」による。「詠歌大本秘訣」は風真軒澄月が安永五年歳次丙申四月吉辰に有実に伝授し、有実は寛政十一年に久保信行に伝授している。
（十八）江戸時代の歌壇状況については、次の書が有益である。
『近世堂上歌壇の研究』（鈴木健一著　一九九六年　汲古書院）。二〇〇九年に増訂版が出されている。
『近世冷泉派歌壇の研究』（久保田啓一著　二〇〇三年　翰林書房）
『近世古今伝授史の研究　地下篇』（日下幸男著　平成十年　新典社）
『後水尾院初期歌壇の歌人の研究』（高梨素子著　二〇一〇年　おうふう）
『近世雅文壇の研究』（盛田帝子著　平成二十五年　汲古書院）

第二節　『月刈藻集』の形

はじめに

吉田兼倶によって大成された吉田神道は江戸時代に入ると吉川惟足に受け継がれて江戸の地において隆盛を見た。その一方、京都においては余り盛んではなかったと考えられてきた。と言うよりは、殆ど研究がなされてこなかった為に、その実態が不明であると言った方がよいかも知れない。

吉田神道は京都においても、室町時代と同様に、歌学の世界と深い関わりを持って信仰され伝承されている。そのことを『月刈藻集』を通して考えてみよう。

『月刈藻集』は、続群書類従本の奥書、及び静嘉堂文庫本の内表紙に、宝永七年（一七一〇）に書写され、その注記に「件本寛永午春トアリ　所々後人追加アリ　可考」とあることから、寛永七午年（一六三〇）または寛永十九午年（一六四二）には、原本に相当するものが成立していたと考えられてきた説話集である。

『月刈藻集』は、収められる説話の集成が江戸時代の初期に行われたこともあってか、その研究に手を染める人は少なかったようである。昭和五十六年に、原田行造氏が「『月刈藻集』の研究―構成の実態と説話の特徴をめぐって―」（注一）と題して発表されたものが、見るべきものの嚆矢であり、上岡勇次氏の論（注二）がこれに継ぎ、平成八年には、西田正宏氏の論が発表されている（注三）。

原田氏は、説話配列の原理、編纂上の意識について考察を行っている。

三巻に別れた編纂の意図は、その冒頭部に現れているとして、上巻部においては、日本の始原となる天地創造と統一の哲学が、中巻においては、日常の人間生活の第一歩となる食と衣の濫觴が、下巻にあっては、人間の精神文化の中枢をなした和歌の重要性がそれぞれ説かれていると言う。こうした冒頭部に続いて、各巻では可能な限り和歌説話や歌学的な記事が収録され、上中両巻では、歌話を集め、下巻では歌人の作歌活動、歌論、歌学の記事を収集して、いくつかの主題による分類が行われているとしている。また、この特質の中から、その編纂者は、藤原氏、それも二条家の系譜下に位置する歌人であろうとしている。

説話文学研究に勢力を注いだ原田氏の、この見解は、一見妥当なものかと考えられるのであるが、江戸時代に編纂された説話集としての特質を抉り出すには至っていない。それは、一つには、室町時代以前の説話集の考察において有効な、一つの説話が、それ以前のものをどのように享受しているかという比較対照の方法を踏襲し、他の視点を設定し得なかったことによっている。第二には、各巻の冒頭部に位置する『日本書紀』関係の説話の検討において、これを一般論として処理してしまったことがある。『月刈藻集』は、和歌説話集として受け止められてはいるものの、三巻に別れた冒頭部と、それに続く話柄には『日本書紀』の特定の解釈が応用されている。

『日本書紀』は、言うまでもなく、それぞれの時代の思想を如実に反映して読まれ、講釈されてきた。殊に、伊勢神道、吉田神道などの流派が成立して行く過程にあっては、その解釈は多方面にわたり、それぞれの流派が独自の説を打ち出していた。

江戸時代に編纂された『月刈藻集』が、『日本書紀』をどのように取り入れ、それを、一つの説話集の中でどのように活かしているかを、先ず、その下巻の冒頭部に語られる数話を手掛かりにして考えて見る事にしよう。

一　吉田神道書との関わり

『月刈藻集』の現存の形は、上中下の三巻に分かれて、上巻には六十話、中巻には五十話、下巻には六十七話が収録されている。この下巻の冒頭部には、日本国の生成及び、その名称の由来が述べられている（以下、本文の引用は、静嘉堂文庫本により、適宜句読点などを付す）。

初めに、日本国の名「日本」・「大和」が「ヤマト」と訓ぜられる根拠となる説として「山戸、山留、山跡」の

三説があるとして、これを「是常ノ説ナリ」と評している。〜〜〜①

次に、「吉田家神書」に記される古辞風なものを論拠として「日本ノ和訓」は「イヤマストノ国」であるとして、「殊勝なる節」であると評している。〜〜〜②

又言として「ヤマトノ三字、則天地人ノ三才ソナハル」として、その所以を「ヤハ開クヲンニテ陽音ニテ天也。マハ間ニカヨフ人也。トハトヅル音ニテ陰故ナリ」と説明している。〜〜〜③

これに続いて「マコトニマドカナル国ト言心ナリ。マドカハ円成就セントノ義ナリ」とする説を記している。〜〜〜④

ここに仮に、①から④までの記号を付した四説は、どのような性質のものと考えられるであろうか。②に記される「吉田家神書」が、この問題に取り掛かる契機となることは容易に判断されよう。「吉田家神書」という言い方は、吉田神道に関わる書物であることは言うまでもないことである。そこで、吉田流に関わる神道書を探ってみると、『日本書紀神代巻講習次第抄』（以下、天理図書館本より引用し、本書を『講習次第抄』と略記する）の中に、②に該当する記事を見つけることが出来る。

この『講習次第抄』は、その題名からも知られる通り、『日本書紀』の神代巻の次第を講義したものである。その巻第一の初めに「日本ノ和訓ノ義」を述べている。それまでに提唱された諸説は「歌書ノ抄物」等に説くものであって、神代からの真義を説き明かしていないとして退け、伊弉諾伊弉冊尊から始まる国々の生成の次第を述べ、その神徳の寄って来たれる地が日本と呼ばれ、この字の語訓が「弥益戸」であるとしている。この根拠として「国津顕神乃古詞仁曰」として「国中仁成出留種種乃産生留物者弥益。死留物者少之。故国中仁成出留顕見蒼生於天乃益人止言比、国於弥益戸止称布」という詞を記している。ここに「古詞」として記されるものが『月刈藻集』に記される古辞風なものと良く一致しているのである。

吉田兼倶から、清原宣賢へと続く吉田神道の『日本書紀』の講義（注四）、及び吉田兼右の言を伝える永禄十年（一五六七）の講義、下って、萩原兼従の講義書と考えられる江戸時代中期成立の『玄要抄』、更には、宝暦七年（一七五七）成立の吉田兼雄の『幽顕抄』に至るまでの諸書（注五）には、この「古詞」は全く見出すことが出来ない。それ故に、この「古詞」は『講習次第抄』の独自なものと見て間違いはないと考えられる。実際、『講習次第抄』は、このほかの数箇所においても「古詞」と称して独特な詞を記しているが、それらはそれぞれの箇所において重要な論拠を示すものとして扱われている。そうしたいくつかの「古詞」も、右に挙げた『日本書紀』の講義書の中には見出すことができない。「古詞」と称するものは、『講習次第抄』の特殊な世界を示すものであったと考えることができる。

この『講習次第抄』は、全十二冊の版本で、奥付に「京寺町下御陵前町　徳田十兵衛　開版」とあり、「元禄十五歳壬午春正月吉辰　洛北出雲路　源仲之抄」と記している。元禄十五年（一七〇二）に、源仲之の講義書を出版したものである。その冒頭に、「日本書紀」の書名の謂れを説いて「神州継日ノ元本宗源神道ノ徳風ヲ伝記シ玉フ」としている。吉田兼倶に始まる吉田神道は元本宗源神道と称していたのであるから、この書もその系譜の中にあることは確かである。

この講義者である源仲之は、洛北出雲路の幸神社の神主であり、「元禄十六癸未午秋八月吉辰」に、『中臣祓要信解』三冊本を「京烏丸二条上ル弐丁目　唐本屋左兵衛　中村忠兵衛」の開版によって世に出している。この『中臣祓要信解』を見ても、吉田神道の趣意は明らかに見て取れる。「天神ノ神辺妙行　地津神ノ心通妙行　人ノ神力妙行」等を初め三妙の次第を説いているが、これは、兼倶以来吉田神道の基本的概念として説かれてきた「十八神道」の真髄を言い表す言葉である。更には、その述べるところに「元本宗源ノ心シテ教ヘフルル」ものであるとしている言によって、吉田神道を根本に据えていることも明らかである。この根本精神に基づいて、『講習次第抄』と同じく「大倭」の「和訓ハ弥益戸」であるとし、それは「一天人地国土ヲ凡テ指玉フ語也」と、その意味合いの重要なる事を述べている。

源仲之は吉田神道の中興の人とされる萩原兼従から講義を受けた一人である。即ち、萩原兼従の講義を記していると考えられる『玄要抄』全五冊のうちの第一冊の扉見返しに「講談伝授之系」が記されている。それには、「舎人親王之御家流　今白河住舟橋家也。京白河住神祇伯　萩原三位兼従卿。相州鎌倉住　吉川惟足。京出雲路幸神々主　奥村氏源仲之　右京。京稲荷神主　羽倉氏源信盛　斎宮。京都之住　深尾氏源満孝　源六。越後長岡住　吉田氏源倫雄　助六郎。内藤家中住　矢野氏丹波時成　亨純。越後村上之住　高橋氏藤原映広　河内守。北条家中　岸本氏知義」とある。この系譜にはいろいろと注目される点があるが、ここで必要なことは、萩原兼従より吉川惟足への初度の伝授は承応三年（一六五四）に行われたのであるから（注十六）この系図はこの年以降の吉田神道の動向を伝えているものと考えられる。そうすると承応三年以降において、源仲之は萩原兼従からの伝授を受けたのであって、その時点以降において、源仲之は、吉田神道の伝授を自信に満ちて始めていたということになる。それに、この系譜において、仲之が吉川惟足の次に続いて記されていることは、吉田神道においての地位が高かったことを示している。先の『講習次第抄』の序文には「相州鎌倉ノ陰士、夜話ノ示教、殊勝ニ覚ヘ、家童教訓ノ便ニ書写シヌ。其ノ示教ニ曰」として『日本書紀』を講義する際の礼法、斎詞などを記している。この「相州鎌倉ノ陰士」というのは、言うまでもなく吉川惟足である。源仲之は、吉川惟足からも教えを受けており、兼従から見れば、吉川惟足の次に位置する人物であり、仲之はそのことを充分自覚して、惟足の教えをも取り入れ、自らの講義を行なったのである。

兼従よりの伝授を受けた吉川惟足は鎌倉に帰り、関東の地に新しい神道の勢力を張り、幕府に抱えられるに至ったのに対して、京都の地において、吉田神道の正統を受け継いでいるとして活躍したのが源仲之ということになろう。先の『中臣祓要信解』には、「高天原」の講義において「神祇道正統滴流本家」の「四重秘密位」の「第三重」を伝えると記しているのなどは、こうした高い地位にいたことから発せられた言葉と考えられる。

ここに、『月刈藻集』が「イヤマストノ国」の説を「殊勝ナル節」であるとしたのは、京の地における吉田神道との深い関わりから生まれた言葉であったと判断される。

『月刈藻集』が言う「吉田家神書」とは『講習次第抄』であると判断して間違いはないものと考えられる（注七）。

さて、『月刈藻集』が「イヤマストノ国」の説を「殊勝ナル節」であるとしたのは、それに先立って記される説が「常ノ説」として、容易に承認される状況にあったことを前提にしている。それは即ち、①とした「山戸、山留、山跡」の三説が、「世間流布スル処」であって「常ノ説」であったということであるが、このことの意味を単純に広く人々に知られていたという程度に理解しておいてよいものだとは考えられない。

「日本」・「大和」の文字の訓が、どのように理解されていたかを少しく調べてみると、歌道の分野にあっては、古く平安時代末期頃に、その例を見出すことができる。藤原顕昭の『古今集注』の序注に「山跡、山止」の二説が記されている。これ以降、『古今和歌集』の序文の解釈に関わって、歌道家の対立抗争が激しく、その説の取捨選択増減が繰り返され、室町時代の宗祇の『古今和歌集両度聞書』を経て、江戸時代初期の北村季吟の『教端抄』に至るまで、「山跡、山止」の二説は有力な説として採択される経緯が見られる。

こうした歌道家の流れと符節を合わせるように、広く神道に関わる人々においても『日本書紀』の解釈において「日本」・「大和」の字訓が問題とされている。鎌倉時代中期の卜部兼賢の『釈日本紀』に現れるのがその初めであり、南北朝時代の北畠親房の『神皇正統記』を経て、江戸時代の吉田神道に至るまで連綿とその解釈を巡る論争は続いている。この中で「日本」・「大和」の漢字の訓と意味に三説があるとしたのは吉田兼倶の『日本書紀』の講義である。兼倶の講義は文明九年以降数回に亘っているのであるが、兼倶自筆本として伝わる月舟への講義本によって、該当箇所を示してみよう。

日本ト読ハ和訓ノ外也。此訓ニ有三義。一ニハ山跡ノ義也（略）二ニハ山止ノ義也（略）。三ニハ山戸ノ義也（略）。

兼倶は宗祇との交流の中で「大和」の訓のうちの「山跡、山止」の二説の正しさを知り、『八雲神詠伝』の場合と同じく（注八）宗祇との力の補完関係の中で確信したものと考えられる。兼倶は、更に独自な世界を切り開き「山戸」の説を付け加えたのである。「山戸」の義を「山上ニ戸ヲ営ジテ、居ノ義也。戸ハ人ノ出入ノ所ヲ云ゾ」と定義したのは、天地未分の時に、人跡を山に残し、山に止まったとする「山跡」「山止」の義を一段と進めて山上に家を経営して、その戸を出入りするの所とした考えによるものである。

この三説は、兼倶の子、宣賢には、勿論、継承され、次の、兼右の言を伝えるという永禄十年（一五六七）の講義においても「ヤマトト読ムハ如何。付之テハ三義有之。一ニハ山迹……。二ニハ山止……。三ニハ山戸……。」と、紛う方なく継承されている。

「世間流布スル処」という『月刈藻集』の表現は、明らかにこうした吉田神道の枠内において正統と認められるとする言葉なのである。これによって、②の説を「殊勝ナル節」であるとする『月刈藻集』編纂者の発言は、吉田神道の京都における正統なる継承者の位置に居ることを強調するものであることが了解される。

さて、次に③に記される、「又言」ところの「ヤハ開クヲンニテ陽音ニテ天也。マハ間ニカヨフ人也。トハトヅル音ニテ陰也故ナリ」と説くのは、神道書では、どのようになっているのであろうか。

「ヤマト」の字訓を音の観点から講義したのは、吉田兼倶である。「日本」というのは「和国」と言ったことによるとして、その「和ト阿ト音近ゾ。万法ノ根源ハ阿字也。天地ノ開クル初モ阿字也」と述べている（月舟への講義書による）。仏教の阿字観に基づきながら、ヤマトの音が天地人の三才の徳を備えているとする論への展開のきっかけは見えているものの、ヤマトの一音一音にその意味を当てはめていく③の説にはまだ距離がある。しかし、次に続く宣賢の講義の素地を作っているものと理解される。

宣賢は「山迹、山止、山戸」の「三義ハ和歌ノ抄物ニ見タリ」として、「実ニハ、天地ノ開ル音、ヤアトヒビク也。此国ハ三界ノ源ナレバ、自開闢ノ声ヲ以テ、ヤマトト云。ヤハ、声ノ初、マトトハ的ノ字也。天地開闢ノ端的ト言心也」と述べている。兼倶の言う阿字観に基づく説を基本としながらも、「ヤアトヒビク」音に意味を認め、更に「マト」ニ「的」ノ字を当てて、兼倶の説を一歩進めているのである。この宣賢の説は、次の兼右の永禄十年講においてそのまま引き継がれているのであるが、③の説にはまだ到達していない。江戸時代に入って、萩原兼従の講義とされる『玄要抄』には、次のようなことが記されている。

ヤマトト云コト、古吟集一ケノ伝授ノ内也。依之憚テ、一講ノ時ハ沙汰スベカラズ。神祇道於テ伝受トスルニ非ズ。

日本ノ説、諸抄等ニ神武天皇、大和ノ国橿原ニ始テ帝都ヲシメ玉フヨリ、ヤマトト云ナドノ説、其外諸説多シ。

信用セザル義也。

正義ニ日本ト云ハ、八円ト云心ニテ、ヤトハ八ツト云語ニテ、マトハマドカナド云語ニテ、八方マドカニヨクトトノイタル国ト云意也。

奥秘云。日本トハ、ヤハ発達ノ語、開口音ニシテ陽也。天也。マハ、マコトノマ、唇合テ開陰也。陽ニ出ル音故ニ、陰陽兼テ人トス。トハ滞ル音ニテ唇ヲスボムル者也。陰ニシテ地トス。天人地ノ三ニ自然ト合ス。

ここに「奥秘」として記されるものが③の説に全く良く一致していることが判る。「ヤマト」の音の発音上の意味が、天地人の三才の意に合致しているというのである。それに、ここに「正義」として記されるものは、先の④の説にも、全く良く合致している。

兼従の講義において、「奥秘」とし、「正義」とするものは、伝授の階梯において、どのような位置を占めるものであろうか。

兼従は『日本書紀』の講義には、初遍、再遍、再々遍の三段階があるという。初遍とは、「続（マヽ、読カ）クセ并一書ノ説、何説有ナドノ義、惣テ書面ノ一通リヲ」講ずるのであり、再遍は「和語神化并ニ陰顕一致ノ義」を延べ、再々遍は「精談ト言テ、神道奥義」を残らず相伝するのを言い、これが「卜部家法式」であるとしている。これを見ると、『玄要抄』には、しばしば「奥秘」が記されていることから、本書の説は第三段階に相当する「再々遍」であることが知られる。つまり、ここに、「奥秘」とされたものは最重要の秘事なのである。

『月刈藻集』に記される③の説は、兼倶以来の吉田神道の系譜下にその発生の端緒は見られたものの、「ヤマト」の一音一音に音韻上の解釈を行って、意味を与えた作業は、兼従の創見になるものである。兼従の吉田神道の復権に賭ける強い意志の表現の一端と見て取ることもできる。それを受けての『月刈藻集』の編纂者の姿は、京都における吉田神道の「奥秘」を受けられる重要な人物と言うことになる。

一方、④の「八円」説が「正義」と記されているのは、兼従の独自な説ではなく、兼右以降兼従に至るまでの何人かによって考えられたものと推察される。それが兼従の周辺では正当な説と認められたので「正義」とされたのである。ところで、先に、②の説とした「弥益戸」は、源仲之の『講習次第抄』の説く独特なものではないかと考えた。ところがこの説の源になったかと思われることが、『玄要抄』の中に見られる。『玄要抄』は、神々の誕生の条で「次生山」を講釈して「山ニハ山祇ノ神アリ。山ト云語ハ弥益ト云略語也」としている。仲之は、この「山」は「弥益」であるとする考えに触発されて、兼倶の創始した「山戸」の「戸」とを組み合わせて、大和の国にますます人の増し、家の戸の増えていくこととしたものと考えられる。『玄要抄』に言う「再々遍」の秘奥の講義を受けて、そこから更に新しい説を成立させたとするならば、②の説は、仲之が正しく師として立っていたことを示すものになっている。『月刈藻集』はこの仲之の立場を十分理解していたのであって、『月刈藻集』の編纂者は、ますます、吉田神道の伝授を受けていたこと、確かである。

兼従の後を継いだ兼雄の宝暦七年（一七五七）の『幽顕抄』には、「日本ト云ハ、八円ト云心ニテ、ヤトハ八ツト云語、マトハマドカナド云語ニテ、八方マドカニヨクトトノイタル国ト云意也。奥秘云。日本トハ、ヤハ発達ノ語、開口音ニシテ、陽也。天也。マハ、マコトノマ、唇合テ開陰也。陽ニ出ル音故ニ、陽ニ出ル音故ニ、陰陽ヲ兼テ人トス。トハ、滞ル語ニテ唇ヲスボムル者也。陰ニシテ地トス。天地人ノ三ニ自然ト合也」と記されている。④の「八円」説、③の発音の音の響きによって天地人の三才の意が包括されるとの説は「奥秘」として、『玄要抄』をそのまま引用している。兼雄にとっては、「奥秘」は「奥秘」としてしか機能していない。すなわち、この段階では、兼雄は継承者としての位置に止まっているのである。兼倶を祖とする吉田神道の中興の祖とされる兼雄は、兼倶以降に形を成した考えを忠実に受け継いでいく面があったことを示す好例である。

こうした一方、兼従の説を受けた吉川惟足は、関東の地において吉川神道を伝承する者として確固とした地位を築きつつあった。惟足の説く「大和」の訓には「やまとと云うに古来より三説あり。山戸、山迹、山止也。家伝には矢と的也。天地開くるの音をやと言う、やと開くと端的に我が国出生の国なれば、やまとと云」（注九）とある。これは、明らかに宣賢の講義を基にしている。吉田神道の系譜から言うならば、惟足は、兼従よりよほど正統に戻ろうとしている。関東の地においての惟足は、吉田神道の正統であることを喧伝することで地位を確保していると言って良いであろう。京都の地においての新しさは、伝統の中から自己を紡ぎだすことであった。『玄要抄』の兼従には、それがあったが、兼雄にはそれがなかったということになる。

「日本」・「大和」の訓をめぐって記された『月刈藻集』の①から④までの四説の展開の跡を辿ってみると、それは紛れもなく、吉田神道の変転の只中で醸成されてきたものであることが明確になった。その中で、兼倶に始まり、兼右に至るまで受け継がれた①の説が「常ノ説」として承認され、江戸時代に至って元禄期の源仲之が提唱した説が②として「殊勝」なものとして称揚され、これとほぼ同程度の価値を持って『玄要抄』の兼従の説を基本として③および④の説が記されたのである。

このような流れを見てみると、『月刈藻集』が、②の説に対して特に、「吉田家神書」によると記したのは、吉田神道に通暁していて、『講習次第抄』を披見して特別な興味を引かれたことが背景にあったと考えられる（注十）。②の説は、後人によって追補されたものなのではなく、①③④と続く一つの正統な流れの中で、一種の異端でありながらも、なお吉田流であることを認めるという幾分か屈折した『月刈藻集』の編纂者の立場を示していると考えることが出来る。

この幾分か屈折した立場と言うものは、『月刈藻集』が、吉田神道の書を目指して編纂されたものではなく、和歌に関わって編纂した説話集であるということにも関係している。それは実際、吉田神道の書を繙いていると殊に注意されることである。神道と歌学との両者にまたがる問題については、あくまでも「神道者」の説であって、「歌学者」の説とは、違うものであると、峻別する姿勢が見えるからである。先の「日本」・「大和」の訓に限ってみても、『講習次第抄』では、「歌書ノ抄物」等は除外されているし、『玄要抄』においては「古今集一ケノ内」であるから「沙汰」をしないと述べている。神道と歌学とは同じ源に発しながらも、その展開の中では、明らかに違った流れとなっているのである。

『月刈藻集』は、基本的には、歌学者の手に成るものと考えられるから、吉田神道の書に、その共通点を見るばかりでなく、吉田神道の歌学書が探し出され、その共通点を探ることが必要となってくる。

二　吉田神道の歌学書との関わり

天理図書館蔵『歌道秘伝』、国文学研究資料館蔵初雁文庫本『二条家古今集奥秘口伝』（以下、初雁文庫本と称する）、国立国会図書館蔵『古今伝授奥秘』と表題される書は、同じ内容を持っている。

初雁文庫本によってその総体を示せば「古今題号之奥秘口決、大和歌併国号之事、八雲神詠反歌口決、六種之儀甚秘口伝、六人歌仙勝劣極秘口決、天皇御即位古今御伝授大秘口決、仮名序総体口決、歌道者王道王道者神道之口決」

の八項目があり、続いて「二条家古今集奥秘口伝目録」と記して「右八個之大事従中院前内大臣通茂公附属之由」とある。次に、「追加」として「長歌短歌伝、混本歌之伝、組題併四季恋雑之伝、三鳥之口伝、歌毎口授有事、三木之事」の六項目が記され、その末尾に「右者内府公之学頭藤原掌樹口授之由ニ而、掌静翁源高成口伝之併書也」とある。奥書には「元文二年己卯月日」と記されている。

天理図書館本もこれと同じであるが、初雁文庫本が言う「右八個」云々と「右者内府公之」云々の注記がない。目録では、全十四項目に朱筆で通し番号が付されている。その本文においては、「長歌短歌伝」の前に「追加」と記されているから、その構成は、初雁文庫本と同じく、八項目を本伝とし、六項目を追加とするものである。奥書には「寛延二年三月五日令書写畢。猥不許他見。卜（花押）四十五才」とある。寛延二年（一七四九）に四十五歳であったのは吉田兼雄である。初雁文庫本によれば、中院通茂の手を経ている書であるが、天理図書館本によれば、吉田家の秘伝書である。

国立国会図書館本は、以前に紹介されたことがある。『吉川神道の研究』に、帝国図書館本として「古今伝授秘奥」の題名をもってその一部が紹介されている（注十一）。『古今伝授の史的研究』には、初雁文庫本の「二条家古今集奥秘口伝目録」に相当する「二条家古今伝授目録」の全項目が記されている（注十二）。この国会図書館本は、二条家に伝えられたものであり、その奥書には「右者元禄年中也」とあるから、成立は天理図書館本『歌道秘伝』よりは古いものである（以下、この三本の総称として『歌道秘伝』の名を用いる）。

以上の三本の他に、北海学園北駕文庫蔵「古今題号奥秘口決」と題する本も同類のものである（国文学研究資料館の紙焼き写真版による）。「古今題号奥秘口決」と題を記すが、内容は『歌道秘伝』の一部である。第一に記される「古今題号之奥秘口決」は、『歌道秘伝』と同じである。第二の「下照姫之神詠口決」は『歌道秘伝』にはない項目である。これは『日本書紀』に記される下照姫の歌に関する秘説である。第三の「八雲神詠口決」は『歌道秘伝』と同じものである。第四の「長歌短歌之伝　混本歌伝　組題併四季恋雑伝」は、『歌道秘伝』の「追加」に記されるものと同じである。第五の「岡玉木伝　河菜草伝　忍草　下苔伝　忘草伝」は『歌道秘伝』には見えないものである。第六の「三鳥伝　三木伝」は『歌道秘伝』と同じものである。以上で本文は終わり、奥書には「右是二条家極秘之奥義也。努々不可有他見者也。穴賢々々」とある。次に、丁を替えて本文とは別筆で宝暦二年（一七五二）に「嵐朝主人」に伝授する旨の奥書がある。本書は全体としては、『歌道秘伝』の本伝部と追加の部を合せて編纂し直したものである。本伝部においては『古今和歌集』序文の秘伝を語る書としての性格を強くし、追加の部においては、三木伝に準ずる七草伝を付加し、歌体論、題論と同じ程度に三鳥、三木、七草伝を重視しようとしている。

さて、『歌道秘伝』の第一に記される「古今題号之奥秘口決」の項では、歌を定義して「歌ハ天地之開クトキノ声ニシテ、アハヒラク声、ムハトヅル声、メハ開ク声、三ツニシテ、上下ハ陽ノ開ク、中ハ陽中ノ陰、トヅル声ナリ。三ツハ一ツナリ。則、陽ノ揚リ成形チ、天ヲ三天ト云モ此理ナリ。歌ハ夫故ウタフト云訓ニテ、声ノ起ルモノヲ云」と言う。歌の定義については、第二の「大和歌併国号之事」にもあり、「ウタハ題号ニテ述ルコトヲ、ウタフトウツタヘルトノ二ツ也。ウタフハ天地万物ノナリハジマルトキノ声、則、ウタフナリ。ソコカライヘバ、鶯蛙ノ声モ歌也（略）。ウツタフルノトキハ、ワガ心ノマコトヲモノベツケ、ウツタフル意（略）。ヤマトハ、ヤマアトノ訓、ヤマニトドマルノ訓、ヤマニ門戸アルノ訓、また、弥増戸ノ訓、用ヒキタレドモ、本伝ノトキハ左ニ非ズ」と述べている。

初めの「古今題号之奥秘口決」で述べる「ヤマト」の三音の響きによって天地を統べる方法は、『玄要抄』に見られ、

『月刈藻集』の③説に相当するものである。続く「歌」は「ウタフ」ということは、次の「大和歌併国号之事」において「ウタフ」と「ウツタフル」との二説へと展開させているが、このような考えは、今までの考察には出てこなかったものである。しかしこれは、『月刈藻集』下巻の冒頭の話柄に関連している。『月刈藻集』は「ウタト云訓ヲ付ルコト、ウツタフト云心ト、ウラツタフト云心トニテ訓ゼシトナリ」と記している。この「ウツタフ」とする説が『歌道秘伝』と同じなのである。『歌道秘伝』の「大和歌併国号之事」において説かれていることは、「ウタフ」というのは「天地万物」の出で来る始まりの時の声であり、「ウツタフル」というのは、その意を受けて「ワガ心」の「マコト」を述べ訴えるものであるということである。『月刈藻集』は、「ウツタフ」の意味を、「天ノ神」に「陽神」の「心ニココロヨカラザル」ことを訴えたのであると説いている。『歌道秘伝』よりは具体的に場面描写をしている。

『月刈藻集』が他の一説として説いている「ウラツタフ」という説は、『玄要抄』に説かれるものに一致している。即ち、『玄要抄』は、「太占」を説明して「常ノ外見ニ発スル処ハ、顕ニテ表也。其裏ハ即本文ノ正直也」とその本義を述べた後、「歌ト云モ、ウラツタフト云和詞、本朝ノ道ノ風俗也。多クハアラハニ云ズシテ、心ノ裏ヲ伝ル義也」と述べている。吉田家の祖が行う「占」は、神の持つ正直の精神を表しているのであり、それと同じく、「歌」というものは「ウラツタフ」、即ち「裏の意味」である「占」が担う「正直」の意味を「伝える」と言うのである。『月刈藻集』は、「天ノ神」に「フトマニ」にて占ったことを述べるのみであるが、『玄要抄』は、これを本義に基づいて述べており、神の根源に関わって歌は存在していたとするのである。

「歌」をめぐっての三書の入り組んだ関係は、まず『玄要抄』が神道の立場から「ウラツタフ」説を唱えたと考えてよいであろう。それを受けて、『歌道秘伝』が歌の意味を考える立場から「ウタフ」と「ウツタフ」説を提唱し、この両者の影響下に『月刈藻集』が「ウラツタフ」と「ウツタフ」とを選択したと考えることが出来る。『玄要抄』が根本義を説き、次に『歌道秘伝』が、歌道への応用を説き、『月刈藻集』が、両説を巧みに取捨選択をした道筋が考えられる。但し、この場合、論理的には『月刈藻集』が先行していて、『歌道秘伝』が後であると考える事は出来る。しかし、その場合には『月刈藻集』の考えを『歌道秘伝』として展開していくには、無理があり、両者をつなぐ書物、あるいは人物の介入を考慮しなければならないことになる。

いずれにしても、『歌道秘伝』は歌学者の立場から説かれた書であることは間違いのないところである。それは、第一の「古今題号之奥秘口決」において、「天地ノ開ク時」の声である神詠は「神代巻」において読むのとは違いがあり、ここに記すのは「歌道ノ伝授」のものであると述べていることからも明らかである。

次に、「大和」の訓について、『歌道秘伝』は、第二の「大和歌併国号之事」において「ヤマトハ、ヤマアトノ訓、ヤマニトドマルノ訓、ヤマニ門戸アルノ訓」の三説を記して、更に「弥増戸」の説を記している。先に、「弥増戸」の説を記す『講習次第抄』(『講習次第抄』は「弥益戸」の用字であったが、これは同じ意と考えてよいであろう)に『月刈藻集』は、特別な関心を示したと考えたが、『歌道秘伝』に対しては、そのような関心を示した痕跡は見当たらない。『歌道秘伝』は、『月刈藻集』に比べて、より身近なところに神道者と交わる場を持っていたものと考えられる。

「大和」の訓を巡っては、『歌道秘伝』は更に、「神道ノ極秘」として「ヤマトト云訓ニテ、ヤマトト云フ、是本伝也。夫故ヤマトノ、ウメ字ニテ、八円トウメ字ス。八方マロク玉ノヤウナル御国ト云フ事也。」と記している。

この「八円」説は、『玄要抄』においては、通常段階の秘密である「正義」であったが、『歌道秘伝』では、「神道ノ極秘」とされている。「八円」説を第四説と記している『月刈藻集』は、『歌道秘伝』から言わせれば、神道の秘密のうちの「極秘」

を記したものになる。『歌道秘伝』は、神道者と充分通じていたために、これを「極秘」としたのである。しかし、『月刈藻集』は、同じく、神道者と通じてはいても、これを「極秘」と称さなくてもよい、神道伝授の立場からは自由なところにいたのである。それができたのは、歌道的な面を重んじる、歌学者的な立場であったからであろう。

次に、『歌道秘伝』は第三項として「八雲神詠反歌口決」を記している。これは言うまでもなく『日本書紀』に記される素盞嗚尊の詞「八雲立つ」云々の詞に関する秘密である。この秘密は「今、神学者云フトコロノ伝ハ、多クハ本理ニアタラズトミヘタリ」として、強く「神道者流」の伝を否定している。そして「二条家定家卿ヨリ伝ハ、授々ノ直説、此歌ノ本意」なりとして記す説は、和歌三十一字を人体に準えて、天地陰陽夫婦感交の徳を現すのが歌であるとするものである。この八雲の詞については『八雲神詠伝』として、兼倶に始まった説は神道者流のものとして伝えられ、松永貞徳の手を経たものは歌学者流のものとして伝えられた経緯があった(注十三)。『歌道秘伝』が記すものは、この貞徳流のものに近い内容を持っている。「陰陽和合シテ、万物ヲ生給ウ。其夫婦交合マシマシ」て、八重垣を作るという基本原理は相通じているものの、その細部になってくると、それぞれに独自な説を展開している。このような状態は、秘伝の世界では、別系統のものと考えておいたほうがよいものである。

この間の事情を説明するような言が『玄要抄』にはある。「此神詠ヲ夜句茂ノ相伝ト言テ、朝廷、古今伝授ノ次ニ、此ノ歌ノ御伝授有ルコト也。其義、神祇道ノ相伝トハ相違アリ。神祇道ニテハ、専道徳ノ至極ニシテ、素神ノシヅマリ玉フ御歌ト伝授スルコト也。サレドモ、朝廷ノ御秘説ノ神詠ノ義ナレバ、神道ノ意味ト和歌ノ伝授ト違フトハイヘドモ、一応ノ講ニハ弁ゼザルコト也」と記して、この後、道徳的な観点からの講義を行っている。

兼従の言うことは、朝廷に伝わる「八雲神詠」の伝授は、神祇道で行われるものとは違っており、神祇道では、「道徳ノ至極」の意味を伝えることになっている。さらには、「神道ノ意味」で行う伝授と「和歌ノ伝授」とにおいてもまた違いがあると言う。この「神道ノ意味」と「和歌ノ伝授」との違いというのは、先の『八雲神詠伝』に、神道者流と歌学者流との二つがあることを言うものであろう。それに対して、神祇道では、「道徳ノ至極」を説いていると言うのは、兼従の『玄要抄』が言いだしたことであって、そこに兼従の立場があったのである。そのように見ると、先に見た『歌道秘伝』は、「天地陰陽夫婦感交の徳」を述べているから、兼従の影響を受けた神道的な立場に近いことになる。

『月刈藻集』にも、『八雲神詠伝』が語られている。下巻の第二話に「八雲立つ」云々の詞が発せられる次第を述べた後に、「是、和歌三十一字ノ権與ナリ。此歌ニ有四妙。所謂、字妙、句妙、意妙、始終妙ナリ。委細ハ他ニ記ス」と記している。「委細ハ他ニ記ス」とあって、その詳細を知ることができないものの、秘伝には充分通じていたと考えられる。ここに「和歌三十一字ノ権與ナリ」とある言い方は、兼良の『日本書紀纂疏』に初めて用いられた言葉である。それが兼倶にも引き継がれ、文亀二年以降の講釈と考えられる『纂和抄』にのみ見られるものである。『月刈藻集』が、四妙の事を記して、その詳細を記していないのは、「徳」を説く『玄要抄』からの影響は薄く、吉田神道の歌学者流の『八雲神詠伝』の伝授を受けてのことと考えられる。

一方、吉川惟足は『八雲神詠伝』については特別な思い入れがあったようである。「八雲の神詠は、天下の大秘にて、歌道の大事也。兼従、法皇様御一人に伝る也。三十一字のはじめ也。只今、公家計歌をよみとりあつかふやうになる。歌は根元、神職方にかねて用ふべきこと也。日本の風俗は皆何事も歌道也（略）。此八雲に付きて四妙有。一つは字妙、句妙、意妙、始終妙、是四つ也」と記している（注十四）。幕府の神職方に取り立てられた惟足は、『八雲神詠伝』を、最重要の秘伝に格上げしている。公家方ばかりに行われているこの秘伝は、「兼従、法皇様御一人」に伝わるもので、それを唯一受けている者は、惟足一人であるとし、更にその上に、神職方という職務において歌道のことは取り扱われるべきであるとして、権威の絶対化を謀っている。そこで説かれる四妙の説は、兼倶以来の最も伝統的なものである。兼従が説いた「徳」の概念を強調することなく、あくまでも吉田神道の正統を受け継いでいることの正しさを主張しているのである。

京都の地においては、吉田神道としての新機軸を出すべく兼従は『玄要抄』の講義をし、新たな徳の理念に基づいて八雲の歌を説き、この影響下に『歌道秘伝』が、吉田神道においての歌学者の立場を表明していた。一方、関東の地においては、吉川惟足が幕府の神職方の強化を目指して、吉田神道の伝統的な方法で『八雲神詠伝』を説いていたのである。

こうした流れの中で、『月刈藻集』は、秘伝の詳細を記さないことによって、その立場を保持していたのである。記さないことによって生ずる秘密の重さを知っているのである。それは自己権威化の方策である。こうした『月刈藻集』の態度は、その下巻の第十七話にも現れている。「宗祇ニ御相伝」されたとする「歌ノ見様」については、その題目のみを記して「委外ニ記ス物アリ」としている。秘密を所有している姿勢を示すことによって一つの権威となり、流派の中心であり得る伝授の世界に充分入り込んでいた『月刈藻集』編纂者の姿が見えるのである。

『歌道秘伝』は第四項として「六種之儀甚秘口伝」を記し、この秘伝は「栄雅、拾穂モ本説ヲ明サズ。季吟ハ古今伝授ノ人ナレドモ、秘シテ此事ヲ明サズ」と述べている。

「栄雅」、「拾穂」の表記は、『歌道秘伝』の内に何度か用いられているが、「栄雅」と言うのは、飛鳥井栄雅の著とされる『古今栄雅抄』であって、室町時代中頃の成立になる書である。「拾穂」については、若干の問題がある。北村季吟の著作には『万葉集拾穂抄』『詠歌大概拾穂抄』『百人一首拾穂抄』などがある。これらの書のいずれが該当するかについては、断定しにくいところがある。類似した文面は『万葉集拾穂抄』に見付ける事は出来るが、仮に『万葉集拾穂抄』であるとすれば、その開版は元禄二年（一六八九）ということになる。また、北村季吟が、「古今伝授ノ人」と呼ばれるためには、元禄十五年（一七〇二）の柳沢吉保への伝授を待つことが穏当なところではあるが、最も早くは万治二年（一六五九）に、霊瑞院より伝授を受けた時を考えることも出来る（注十五）。いずれにしても、この季吟が「秘シテ」「明サ」ない秘密を『歌道秘伝』は記すと言うのであるから、古今伝授には充分通じていた二条家と称する一派の人物が、『歌道秘伝』の作者として想定されてくる。

『歌道秘伝』は第五項で「六人歌仙勝劣極秘口決」を記している。その中で、喜撰法師の歌とする「ケガレナンタフサヲフレシ」云々について、「決シテキセンガ歌ニ非ト中院家ノ伝授ナリ」と述べている。「中院家」と言う言い方は、やや客観化した表現である。これは『歌道秘伝』の初雁文庫本、国会図書館本が記している中院通茂の手を経ているということとやや齟齬してくる面がある。中院家の伝授書であれば、「当家」あるいは「我家」などの言い方がより妥当であろう。中院家の秘伝には通じてはいるものの、中院家直系の人を『歌道秘伝』の作者には想定できない。それに、中院家の秘伝類と関係する内容を『歌道秘伝』には見出すことができない面もある。

『歌道秘伝』の第六項は「天皇御即位古今伝授大秘口決」である。そこには天皇の即位の儀式次第が述べられている。「春宮、南階ヨリノボリマシマシテ」北面し、「今上帝、北階ヨリノボリマシマシテ」南面したと儀式次第を、詳しく記している。この春宮と今上帝を、いずれの人物に比定すべきかには、いくつかの可能性はあるが（恐らくは霊元帝の前後ではあろうが）、少なくともこうした儀式次第を具体的に述べることができるのは公家以外には考えられないであろう。それに、この項では、天皇が即位の時には、三種の神器の伝授に合わせて古今伝授が行われると説いている。古今伝授、殊に御所伝授に関わった者の立場が表わされている。更には、後に記される「三鳥之口伝」の項には、「地下ノ宗匠ノ説」という表現もある。これは、地下に対する堂上公家の立場からの発言である。『歌道秘伝』は御所伝授に関わりを持つ公家の手になることは確実であろう。

こうした状況を前提にしてみると、つぎの第八項「歌道者王道　王道者神道之口決」は、良く理解できる。この項は、その題名からも知られる通り、歌道は王道に通じ、王道の誠は神道に通じていることを説くものである。歌道とは、天地の開く時の声、八雲神詠の心、陰陽合して万物生成する道であり、王道とは、曲玉の慈悲の御心を以って天下万民を憐れむ御心であり、神道とは、天照大神を基にして神々相受、人皇百代まで受け継いだ我が国の治まりの道であると言う。この神道とは第七項の「仮名序総体口決」において、「此伝ハ神武ヨリ以来伝来ル所ノ祝詞」があって、それは「卜部家王家ノ至極大事」であると、卜部家の重い意味合いとして説いている。更に後の「三木之事」の項では、その秘伝の一つであるヒモロギを説いて、これは「神書ノ極ニテ、卜部家唯受一人之伝也」としている。卜部家、即ち吉田神道家の重要な位置にいる人物の発言であり、吉田神道説の核心が語られているのである。

次に、『歌道秘伝』が追加として記す「三鳥之口伝」「三木之事」は、古今伝授史の中で、多様な展開を見せる秘事である。その中でも『歌道秘伝』は特殊な説を記している。三鳥では、百千鳥を雀、呼子鳥を木魂、稲負世鳥をニワクナブリとし、三木では、ヒモロギ、相生の松、妻戸ノケヅリバナの三つをあげている。稲負世鳥をニワクナブリとし、三木の一つをヒモロギであるとするのは言うまでもなく神書を重視する姿勢から考えられた説である。「イナヲヲセドリ」は「神代巻八州起源ニ見ヘタル所ノニハクナブリ」であると言い、ヒモロギは「神書ノ極」であると、その神道への傾斜の深さを語っている。

この説は、吉田家の中では歴史のあるものであった。「ヒモロギ」については、兼倶の説を受けて宣賢が「ヒモロギノ正印ヲバ、天児屋ヨリ今ニ至マデ、吾家ニ相伝ス」と、吉田家の最も古く重い伝承であることを述べている。兼従より惟足に伝えられた神道伝授の中では、「神籬（ヒモロギ）」の秘事は「神籬磐境伝」として伝承されており、最も重要な四重深秘とされている(注十六)。

また、稲負世鳥を、ニワクナブリに関連させて説く基盤を創ったのは宣賢である。陰陽二神に嫁ぎを教えた鳥は鶺鴒であるとし、その鶺鴒には「ニハクナブリ、ツツマナハシラ、ツツナハセドリ、トツギドリ、トツギヲシヘドリ」の五の名があるとし、「世俗ニ、イシクナキト云、歌道ニイナヲウセドリト云」としている。神道と歌道とは同格であることを示している。これを『玄要抄』では、「ニワクナブリ、イナオオセドリ、トツギヲシヘドリ、イシクナキ、石タタキ」の五名へと変えている。歌道伝授の枠内である稲負世鳥を、神道の枠組みの中に取り入れ、神道の新たな変容を狙っているのである。しかし、それには幾分か無理があるのであって、「サレドモイナヲヲセ鳥ノ義ハ、古吟集ノ伝受、三鳥の内成。ママ一遍ニハ不講義也。然ドモ、古今ノ伝受ト神道ノトハ甚相違アルコト也」と述べ、この秘伝においては歌道と神道とにおける相違があることを強調して両説の矛盾の統一を図っている。

いずれにしても、古今伝授の三鳥三木の伝にヒモロギ、ニワクナブリが採りあげられることはないのであって、『歌道秘伝』の三木三鳥伝は、その基盤を神道に置いて打ち立てているのである。古今伝授の中心的命題である三鳥三木も、江戸時代という時代を迎えて、御所伝授の枠外にあっては、その内容を変容させることによって新たな命を得ているのである。ここにも、『歌道秘伝』は御所伝授系のものでもなく、正統な中院家のものでもない性格を見ることができるのである。

『月刈藻集』の下巻冒頭部にも鶺鴒の名が登場する。鶺鴒に「イシタタキ」と傍訓を期し、その傍らに小字で「イナ負セ鳥」と呼ぶ所以を説いている。先に、稲負世鳥は『玄要抄』に「古吟集ノ伝受、三鳥ノ内成」とあった通り、歌学者流のものである。『月刈藻集』が「イナ負セ鳥」を説くのは明らかに、歌学者流であることを示している。しかし、その小字の注だけでは、説明は余りに少なくその流派を確かめることまではできない。

『歌道秘伝』の特質をいろいろな面から考えてきたが、『歌道秘伝』は基本的には吉田神道の歌学書と位置付ける事が出来る。その作者には、吉田神道、殊に吉田兼従の説を基本に据えて、御所伝授に通じており、歌道の秘伝を持つ公家、その上、地下の秘伝の事情にも詳しい人物が考えられる。その時、初雁文庫本系統の記述からすると、中院家とは何らかの関係はあったと考えられるが、中院家の正嫡に当たる人物に作者を想定することできない。成立年次は元禄年間とするのが穏当なところである。

こうしたことのいくつかは、『月刈藻集』の編纂者にも共通するものである。『月刈藻集』の編纂者も、吉田神道の系列、それも特に、兼従以降の説を受けて、吉田神道に精通している。しかし、『歌道秘伝』の作者に比較すれば、より歌学者としての立場を守るところに居たと言える。元禄年間に、洛中、あるいは近畿圏に生活し、堂上歌壇の一流派に属していたか、あるいは関係の深い人物が想定される（注十七）。

三　下巻冒頭部からの展望

『月刈藻集』の下巻冒頭部に関わって考察してきた結果を基にして、もう少し下巻の読みを進めてみよう。

下巻第一話は、ヤマトの訓と、陰陽二神の嫁ぎの時の詞を「ウタ（歌）」とする訓を述べ、第二話では八雲の歌は和歌の「権輿」であるとする。この考えの背景には吉田神道の神書があり、特に、吉田兼従以降の説に基づいた論の展開があった。第一話から第二話へと続くことによってヤマトウタを定義したのである。

これは第三話に引き継がれている。第三話は和歌の重要性を説いている。天竺の仏の教え、異国の儒に対し、我が国には神道があるとし、和歌は二神の詞に始まり、八雲の詞に至るまで、神明の妙意を含むものであるから、歌道の廃れることはないと言う。その結果、和歌は我が国の風俗となり、この道を知らない者は禽獣にも劣るとされ、花に鳴く鶯、水辺の蛙さえも、歌を詠むとされ、その実例が示される。その例は「日本紀」に見えるもので、大和の国高間寺の僧に、鶯となった稚児が歌で呼びかけたこと、住吉の浜辺で、紀良定に蛙となった女が思いを歌で述べたことが語られる。

ここに示される二例は、いずれも鎌倉時代後期頃の成立と認められる能基『古今和歌集序聞書』に語られるものである。『古今和歌集』の序文に記される「花に鳴く鶯、水に住む蛙の声を聞けば」すべての生き物が歌を詠むとの文脈に沿って、その実例が「日本紀」を典拠として示されるのである。時と所と人名とを確かに設定することによって一流派を作り上げていく抗争の中から生まれ出た考えである。それは『日本書紀』が遠い存在でありながらも、猶、日本人の実在を証明するに唯一信ずる他はなかった『日本書紀』の理解に関わる精神の暗闘から生み出されたものであった。それが今、吉田神道に通暁し、『日本書紀』をも披見している『月刈藻集』の編纂者には、この二例を『日本書紀』の伝と信ずることはできなかったのである。その故であろう、この二例を示した後に「鶯、カハヅノ二首トモニ、万葉ニ入タリトキキ侍ル」と付記している。先に「日本紀」によると記したものの、実際は「万葉集」であると変えている。更には「キキ侍ル」と伝聞の形にしている。『日本書紀』という神道の世界から『万葉集』という和歌の世界へと変え、そしてそれが全くの伝聞であるとまでしても、「日本紀」という表現は消したくなかったのである。中世と言う時代の中で発想された「日本紀」による説を、近世と言う時代に生きる『日本書紀』の中に同居させようとしている。鶯、蛙の歌が歴史の洗礼を受けてきた重みは取り外せないのである。そこには、自らが生きなければならない伝承の世界がある。

『日本書紀』を伝える世界の中に、『古今和歌集』の伝承は生き生きと息づいているのであり、和歌は「日本紀」の精神を伝えるものとして存在している。歌学者の「日本紀」は、神道の『日本書紀』を凌駕していると言ってもよいであろう。

ところで、この第三話は、二条家の為世の言と記されている。これは、為世を単に二条家の祖として認めての発言ではないであろう。そこには一つの共通した時代意識があったと考えられる。鎌倉武家政権の中で、王道の維持復権に尽力し、後醍醐天皇を助けつつ、歌道の二条家を守ったのが、二条為世である。江戸幕府体制が強化されていく中で、歌道に発する御所伝授に守られる天皇は何よりも吉田家が補佐しなければならなかった。王道を支える神道の重要な意味合いが見据えられている。歌道は王道、王道は神道の理念である。

第四話は当然のごとく、為世の祖である俊成の偉業に筆が及んでいる。

俊成は初め六条顕輔の子であったが、後、顕輔を見限って基俊の弟子となり、一流を立て二条家の祖となったと述べる。何故に俊成と顕輔との不思議な関係を述べているのであろうか。それは吉田兼倶の講義に起因していると考えられる。兼倶は文明九年の『日本書紀』の講義の際に、兼直から定家へ伝えられた『八雲神詠伝』に関わって、顕昭が吉田家の祖兼直に秘事を伝えたと言及している。これは事実に合わないことであった。そこで、宣賢は「兼直ガ日本紀ノ弟子ニ」顕輔、清輔、顕昭の三人がいたと修正している。吉田家においては、兼倶の唱えた六条家との関係は否定できない伝承であった。そこで『月刈藻集』の編纂者は、改めて、俊成の幼名顕広と顕輔との通字に着目して、俊成は六条顕輔の子としたものと考えられる。

この俊成は、夢中に現れた住吉大明神によって歌道の悟りを得ることができたという。「歌道ハヲロソカニ思ヒタマフコトナカレ。此道ニテ必往生トゲ、成仏シタマフベシ」と。それは、神が成仏を保証する世界であった。

第五話では改めて「歌ハ神明意述ナリ。代々御示現、ウタニテシメシタマフ」と、神の心は示現によるとし、第三話を受けて、神意による和歌の意義を述べている。その上「仏心教化」も和歌によって示されるとし、仏の世界に占める和歌の高い位置を強調している。この論は更に「神司、儒門学士、釈氏僧侶」もすべて和歌を詠んできたと発展していく。ここに新たに「儒門学士」を加え、儒者が神道を「オノレガ党」としていることを戒め、「神」は「一輪月ノゴトキ」ものであるとして神道のゆるぎない地位を主張している。江戸幕府による儒者優遇策を背景にして、儒者の勢は強く大きかった。近畿の地に勢力を持った陽明学派などが意識されての発言であろう。吉田神道の立場に立つ『月刈藻集』からすれば、儒者との共存を図りつつ、神道を隆盛に導くことが望まれたのである。しかし、仏教、儒教の教えの根本に神道が位置すると説いた兼倶ほどの力もない今、関東を中心に栄える新しい神道に対抗できる道は、和歌に力を借りて伝統を語ることであった。

第六話から第十二話までは、第五話に登場した「釈氏、僧侶」の歌の実例を、ほぼ時代順に配列している。神意に基づく和歌は仏教の世界に深く理解されてきたと説くのである。

この第十二話までが『月刈藻集』下巻部の神道的立場からの発言であり、これ以降に続く話柄とは一線を画するものとなっている。神意に基づく和歌の成立を言い、儒教、仏教の何れの世界をも取り込んで、和歌の歴史は創り上げられてきたと主張したのである。

第十三話以下は、この勝れた和歌のあり方を様々な場面を通して説いていく。貞徳流の『詠歌大概安心秘訣』などの論理が応用されて、詠歌の際の心得などが示されている。

こうした神道的な発想を基盤にして、和歌の持つ意味を語る部分と、和歌そのものが人生の多様な面を表現してきたとする歌学者的発想になる部分との二部構成となっていく。この構成は、上巻及び中巻においても同様に見ることができる。

『月刈藻集』の冒頭であり、上巻部の冒頭でもある第一話は、春日明神の神体を語っている。

初めに春日明神四社の祭神を、「第一建甕槌命・常陸国鹿島大明神、第二斎主命・下総香取、第三天児屋根命・河内国平岡、第四姫太・天照大神」としている。春日明神が藤原氏を守護する神であったことは今更ここで言うまでもないことである。従って、『月刈藻集』の上巻冒頭部の重要性を認めて、その作者に藤原氏を想定する原田氏の考えは、それなりに理由のあることではあった。しかし、下巻の冒頭部、及びその構成からから見えてきたものは、そうした理解とは違った世界であった。それは、吉田神道との深い関係である。

春日明神の第三社に祭られるとする天児屋根命は、吉田神道にあっては根源的な神である。

兼倶は『唯一神道名法要集』（注十八）において、唯一神道の宗源を天児屋根命であるとし、「天児屋根命ハ神ノ事ヲ主ル宗源者也。故レ太占ノ事ヲ以テ、奉仕ラシム」と説いている。『日本書紀』に記された記事を利用しつつ、吉田家は太占に携わり、卜部の姓を賜ったと言うのである。そして自らを天児屋根尊四十五世孫神祇道管領勾当長卜部と名乗った。この根本神である天児屋根命は春日明神に祭られているとして、月舟の聞書になる『中臣祓抄』（注十九）では、「春日明神ノ尊号は、天児屋根尊トマウス」と講義している。文明十八年に著した『神道大意』（注二十）においても、和歌三十一神を規定して、その一神に春日明神を挙げ、祭神を「天児屋根尊」としている。これ以降、吉田神道にあっては、春日明神に天児屋根命が祭られているとする考えは絶えることがなかった。

また、春日明神の第一社、第二社の神についても特殊な意味を認めている。兼見（一五三五～一六一〇）は『神道大要』を著して、そこに兼治伝とする「唯一神道加持之大事」を引用している。建甕槌神、斎主命が初めに天降りして荒神を平らげての地に神孫降臨が行われた。この時の二神の働きが「加持」の起源であると言う。春日明神が持っていた意味に、吉田神道が新たな解釈を付したのである。その目的は、吉田家と春日明神との深い繋がりを言うものであって、もう一歩を進めれば、春日明神は吉田家の守護神にも相当することを言うものである。このような考えは吉田家の内部に留まっていただけではない。江戸幕府に抱えられて理当心地神道を喧伝した林羅山は、この吉田家と春日明神との関係を認める発言をしている。正保年中（一六四四～一六四七）に著わした『神道伝授』（注二十一）の「十七　神道三流」において「唯一宗源」を説明して「是ハ神代ノ神道、日本ノ古風ニテ異国ノ事ヲ不交。春日明神ヨリ伝来。大職冠以来中臣卜部家へ別、吉田平野其流也」と述べている。「唯一宗源」である吉田神道は春日明神より伝来していると言うのである。

春日明神と吉田家との関係は内外ともに認められたことであった。

第一話において、もう一つ記されるのはその神体の実態についてである。「白頭ノ翁」が、大社の内陣の扉を開けて、三重の箱から取り出した「一紙書文」には、「以テ信ヲ　現ス形」と記してあった。これを「神霊信《マコト》ヲアラハシ、凡人ウタガヒハラサントノ御事ニヤ。可信言々」と『月刈藻集』は解釈している。春日明神の神体は偶像でもなく、物でもなく、唯「信（マコト）」の一語であるとしている。

吉田兼右の『神道大意』においては「心は神」であり、「正直を本」とすると説き、この正直を「タダシクスグ」と訓じていた。それが兼従になると『玄要抄』に正直を説くものの、神の心を言うに「心ハ誠也」と述べる事が多くなっている。兼雄（一七〇五〜一七八七）になると『神道大意』に正直を訓じて「マコト」としている。神を「誠」として説くのは、吉田神道に限ったことではないが、江戸時代に入って兼従以降の吉田神道の根本理念であったことは間違いのないところである。

この神体のあり方については、一言しておく必要がある。

林羅山は先に挙げた『神道伝授』の「十六　神体之事」において、神体の三つのありようを述べている。その第一は「箱ノ内ニ物ナク空」なる場合、第二は「箱ノ内ニ土ヲ入レ」る場合、第三は「箱ノ内ニ鏡ナドノ類ヲ入」れる場合である。この第一の場合を説明して、次のように述べている。

箱ノ内ニ物ナク空ナルヲ幾重モ包ミ、又イレコニシテシメヲハリ、内陣ニ納時、此物ハ木ニテモアラズ、金ニモアラズ、土ニテモアラズ。中ニ神ノマシマスト口ノ中ニ小声ニ唱。神ハ形ナキ故ナリ。高天原ニ神止ハ、魂気ハ天ニ還ノ義也。

『神道伝授』を遡る約八十年前の一五六五年にキリシタンからの報告がある。「日本全六十六カ国において可能な限り最高に贅沢な生活を営んで」いる「春日」の「社人と巫女たち」は、食事を礼拝所に供える。「その中にはいかなる肖像も偶像もなく、あるものはただ空気だけです」(注二十二)。

春日明神の神体は明らかに異教徒の手によって検分されていたのである。これ以降何度か同じような事件はあったかもしれない。日本の神々は論理の再構築を要請されていたのであり、その中で新しい論理を持ったのは吉田神道であった。林羅山の神道体系も基本は吉田神道であった。「物ナク空」なる箱に向かって「神ノマシマス」と念じた時、神体は完成した。それが日本の神であると羅山は説いたのである。吉田神道は「誠」を念じ、『月刈藻集』も「信《マコト》」を封じ込めた。

神道書の講義としてではなく、事実としての事件を再認識する中で、『月刈藻集』は語り始めているのである。「凡人」の「ウタガヒハラサン」ために、更には春日明神の復権を目指して、春日の神を吉田家の論理で語る。新たに獲得した神の意義を根底に置いて、『月刈藻集』は次を語っていくことができる。

天地、帝王、歌神、詩神を語って、神威・神感に止まる第二十八話(神泉苑での、和泉式部の詠歌により雨の降ること)までが、様々な神々の世界である。これは神の善なる力の発揮である。これに対して中巻の第一話から第二十五話(蝉丸トイヘルアヤシキ人との話)までは、様々な神に関わる妖霊・怪異の物語である。これらの神々の解釈にはまた吉田神道の概念が濃淡取り混ぜて、応用されている。

これらの神々の様態に続いて記されるのが、神の真意を秘めて詠まれる和歌の場、人の世の種々相である。『古今和歌集』の序文を念頭に置きながら人の世の物語が語られていく。それらの具体相については、また別の機会に譲るとしても、『月刈藻集』は、吉田神道の最奥秘を受けた人物が、日本の神の心が和歌を通して示される歴史を語っていることは確かである。

注

（一）「金沢大学教育学部紀要　人文・社会科学編　第30号」。原田氏の論文発表以降に刊行された『日本文学大辞典』（岩波書店）、『和歌大辞典』（明治書院）などにも、新見は見当たらない。

（二）上岡勇次氏が、「語学文学　第三十号」（一九九二年）などに発表した論は、作者を細川幽斎周辺に求めている。上岡氏には『本朝語園』の版本との先後関係を考察した論もある。

（三）西田正宏氏の論は「国文学」（二〇〇〇年四月号　学燈社）に「中世古今注の変容―『月刈藻集』をめぐって」と題して発表された。『古今和歌集』の注釈書との影響関係を見、『月刈藻集』を『古今和歌集』の注釈史に位置づけしている。

（四）吉田神道において行われた『日本書紀』の講義の実態については、『日本書紀神代巻抄』（昭和五十九年　続群書類従完成会）が詳しい。

なお、『日本書紀抄の国語学的研究』（小林千草　一九九二年　清文堂出版）には、各講義書の表現意識が考察されている。

（五）以下に引用する吉田神道書の諸書は、特に断らない限り、すべて天理図書館本である。

（六）『吉川神道の基礎的研究』（平　重道　昭和四十一年　吉川弘文館）第一章　吉川惟足の人物と事蹟。

（七）『月刈藻集』が『講習次第抄』を参照していたならば、『講習次第抄』は元禄十五年（一七〇二）の出版であるから、『月刈藻集』の原本が「寛永午春」（一六三〇又は一六四二）に存在したとする注記には疑問が生じてくる。『月刈藻』の原本の段階では『講習次第抄』を参照することは出来ないからである。

（八）『歌学秘伝の研究』の第四章第二節『八雲神詠伝』の成立と流伝。

（九）『吉川神道　大日本文庫　神道篇』（昭和十四年　大日本文庫刊行会）に所収の『日本書紀聞書』による。

（十）『月刈藻集』の本文に「トハトヅル音ニテ陰也故ナリ」とある意味不明の箇所は、『玄要抄』の説明によって「トハトヅル音ニテ陰也」の後に、「地」を補って「陰の地なる故也」の意とするのがよいと考えられる。

（十一）『吉川神道の研究』（千葉　栄　昭和十四年　至文堂）の三四頁。

（十二）『古今伝授の史的研究』（横井金男　昭和五十五年　臨川書店）の三九六頁。

（十三）『歌学秘伝の研究』第四章第二節。

（十四）注九の書による。

（十五）『北村季吟の人と仕事』（野村貴次　新典社　昭和五十二年）の三九六頁。

なお、『月刈藻集』が記す寛永年間の原本存在説は、この北村季吟の呼称を通しても疑念の生ずる処である。即ち、季吟が古今伝授の人と呼ばれる最も早い時期は万治二年ということになる。『歌道秘伝』は、当然その年代より後の成立となる。『歌道秘伝』と共通な部分を持つ『月刈藻集』の成立も同じような年代を考えざるを得ない。もし、『月刈藻集』の注記が正しいとすれば、注八の事項と併せて、『月刈藻集』の原形は随分と少量な説話集であり、吉田神道との関係もなかったことになる。

（十六）注六の書の一三頁に、兼従自筆の「四重深秘　神籬磐境伝」が紹介されている。

（十七）『月刈藻集』の注記が記す、寛永年間存在の本の存在についての疑問はここにおいても払拭することができない。注七、注十五に記した問題と共に、原本が少量の説話集であって、それが増補されたとする考えは、全体の構成上からも成り立たないものである。

（十八）『中世神道論　日本思想大系』（一九七七年　岩波書店）による。

（十九）『中臣祓・中臣祓抄』（昭和五十二年　叢文社）による。

（二十）『吉田叢書　第一編』（昭和十五年　内外書籍）による。

（二十一）『近世神道論・前期国学　日本思想大系』（一九七二年　岩波書店）による。
（二十二）『フロイス　日本史　３』（昭和五十六年　中央公論社）の二八八頁。

第三節　荷田春満の神道説の成り立ち

はじめに

荷田春満の初期の学問の形成には、吉田神道がいろいろと関係していることは近年漸く実証的に証明されてきている。その拠り所の一つとなっているものに『神道大系』に紹介された吉田神道の講読伝受之系（注一）がある。この講読伝受之系に基づいて春満の『日本書紀』の注釈と講読伝受之系に記されている源仲之が著した『日本書紀神代講習次第抄』（以下、『講習次第抄』と略記する）との関係が論じられている（注二）。

この講読伝受之系というのは天理図書館蔵『卜部家神代巻抄』の表紙見返しに記されているものである。この『卜部家神代巻抄』は、一冊の独立した講義書ではなく、吉田兼従の講義書かとされる『玄要抄』の一部である。この『玄要抄』と『講習次第抄』及び吉田兼雄講義の『幽顕抄』とは関係が深く、和歌説話集『月刈藻集』とも相互に影響しあっていることは前節で考察した。

『玄要抄』は五冊本で、『日本書紀』の神代上下巻の講義を記したものである。その第一冊めが『卜部家神代巻抄』

に相当している。『卜部家神代巻抄』は『玄要抄』の体裁とよく一致しており、全体の丁数、一丁の行数、字数、字配り、漢字仮名の書き分け、小文字による書き入れ、頭注、貼り紙の体裁字配りなどにおいて一致している。ただし、細かに見れば、漢字の略体表記、振り仮名・濁音表記の有無、一部の体裁などにおいて若干の不一致は認められる。『卜部家神代巻抄』は『玄要抄』と全く同一の書（副本としてか、あるいは後に述べる講義聴聞者が作成したものか）を作製しようとして第一巻までで筆を止めたものである（あるいは第二冊以下を失ったものであるかもしれないが）。その表紙題簽に「卜部家神代巻抄　上巻　一」と記されているのも原本の一部分であることを物語っている。このようなことから、『卜部家神代巻抄』の講読伝受之系を用いるに当っては、『玄要抄』の考察は欠かせないものと思われる。そこで、『玄要抄』の大概を見る事から始めることにする。

一　『玄要抄』の成立をめぐって

『玄要抄』は兼従の説であると天理図書館発行の目録には記されている（注三）。その奥書には「右玄要抄五冊者秘中之奥儀／深々中之極秘也堅可禁外見敢／莫出戸外仍加奥書而巳／安永四年九月二十七日／正二位卜兼雄七十一歳」とあって、五冊本であることは確かではあるが、兼従の講義である旨の明徴はない。講読伝受之系が唯一の手がかりであるから、まず講読伝受之系を見ておこう。

講読伝受之系

一　舎人親王之御家流今白河之住舟橋家也

京白河住神祇伯　萩原三位兼従卿
相州鎌倉住　吉川惟足
京出雲路幸神々社　奥村氏源仲之　右京
京稲荷神主　羽倉氏源信盛　斎宮
京都之住　深尾氏源満孝　源六
越後長岡住　吉田氏源倫雄　助六郎
内藤家中住　矢野氏丹波時成　亨純
越後村上之住　高橋氏藤原映広　河内守
北条家中　岸本氏知義

この講読伝受之系は兼従に始まるものであるから、兼従の講義を聴聞した人々の名が、それ以下に記されているものと考えてよいであろう。その点から、『玄要抄』は、その講義に関わった本であると、考えられる。

この講読伝受之系に対して『玄要抄』の最終丁には、次のような「誓約詞」が掲げられている。

一　凡学二我朝之道一者　常存二神明尊崇之心一　不レ可二軽慢怠堕一　併以二淳素正直一為レ本　可レ捨二驕怠邪曲之心一事
一　佞構二奇怪之虚説一　以不レ可衒二神明之徳一事
一　不レ可下為レ名為レ利而梓中奥秘上事
一　不二擇其人一　漫伝授二奥秘之旨一事

一　異端邪説之人　流弁口才之輩　挙難問欲レ圧二倒　吾神明之道一　則雖二奥秘深重之説一　吐露明弁而　不レ可レ有二用捨一事

右五箇条之趣慎而堅可二相守一者　任二天神地祇之証一

「誓約詞」の初めには、「此ヨリオクハカキシルスニ及バズ、口ニ出スル」と記されているから、講読伝受之系に記されたような人々がこの詞を声に出し、心深く師の講義を聴く態勢を整えたのであろう。しかし、この「誓約詞」には、やや穏当でない雰囲気が感じられる。特に、第五項には、当流神道に「邪説」「難問」を呈して対抗する人物がいるならば、「奥秘深重之説」で以って「用捨」なく論駁せよと誓わせている。講義の前提として、論争相手を想定した穏やかならざる反論の講義となることを予告しているのである。この当流の強い危機意識は、『玄要抄』の中にも現れていると見てよいであろう。

『玄要抄』は、一人の説を記すばかりでなく、何人かの提案、意見が取り入れられて出来上がっている。それは、多くの貼り紙、頭注、書き込みなどがあり、更に、次のように人名を表記した注があることによって判る（以下、本文の引用例の表示は、注四に示す方法による）。

①「愚案」（第一、三、四冊に各1例）

「私」（一に貼り紙1例、二に6例、三に5例、貼り紙1例、四に17例、五に6例）　「今按ニ」（四に1例）

右の表記を詳細に見ると微妙な違いは指摘できるが、一人称の表記であるから、同一人物によるものとみてよいであろう。この「私」は、（三209）において、「此ヨリ三冊目也」と書物の体裁に関して注記している。また（四297）において、「今按ニ」と記している。「今」と記しているからこの書の成立過程で複数回携わっていることが判る。

②「吉田氏云」（三245、270）、「吉田氏隆雄」（一31、三241）とあるのは、講読伝受之系にある吉田氏源倫雄であろうか。神道大系（注五）（18頁）に、元禄十六年の荷田東満門人契約者として吉田助六郎源倫の名が見える。同じく年譜（353頁）に吉田助六郎源倫入門とある。これらは同一人物かと思われるが、やや疑問も存する。

③「深尾氏云」（一32、33、二121、173、四320）、「深尾氏奥秘」（二174）とあるのは、講読伝受之系にある深尾氏源満孝源六であろう。源六の名は同じく神道大系年譜の元禄十二年七月（231頁）に見える。他に、深河氏（二153に二例）とあるのは深尾氏のことであろうか。

④映広云（三267、272）とあるのは、講読伝受之系に記されている高橋氏藤原映広であろう。

⑤「丹家由成云此語深ク察スベシ　別ニ口授ス」（三247）、「丹家由成竊按ニ」（三269）とあるのは、講読伝受之系に云う矢野氏丹波時成であろうか。由成と時成の名の表示に相違があり、やや疑問の存するところである。

⑥「蘇我氏云」（二120、139、152、153）、「蘇我氏の産屋伝」（四321）とある。蘇我氏とは、どのような人物であるかは、今のところ特定できない。

以上によれば、①に云う「私」は『玄要抄』の全般にわたって私案を記しており、『玄要抄』の作製において中心的な役割を果たしていた人物と考えられる。②③④⑤に記される人物は、幾分かの不明の点は残るものの、講読伝受之系に記される人物と同じかと考えられる。講読伝受之系に記される人物のうち、源信盛と岸本知義の二人の提案、意見が記されていないことになる。講読伝受之系を重んじて考えれば、この二人は、この共同作業にほぼ確実に参加している。この二人の内の「私」は後に述べるように、『玄要抄』との関係の深さから考えると、源信盛こと、荷田春満であろう。

講読伝受之系に記されている吉川惟足と源仲之は、次に述べるように、この『玄要抄』の作製の場には参加していないと考えられる。

⑦勝速日尊の降る箇所において「吉河惟足（イソクと振り仮名）流ニハ切紙ヲ以テ相伝スル也。畢竟無別義」（四31）と記されている。これは、講読伝授之系に記される吉川惟足の流派では、この伝で切紙伝授を行なっていることを云うのである。しかし、この記事を受けて「畢竟無別義」と述べており、切紙伝授をするほどのことでもないというのである。吉川惟足に意見が求められたのではなく、その所業には批判的な目が向けられている。吉川惟足は、やや離れた距離に置かれている。

⑧豊玉姫の海に入る箇所に「海陸不相通之縁」とある注解において　「次第鈔ニ、今日胎中ヨリ出産シテハ、早ヤ胎中ニ不通コトヲ引ク、可考」（五479）と記している。これは講読伝授之系に記される源仲之が著した『講習次第抄』に「海陸不相通化出来テヨリ。人生ニ至リ。海陸不相通之縁也ト。伝釈シ。人胎中ヨリ出産シテハ。胎中ノ事ニ。不相通ヲ云ヒ。伝釈シ。宣伝フル古語。甚深微妙ノ由来ヲ含ム語意也」とある記事を見ての言である。仲之の云うことには尤もな道理があると見て、「可考」と記したのである。しかし、この発言は仲之に意見が求められたのではなく、その著書を見ての評言である。吉川惟足と同じように、距離が置かれているのである。

以上のことからは多様な状況が推測されるが、およそ、次のようなことを考えることが出来る。

「私」によって、師の講義筆記集をまとめた第一次講義集が提示された。これに、講読伝授之系に記された人々を中心とする何人かの提案と共に「私」の意見も書き加えられて第二次講義集が作成された。師の講義の聞書類を残していた門人は、それを参考にしながら、意見、提案をしたのである。この提案、意見の聴取には、討議の場がもたれたとも、あるいは、紙面による回答が求められたとも考えられる。いずれにしても、『玄要抄』は、師の手元にあった講義原本ではないことは確実である。

では、この集団作業は何時頃行われたと考えるのがよいであろうか。

⑧に記した源仲之の『講習次第抄』は、元禄十五年（一七〇二）正月に、京寺町下御霊前町徳田十兵衛によって出版されている。従って、この年時以降の作業であることは言うまでもない。

さらに、⑦に記したように惟足流には切り紙伝授が行われていたこと、また、「山崎流ニ土金伝ノ伝ト云コト有、当流ニハ不取」（二166）と、山崎闇斎流には土金伝の伝授が行われていたことなどの記事が見られる。この二つの記事は、元禄十五年以降を『玄要抄』の成立年時とするに、齟齬はしていない。成立年時の下限は『玄要抄』の奥書が記された安永四年（一七七五）である。この元禄十五年から七十三年間のこととして、正二位卜部兼雄が奥書を記すことのできる講義主体者として、兼従を想定することに、大きな間違いがあるとは考えられない。『玄要抄』の基となる部分の講義者は兼従であろう。

しかし、ここで、成立年時とその経緯については、元禄十五年から数年の間のこととするのが良いと考えられる。元禄十五年以降数年間というのは、兼従が万治三年（一六六〇）に歿してから三十有余年が経っている。兼従歿後の吉田神道家には多くの不安が生じていた。吉川惟足による所謂、返し伝授以降もそんなに簡単に事が運んだ訳でもない。それに加えて、吉川惟足は江戸において幕府の神道方の職位につき吉川神道を開き、京の地においては惟足にも伝授を受けた山崎闇斎が垂加流神道の門戸を張って隆盛をきわめている。その時に、同志かと思えた幸神社の源仲之は著書において独自の説を展開したのである。殊に、仲之の所業は「誓約詞」の第三項にも見るとおり、名利の為に奥秘にも類することを記して上梓したものと考えられる。仲之を除く門人が『玄要抄』へと結集する直接の契機は、『講習次第抄』の上梓にあったかと考えられる。

講読伝授之系に記された人々は兼従の講義を直接に、あるいは間接に受けているのにも関わらず、必ずしも一枚岩ではなかった。兼従の歿後においては、有能な門人、惟足や仲之はそれぞれの領域において自ら立つ場を開拓していたのである。この自己開発に遅れた人々が、兼従の門人を自認しつつも、自己確立を図り、吉田神道の興隆を諮ったのである。「私」は師兼従の講義の聞書の整理と統一とを提案したのである。その場に参加した人々は各自の意見を開陳し、更に、次に述べるように「奥秘」、「至極之奥秘」などを明確に記した。「誓約詞」に誓ったように、秘説を秘説として各人が秘匿するのではなく、各人が「師」となった時、秘説を用いて吉田神道としての自己確立を果たせるようにとの思惑が働いたのである。

こうして五冊の形に纏められた『玄要抄』は、各人の必携の書となって、副本も作成され、それぞれの手元に残されたのである。

こうしてみると、講読伝授之系は、兼従に始まって順次に堅い師弟関係が結ばれたことを示す次第の系図が記されているのではないことも判ってくる。危ういながらも兼従門下の同志を確認する一覧なのである。

二　『玄要抄』の講義

それでは、講読伝授之系に記された人々は、兼従の講義をどのように筆記し、理解して『玄要抄』へと到達したのであろうか。まず、その講義態度や姿勢について考えてみたい。

（一）講義の階梯及び講義の姿勢

吉田神道においては、中興の祖とされる兼倶の時から、講義にあたっては階梯を踏んでの伝授が行われていた。それは、受講者の器量によって決められていたが、このことは『玄要抄』においても同様である。まず、『玄要抄』の冒頭部分には次のように記されている。

此書ヲ講ズルニ、初遍、再遍、再々遍ト云テ、先初遍ニハ、続（読カ）クセ并一書ノ説何説有ルナドノ義、惣テ書面ノ一通リヲ講ジ、再遍ニハ和語、神化、隠顕一致ノ義ヲ述べ、再々遍ニ至テハ精読ト云テ、神道奥秘ヲ不残令相伝、是卜部家法式也（一4）

まず、初遍、再遍、再々遍の三段階があり、「初遍」は、読み癖などの訓読上のこと、あるいは一書の説などの初歩的な事柄の一通りを、「再遍」は、和語という言語上の独特な表現世界、神化の様相、隠顕一致という吉田神道の根本的な考え方を、「再々遍」は奥秘に関わることを講義するというのである。これが伝統的な卜部家の法式であると、殊に理を入れている。

この伝授の階梯の設定については、「神籬・盤境」の伝において、次のように述べられていることが参考になる。

神籬盤境ノ義ハ四重ノ伝ノ内也。最神道ノ上ニ伝授口決ヲ立ル義ニハアラザレドモ、其ノ位ニ不至内ニ伝受シテハ、中々不通義也。卜部家ニ唯受一人ノ相伝トセリ。其ノ相伝ハ事《ワサ》也。即、諸社へ印ノ御箱ヲ納ル、其ノ制法ノ相伝也。旦又卜部ノ奥秘ナレバ、神籬ハ神体、盤境ハ宮殿ト窺フ也。是モ必ズ卜部家ノ奥秘ナレバ、卒尓ニ口外スベカラザルノ義也。サレドモ元、神籬盤境ハ神代始終道徳ノ至極也。人々力ヲ入テ少シナリトモ其ノ意味ニ叶フ時ハ、全ク無陰コト伝授スベキ也。此ノ処ニ於テ、高豊産美ノ処ニ盤境神籬ト二ツナガラ有テ、児屋命太玉命ノ二神ニハ神籬ヲ持テト有テ盤境ノ義不有。爰ニモ力ヲ入ル処ナリ。別ニ切紙ニテ伝フ（四349）

本来、伝授には階梯などというものは設定しないのであるが、その「位」に到達していない者には、講義される内容の理解ができないのであるから、階梯を設けることは必要である。殊に、神籬・盤境の伝には三段階を越えて四段階となる「四重伝授」に相当する内容がある。それは「卜部家」において、「奥秘」として扱われているから、容易には口外できないものである。その上、神籬・盤境を別個に解釈するところがあって、難解になってくるから、これは「切紙」として別に伝えることになっていると言うのである。

ここには、秘伝の階梯が成立する機微が語られていると言える。「唯受一人」と言いながらも、「口外スベカラザル」と言い、「陰ス」ことなく伝授するというこの矛盾した行為は、「師」が受講者の器量、すなわち「位」を的確に判断することがいかに難しいかを予測させる。「師」がこの判断を一歩誤まれば、伝授は全く空疎無意味なものとなってしまう。師弟間の厳しくも緊張した関係が必要とされているのである。

さて、それでは、『玄要抄』には、この最上位の伝授となる「奥秘」およびそれに類することは、どのくらい記されているのであろうか。

「奥秘」と記されるものは、（一に19例、二に8例、三に5例、四に15例、五に21例）ある。この奥秘に準じていると考えられるものに、「至極ノ奥秘」と記されるものが（二に1例、三に4例、四に3例）ある。その他に、「奥秘正説」（五406）、「至極秘説」（四378）と記されているのも同類であろう。

「奥秘」は、全五冊に亘ってかなり多い分量が記されていることが判る。

この段階までのものが、「再々遍」において規定される「奥秘」であるが、この領域を超えた段階として口伝と切紙がある。これを伝える階梯を「四重伝授」と呼んでいるのである。

「口伝」と表記されるものは（二に2例、三に2例、四に4例、五に3例）ある。この他に、「肝要ノ口伝」（二102）、「口伝ノ説」（二104、三221、四322に二例、358）などと記されるのも同類と考えてよいであろう。

以上の「奥秘」及び「口伝」類は、その内容が殆ど記されているから、各門人が「師」となった時の講義の原資料として用いる事ができるものである。先に、『玄要抄』は、門人の手元に置かれた講義本であると述べたことは間違いないことが確認される。

次に、切紙とされるものには、切紙で別に伝授（一60）、口伝別にあり切紙（四317）、別に切紙（四330、349）、神心の伝は別に切紙（五482）などと記されている。この四例の切紙の内容は、勿論記されていない。伝授講義とは別領域なのである。

この他に、先に神籬・盤境の伝において、口外してはいけないとする段階があったが、これと同じ表現は（三256、四316）の2例にも、見ることができる。

この他、多様な表現を以って秘事重要事項が決定されているのであるが、解釈の決定に至らないこともあったと見え、熱田神社の土用殿については、「重ネテ」考えよ（三255）という揺れも見せている。

こうした揺れの現象が生じてくる原因の一つに、新しい時代には、それに対応した考えが必要とされたということがあろう。宗家である卜部家の伝統的な法式と論理とは、尊重されると同時に、修正を余儀なくされている状況が、

『玄要抄』には記されている。

先にも述べたように、卜部家の伝授の三階梯は「卜部家法式」として基本的には守られている。「一、二ノ数」のことは二の巻で講義するというのも「卜部家ノ式法」（四282）として守られている。「太卜」は「卜部ノ三ケノ大事」（一68）とされ、「無目籠伝」（五447）などの特殊な秘伝類も尊重されている。

しかし、例えば、「一ル書」の扱いについては卜部家において「天神書　国神書　海神書」という書が親王によって雑編されているという伝外の伝授があるが、「本書」では義理を述べきらないので「一ル書」が記されていると見るのが良い（一17）と、旧来の方法と論理は否定されている。また、「吉田ノ斎場処」について、これを「八尋ノ殿ヲ象リタル」とするのは「中古ノ義」（一64）であるとして排斥されている。

「宗」と「源」とを二つに別けたのは「卜部ノ兼倶ノ作」であるが、これは「必ズ二ツト別ツ字理ニ非ズ。宗源一ツノ字也。一意トシテ見ルベシ」（四348）として「一意」という低い位置に落とされている。吉田神道は兼倶以来、宗源神道と呼ばれ、その根本義が宗源の文字に籠められていたのであるが、この根本理念が揺らいでいるのである。正に、時代は新しさを要求していたのである。

こうした揺れは、当然のことながら、講義の態度にも影響してくる。講義においては、吉田神道の説を自在に展開するのではなく、広く他流、他説の動向に気を配り、問題の生ずる点については、その対処の仕方を教える意識が先行している。特にそれと指す固有名詞を記さなくても「諸抄」にはとか、「大抵の説」あるいは「一説」などとして他説を掲げて、それに対して改めて「正義」「正説」を記す形が多く採られている。その顕著な例には、次のようなものがある。

「諸抄」に「衍文」とするが、「此句ニハ意味アルコト也」（三258）・「ト云アル也。然ドモ云々」（四291）・「大抵ノ説ハ」に対して「正説ニハ」（四354）

右顧左眄する、この様な態度を採らざるを得ないもう一つの理由に、当時の思想界との関わりがあるかと考えられる。それは儒教、仏教との競合によって齎されてくるものである。

本朝ノ風義ニ儒道ヨリ不審スルコトアリ。先、本朝神祇道、徳ノヲトロエヌト言フ証拠ニハ、今上皇帝マデ天照大神ノ宝祚ヲ替エ不玉。是、神祇道ノ不絶ノ義也ト云ヘバ、儒ヨリ不審ヲスルニ、シカラバ本朝ハ系図バカリヲ尊テ徳ノ尊敬ハナキカト云ニ、神祇道ヨリノ答エニ、成程本朝ニモ徳ヲ尊ム専ニシ玉フ処ガ有ル也。即此ノ処ノ火酢芹ト弟ノ尊ノ義ヲ以テ知ルベシ。是、本朝モ徳ヲ大事ニシ玉フ証明也（五472）

儒道側からの不審批難があったのである。神道は一系の系図ばかりを重んじているが、徳を重んずることはないのかと。いや、そんなことはない、書紀に記される火酢芹尊とその弟との関係は、明らかに徳を重んずることの証拠とすることが出来る。だから現在に至るまで、徳を大事にする神道の心は変わらずにあるのだと反論する。

儒仏神ノ三道ハ、志ス所ハ身ヲ全ク脩メテ、本ノ天地一元ニ帰ルトス。是以三教一致ト云ヘドモ、儒ハ現世ヲ重ンズ。仏ハ三世ヲ立トハイヘドモ、未来ヲ別シテ重ンズ。吾神道ハ過去ヲ知ルコトヲ重ンズ。過去ヲ知レバ現世ヲ知リ、未来ハ過去ニ帰ル所ナレバ、外ニ学ブルコトヲ侍ズ（五484）

儒道ばかりでなく、仏道の教えにも思いを馳せなければならない。儒仏神の三道は、根本の「一元」に帰ることにおいて三教一致と言われる共通の世界を見ている。しかし、その視点の設定の仕方に応じて、それぞれの道の違いが生じてくるのだ。儒道は現世を重んじ、仏道は未来を重んじている。我が神道は過去を大事にしている。過去は現世に通じ未来に通じていく、ここが肝心である。

こうした発言の裏に展開している状況は、神道者にとって論理性の薄弱さを認識させるものであったと思われる。

今日ノ人モ形ガ出キルト、心ト言フモノガ有テ、サテ、思ト言フモノガ形ヨリ感ズルコトゾ。仏家ト違フハ、ケ様ノ処也。仏家ハ形ヲステント言フゾ。本朝ハ左ハ不得心。兎角一度形ヲ受ルト、結構ナル霊明《ミタマ》ハ受テ居レドモ、思ヒニマブルルゾ（四367）

仏家ではよく形を捨てよと言っているが、このことは神道ではどのように考えたらよいのかと、問われたのである。仏家の言うように形は捨てられない。人間という形が出来てしまえば、心というものは自然と備わってしまい、思いに囚われてしまうものだ。思いは形によって生ずるのだ。人という形が出来てしまっている以上、形を捨てること自体無意味なのだと言う。

では、神道でなすべきことは何であるのかと、問われたならば、答えは次のようになる。

兎角己ガ智ヲ以テ外ヲ計ルヤウノコトハ、専ラ神祇道ニ不用コト也。今日、人ノ才覚ノ知恵ト言フモノ計リニテハナラヌ也。既ニ孔子聖人ノ十哲を分チ玉フ内ニモ、子貢子游等ハ言語文字ノ才知ハ甚シケレドモ、顔淵閔子騫等ノ修行ニハ不及也。唐ニモ是レガ感ジタル也。神道モ兎角我レヲ不立、誠ニ任セタルガヨキ也。少シモ御ハカラヒ才知ノ義ハ正統ノミイキニハ無キ也。唯、愚ニシテ直《スク》也。中々今日ノ人ハ此ノ処ニハ不及。是大徳ノ高徳ニテ天津心ト伝受スルコト也。兎角グニ成ル程ニ、誠ニ任セルヤウニ行フベシ。畢竟神道ノ奥秘ト云フハケ様ノ道徳也。道徳ニ叶フコトヲ秘伝トス。ワザニハ曾テカマワヌ也（五468）

「形」を捨てるのではなく、「知」を捨てることを言う。それは「愚」ともいい、「直」とも言える「誠」という徳の世界である。この境地に到達する為には、十分な「修行」が必要である。「修行」は儒教でも良く言われてきたことでもあると、儒教の分野に入り込んでの答が用意されている。それでは、神道は仏道と変わらない修行の世界かと、疑問は再び発せられると、いや、この「誠」になりきるところが難しい、ここが「奥秘」とされる肝心なところであると、答える。こう言われてしまうと、器量のない者には、道は閉ざされてしまう。これは論理を閉ざしていると言っても良い答えである。『玄要抄』は、論駁の書であろうとした。しかし、その先には、達成できそうにもない目標の綻びが見えている。

（二）『日本書紀』の扱い方

『日本書紀』の講義に当っては、前もって解決しておかなければならないいくつかの問題がある。そのうちでも、『日本書紀』の位置づけ、「一書」をどのように扱うか、その作者は誰であるかなどは、大きな問題である。『日本書紀』の位置づけについては、兼倶以来、「聖典」として、三部の書、即ち、『旧事本紀』・『古事記』・『日本書紀』を設定してきた。これについて『玄要抄』は、巻頭において次のように語っている。

人皇二十七代継体天皇の時、百済から「聖書」が伝来し、三十代欽明天皇の時、同国より、「仏説三経」が来朝し、三十二代用命天皇の時、「儒仏ノ両道」が行なわれ、「本朝神祇道微妙ノ遺風」が忘れ去られようとした。三十四代推古天皇はこれを恐れて、聖徳太子と蘇我馬子に「旧事記」十巻を選ばせた。これは「本朝神書」を撰ぶ初めとなった。しかしこの書は、「神系図」「文字音訓」はよかったけれども、本朝の「順素弧淡ノ道徳」には適っていなかった。そこで、人皇四十代天武天皇の時、稗田阿礼に「帝王記」を撰ませたけれど早世してしまった。その後、元明天皇は残された「草書」を元にして、「古事記」を作らせた。しかし、この書は「志」の通ることばかりに意を用いており、「神系図」などの「文字音訓」などは乱れていた。これも、「順素弧淡ノ道徳ノ書」とは言えないものであった。四十四代元正天皇は、一品舎人親王に勅して「日本紀」を選ばせた。この書は「初二巻ニ天神七代、地五代ノ義」を「古来ノ語」で述べ「神道ノ幽玄ノ極理」を現した。「旧事記」、「古事記」は「唯一偏ニ説」いているだけであって、「隠顕ノ差別」も説いていない。「日本紀」は親王の「深意」でもって「隠顕」の二つを別け、「本書」を「顕」として「大抵一通リノ義」を述べ、「一ル書」を「陰」として「幽微」の心を表していると説いている重要な書である。「旧事記」、「古事記」は「日本紀」神代巻を「続見合」せる場合に用いておけばよい。

改めて説明する必要もないとは思われるが、ここには、講義の基本理念や「一書」の意味までも述べられている。『日本書紀』の位置は、三部書の一つというのではなく、唯一の神道書という位置が与えられている。それも数代に亘る天皇の作業の中で創り上げられ磨かれてきたものであるとする。その歴史の中で創られた『旧事本記』『古事記』は、『日本書紀』を理解する為の単なる参考書でしかないというのである。

『旧事本記』の扱いについては、本文の注解において具体的な例を見ることが出来る。『旧事本記』の引用は、（一・二・三に各1例、四に3例）ある。たとえば（一75）は、「旧事記ニハ十ヲ以テ満数トス。此書ニ於テハ八ツガ至極ノ数也」と、『旧事本記』が参考にされた用例になっている。しかし、「旧事記」は、高皇産尊の前段階に五神をあげ、これを「五臓」に配当しているが、これは「後世の義」（一29）であるとする例をみると、『旧事本記』の内容に明らかに「後世」の恣意を見ている。偽書性がそれとなく指摘されていると言ってもよいであろう。

次には、一書の扱いをどのようにするかの問題に移ろう。

これも、先にも見たように、所謂「本」として扱われている文である「本書」ハ「顕ノ説」であって、「大抵一通りの「義」を説いている。これに対して、一書即ち「一ル書」（ある書と読ませる送り仮名あり）は、「陰ノ説」として「幽微」なることを示すという。これは、一書は「詳ニ隠微ヲ釈」（一35）するともいい得るし、「本書」において「述尽シキ難キ義」を示している（一40）とも言い替えられる。従って、一書が「異説」を記していると考えるのは「大ニ誤」（一36）となるのである。

一書の位置づけに、隠顕一致という理念が用いられているのである。

次には、作者に関わる問題に移ろう。

『日本書紀』の作者は舎人親王一人とされる。従って、日本の神道の心は唯一親王によって現在に至るまで伝えられていることとなる。「本朝神道者ハ神武」、「ソノ以後ハ舎人親王」（五486）という確かな系統の中に位置づけされるのである。それは「神祇道徳ノ証拠」となる人とも言い換えられている（五444）。このことは云うまでもなく、「伊勢」を「崇秘之大神」（三227）とする親王の立場となり、伊勢神宮に連なってくる天皇の系統を正しく受けた人にもなってくるのである。

こうした位置づけは、『日本書紀』に記される、評語あるいは物事への判断ともいえる「詞」の部分には、親王の心が良く表現されているとして、そこに「親王ノ深意」を読み取ることが必要とされている。

そうした部分が「親王伝釈」あるいは「伝釈」という表記になって（一に1例、二に5例、三に例、四に8例、五に8例）記されている。

このほかに、「親王ノ御心」（二173）「親王ノ筆術」（一12、二165）、「親王ノ詞」（二198）、「親王ノ或説」（四295）、「親王釈ス(一164)、「親王ノ筆曲」(四324)、親王の「深意」があって「古詞ヲ注釈スル」(四337)、「舎人《イヘヒト》是ヲ伝釈ス」(四346)と、様々な表現で親王の「深意」あるいは筆述の巧みなことが称賛されている。

この「伝釈」は、一応の講釈には沙汰をしない(四301)という重要事項にもなっていたから、奥秘に関わってくることもあり、「奥秘ニサテ此ノ伝釈ニ故アル」(五475)という事柄も出てくるのである。

（三）『玄要抄』の講義内容

さて、『玄要抄』は、『日本書紀』に登場する神々を、どのように捉えて神の道を説いているかの問題に入っていこう。このことの大要もすでに触れてはきているが、神々は順素弧淡ノ道徳を帯し、隠顕一致の理を現しているということに尽きるであろう。

この順素弧淡ノ道徳については、「大直日神」を定義して「大ハ広大ノ義、彼狂津日ノマガレルヲ神直シニシテ、全体太陽ノ霊明ニカエリ玉フヲ大直日ト申也。兎角、直ト云ガ本朝ノ道徳也。今日ノ造化モ直日ヨリ立ツ也」(二145)と規定する。「大直日神」が文字として持つ「直」に、道徳の概念でもある「直」を見出し、それが「愚」ともいえる概念になることは、先に見た。「何事モ時ニ臨デ中分ノ宜シトミルガ徳ノ本」(二142)というのも、同じ心である。

この徳は、神々の誕生譚において、様々に語られている。

『日本書紀』の記述は、天地の造化から始まる。「天地未剖」云々の表現は「淮南子ノ詞」(一7)であると指摘しつつ、「国」はクミニルの略語とみて、「クム」は汲むに通じて水徳、「ニル」は煮るに通じて火徳(一12)を意味しているとして、国土の造化を水徳と火徳の概念から説き起こしている。この二徳が基本原理となって以下の神々の誕生は語られている。

万物造化の起点となる「高天原」は「水気津ノ水ノウルオウ処」「誠ノ満々タル」（一28）所であって、そこに生まれた国常立尊は「天地万物ノ根元ノ神」となり、「始モナク終モナキ」（一14）ものである。次の国狭槌尊は「水徳」を、豊斟淳尊は「火徳」を備えていると見、この相次いで生まれた三神は、三神であると同時に、また一神とされる。個別にして一、一にして個別の論（これが隠顕一致の概念であるが）を前提にして、次以降の諸尊に五行の徳の存在が見られてゆく。この経過の様相は、第五冊目の終わりに、次の様に纏められている。

本朝ノ教エハ、先ツ水ト火ト陰レト顕トノ二ツヨリ外ニナシ。畢竟、国常立ノ国ニツツマリ、常立ノ常《トコシナヘ》ノタヘヌト云ニツツマリテ、神代上下ノ口ヨリ奥ニ貫通シ、八百万神唯一神ノ含ミ玉フキザシヲ窺フノミト能ク知ルベシ（五482）

ここに語られる徳と隠顕の原理による考えは、当然のことに人の代まで継続されている。それも第五冊目の終わりに、「私」の立場から、次のように纏められている。

父ノ一滴水ヘ、霊徳ノ治ル処ハ出見ノ尊、海ヘ入玉フ所、一元、水ノ子宮ニ入ルハ豊玉姫、スデニ形備ッテ霊《ミタマ》ヲ受入ル所ハ、玉依姫ノ神化ニテ、形ヲ結ハ高皇産霊ノ神徳、其ノ上ニ五臓ノ神ノ具ハリ玉フテ、今日マデノ人王ノ形体全ク具足シ玉フ。此レヲ人ト云。其ノ人ト云形ヲナサザル以前ヲ神トハ申ス也。広ク云ヘバ、天地山川ノ理気一個ニツヅムレバ、人身ノ理気トナル。今日、人トナッテ出生スルマデ、何レカ神徳ニヨラズト云フコトナシ。サテ人ノ世トナッテ、其ノ道アッテ、万古不変ニ行事《オコナハルルコト》、此又陰レニ其ノ理リ備リシユエ也。万事、作為シテナセルコトニアラズ。神変不測《フシキ》ノ妙用ヨリヲコルコトト窺フガ、本朝神祇道ノ風体ナリ（五484）

ここに語られる「理気」と云う言葉こそ、根源の理を説明する言葉である。それは「其ノ理ヲ直ニ神トハ不云。理ノ元ヲ名ケテ神ト云。此ノ神アルユヘニ、此理リアリト窺フガ、神祇道ノ習ナリ」（五483）と、言語的展開を閉ざした直感的な次元が提示されている。この根源に関わっては、「神化トナレルハ天ノ一元ノ気ヨリ万物ノ出生スル」（五483）とも言い換えられており、「一元ノ気」という「気」の存在が根底に置かれているのである。

こうして造化の基本は火徳と水徳によって始まるとした神々の所業とその所業の場は、論が進むに従って水徳に重点が置かれて語られていく。

先にも見たように「高天原」は、「水」の潤う所であったし、続いて素盞鳴尊の行く「根ノ国」は「水ノ満々タル」（二103）所であり「豊気、水気津ノ根元ノ国」（二172）である。天安河は天真名井と同じ徳があり、「根元水ノ河」（二198）である。八雲の神詠が詠じられる簸川上は「根元水ニシテ一天国土ノ水気津ノ元也」（三242）とされる。こうしたことは神代下巻最終に到っても同じで、「兄弟易幸」の場として語られる海は勿論のこと、「海神之宮」に到るのは「水気津ノタクマシキ処ニ至リ玉ヒテ水気津ト一枚ニナリ玉フ也」（五447）と「水気津」の尊く盛んなる様が語られるのである。

従って、今日現世に言が及んでも「今日天子ノ霊ノ元ハ日神ノ御譲リ物ニテ即勝速日尊ヨリノ御相承也。其ノ霊ヲヤドス処ノ形ヲ受玉フ処ノ元ハ素戔嗚ノ気ノ形也。其形スル処ノ元トハ水気津ノ三女神也」（三242）と、現世の天皇の「水気津」を受け継いでいる様が述べられる。

こうして現世に続いた天皇は一系において安泰であると言う。それは武臣が国を乱すことはあっても、天皇を犯すことはなかったからである。帝位を犯さない歴史があるのが「神国ノ印」（四331）と、神の国としての天皇が語られる。

国は天皇とそれを助ける臣及び庶人との関係で経営されていく。否、助けると言う関係ではなく「天子ノ形ハ臣下万民也」（三274）と捉えられている。陰と顕の関係である。「官人ハ朝廷、農人ハ田野、工商ハ其事業ヲナス所即安住ノ処ニシテ、吾家ハカリノ居所也」（二156）と、臣下万民はその形として受けた分に応じて日々実践する業の場を第一としなければならない。我が家は仮の宿りに過ぎないのである。「神道ハ生々不止ヲ貴ミ世ノ助ケ有コトヲ本トスル也。俗人社人タリト云ドモ其業ヲ不勤ムナシキ遊民タルモノハ共ニ忌ム処也」（一55）と持分の「業」に励まない「遊民」は確実に排除されてゆく。

江戸幕府の体制として採られた身分制をそのまま認め、その枠の中で生々止まざる日常を過ごす臣下万民を鼓舞し奨励するのである。「天子ノ形ハ臣下万人」、陰としての天子、顕としての臣下万民、この関係は崩れることはない。再び、神祇道とは何かと問えば、「知ヲ捨テ敬ヲナシ、貴ミヲナスガ神祇道徳ノ教也」（三262）という答えが返ってくるのである。ひたすら、「知」を捨て、「敬」に身を沈めてゆく天子と臣下万民、これが現実の神祇道である。

おわりに

『玄要抄』の大概の様相を見てきたのであるが、荷田春満と『玄要抄』とは、どのような関係として捉えられるかについて、二、三の例を挙げて一つの方向性を示しておきたい。

第一に春満の『日本書紀』に対する姿勢についてである。

春満には『日本書紀』を吉田神道で言う三部の書から切り離して、神典として唯一の書として位置づけたとする考えがある。このことについて三宅清氏は次のように述べている（注六）。

神典たる日本書紀は「万世の教聖」舎人親王の御意図の下に按排叙述せられたものであるから、親王の御意を十分理解したものでなければ神典の真意は理解出来ないのである。

この三宅氏の言は、春満の採った態度としてではなく、そのまま『玄要抄』の採った態度として見るべきである。舎人親王の「深意」を表した書が『日本書紀』であるとすることは、『玄要抄』の出発点、基本的な姿勢であること、既に見てきたとおりである。

春満はこの結論に至る過程で『旧事本記』を幾つかの理由をあげて、偽書として退けている。『玄要抄』は『旧事本記』を偽書とまでは断定していないが、偽書説となる部分があることは、先に記した。春満の唱える『旧事本記』偽書説は、『玄要抄』に示唆を受けて、それを発展させたものと考えられる。

その第二は、『日本書紀』本書と一書との関係についてである。松本久史氏はこのことについて、次のようにまとめている（注七）。

神代巻の本書と一書の関係について、本書を「露顕の伝」と、一書を「陰幽」の伝と理解し、両者を綜合して解釈を下す手法は春満独自の知見の一つと見られてきた。

このまとめに続いて、松本氏は、この手法は源仲之の『講習次第抄』にも同じく見られることを論じ、「両者の本書一書観は非常に類似していることが看取できるだろう。仲之の本書一書観が春満に何らかの示唆を与えたことは十分に可能性があると思われる」としている。

本書と一書を隠顕一致の理で見る方法は『玄要抄』の基本理念であること、これも既に見てきた。春満に仲之の影響があるのではなく、両者は、『玄要抄』を源として、これを受け継ぎ、それぞれの論を展開したものと考えるのが筋道であろう。

このことは、松本氏が両者の関係として整理する道徳説においても同様である。例えば、「善と悪を対立させ、後者の克服を説く、所謂「神祇道徳」説も春満特有の説と見なされてきたが、ここでも奥村説との関連がみられるのである。」として、その一つに泉津平坂の件を取り上げている。この場面で最も重要な平坂は「ともに生死の境ではなく善悪の境であると理解し、偶然以上の符合がみられる」（注八）と両者の関係の深さを指摘している。しかし、この善悪の境という考えは『玄要抄』において「泉津平坂ハ善悪邪正ノ境、悪ヤ処ト見ルベカラズ」（二143）と述べられ、その意味づけもなされていることに依拠している。

春満と仲之とは『玄要抄』の考えをほぼ踏襲したと言って良く、二人の問に影響関係を見るのは誤りと考えられる。以上のことは、今後、『講習次第抄』を紐解き、春満との関係を見ようとする作業は、先ず『玄要抄』を紐解く作業から始めなければならないことを示唆している。

第三として、春満の道徳説の構成要素に関わっての事がある。

三宅清氏は春満の道徳哲学を構成する要素を考察し、人間という形の生成を見るに「一つの体は魂・気・水（即ち形）の三つから成ると解せられる」と言う。「人の形は気と水との二つでなされたものなり」という春満の『日本書紀神代巻箚記』の言を引用して「天地流行一枚の気が天元水に合する時、そこに形が生まれるのである」と言い、更に「その形と云ふものが出来てより、物我の差別もあり、様々の疑ひなども起こること也」という春満の言などに基づいて「人体の形成を魂と気と形の三つの要素から考察した結果に就いて春満の人性説を見れば、人の本姓には魂と言ふ本体即日神の分身とも言ふべき明徳があると同時に、又荒けがあり形より生ずる種々の悪心があるといふ事になる」と纏めている（注九）。この人間観は、また『玄要抄』が、水の徳を説き、「気」を説いて「人」の形、性情を説く手法に良く符合している。春満の思考過程に『玄要抄』が大きく影響を与えていることは確かである。春満は『玄要抄』に発想を得てそれを発展させているのである。

第四として、この発想を得たとすることがらの関連のことについて述べておこう。

上田賢治氏は、春満の神の理解を神学的体系として捉えている。その起点となる書紀書き出しの「古天地未剖。陰陽不分」から「故天成而地後定」までが准南子天文（門）訓からの引用であることを春満は知っていたと先ず追認する。そして春満の『日本書紀神代巻箚記』の記述を、「天地開闢そのものの歴史的叙述ではなく、神聖発想の道理を説く詞に他ならない、としながらも（春満の書の引用文を省略する—引用者）と、神儒の近親性を認めているのである。しかし、巻頭部分が准南子からの借用であり、神明の出現を説く仮説に過ぎないとすれば、当然、天は存在世界の与件と考えざるを得ない」と、春満の神世界の構築に不徹底さと矛盾の存することを指摘している。そして、春満がこの原点から導き得た理論は、天に始めなく、終りもなく全てが天であるとする一元的「道理」論であったと述べている（注十）。

書紀の冒頭部分に准南子からの引用があることは、『玄要抄』が指摘したこと（一7に「是迄ハ准南子ノ詞」と書入れがある）は、先に述べた。春満は、この准南子の引用の意味を上田氏の言うような神学的体系の中に理解していたのではないと考えられる。上田氏の引用する春満の言の該当箇所には「此処ニ准南子ノ文ヲ引給フコトハ親王ノ思召ニヨリテ引タモフ也」との言がある。春満はこの親王の「思召」という行為に関心があったのである。『玄要抄』が准南子からの引用であると指摘したことを、親王の「深意」と見、その意味を自らの理解する神概念に当ててしまった結果の矛盾なのである。『玄要抄』に発想を得ながら、その深意を充分理解できなかったのである。その上、上田氏が云うように春満の到達したところが、「気」によって構成される一元的「道理」論であるならば（この一元的道理の意味規定にいくぶんかの理解の相違はあるとしても）、この道理を説いたのは他ならぬ『玄要抄』であることもここで確認しておかなければならない。

以上四点の指摘に過ぎないが、春満は『玄要抄』の思考方法と、その構築された世界に大きく影響を受けていることは確かである。その初期の学問形成期ばかりでなく、生涯に渡っての春満の神世界の構築に吉田神道は示唆を与え続けていたのである。

春満が秘伝世界に関わっていたことは宮内庁書陵部に蔵される『古今和歌集　見聞愚記抄』によって知られていることであるが（注十一）、次の書のあることも記しておくことにしよう。国文学研究資料館に寄託された初雁文庫本（注十二）の内の一つである『和歌潅頂次第秘密抄』と『古今集藤沢伝』とが合綴された本の奥書には次のようにある。

右此一巻流伝而羽倉斎　稲田宿禰荷田氏　信盛
伝来年久正徳四十月十五日　伝之者也　直伝之旨不残所

信盛こと荷田春満が伝来の秘伝書を何人かに、正徳四年（一七一四）に直伝したのである。『和歌潅頂次第秘密抄』と『古今集藤沢伝』とは、鎌倉時代後期頃から始まる潅頂伝授の方法で伝えられた書である。この書は『日本書紀』の特殊な解釈によって著わされていることなどは、すでに述べたことである（注十三）。

注

（一）『神道大系　論説編二十三　復古神道（一）』（昭和五十八年　神道大系編纂会編）の三一八頁に、荷田春満に関係するとして講読伝受之系が紹介されている。

（二）『荷田春満の国学と神道史』（松本久史　平成十七年　弘文堂）の第二節　荷田春満の学統に関する一考察―奥村仲之との関係を中心として―

（三）『吉田文庫神道書目録』（昭和四十年　天理図書館編）には、日本書紀神代巻玄要抄の注記に萩原兼従説とある。

（四）天理図書館によって写真撮影された遊紙を含む全丁の紙焼き複製に、通し番号を付した。これにより第一冊は1から97、第二冊は98から205、第三冊は206から279、第四冊は280から389、第五冊は390から489までの番号となっている。これを例えば、（一30）と記すと、第一冊の三〇枚目の複製紙を指すことになる。

また、第一冊は上之一とあり、万物造化段・八洲起源段・七代化生段・三才開始段、第二冊は上之二とあり、瑞珠盟約段、第三冊は上之三とあり、宝鏡円像・神剣奉天・経営天下、第四冊は天孫降迹、第五冊は下之二終とあり、兄弟易幸・神皇承運と、それぞれの内表紙に記載項目が記されている。

（五）注一の書による。

（六）『荷田春満の古典学　第一巻』（三宅清　一九八一年　私家版）の一二六頁。ここで述べられる要素論は注十に掲げる上田賢治の書において、なお詳細に検討されている。その結論は、三宅氏の説と大きな隔たりはない。

（七）注二の書の五五頁。

（八）注二の書の五七頁。

（九）注六の書の一四二頁。

（十）『国学の研究―草創期の人と業績』（上田賢治　昭和五十六年　大明堂）の一九六頁。

（十一）『和歌大辞典』（昭和六十一年　明治書院）に「古今秘伝集」として解説がある。

（十二）『初雁文庫主要書目解題　付初雁文庫目録』（昭和五十六年　国文学研究資料館編）の五二頁。
（十三）『和歌潅頂次第秘密抄』については、『歌学秘伝の研究』の一八六頁で、『藤沢流古今潅頂伝』については五九頁に記述している。

第四節　吉田神道の再興―『玄要抄』をめぐって

はじめに

前節において、荷田春満の神道理論の形成過程において、吉田兼従の『日本書紀』の講義聞書である『玄要抄』が多くの影響を与えた様相を見てきた。吉田兼従と荷田春満との関係を示す系譜である「講談伝受之系」を記す『卜部家神代巻抄』は、『玄要抄』の一部である。この系譜に記された何人かの人々は『玄要抄』の筆記者である。『玄要抄』に奥書を記す吉田兼雄も『玄要抄』から多くの影響を受けている一人である。

一　『玄要抄』から『幽顕抄』へ

『玄要抄』に奥書を記している兼雄には、『日本書紀』の講義書があり、天理図書館に蔵されている『思瓊抄』、『幽顕抄』はその講義書である。

『玄要抄』はその第五冊目の奥書に「右玄要抄五冊者秘中之奥儀／深々中之極秘也堅可禁外見敢／莫出戸外仍加奥書而已／安永四年九月二十七日／正二位卜兼雄七十一歳」とあって、安永四年（一七七五）に兼雄が奥書を記している。この奥書部分は、兼雄の筆であるが、本文部分は全くの別筆である。これに対して『思瓊抄』は、その第五冊目の奥書に「延享二年十月二十六日遂書了四十一才／神祇道長上卜部（花押）」とあって、延享二年（一七四五）に、兼雄の書として成立していたことが判る。また『幽顕抄』は第四冊目の奥書に「宝暦七年九月五日謹書畢／神祇道長上卜部朝臣兼雄五十四才」とあって、宝暦七年（一七五七）には成立していたことが判る。『思瓊抄』と『幽顕抄』の本文及び奥書は兼雄の筆である。

ここに記した奥書だけから見れば、『玄要抄』は『思瓊抄』及び『幽顕抄』の後に位置していることになる。しかし、それは、前節でも考察した通り、『玄要抄』に見られる門人（吉田隆雄、深尾源六、藤原映広、丹波時成など）の言辞、「愚按」「私」などの書き入れ、「奥秘」「口伝」などの書き入れ、張り紙などの多様さ、「誓約詞」を記すことなどから見て、『玄要抄』は、兼雄よりは以前に、兼従の講義を聞いた人々の手控書として作られた書であると考えられる。『玄要抄』は『幽顕抄』の講義において兼雄が大いに参考にした書と考えられる。そうした事例のいくつかをここに示してみよう。

その一つとして『玄要抄』にある貼り紙の扱い方がある。

天地開闢の段で天地の成った後に「然後神聖生其中」と述べる箇所がある。ここで、『玄要抄』は神聖の意味を説いた後に「聖」の文字使いに親王の「深意」があるとして、その意を説き、更に秘密があるとして「奥秘」をも記している。この部分には貼り紙があって、それには次のように記されている（以下、本文の引用にあたっては句読点を付して記す)。

然レバ神ハ万物ノ実理ヲ云フナレドモ、理ヲスグニ神トハ不云。理ハ和語ニコトハリトヨムモノノ、コトハリハ本ニ神ト云フモノアッテ、コトハリトナルト云フガ神道ノ法也。然ドモ理ト神ト別物ニアラズ。体用ノ謂也。体トハ日輪ノ明ニ物ヲ照ス処ノ本ヲ云。用トハ其明ノ及フ処ノ末ヲ云。五行ノ火ノ温ナルハ体、暑ハ用、水ノ物ノ影ヲ移ス物ヲ恵ハ体、冷ナルハ用、燈ノ上ニテハ火ノトボッテ明処ガ体、其明ヲ以テ照ス処ガ用也。体用一元ニシテ無隔、其一元ノ惣結元ジメトナッテ万物ト生ゼシムルモノヲ神ト云。

この部分において『幽顕抄』は『玄要抄』と同じ文言で神聖の意味を説いた後に「奥秘」とは記さずに、次のように本文を記している。

然レバ神ハ万物ノ実理ヲ云フナレドモ、理ヲスグニ神トハ不云。理ハ和語ニコトハリト読モノノ、コトハリハ本ニ神ト云モノアッテ、コトハリトナルト云ガ神道ノ法也。然レドモ理ト神ト別物ニアラズ。体用ノ謂也。体トハ日輪ノ明ニ物ヲ照ス処ノ本ヲ云。用トハ其明ノ及ブ処ノ末ヲ云。五行ノ火ノ温ナルハ体、暑ハ用、水ノ物ノ影ヲ移ス物ヲ恵ハ体、冷ナルハ用、燈ノ上ニテ火ノトボッテ明処ガ体、其明ヲ以テ照ス処ガ用也。体用一元ニシテ無隔、其一元ノ惣結元ジメトナッテ万物ト生ゼシムルモノヲ神ト云。

『玄要抄』の貼り紙の部分は、てにをは、仮名の清濁、漢字仮名の表記などの小異を除けば、同文のまま『幽顕抄』に記されている。張り紙部分を本文とする作業は、『幽顕抄』が『玄要抄』を見ているから可能なことである。また、『玄要抄』にあった「奥秘」の文言を記していないのは、『幽顕抄』が講義に当たって、「奥秘」とする程の事ではないと、判断をしたためと考えられる。『玄要抄』は、講義の為の手控え的な性格であったことを物語っている。

次には『玄要抄』に見られる「私云」の扱い方の問題がある。

『玄要抄』は神代の講義の最後に総論的に神の代から人の世へと展開する次第を述べた後に、次のように述べている。

私ニ云　扨テ人身ノ上ヲ是迄ノ語ニ因テ窺時ハ、先ヅ、父ノ一滴水ヘ、霊徳ノ治ル処ハ出見ノ尊、海ヘ入玉フ所、一元、水ノ子宮ニ入ルハ豊玉姫、スデニ形備ッテ霊《ミタマ》ヲ受入ル所ハ、玉依姫ノ神化ニテ、形ヲ結ハ高皇産霊ノ神徳、其ノ上ニ五臓ノ神ノ具ハリ玉フテ、今日マデノ人王ノ形体全ク具足シ玉フ。此レヲ人ト云。其ノ人ト云形ヲナサザル以前ヲ神トハ申ス也。広ク云ヘバ、天地山川ノ理気一個ニツヅムレバ、人身ノ理気トナル。今日、人トナッテ出生スルマデ、何レカ神徳ニヨラズト云フコトナシ。サテ人ノ世トナッテ、其ノ道アッテ、万古不変ニ行《オコナヘルコト》事、此又陰レニ其ノ理リ備リシユエ也。万事、作為シテナセルコトニアラズ。神変不測《フシギ》ノ妙用ヨリヲコルコトト窺フガ、本朝神祇道ノ風体ナリ。

この部分、『幽顕抄』は先の例と同じく『玄要抄』の文言とほとんど同じ文を記している。てにをは、仮名の清濁、漢字仮名の表記に相違が認められるに過ぎない。しかし、『玄要抄』の初めに記されている「私ニ云」という言葉を記していない。「私」は兼雄の中に完全に消化されて本文化している。『玄要抄』が『幽顕抄』の典拠となっていることを示す良い例である。

こうした「私」の考えを本文化する例ばかりでなく、私以外の他人の説も、その典拠を記さないで本文化する場合がある。

無戸室において彦火々出見尊が出生する段で、この「無戸室」について『玄要抄』は次のように記している。

深尾氏伝　無戸室ニ火ヲツケテ焼キ玉フト言フニ奥秘アル也。即此ノ室ニ入テ、火ヲツケテ焼テ此三神ノ出玉フト云フハ元ト大山祇ノ外祖ノ神化故ナリ。即彼大山祇火ノ神、軻遇突智ノ火ノ神化ニテアラハレ玉フ神也。其ノ女ユヘ、鹿葦津姫モ火ノ中ニ入テ、其難ヲノガレ玉ヒ、シカモ、結構ナル児ヲ産ミ玉フ也。此ノウツムロノ火ノ神化ヲヨクシレ。凡テ今日ノ人ノ上ノ出生モ畢竟ウツムロノ火ヨリナル也。

蘇我氏産屋伝　此最初一気ノ凝ルト言フモ火也。其故ハ男ノ一滴ノ流ルヲムスビトムルハ火也

この部分、『幽顕抄』は、先の例と同じように『玄要抄』とほとんど同じ文になっている。しかし、『玄要抄』が典拠として記している「深尾氏伝」の語句は全く記してていない。また「蘇我氏産屋伝」の詞は、小文字で「又説」と注記している。「深尾氏」や「蘇我氏」の説は、吉田神道の正統な説として取り込まれているのである。

しかし、他説であるからといって、典拠を示す語句が単純に消されてしまう訳でもない。

『玄要抄』は勝速日尊の降る箇所において「吉河惟足《イソク》流ニハ切紙ヲ以テ相伝スル也。畢竟無別義」と記している。これは、吉川惟足の流派では、この箇所で切紙伝授を行なっていることを言うのである。しかし、この記事を受けて「畢竟無別義」と述べており、特に言うべき事はない、切紙伝授をするほどのことでもないと言う。この箇所を、『幽顕抄』は「是ヲ吉川（細字で傍注）惟足ハ切紙を以相伝ス。サレドモ畢竟無別義」と『玄要抄』と同じ文言を記している。先に考察した（二七〇頁参照）ように、この部分は惟足に対して批判の目を向ける姿勢の見えるところである。兼雄も、この批判的な姿勢を受け継いで、吉川惟足の名を記しているのである。

また『玄要抄』は豊玉姫の海に入る箇所で「海陸不相通之縁」とある注解において、「次第鈔ニ、今日胎中ヨリ出産シテハ、早ヤ胎中ニ不通コトヲ引ク、可考」と記している。これは「講読伝授之系」に記される源仲之が著した『講習次第抄』に「海陸不相通化出来テヨリ。人生ニ至リ。海陸不相通之縁也ト。伝釈シ。人胎中ヨリ出産シテハ。胎中

ノ事ニ。不相通ヲ云ヒ。伝釈シ。宣伝フル古語。甚深微妙ノ由来ヲ含ム語意也」とある記事を見ての言である。仲之の言うことには一応の道理を認めながら、なお全面的には賛同し難がたいことを言うのである。この部分も『幽顕抄』は、『玄要抄』と、ほぼ同文的に記している。惟足の例と同じように、仲之の論を再考することもなく、「可考」としている。仲之の説には容易に賛同しかねるとする姿勢が引き継がれているのである。

以上に挙げた初めの三例は、『玄要抄』の説が肯定されて『幽顕抄』に容易に受けつがれたと考えて間違はないものである。それに引き換え、後の二例は、『幽顕抄』に至っても、惟足、仲之への批判的な姿勢が持続されていたものと判断される。この二例は先の考察（二七〇頁参照）において、『玄要抄』の成立の動機の一つと考えたが、それが認められる証拠ともなるものである。

『玄要抄』から『幽顕抄』への変容とは、『幽顕抄』は『玄要抄』の論の殆どを取り込み、論の整理統一を図り、兼雄の主張を前面に押し出していると捉えてよいかと考えられる。兼雄に至るまでの期間、吉田神道を信奉する人々は統一見解のとりまとめに力を注ぎ、その大半を兼雄に引き継いだのである。その間にあっても、『玄要抄』に集まった人々の抱いた惟足、仲之への批判的姿勢は強く続いていたのである。こうした経緯を受けて兼雄は『幽顕抄』に、張り紙、欄外注、本文などへの書き込みなどを行う研鑽を続けたのである。この結果、兼雄はどのような考えに到達したのであろうか。

二　「理気」説の応用

先に、『玄要抄』の「私ニ云」の言辞が、『幽顕抄』では消えているとして引用した部分は、『玄要抄』の思想を見る点において重要である。再度、引用してみよう。

父ノ一滴水ヘ、霊徳ノ治ル処ハ出見ノ尊、海ヘ入玉フ所、一元、水ノ十宮ニ入ルハ豊玉姫、スデニ形備ッテ霊《ミタマ》ヲ受入ル所ハ、玉依姫ノ神化ニテ、形ヲ結ハ高皇産霊ノ神徳、其ノ上ニ五臓ノ神ノ具ハリ玉フテ、今日マデノ人王ノ形体全ク具足シ玉フ。此レヲ人ト云。其ノ人ト云形ヲナサザル以前ヲ神トハ申ス也。広ク云ヘバ、天地山川ノ理気一個ニツヅムレバ、人身ノ理気トナル。今日、人トナッテ出生スルマデ、何レカ神徳ニヨラズト云フコトナシ。サテ人ノ世トナッテ、其ノ道アッテ、万古不変ニ行事《オコナヘルコト》、此又陰レニ其ノ理リ備リシユエ也。万事、作為シテナセルコトニアラズ。神変不測《フシギ》ノ妙用ヨリヲコルコトト窺フガ、本朝神祇道ノ風体ナリ

ここに見える「理気」と云う言葉は、『玄要抄』（当然、『幽顕抄』も同じであるが）の論理の基本を説明する言葉である。この部分は、天上の神々が形を成してくることを述べているのであるが、その形の成る以前の状態を「理気」の概念で説明している。「理」のあるところに「神」があると言うのであるが、この「神」と「理」との関係については、この引用文に続くところで「其ノ理ヲ直ニ神トハ不云。理ノ元ヲ名ケテ神ト云。此ノ神アルユヘニ、此理リアリト窺フガ、神祇道ノ習ナリ」と述べている。「神」があって「理」があるのだという、この関係を「神変不測」の妙用とすることによって吉田家の神道説は成り立っていると言う。しかし、この「理」と「気」との関係を説明することは容易なことではなかったと考えられる。

この「理気」の論は、『玄要抄』の冒頭部分（即ち『日本書紀』の冒頭部分）の理解に関わっている。「理気」は天地の別れる以前の状態の「清陽」を説明するに「清陽ト在ハ、豊気ノ一元気ヲシメサルル古語也。唐ニテハ元気ト云、本朝ニテハ豊気ト云、亦ハ水気津ト名目ヲ云」として、豊気としての「一元気」の存在が語られて

いる。続いて「精妙之合摶易」の箇所では「此精妙ト云ハ豊気一元ノ気ヲ指云。合トハ今改テ精ト妙トノ相合ニ非ズ。元ヨリ妙合シテ在也。理ヲ離テ気モナク、気ヲ離テ理ナキト云心也」と説かれている。天の根源に「理」と「気」が見られるのであるが、この二つは分かれて存在するのではない、「理」と「気」は「一元」であるという。次に、先に引用した「神聖」の貼り紙部分に見るように、この「元」のところに「神聖」が生じてくる。「天ト成、地ト成上ニ於テ、神ノ御形ハミエタマハネド、造化ノカゲニタヨッテカンガヘミレバ、誠ニ神在コトヲ知也」と述べて、「理ヲスグニ神トハ不云。理ハ和語ニコトハリトヨムモノノ、コトハリハ本ニ神ト云フモノアッテ、コトハリトナルト云フガ神道ノ法也。然ドモ理ト神ト別物ニアラズ。体用ノ謂也」と云う。即ち「理気」を言う以前に「神」の存在を認めるのが「神道」の考え方であると言う。この論理の手法は言うまでもなく朱子学に言う「理気」論の応用である。それ故に、「理」に対する「気」の関係では説明しきれないことが残っている。江戸時代に盛んに読まれた『朱子語類』（注一）を繙いてみると、「理」を基本としながらも「気」との前後関係については疑問が呈されていた。従って、この場面で、『朱子語類』は「体用」の論を用いて合理的であろうとしている。この方法は『玄要抄』にあっても同じであって、次に「体用ノ謂也」として、太陽の照り輝く本源と光の末などの例で「理」と「気」の不可分を説明している。この「理」と「気」との関係は次に書紀本文に「其中生一物」とあることを説いて「其中ニト云心ニテ、即元気ノ中也。一トハ霊明デ理ノ本体、物トハ気ニシテ用也。理気相合シテ一物ト云」と言い、体用の理を用いながら、「理」「気」の合した状態での「一物」を見ることへと論は進んでいる。この「一物」が国常立尊となって生まれてくると、国常立神の称号は、「一元気」の「神号」であると捉えられ、これ以降生まれてくる神々は、国常立神へ「帰ル」こととなっている。天地開闢の諸相の論は、ここに一応は確立し、「理」と「気」とは合一したもの、即ち「理気合一論」としての主張となっているのである。総じて「理」を根元にはおくものの、「気」についての説明は希薄と言わざるを得ない。もともと、日本の神道理論そのものは、日本の「神」を根元に置かなければならない宿命を背負っているといってよく、こうした「理気」論の応用においても、理気を「一元」とするならば、そこに「神」を置かざるを得ない状態へと導かれていく。ここまでの到達点もそれなりに認められることではあっても、限界は見えていたのである。それ故に、この「理気」論による「神」の位置付けは、ひどく抽象的なものを含んでいることに間違いはなく、その居心地の悪さは兼雄に充分意識されていたようである。

兼雄は『幽顕抄』に先だっての講義を纏めた『思瓊抄』の序文風な部分で、次のように語っている。

先ヅ、ソウタイ神書ヲ解ニ、理気ヲ以テ講ズルガナライナレドモ、事実カラ先ヅサトシテ、ソノ上デ理気ヲ以テシメサネバヨロシカラズ。ソレナレバタトヘテ申サバ、今日行事ヲ行テモ、ソノ通リマヅ伝授ヲウケテ、ソノ行法ノワザヲ行テ、ソノ熟得ノウヘデ、イチイチニ其ワザノ理ヲ吟味スレバ、自ラ合点ガイク。トカク事実カラ知タ理デナケレバ、タダ理気ノ高キニ馳テ、事実ヲ失ヒ空理ト云モノニナッテ、禅見ノヤウニナル。ソレデハ神道ノ本意トハ申シガタイ（略）。今日ノ講談モ、先ヅ事実ヲトヒテ、猶コノウヘニ理気ヲモトキ、キカスベシ。事実カラシメスト申スガ家ノ伝ヘニテ、師範タルモノノ習ニアルコトナリ。

神書の講談では「理気」の論で説かれることが普通になっているが、この論理をそのまま応用しても、理解されない恐れがある。講談においては先ず「事実」を良く説いて、その上で「理気」を説かなければならない。そうしないと禅宗で行われているような実効性の欠けた「空理」を説くことになってしまうと言うのである。

広く朱子学による神道理論の構築は、吉田兼従に「返し伝授」を行った吉川惟足が行っており、遡っては林羅山が朱子学を以って江戸幕府に取り入れられたことなどからすれば、「理気」の論は兼雄にとっては、難しい問題ではなかったに違いない。難しいなどと言うよりは、今やその弊害が見えていたのである。そこで「事実」を用いて説く、判りやすい講義へと方向を変えようとしているのである。事実と論理との融合した講義は、『玄要抄』の基本姿勢の一つとして認められることである。先の「私ニ云」の部分だけを見ても、神々の誕生を言うに、「父ノ一滴」の「子宮」に入り「形」の備わって「御霊」を受け入れ、「形体」の具足して「人」となるとの言い方は、正に日常的な「事実」を例にしての講義と言えよう。

この事実に即して講談する言を『思瓊抄』に明確に書き入れたのは、兼雄の晩年に当る安永六年（一七七七）のことである。『思瓊抄』の第一冊目の冒頭に序文風に書きつけられた結びには、「安永六年十二月十三日　書之」と記されている。「事実」に基づく講義は兼雄の生涯かけての懸案であったと見られる。

では、『玄要抄』と『幽顕抄』との間に挟まれている『思瓊抄』とはどのような書であったかを考えてみよう。

三　『思瓊抄』という書

『思瓊抄』の奥書として先に紹介した延享二年（一七四五）の奥書に続いて、「寛延二年八月二十九日先日院忝被召御前種々／神道御雑談之砌神代抄御覧被遊度旨依／仰此本五冊　今日持参祓御講相済以後遣上了／同九月十六日院参之砌以八条中納言隆英卿被返下了　ト兼雄　四十五才」と兼雄は記している。この奥書は、寛延二年（一七四九）に、兼雄が桜町院と神道について雑談をした際、「神代抄」を御覧になりたいと仰せられたので、院に奉った本であると述べている。寛延二年の四十五歳の時点で、兼雄の講義は宮中に重用される段階に達していたのである。寛延二年八月以前に、何らかの形で講義が行われており、その講義が一書として纏まっていたので、奏覧に供せられたのである。

このことは、『思瓊抄』は天皇を最も尊崇する立場から書かれたのであり、翻って人臣に対すると同様な低い次元での講義ではあり得なかったことを予想させる。

『思瓊抄』は、先に引用した「然後神聖生其中」の箇所では、『玄要抄』には記されていない次のようなことを記している。

神ト云ハ造化ノ本元国常立尊ヨリ七代ノ神世ヲ指テ申シ、聖ト云ハ天照大神ヨリ御代々ノ君ヲ指テ申奉ル。造化ノ神霊ハ天地ノ真中ニ位シテ、万物生々ノ道ヲ司リマシマシ、又、人君ハ天下万民ノ中極ニ天位ヲ立、アマツヒツギ知食テ、万民撫育ノ仁政ホドコシメグマセラル、所謂神皇一体ノ御義也。

天地混沌の初めに生じた「神聖」とは、「神」は天上の七代を、「聖」は天照大神より以降の代々の天皇を指すとし、天皇は国家の中枢にあり、仁政を行う所以があると尊敬語も豊かに述べられている。こうした姿勢は『思瓊抄』の全編に貫かれている。その冒頭部において、『日本書紀』の成立の正しさを述べつつ「開闢以来、君ノ御正統ハ唯一筋ニ立テ、タトエ臣下庶人ノ内ニ聖人賢者ガデキテモ、君ノ位ヲ望ミ、三種神器ヲウカガウコトハナラヌ義ナリ」と、天皇の地位の唯一絶対であることを保証している。このことは更に「乾道独化」を説いて「独化ト申スハ君ハ尊キコト無体モノユへ、ソコガ独化ト云モノ也。依之、君ノ御心ガウルハシケレバ、臣下万民皆、ソノ玉ノ御メグミヲ受テソダチ、タトエバ春雨ノウルヲヒニヨッテ草木ノホコヘルゴトク也。又御心ガ明ニアレバ、天下ノ人民ソノ明徳ニアヤカリ奉リテ、臣下万民各其徳ヲヲサメ、君ニ忠ヲツクシ、ヲヤニ孝ヲツクスヨウニナルナリ」と言い、天皇の姿を手本にして、万民は忠孝の行いに向かうことを述べる。天皇の絶対的な存在理由を言うのみならず、天皇のあるべき姿をまでも忠言しているのである。

「理」のありようも三種神器に関わって述べられている。

物ジテ日本ノ道ヲカタルニハ、実体実形ヲ以テトクガ、神明ノヲシヘノ旨ナリ。儒仏ノヤウニ理ヲツメテ論ズルト云義ハ、古伝ニハナキ也。忽チ三種神器ト申スルモ、理デトケバ、儒仏ノ教ト同ジトヲリニナレドモ、日本ノ神明ノ教ハ、伝ヘテノクワシイト、アライトニテモチガヒアリ。（略）我神明ノ道ヲ伝ヘラレタハ、天照大神ノ皇孫ヘ御伝授アルニ、玉ト云物ヲ以伝ヘラルレバ、玉ノウルハシキ本タイカラ、湿潤ノナリカタチハ理ヲマタズシテ、心ニ明ニウツル也。（略）理ヲスツルデハナケレドモ、物ヲ以実ヲ示メセバ、理ハソレカラトクル也。理デトケバ、空理ニヲチテ、ツカマヘドコロガナキ也。ソレユヘ、実ヲ以理ヲ示スト云ガ、儒仏ニチガヒ、吾国ノ神道王道ノ尊イ処也。

この文言は、先の序文風な文言と同じ趣旨を述べている。『玄要抄』での「理気」論を通してのある種のとまどいは見られない。儒仏の主張のようにではなく、「理」を越えたところに神明の心を捉えたのである。「物」を以って「実」を示せば、「理」は自然と判ってくるという、この即物的な思考方法は、兼雄が『日本書紀』の筆法に見た特質にも通じているものである。

『思瓊抄』は、混沌から生じたものが鶏子の如くであるという本文に即して、次のように記している。

鶏卵ノゴトクマドカニアリテ、ウチニ一気ノヒラクベキ牙ヲフクミ、クグモリコモリテアリ。マズコレハ神道ニテ道体ト云也。道体トハ神道ノ本源、全体ト云ギデ、此道体本元ノ場ハ、舎人親王ト云ヘドモ、タヤスクサトシガタキユヘ、如此ヒユヲ以示シノコサレタルギ也。コナタニタトヘシ物ノカタチヲ以、アナタノ道体、本元をハカリ知レト申ス教ノ一ツナリ。

『日本書紀』本文に鶏卵の如しと記されているのは、舎人親王の特別の深意で加えられた部分であると捉えられ、この部分は、神道の本源に通ずることを意味していると言う。その神道の本源とは言葉では容易に説明できない。そこで、親王は比喩を用いて示したと言うのである。親王は聖徳太子よりも見識が勝れ、更に「帝一系ヲ立ラルルニモ、全ク臣下ノ系図ヲマジヘラレズ、唯一筋ニ君ノ御正統ノミヲ国常立尊ヨリ神代七代ト立サセラレテ、天照大神吾勝尊瓊々杵尊火々出見尊葺不合尊神武天皇ト次第ヲ立ラレタリ」と天皇一系を打ち立てた絶対的に尊崇される人物である。この親王の筆致に比喩という筆法を見出したならば、兼雄の講義においても、本源を事実で説明する比喩の方法が取り込まれても、当然と言うことになろう。

兼雄は、天皇にとって必要な教え、帝王学の一環ともなるような講義を行なっていたのである。「理気一元論」だけでは済ますことの出来ない現実を直視し、日常の事実を取り上げることによって新たな神道論の境地を切り開いているのである。

四　『八雲神詠伝』との関わり

『玄要抄』は、歌学に関わって発言してくることが多い。その中で、「八雲の神詠」については、重要なことを述べている。

『日本書紀』に語られ、『古今和歌集』の序文にも語られる素盞鳴尊の「八雲立つ」云々の詞は、神の発した言葉であり、和歌三十一文字の第一番目に位置付けられるものであった。これが神詠として位置付けられる真意をめぐって、神道と歌道の両分野を凌ぐ秘伝として『八雲神詠伝』が作られたのは、必然の事であったと言えよう。この秘伝の作成に関わった兼倶は、文明八年（一四七六）頃には、『八雲神詠伝』の基本的部分を創り上げていた。それは、すでに説かれていた神道の「四妙」説を応用したものであり、天地の間の太陰と太陽との運行によって齎されるものは、歌学に言う三神（人丸、赤人、下照姫）と、和歌三十一文字の意味に根源的に結びついているとするものであった。この形を元にして、兼倶は歌学に通じた宗祇と共同作業を行ない、吉田家の祖兼直から歌道家の藤原定家へと全き形の『八雲神詠伝』が伝えられたとしたのである。その後、この秘伝は、細川幽斎によって、古今伝授の奥秘の位置におかれ、天皇に伝授される御所伝授の一環となり、秘伝としての位置を更に高めるに至った。それにつれて、この秘伝は、やや形を変えて地下の間においても重く扱われ、神道者流と歌学者流との二つの形での伝授が行われていた（注二）。

こうした重い歴史を持つ「八雲の神詠」について、『玄要抄』は次のように発言している。

扨、此神詠ヲ夜句茂ノ相伝ト云テ、朝廷、古吟伝授ノ次ニ、此ノ歌ノ御伝授有ルコト也。其義、神祇道ノ相伝トハ相違アリ。神祇道ニテハ、此神詠ハ専道徳ノ至極ニシテ、素神ノシヅマリ玉フ御歌ト伝授スルコト也。サレドモ朝廷ノ御秘説ノ義ナレバ、神道ト和歌ノ伝授ト違フトハイヘドモ、一応ノ講ニハ弁ゼザルコト也

「八雲の神詠」は、朝廷で行われている古今伝授の一環として伝授されてはいるが、その意義説明では、神祇道で行うこととは相違がある。神祇道では、この歌を道徳の深意を蔵しているとして講義している。しかし、朝廷でも秘説になっているから、神道と和歌道では伝授内容に違いがあるとは言え、この神詠についての講義は、普通程度の段階では行わないと言う。

朝廷で行われている所謂「古今伝授」では、この「八雲の神詠」だけの意味を説く講義が行われていたのである。

しかし、その講義では、神祇道で説く道徳の趣意とは違って説かれていたと言う。その上、臣下の間でも、神道と和歌道の両者において、相違のある伝授が行われていたのである。この神道と和歌道との相違と言うのは、先に述べた神道者流と歌学者流ということに相当していると見て間違いはないであろう。

『思瓊抄』には、「八雲の神詠」の重要なことが、もう少し具体的に述べられている。

此神歌ニハ重々ノ口伝アルコト也。神道ノ伝ハ、和歌ハツツシミヲモトトシテ、景気ヨク、情実正シク、花実相対シテ、ソノ詞正シク、鬼神ヲ感ゼシメ、男女ノ情ヲヤハラゲ、心キヨク、徳明ラカニナルハ、全ク和歌ノ教ニアルコトト伝ヘタリ。近年、和歌者流、仏教ヲ付会シ、或聖賢ノ云ヲ習合スルコト、全ク神代素盞鳴尊ノ御存ジナキコトニテ、皆後世ノ新作也。スコシニテモ、新作アルトキハ、即、和歌ノ本意ニアラズ。和歌ノ情ニ感ズルナリニ、詞ニ吐出スヲ本トス。タトエバ、月ノ白キヲ雪トミレバ、雪トヨミ、花ノ白キヲ、雲ト見レバ、雲トヨミ、ソコニ少モ会釈ナク、ヨミ出スコト也。定家ノ上問ニコタヘラレシ、マコトノスクナキコソ、和歌ノ体ナリトアルモ、ココニワケアルコトニテ、定家モ、当家先祖兼直ヨリ、八雲ノ伝ヲツタヘテ、如此迄自得被タルモノ也。八雲伝ハ和歌三十一字ノ根本ニテ、五七五七、ト申スハ、自然ト五ノ数ニテ、コレツツシミノ全体トス。又三十一ノ三十ハ一月ノ日数、一ハソノアマリ、後ノ三十ノタネトナリ、ツヅキツヅイテ間断ナキコト、天地流行ノ自然ノナリガ、三十一字ノカズニ見ヘタリ。句妙字妙意妙始終妙ト四妙ヲ以見ルコト、又軽重清濁等ニ至迄、陰陽不測ノ妙味ヲソナヘ、景ト云ヒ、情ト云ヒ、道ト云ヒ、教ト云ヒ、此神歌ニモルル事ナシ。和歌ノ伝授ハ、道ノ伝授ト申スルモ、神道ヨリコトヲコリタルコトニテ、聖人仏菩薩曽テ存ゼラレヌコト也。天竺ノダラニ、西土ノ詩ナドモ、其国〳〵ノ詞ナレバ、自然ト和歌ノ理ニカナフコトモアルベケレドモ、ソレハ後ヨリ申ス事ニテ、神代ヨリノ口伝トハ申難キ也。

長い引用になったが、ここには、およそ三つのことが述べられている。一つは、神道が求める理想の歌の体である。和歌は「ツツシミ」を基本とした上で「景気ヨク、情実正シク、花実相対シテ、ソノ詞正シク、鬼神ヲ感ゼシメ、男女ノ情ヲヤハラゲ、心キヨク、徳明ラカニナル」ことを条件とするが、これは和歌においての教えであるとする。確かに「景気ヨク」以下に記される条件は、『古今和歌集』の序文に述べられる和歌の効用あるいは、歌人達が平安時代以来盛んに論議してきた風体論、意味論などの概念である。これら要件が列記されてくると、これは一種の理想論と言うべきものである。この理想論の立場から、近年の和歌が批判され、ずいぶんと難しく、理屈っぽくなっていることが非難される。そこで、帰るべきは素戔嗚尊の古代に、単純素朴な世界へとの主張となっている。二つには、『八雲神詠伝』の四妙などの理念が説かれて、「八雲の神詠」は、和歌の理想的な姿であるとされる。三つには、以上の二つを受けて、神道伝授は、異国の陀羅尼、漢詩の理念は言うに及ばず、和歌で伝授されることをも凌駕する、神代よりの口伝であると言う。

兼倶以来、和歌道の世界と微妙に交流し、相互の力を培ってきた神道は、「八雲の神詠」を通して、絶対的に勝れていると宣言したのである。

和歌は「慎み」という道徳理念を纏いながら、神代の素朴な境地を詠むものと新たに規定されると、「歌」の理解にも大きな変化が現れていることが判る。

『玄要抄』は「天神以大占」を注して「占」を「ウラナフト云心ハ外ニカワラズ裏ニナヲス義也。見分ノ理知ヲ以テ計ラズ、本分ノ信ニ太クマカスルヲウラナヒノ本意トスル也。畢竟、常ノ外見ノ発スル処ハ顕ニテ表也。其裏ハ本分ノ正直也」と、隠顕の論理によって吉田家の生業とする「占」の本意は「正直」であると談じている。この規定の下に歌を定義して、「歌ト云モ、ウラツタフト云和詞。本朝ノ道ノ風俗也。表テタダズ、アラハニ云ズシテ、心ノ裏ヲ伝ル義也」と言う。「歌」は「ウラツタフ」という和語であり、「占」のうらは同音で裏に通じ、裏を伝える、即ち心の裏を伝達するものとされるのである。心の裏が伝えられるとは、「占」の規定からすれば、正直と言う理念が和歌には籠められることが要求されているといってよいであろう。これも徳の概念である。それにしても、基点に「ウラツタフ」という和語を置く考えは、きわめて特異なものと言わざるを得ないであろう。

こうした歌学への発言は日本国の呼称の問題においても見られる。日本の国を「大和」と言うことについては、その講義の冒頭において「ヤマトト云コト、古吟集一ケノ伝授ノ内也。依之憚テ、一講ノ時ハ沙汰スベカラズ。神祇道於テ伝授トスルニ非ズ」と言う。「大和」の意味を廻っての諸説の概要はすでに行っている（第四章第二節参照）のでここには省略するが、この「大和」についても、神祇道と和歌道とでは解釈に相違があると言う。その上、この秘密は古今伝授の内のことであるから、講義を行わないとも言う。それは先の「八雲の神詠」の論に見えた一講という普通程度の講義では行わないとする受者の器量に応じた制限である。

天上で神に夫婦の道を教えた鳥、鶺鴒についても同じことが言われている。「イナヲヲセ鳥ノ義ハ、古吟集ノ伝授三鳥ノ内成ママ、一反ニハ不講義也。然ドモ古吟ノ伝授ト神道ノ道徳ノ伝授トハ甚相違アルコト也」と言う。

鶺鴒は古今伝授では「イナヲヲセ鳥」となっているが、これも古今伝授の内の「三鳥」という重い秘密であるから講義を行わないことがあると言う。「一反」とあるのは「一講」と同じ意味であろう。神道講義においても、古今伝授は重要なものと考えて、神道において設定する四段階の内の第一段階では講義を行わなかったのである。しかも、その講義においては、和歌道とは違った徳を重視した内容の伝授がされていたのである。和歌道では、道を守護する神として「和歌三神」を定めている。このことについても、『玄要抄』は次のように言及している。

筒男ノ三神ハ和歌ノ三神ト云コト、後世ノ義也。神祇道ニ其ノ沙汰不見。歌ノ道起ヲ以云ハ素盞嗚尊、下照姫コソ和歌ノ神ナルベシ。サレドモ、此三神ヲ立ルコトハ、和歌ノ始中終ニ合ルヲ以也。底筒男ハ根元気土中ニ座ス。和歌ノ道ニ貴ムコトハ心ノ裏ニテ、歌ノ趣向ヲ思案スル位也。中筒男ハ礼儀トトノフ位ニテ、趣向ウカミテ言葉ニ出ル位也。表筒男ハ和歌ノ言葉ニ出テ、鬼神モ感応シ、武キ心モヤハラグ位也。

和歌道の流儀として祭られる「和歌三神」は、住吉の祭神である表筒男、中筒男、底筒男の三神のことであることへの発言である。この筒男の三神を云うのは後世のことであって、神祇道では当初からあれこれと詮索はしなかった。しかし、その起源を神の道から言えば素盞嗚尊、下照姫とするのが妥当である。和歌道で筒男の三神に定めたのは、歌の三つの過程、思案し、言葉に出し、感動させるということを踏まえているからであると言う。

ここにも、和歌道と神祇道との相違が述べられている。徳を中心に据えて行なわれない和歌道の所業は批判されるのである。しかし、『日本書紀』に依拠した正統な理解によって導き出されるとする和歌の神は素盞嗚尊、下照姫と言うのも不可思議な説である。さらに、「和歌三神」が、和歌を詠出する三つの階梯に相当しているとする考えも、それまでの歴史には現れなかった説である。

ここには、和歌道を広く理解すること少なく、神世界を唯一として守っている姿が見えている。

おわりに

『玄要抄』を中心に据えて吉田兼雄の神道講義書、『幽顕抄』『思瓊抄』の持つ特質を考えてみた。『幽顕抄』は『玄要抄』の論を殆どそのままに取り込んだものであり、僅かに論の統一を計り、兼雄の意思を前面に押し出したところが見えた。その講義態度を見ると、朱子学を応用した「理気一元論」を基本としながらも、事実のもつ意味に依拠して、わかりやすさを目指していた。この方向は、桜町院に講義した『思瓊抄』においても同じであった。ただ、『思瓊抄』では、天皇が一系の唯一絶対の存在であることを言い、帝王学の一環の書となるかと考えられる面が見られた。

天皇の唯一絶対の存在を保証する姿勢は、天皇が関わる古今伝授を重視する一方、人臣の間で行なわれる古今伝授が徳を説かないことへの批判的な言辞となって現れていた。

神祇道は、改めて独自な道を歩くのだと、兼雄は主張したのである。この兼雄の周辺には、「国学」としての学問の道を切り開いてゆく人々がいた。前節で述べた荷田春満もその一人である。

注

（一）「『朱子語類』訳注」（垣内景子　恩田裕正編　汲古書院　二〇〇七年）

（二）『歌学秘伝の研究』の第四章第二節。

第五節　吉田兼雄の事蹟

はじめに

前節までの考察に見る通り、江戸時代の一七〇〇年代において、吉田神道を受け継いだ吉田兼雄には、いくつかの注目される事蹟が確認された。兼雄の『日本書紀』の講釈書である『幽顕抄』は、それまでに成立していた『玄要抄』を整理し統一したものであった。この『玄要抄』の基本的な部分は兼従の説を伝えているとされるものである。その講釈方法、思考過程などに現れている朱子学を応用した「理気一元論」は荷田春満の『日本書紀』講釈の土台を構築しているものと理解された。春満が国学者として認められる出発点は、この『日本書紀』の注釈から改めて考え直さなければならないものとなった。また、『玄要抄』は、歌学説話集と考えられている『月刈藻集』とも密接な関係を持っており、吉田神道は歌学の分野に深く立ち入っていたものと了解された。

兼雄は桜町天皇に『日本書紀』の講義を行っており、天皇のあるべき姿を説いていた。殊に桜町院に捧授された『思瓊抄』には、現実的、実利的面から神道を説く姿勢が強く意識されていた。

こうしたことを背景に考えてみると、兼従以降の吉田神道は兼雄によって集大成され、理念の統一が図られたものと考えられる。その理念は、近世を形作っていく国学の精神的支柱となり、新しい神概念を形成し、幕府に対する天皇のあり方をも規定するものとなっていた。

これらのことの確認のためには兼雄の全体像を捉え、広い立場からの展望が必要と考えられる。兼雄の事蹟は、天理大学付属図書館の吉田文庫に蔵される『卜部兼雄略伝』によって公的なことの大要は知ることができる。従って、その履歴事項に従いながら、兼雄の関わった歌学関係書類の奥書をできる限り加えて年譜を作成し、全体像の掌握に努める事にしたい。尚、兼雄の事蹟の中で、殊に注意される『八雲神詠伝』の伝授とそれに付随する事項について、若干の考察を行なっておくことにする。

一　『八雲神詠伝』をめぐって

後掲の兼雄の年譜の宝暦十三年の項に「五月十一日　授八雲神詠大事于民部卿為村卿」との記事がある。宝暦十三年五月十一日、兼雄は民部卿こと冷泉為村に『八雲神詠伝』を授けたのである。履歴事項の一覧からも確認される通り、略伝は吉田社の恒例行事、官位昇進、宮中における恒例の神道行事の執行及び神道伝授、天皇の崩御・即位に関わる神道行事の執行などを記すことを原則としている。その中に、天皇とは直接の関わりを持たない冷泉為村への『八雲神詠伝』の伝授が記されている。これは『八雲神詠伝』の伝授が宮中に関わる諸行事と同等な重い意味合いを持っていたからと考えられる。その実態がどのようなものであったかは、吉田文庫に蔵されている資料によって、次のような次第であったことが判明する。

その経緯を示す資料は二つある。第一は『八雲神詠四妙之大事』と題するものである。第二は『宝暦十三年　冷泉民部卿為村卿へ定家卿八雲誓書依書望書遺留』と包紙の表に記されるもので、『八雲神詠伝』の内の定家の誓約書一紙と伝授の経過を記した、兼雄が兼原に書写させた下書き文案が包まれている。

まず第一の『八雲神詠四妙之大事』の奥書によれば、宝暦十三年二月九日に冷泉為村は吉田邸に赴き、数年来所望していた『八雲神詠伝』の内の定家が兼直に提出した誓約状を是非見せてほしいと願った。冷泉家には、定家が兼直に差し出した誓約状が清原宣賢筆（これは宣賢が冷泉為和に与えたものである）として蔵されており、この真偽のほどを兼雄に求めたのである。兼雄は、吉田家には定家の真筆が伝来していたが、惜しくも兵火のために焼失した。しかし兼倶の真筆を書写したものは伝来しているので一覧させたいが、他の秘伝が共に記されているので、それを除いて書写して後日見せたいと返答した。同月二十七日に兼雄が冷泉邸に赴き、誓約状の写（兼雄の息兼隆に写させたもの）を密かに渡した。これによって冷泉家は「正脈相承」となったと、為村は記している。

この奥書に続いて、兼雄筆の識語が記されている。それによれば、為村が定家の誓約状を見たいと言ってきたので、兼倶の真筆のものを兼隆に写させて、冷泉邸に赴いて授けた。その時、冷泉家には宣賢が為和に授与した真筆のものがあるので後日見せると言った。三月六日に為村がやってきて、宣賢授与のものを新写したとして見せてくれたと言う。

この為和が宣賢から授けられた『八雲神詠伝』の写しが、これら奥書、識語の前に記されている。それには『八雲神詠伝』の秘事である初字妙と初重から四重までの秘事の計五個が記されている。その後に、「抑此五ケ切紙者　神国口決唯受　一人大事也神道極秘也依懇志難　黙奉授与冷泉金吾也　侍従三位清原宣賢」とあり、更に朱筆で「以自筆臨写之」とある。宣賢が為和に伝授したものを為村が文字も行も全く違えずに書写したのである。次に化現之大事を記して最後に「大永六年三月二八日　抑此切紙者雖為唯受一人極秘奉授与　冷泉金吾者也　侍従三位清原朝臣宣賢」と記し、続いて朱筆で「以自筆臨写之　右切紙五ケ切紙　化―以宣賢卿自筆不違行字写之　宝暦十三年二月二十八日民部卿藤原為村」と記している。これも宣賢授与の化現之大事を冷泉為村が行も文字もそのままに臨写したと言う。続いて、大永六年時における宣賢と為和の官位と年齢を記し、「兼直　冷泉権大副」宛の定家の誓約状を記し、ここにも朱筆で「右以宣賢卿筆伝于冷泉家不違字行写之」と記している。次に定家の誓約状をもう一度記している。これには「右真写　兼隆朝臣　兼雄卿来臨自掌被授掌請之納秘函筐　更写于爰不違字行　書判」と記されている。吉田家で言う兼倶自筆の定家の誓約状（兼隆が書写したもの）を兼雄が為村に手渡した。為村は深蔵していた宣賢伝来の書を文字も行も違えないで書写して持ってきた、それらの次第を兼原に書写させたのが「宝暦十三年三月七日」であると言う。この後に一段下げて「同月十四日過他邸此本紙令　返却了」と記す。三月十四日にこの冷泉家から届けられたものが返却されたのである。これに続いて先の兼雄の識語へと続くのである。

一方、第二の宝暦年号を記す資料は兼雄が兼原に記させたものである。それによれば、冷泉民部卿は家に定家の誓約状も相伝の切紙も伝来していないので、定家の誓約状を是非拝見したいと昨年来、所望していた。為村が二月九日に来駕して懇望したので見せる事にした。しかし、家蔵のものには他の秘伝が記されているので、それを除いて書写して見せることにした。この新写したものを同月二十七日に冷泉邸に持って行ったところ為村は大変喜んだと言う。

以上二つの資料から、事の経緯をまとめればこうなろう。宝暦十三年二月九日に冷泉為村は吉田邸に赴き、兼ねてから望んでいた『八雲神詠伝』の定家の誓約状の一覧を催促した。そこで兼雄は兼隆に兼倶真筆のものを書写させ、これを同月二十七日に冷泉邸に持って行った。この時、冷泉家には宣賢が為和に伝授したものがあるので、為村は、これを兼雄に見せる約束をした。兼雄は帰宅して今日の経緯を兼原に筆記させた。翌二十八日、為村は、宣賢自筆の『八雲神詠伝』を忠実に書写し、これを携えて三月六日に吉田邸に赴き一覧させた。これを翌三月七日に兼雄は兼原に書写させ、同十四日に返却させたのである。

この『八雲神詠伝』をめぐっては、両者の間には儀式を伴った秘事の授受はなかったものと考えてよいであろう。それぞれの奥書、識語には両者共に書写したものを「袖中」あるいは「懐中」から取り出して与えたとあり、儀式には一切触れていないからである。しかし、略伝に「授八雲神詠大事于民部卿」と記されるように、兼雄は冷泉為村に授与したのであり、為村は兼倶真筆を新写したものを受けて「正脈相承」と認識しているのである。冷泉家には、その昔、宣賢が為和に伝授した『八雲神詠伝』があった。しかし、為村は、これに幾分かの疑問を持っていたので、兼雄にこの真偽を確かめるものが吉田家にあると考えたのである。それが結果的には、相互に所持する切紙の書写、一覧、伝授へとなったのである。

この時は以上の状態で終了したのであるが、尚、これには続きがあったようである。吉田文庫には「八雲大事相伝之事」と題するものがある。この包には切紙が包まれている。その包紙の表書には「宝暦十三年五月　冷泉民部卿為村卿へ　八雲大事相伝之事」とある。切紙の内容は「四妙之大事　一通」「二字之大事　二」「神妙数之大事　三」「字妙支配之大事　四」「意妙支配之大事　五」「化現之大事　六」「化現之大事注　七」「三神三聖之大事　八」と題する八枚である。これに「初重」とある一枚分と「超大極秘之大事」とを合わせた一枚、半切された不完全なもの二枚がある。

これはその表書にもある通り、三月に終了した兼雄から為村への定家の誓約状の授与に続いて、五月になって『八雲神詠伝』のほぼ全体を為村へ「相伝」した次第の控えである。この「相伝」は先の定家の誓約状をめぐっての授受が儀式は伴ってはいないものの、正式な伝授と考えられていたことを物語るものである。例え一枚の切紙であるにせよ、それを見せる行為は伝授そのものなのである。それ故に誓約状に続いて、切紙の全体の伝授が兼雄から為村に行われたのである。冷泉家と吉田家両家には伝授の基本的な形と意義が確実に認識されていたのである。

このようにある種、私的な伝授が行われていた一方で、兼雄は『八雲神詠伝』の公的な伝授を行っている。兼雄の略伝の寛延二年九月四日の記事に「是日奉上八雲神詠中臣八ケ大事」とある。桜町院に『八雲神詠伝』の伝授を行ったのであるが、このことを証明する資料も吉田文庫に蔵されている。

それは包紙の表書に「桜町御所　寛延二年　九月四日　八雲御相伝　上　兼雄」と記されているものである。これは兼雄が桜町院に「中臣祓八ケ大事」と共に伝授した『八雲神詠伝』の控えである。包の中には、六枚の切紙があり、「化現之大事」「十八字妙支配之大事」「超大極秘之大事」「陰陽神詠数之大事」「逸妙二字之大事」「十八意妙支配之大事」と表題が記されている。各切紙には日付と兼雄の署名があるが「化現之大事」に記されているものを示せば、次の通りである。

此六ケ切紙者神国口決　唯受一人之大事神道　極秘也謹奉授　大上
天皇者慎而莫怠矣
寛延二年九月四日　神祇長上卜部朝臣兼雄　上
今夜千座御祓御読行也御祓以前御書院被召　御相伝申了
同時祓八ケ大事相伝申了

寛延二年九月四日に行われた兼雄の遷座祓の儀式執行の前に桜町院への『八雲神詠伝』の伝授が行われ、同時に「中臣祓八ケ大事」の伝授も行われたのである。この経緯は略伝に明らかである。即ち、八月二十一日に、来る二十九日に中臣祓の講義をするようにとの命があり、それと共に来月一日、四日は伊勢神宮の遷座の式日に当たるので遷座祓をするようにとの二つの命が下ったのである。そこで儀式関係の次第を決め奏上した。二十九日に予定通り延享二年に始まった中臣祓の講義の続きを終えると、神道の事について数カ条の質問があり、更に、『八雲神詠伝』を授与するようにとの命が下ったのである。この時行われた中臣祓の講義の次第は吉田文庫本の『明金抄』に記されている識語によって明らかである。即ち、兼雄の講義の案文は元文六年二月二十七日には出来上がっており、延享二年四月十五日に、禁中において題号から神孫降臨段までの講義が行われていた（この時の同座者は一条右府道香公一名）。寛延二年八月廿九日の禁中での講義には国家経営段から八百万神納受段までの講義が行われた（この時の同座者は近衛右大臣内府前公他十名）である（三三九頁参照）。以上に続いて予定通り九月一日には伊勢内宮の遷座祓が、九月四日には外宮の遷座祓が行われ、同時に『八雲神詠伝』の伝授が行われたのである。この伝授は、宮中における神道行事である中臣祓の伝授と同等な扱いがされたのである。兼倶に始まった吉田家の天皇への神道伝授はそのまま継承されており、『八雲神詠伝』の伝授も滞りなく執行されたのである。この間、兼雄の『日本書紀』の講義書『思瓊抄』は八月二十九日に桜町院に捧授され、九月十六日には返却されている。『八雲神詠伝』の伝授のために必要な過程が踏まれたのである。

しかし、この『八雲神詠伝』に関しては兼倶の創り上げたものと全く同じではなかったようである。それは先の冷泉為村への授与において、『八雲神詠伝』の内の三神が三聖に対応することを説く秘事に変容が認められるからである。

兼倶が伝授に用いた三神と三聖との関係を語る秘事は、住吉の神の表筒男、中筒男、底筒男の三神は、歌学で言う赤人、人丸、衣通姫の三聖とどのように対応するかを説いたものである。兼雄が為村に伝授した切紙は、同じように三神が三聖に対応することを説いてはいるものの、これに口決が付帯している。「三神三聖之大事　八」と題するものと不完全な切紙がそれであるが、この口決に相当する資料は完全な形で吉田文庫に二つ蔵されている。一つは『和歌三神事口決』と題するもので奥書には次の通りある。

右和歌三神之口決極　秘中之深秘也輙莫　外見矣

寛延二年十月日　神道長上卜部（花押）四十五才

桜町院への伝授の寛延二年九月から一カ月も過ぎない時に記されたものである。

『和歌三神事口決』は八十枉日神、神直日神、大直日神の三神が住吉の三神となって出現する次第を述べている。八十枉日神は北方極陰の所で太陽の隠れている時である、これが黄泉国に入って底筒男の場となる、即ち底を通る日の故を以って衣通姫に対応する。次いで神直日神は東方へ現れて太陽の輝き始めの時、黄泉の国から泉津平坂に至って中筒男となり赤人となる。次に大直日神は南に居て大盤石に心が座り、表筒男となり、日が留まって人丸となると説いている。『日本書紀』の講義において三神は八十枉日神、神直日神、大直日神であるとしたことを基底に置いて住吉の三神が歌道の三神に対応することを説いたのである。歌学秘事の世界をより神道的世界に近付けたものである。しかし、この三神に八十枉日神などを当てるのは垂加流神道の影響があるかと考えられ（吉田文庫には垂加流神道の伝授書である『和歌三神図』が蔵されている）、必ずしも兼雄の本意ではなかったのであろう。それが次の口伝を著すことになっている。その口伝は『三神三聖之口決・三神三聖之大事』と題するもので、奥書には次のようにある。

右口伝奥秘之趣也　輙莫許外見矣

寛延三年九月二二日　神道長上卜部（花押）四十六才

『三神三聖之口決・三神三聖之大事』は二つの部分から成り立っている。前半の部分は、「三神三聖之口決」と題して「天ノ心者日也　天ノ和歌者春夏秋冬ノ体也　此口伝也」とあって、四季の姿が陰陽五行の配置によってそれぞれの感情の変化となって現れると説き「然レバ天地ノ体常住ニ和歌ノ体ヲ示ス　今三十一字ヲ詠ズルノミ和歌ト心得タルハ道シラヌ人ノ業ナリ　天地ノ間ニ生ズルモノ　人ハ申スニ及バズ　水ノ蛙　花ノ鶯ニ至ルマデ　イヅレカ和歌ヲヨマザルモノアランヤ」として以下、住吉三神が三聖に対応する次第を述べている。これは、三神三聖の対応の事象の裏に潜むものは一つであるとすること、即ち、天地の姿はそのままにおいて和歌が感得するものと一致するとの考えである。言葉を換えて言えば、天地の間に存在するものは一つであること、それを神道と和歌との関係で言えば、神道として認識されるものはそのままにおいて歌の体であり、歌が歌いあげる姿はそのままにおいて神道の認識するものであると言うことである。

後半の「三神三聖之大事」は「歌ノ訓ハウツタフルノ訓ニテ我情ニウカメルモノヲ詞ニノベウツタフルヨリ歌ト名付クル也」と和歌の定義から説き始め、歌が詠じた心は「天ノ徳」に一致することを説き、次のように結んでいる。

天地ノカギリナキ寿ハ和歌成　春夏秋冬ノ情ニ感ズルナリノヤンゴトナキ故ニコソ其寿モ限リナキ也　神道ノ一名ヲ和歌ト申スモ余ギナキ事也　和歌ノ御相伝ヲ道ノ御相伝トモ申スコトナレバ　和歌ヲツタヘテ我神道不覚人ハ　タトヘバ枝葉ニ攀テ根本ヲ知ラザルガゴトシ　凡天地一髪ノ間断ナキハ　天地ノ和歌ニシテ　ソレヲ守リノ三神ナレバ　住吉三神ヲ和歌ノ神トハ　仰ギタットム事也　三聖トハ今日人ノ上ノ事ニテ　和歌ノ徳ヲ以天地ノ神トツレダチ玉フホドニ　和歌ニ於其徳ノ至リ玉フユヘニ三聖ト申ス也

この初めに説かれる歌は「ウツタフル」であるという説は既に考察した『歌道秘伝』に見えるものである（二四六

頁参照)。『歌道秘伝』の第二項目には「大和歌併国号之事」に、「ウタハ題号ニテ述ルコトヲ、ウタフトウツタヘルトの二ツ也。ウタフハ天地万物ノナリハジマルトキノ声、則、ウタフナリ。ソコカライヘバ、鶯蛙ノ声モ歌也(略)。ウツタフルノトキハ、ワガ心ノマコトヲモノベツケ、ウツタフル意」と述べられていた。

「歌」には「ウタフ」と「ウツタフル」との二説があるとするのは『月刈藻集』下巻の冒頭の話柄であった。『月刈藻集』は「ウタト言訓ヲ付ルコト、ウツタフト言心ト、ウラツタフト言心トニテ訓ゼシトナリ」と記している。『歌道秘伝』において説かれていることは、「ウタフ」というのは「天地万物」の出で来る始まりの時の声であり、「ウツタフル」というのは、その意を受けて「ワガ心」の「マコト」を述べ訴えるものであるということである。「三神三聖之大事」はこの「ウツタフル」の説にぴったりと重なっているのである。

これに続いての「三神三聖之大事」においては、和歌の意義を説き「天地ノカギリナキ寿ハ和歌」であるとして四季折々の情に感ずることの永遠なる様の中に居て、それを受け継ぐこととなる和歌道は「和歌ノ御相伝ヲ道ノ御相伝トモ申スコト」と、道を受け継ぐことと同等であると言う。その趣意は「三神三聖之口決」が説いた和歌道即神道という精神に収斂してくる。更に言えば、このことは「ウツタフル」の説が『歌道秘伝』に通じていると同じく、『歌道秘伝』が説く「歌道者王道王道者神道」という認識にもぴったりと重なっているのである。『歌道秘伝』は次のように説く。

歌道ハ(略)天地ヒラクルトキノ声ガ歌也(略)三十一字ノ和歌ハ素戔嗚尊ヨリヲコル八雲神詠也　是歌道ハ陰陽合シテ地合シテ万物生々ノ道ナリ　今皇キ歌道ヲ以テ業トシ玉フコトモ　神代ノコンノ法也(略)吾邦キミノミチト言ハ天地ヒラケテヨリ以来　曲玉ノ慈悲ノ御心ヲ以天下万民ヲ憐ミ玉フ御心ガキミノミチ也(略)歌道ハ

王道ナリ王道ハ神道ナリトハ　モト吾邦ニ神道ト云名ナシ　吾道ハ神ノ徳神ノ教ナリ　夫ヲシバラク名ヅケテ言ヘバ神道ト云（略）天照大神道ヲ基業シ玉ヒ　神々相受人皇百王マデ受ツギ玉フ所ノ吾邦ノ治リノ道ガ神道ナリ　然レバ歌道神道王道一ツ也　ワカッテ言ヘバ三ツノゴトク言ヘドモ畢竟一ツナルガ故

天地開闢の時の声が既に和歌であった。三十一字の形を持ったのは素盞嗚尊の時のことで、これが八雲神詠と言われているものである。以来受け継がれて天皇が和歌を業としてきているのは、この古いあり方が残っているからである。神道と言うのも、もともと神道というものがあったわけではない。天地開闢の時以来の在り方のそのままが神の道であって、天照大神がその基本を成して以来神々が受け、天皇が受け継いできているのである。このことは結局、歌道、神道などとそれぞれの名を付けているだけであって、道は正に一つであることを示していると言うのである。

この『歌道秘伝』の一本である吉田文庫本は、その奥書に「寛延二年三月五日令書写畢　猥不許他見　ト（花押）四十五歳」と記している。兼雄は『歌道秘伝』の書を既に拝見し書写もさせていたのである。

兼雄は寛延二年（一七四九）三月五日以前に『歌道秘伝』にも触発され、三道は一つであることを確信していたのである。兼雄の神道伝授においては、神道は王法であるとするのは当然の概念であった。それは、例えば、延享元年（一七四四）に始まった神道伝授（兼雄の有栖川親王への伝授を記す『神道相承深秘伝』による）において「神道之肝要王法之枢機　神道王法一ニシテ二ナリ　二ニシテ一也　祭政一致ノ妙利ニシテ儒教仏典ニ於テ未ダ嘗テ聞ザルトコロ　実ニ我神国ノ大道矣」と断言している。

寛延二年九月四日の桜町院への『八雲神詠伝』の伝授の際、この伝授の深意を、即ち、「八雲の神詠」を通して歌道と神道はどのように関わるかを尋ねられた兼雄の答はすでに『思瓊抄』には記されていた。先に考察（三〇五頁参照）

した通り『八雲神詠伝』とは、「天地流行ノ自然ノナリガ三十一字ノカズニ見ヘタリ（略）景トイヒ、情トイヒ、道トイヒ、教トイヒ、道トイヒ、此神歌ニモルル事ナシ。和歌ノ伝授ハ、道ノ伝授ト申スモ、神道ヨリコトヲコリタルコトニテ、聖人仏菩薩曽テ存ゼラレヌコト也」と明言している。

神道と王道と更に歌道を一つの姿において捉えること、この重い命題への解答は必須のものとなり、一度は、『和歌三神事口決』として説いては見たものの、寛延三年九月二二日に『三神三聖之口決・三神三聖之大事』として書き直して『八雲神詠伝』に新たな知見となる「口伝」が完成したのである。

神道を通して歌学秘事を学び築き上げた世界は、正に「神道歌学」と言ってよいものになっていたのである。兼雄の神道歌学確立に寄与したと考えられる歌学秘伝書を次に掲げる事にしよう。

二　兼雄の関わった歌学秘伝書類

『八雲神詠伝』に関係するものは、既に紹介している（注一）ので、ここには省略する。兼雄が書写し、整理した歌学秘伝書、及び兼雄が披見したと考えられる書も合わせて記す。書名の紛らわしいものには吉田文庫の図書番号を付す。

○『古今伝授切紙抜書』（吉81・318）

袋綴じ全七丁墨付の本である。この書の表紙右下には「正四位下左金吾拾遺卜部兼雄」とあり、左肩には「此本深秘之至極大事也　堅可□者奈利　慎而□怠矣」（□は薄れがあって判読不能）と二行に兼雄の筆で記されている。表紙見返しには「享保十六歳五月十四日　卜部朝臣兼雄」とあり、次のように続いている。

此書者歌道之奥秘極位之名目　古今伝授切紙の抜書也　筆跡者宮内大輔中臣連屋所持之本奈利　然に故有て遺他所

也　予望求畢　尤秘書也累本稀也為後学納　家蔵加奥書曽以堅禁外見敢莫出戸外矣能思陪深思恵慎而莫怠矣

吉田家から他所に出ていたものを兼雄は特に求めて手許に戻し、奥書を加えて秘蔵したのである。恐らく兼雄はこの書の重要であることを聞かされていたのであろう。切紙による伝授の重要さを弱年の頃に知った書としても注目される。本文に続いて兼雄筆の奥書が次のようにある。

右和歌至極之大事也　必莫出外矣　ト（花押）

右令一見所歌道大事尤極秘之至極也

兼雄とは別筆の本文の奥書には次のようにある。

此一冊古今集奥義申請長岡中書公　御所持幽斎尊翁自筆之御本　奉書写之再三遂校合則返上之処予多　年令感数寄甚深下給右之御本道之至宝老之太幸何事如之乎忝九拝拱手　退出十襲而秘函矣而後自書写之此本依被召上進之寔献魚目得明珠把鼠　肝金玉斯之謂欤自仍聊記其由者也

元和三年仲春吉辰　佐方吉衛門入道　宗佐判

佐方宗佐が筆写した本は、長岡中書が幽斎の自筆本を写したものであったために、兼雄は殊に珍重したことが判る。その内容は「三個大事一、三ケ大事二、三ケ大事三、重大事四、真諦事、三才之大事、天地人ノ歌事」などを記した後、「十八通切紙アリテ是ヨリ又六通中」として「神道神詠事、八雲事、重大事、三神事、極位、神遊神楽事、祭ノ事」を記す。『古今集奥儀三個大事』と題する書も全く同じものであって、六枚の切紙を綴り合わせて一巻に仕立ててある。「此一冊古今集奥義　幽斎翁御　自筆之御本奉書写　于時元和三年仲春」と奥書を記す。この奥書は右の『古今伝授切紙抜書』のものを簡略化したものである。二書の内容は宮内庁書陵部に伝わる『当流切紙二十四通』の十八通及び六通に相当するものではあるが、幾分かの相違がある。

○『古今伝授切紙宗祇七ケ条』（吉81・305）

右一覧之序写功了　　従二位卜部（花押）

包紙に「古今伝授切紙　七ケ条　宗祇」と記され、七枚の切紙が入っている。一枚の大きさは縦十九糎、横三十五糎である。「鳥ノ口伝」「めとにけつり花事」「よふことりの事」「稲負鳥之事」「三人翁之事」「加和名種之事」「御賀玉木事」の七枚はすべて兼雄の筆である。『宗祇流切紙口伝』と題する系統のものである。「鳥ノ口伝」の切紙には鳥の口伝と祭の事が記され、続いて、右の『古今伝授切紙抜書』にある元和三年の佐方宗佐の奥書と同じものが記されている。この奥書では「長岡中書公」は「長岡中書云」となっている。

○『古今伝授切紙十ケ条　幽斎』（吉81・301）

包紙に「古今伝授切紙　十ケ状　幽斎」と記して十枚の切紙が入っているが、内容からすると十一通相当分である。右の『古今伝授切紙抜書』の一部（八雲大事、神道神詠事、三才大事、神遊神楽事、重大事、百千鳥、真諦事、三ケ大事、三神事、極位の項目）を記したもので、兼雄の筆になるものである。奥書、識語類はない。

○『古今天真独朗之巻』（全二十一丁）

右古今伝受之秘巻也　一見之次而仰他筆遂書功了

元文二年四月二六日　卜（花押）（上巻末）

右両冊者伝受之秘巻也一見次而　仰他筆書写了

元文二年四月二六日　兼雄（下巻末）

上下二巻に別れた書で上巻には超大極秘古今集三個之大事他の秘事が記され、奥書には「此一巻者古今伝授超大極秘二巻内上巻也　奥書有次巻　風観斎長雅」とあって宝永六年北鷲見廸知に授与されている。下巻には古今巻頭之大事他の秘事が記されて上巻と同様な奥書が記されている。

○『和歌三義抄』（内題は「詠歌大本秘訣」）

元文二年夏四月二十六日　以或人之本忽ニ書写了　重而可書改者也　敢莫　外見矣　加校合了

銀青光録太夫拾遺（花押）三十三歳

内題にも記されているように「詠歌大本秘訣」と多く称されているもので、細川幽斎から狭々野屋長孝を経て風観斎長雅に伝承された奥書を持つが、本書はこの後、享保元年に高屋長徹から大島長融に伝授された旨の奥書を記す。

○『和歌一事伝』

右二条家和歌一事伝也　宝暦十年正月七日依召有栖川　宮ル付公御対面此切紙拝見尤堅紙也　此二通之切紙者　和歌御伝授之　節師家之首ニ掛ル守也尤二　通共一所ニ袋ニ入筒守之様ニシテ　掛ラル、トノ御物語也御潅頂之　上師家ヨリ被授トノ由也此切紙　受申以降ハ和歌相伝スル事也　血脈インカト言様ナ者也　御対面相済而河東ニ帰以後　早々書留了堅外見可　禁者也

従二位卜部兼雄　五十六才

縦十八・九糎、横八十八糎の楮紙一枚に「正一通」として「伊勢太神宮　住吉明神　玉津島明神　柿本朝臣　紀貫之　女内侍」と記す。「直一通」とあるものも体裁で同じ内容である。和歌の伝授がどのような系譜を経てきたかを示す切紙である。奥書に記されているように、伝授の際、この二通の切紙を筒状にして師の首に懸けて御守りとした

のである。潅頂伝授儀式の一環であり、この儀が終わると、血脈に氏名が記され印可を戴くと言う。伝授儀式具の用法を知ることのできる資料でもある。

○『古今和歌潅頂巻』

右歌道之秘本也　敢莫出閭外矣

享保二十年秋七月日　　遂一見　拾遺卜部（花押）

古今伝授の潅頂作法を以って伝授された書である。元亨年時の為相の奥書を持つもので為顕流の書を冷泉流のものへと改変した書である。本文は兼雄の筆ではないが、兼雄が秘本であると判断して奥書を記したのである。

三曲の不思議から本文が始まり、神祇、太日歌、六義、ほのぼのと明石の歌、胎内図、赤人出現事を記して「右潅頂俊成卿以来」云々と始り、「元亨三年七月廿日　冷泉権中納言　藤原為助在判」と終わる奥書を記す。続いて「古今和歌秘伝曲文抄廿部」「古今相伝抄」を記して「右潅頂巻併日本紀秘歌也　曽以不及他見　可不々々」と終わる。

なお、兼雄の奥書や識語類はないが、『古今和歌集潅頂口伝』も吉田文庫に蔵されている。『古今和歌潅頂巻』と並び潅頂伝授期の代表的な為顕流の書『和歌古今潅頂巻』を冷泉流が改変したものである（注一一）。古今集の習い事として七個の秘伝があると始まり、六義に口伝有りとして別個に口伝を記している。奥書は四つある。古今和歌集の奥義並びに口伝等三巻を常縁から受けたのでそれを授与する、切紙は別に授与するとの文明十六年の宗祇の奥書、宗祇より受けたものを授与するとの文亀三年の藤原基綱の奥書、同じく永正二年の藤原宣親の奥書、藤本七郎右衛門に授与するとの承応二年の長次丸の奥書である。

また、『古今和歌潅頂巻』の書と共に三つ折の別紙が一枚ある。その表には「古今和歌潅頂図」とあってその左側に「明和四年七月九日　従有栖川宮一品職仁親王拝領」とある。有栖川宮職仁より授与された古今伝授の座敷模様を記したものである。その図の大要を記せば次のようである。

正面に神影を懸け、その両側面には金地の唐紙がある。向かって右の唐紙には龍が、左側には人物が描かれている。神影の前には机が置かれ、その中央には広蓋に載せられた金の鞘の剣、銀泥の蓋のある鏡、璽の箱がある。広蓋の四隅に当たる所に土器が置かれている。机の右側には、火舎香炉、その左に二つの土器が置かれた卓があり、机の右側には黒塗りの箱が置かれている。机の手前には文台が置かれ、その左右には白の曝布が置かれている。天井には赤地錦が張られている。およそのところは後西天皇古今伝授の鋪設図として紹介されているものに類似している（注三）。

○『古今伝授切紙　二十ケ条』（吉81・193）

右二十巻之相伝口授者　秘中之大事也曽以　莫許他見能陪深想恵

銀青光録太夫（花押）

表紙右下に「不出間外可禁他見者也」と、兼雄の筆で記す。切紙を継いで一巻に仕立ててある。この書は藤沢流の古今伝授書であって、「金札口傳　三人翁　神栄大事　八雲神詠　神詠大事　合身口傳」などを記す。「右切紙不可有口外者也　天正十九年雪月十六日　付与称念寺其阿　遊行三十三世他阿」との元奥書がある。

○『古今伝授切紙七ケ条』（吉81・300）

書写に関わる奥書、識語はないものの兼雄筆になる切紙である。この書は冷泉流の古今伝授書として伝わったものである。永仁五年の奥書を持ち、七ケ之大事、三ケ之大事、四ケ之大事を記す内容を持つ。本書はこの内「古今集七ケ大事内第一（古今集第一）、七ケノ大事第三（第三人丸事）、七ケ大事ノ内（第四人丸事）、七ケ大事之内（第四人丸事）、七ケ大事ノ内（第五赤人事）、七ケノ大事ノ内（第六結玉木事）、（ヤマシノ事）」の七項目を切紙としてある。

『古今秘伝』（吉81・31）と題するものも右と同じ書で、「永五年三月十三日」の元奥書がある。寛文三年に書写されたものである。『古今集七ケ大事』（吉81・35）も同じ系統の書であるが、第七猿丸太夫ノ事の途中で切れている。二書共に兼雄が直接関わったものではない。

以上を通覧してみると、古今伝授の歴史を総合的に把握できる主要な秘伝書は、兼雄の周辺に揃っていたことになる。

即ち、鎌倉時代後半に行われた潅頂伝授期の代表的な冷泉流の『古今和歌潅頂巻』、『古今和歌集潅頂口伝』、室町時代に行われた切紙伝授期の代表的な書である宗祇流の『古今伝授切紙　宗祇七ケ条』、冷泉流の伝書である『古今伝授切紙七ケ条』、藤沢流の伝書『古今伝授切紙　二十ケ条』、これら切紙が二条西家から細川幽斎に伝承される中で整理統合された書『古今伝授切紙抜書』、江戸時代の地下の秘伝書である風観斎長雅が関わった『古今天真独朗之巻』『和歌三義抄』、伝授儀式の作法を示す『和歌一事伝』などである。

歌学伝授において目指されたことの一つは和歌の歴史を語ることであった。和歌は神の歴史と直結したものと捉えられていたから、神道との結びつきは不可避なものとなっていた。宗祇と兼倶とが協力し合って『八雲神詠伝』を作り上げたことは、こうした動きの象徴的な出来事である。兼雄は、この歴史的な流れを的確に捉えて、歌道、神道、更には天皇の道である王道を統合することに成功したのである。その学びに用いられた書物は、歌学秘伝史を代表するに相応しいものばかりである。

注

（一）『歌学秘伝の研究』の三五八頁の諸本の項。
（二）『和歌古今潅頂巻』、『古今和歌集潅頂巻』については『歌学秘伝の研究』の一四九頁以下に考察している。
（三）『古今伝授の史的研究』（横井金男　昭和五五年　臨川書店）の四四七頁。

補注　本節で考察した兼雄と『八雲神詠伝』及び桜町院との関わりについては、海野圭介氏の次の論考がある。
「吉田神道と古今伝授―『八雲神詠伝』の相伝を中心に―」（『中世文学と隣接学3　中世神話と神祇・神道世界』（二〇一一年　竹林舎）に所収。

吉田兼雄事蹟年譜

天理図書館吉田文庫蔵『卜部兼雄略伝』（吉61・32）を基本にして、兼雄が手にした歌学秘伝書類を組み込んで年譜とした。略伝の割注部分には「」を付した。兼雄の関係した書籍類には『　』を付し、それに続いて奥書類を記した。書名の紛らわしいものには吉田文庫の整理番号を記した。奥書の年齢表記、記事などに、誤りかと考えられる箇所があるがそのままとした。奥書類の改行は一字分空白とした。私の注を（　）内に記した。

享保元年
　『神代巻諸大事』
　　于享保十乙巳三月吉曜日

卜部朝臣（花押）二十一歳
『切紙相承七ケ』
右秘中之秘也一見　次而終書功了
享保正丙辰歳四月二三甲亥　銀青光録太夫拾遺卜（花押）
私加朱点了　兼雄（朱筆）

享保十年
『神代初大事』
右令書写之訖
于時享保十乙巳三月玄曜日　卜部朝臣兼雄　二一歳
『神詠鈔』
右神詠鈔者当家　累代之秘本也令　新写訖
享保十乙巳夏中九　侍従兼雄
この書を宝暦七年に兼原が写した書がある。
『解除八個秘伝之書』
享保十乙巳六月五日　従四位左衛門佐侍従卜部朝臣兼雄　二一歳
仰他筆書写了　初二枚予筆也
『諸神記』（吉31・168）

右両冊家蔵　秘本也依加集補　可不外見輙莫出　閭外矣
享保十年七月日　侍従卜部（花押）

『伝神録』
右一巻謹書写之畢
享保十年九月五日　侍従卜部朝臣（花押）二一才

享保十三年
『御集筆』
享保十三年陽中吉曜日　加修補之已矣　卜兼雄

享保十四年
『深秘切紙』
右本紙者近衛関白基熈公于時左大臣　被染直筆祖父兼敬卿于時兼連　御相
伝之一紙此度拝見之砌　為類書写了於本紙者家蔵也　深底ニ納了尤莫
外見慎而莫怠也
享保十四年後三月八日　銀青光録太夫拾遺侍従卜（花押）
右の他、享保二十年、元文元年等の奥書あり。「御拝御手代次第」「中御門院御相伝切紙」「即位潅頂次第」
等の切紙を合綴したもの。

享保十五年

『日本書紀神代巻抄』（三冊本）

右加一見畢　侍従卜部兼雄　二六歳（第一冊奥書）

右加一見畢　侍従卜部兼雄　二六歳（第二冊奥書）

右三巻者累家之秘本　極位之秘抄奈利遂一見次而　加奥書訖莫許外見矣

享保十五年十二月日　右衛門佐侍従卜部兼雄　二六歳（第三冊奥書）

享保十六年

『三元五大伝神録図』

右一冊者当家累代秘本奈利一見之　次而馳禿筆堅莫外見矣

享保十六年六月日　通議太夫金吾次将拾遺卜部兼雄　二七歳

『古今伝授切紙抜書』

正四位下左金吾拾遺卜部兼雄（表紙右下）

享保十六歳五月十四日　卜部朝臣兼雄

此書者歌道之奥秘極位之名目　古今伝授切紙の抜書也　筆跡者宮内大輔中臣連屋所持之本奈利　然に故有て遣他所也　予望求畢　尤秘書也累　本稀也為後学納　家蔵加奥書曽以堅禁外見敢莫出戸外矣能思陪深思恵慎而莫怠矣（表紙見返し）

享保十七年

四月五日　叙従三位「于時二十八才」

六月五日　娶勢州神戸城主本多伊予守藤原忠統女
十一月十三日　吉田祭親詣行神事
十六日　太元宮新嘗祭親詣行神事
十七日　相嘗祭亦同「例祭九月　依触穢延及今月」

享保十八年

『集筆』（65・320）

右卜部家代々之御筆也　右当家代々之集筆也拝見次而　加奥書敢莫出窓外
享保十八　六月日　銀青光録太夫拾遺卜（花押）

『諸神々体事』

享保十八年六月　卜部兼雄

『三種神器伝』（兼敬相伝本）

右謹而拝見之当家之亀鏡末ノ代之　重宝也可秘々々
享保十八年七月二日　神祇道管領従三位行侍従　卜部朝臣兼雄
九月四日　中御門天皇召即朝於玉座御前辱視宝物
十一月十九日　詣内侍所奉仕改御搦之事

享保十九年

正月元日　列小朝拝　参節会「今日参社之儀依此公事而別詣」

二日　立春親行神事
四月十九日　吉田祭　依妻臨月不参祭事
九月十六日　新嘗祭親行神事
十七日　相嘗祭亦同
十二月五日　新造宝物之辛櫃「去年九月奉視之宝也」亘注連于辛櫃「櫃高七寸八部広七寸二分」欲清潔也
十八日　神祇伯雅富朝臣投消息言　自明日始当代御手拝「至　月」

享保二十年

正月元日　太元宮吉田祭儀親行神事
三月二一日　帝譲位東宮昭仁親王受禅
二六日　奉伝奉幣儀　太上天皇
二七日　供奉　太上天皇移新殿之儀

『三元十八神道ノ次第』
右十八神道者初重之　行事也二七日加行御修行　之間任御懇望所授中
晴宣卿也　慎而莫怠矣
享保二十年四月二廿九日
神祇道管領長上卜部朝臣（花押）

『三種大祓切紙・十二代切紙』

右神龍院兼倶御真筆也神道極位秘要輙莫外見矣
享保二十年五月三日拝見之次而加奥書了　卜兼雄
『神代之神道奥儀事』
右一巻之奥秘者　我八代祖兼見卿　御真筆也加証明了　莫免他見矣
享保癸二十歳仲夏　銀青光録大夫拾遺（花押）
『古今和歌潅頂巻』
右歌道之秘本也　敢莫出間外矣
享保二十年秋七月日　遂一見　拾遺卜部（花押）
享保二十一年
正月二日　詣太元宮親行神事
七日　詣太元宮吉田社並
『神道雑記』
右一冊者唯神院殿兼右真筆也　委細拝見之砌考筆跡実否加証明了　尤秘抄莫出間外矣
享保二一年四月二十四日　神道長上卜部兼雄
五月九日　書神道印相名目　上太上天皇「嚮羽林隆兪朝臣伝院宣今日上」
二十日　書神道行法伝来旨　上太上天皇「嚮評定押小路　五辻伝院宣故今日封書而上之」

元文元年

『宗源神道根元式』

右一冊雖不信用令一覧之間　遂書功了

元文元年霜月一四日　卜（花押）三十二歳

急ニ書写重而可書改也

元文二年「四月十一日中御門院崩」

正月一日　詣太元宮吉田親行神事

七日　亦同

『神道口決』

右一冊者行法最重要之秘要也　深納器底輙莫外見矣

元文二年仲春初八　銀青光録太夫拾遺卜（花押）

『超大極秘人丸伝八雲神詠三神化現之秘訣』

元文二年四月二十日　遂書功了　卜（花押）

『和歌三義抄』（「詠歌大本秘訣」と内題あり）

元文二年夏四月二十六日　以或人之本愚ニ書写了　重而可書改者也　敢莫　外見矣

加校合了

銀青光録太夫拾遺（花押）三十三歳

『古今天真独朗之巻』（全二十一丁）
右古今伝受之秘巻也　一見之次而仰他筆遂書功了
元文二年四月二六日　卜（花押）（上巻）
右両冊者伝受之秘巻也一見次而　仰他筆書写了
元文二年四月二六日　兼雄　（下巻）
『日月行儀』
右朱分者以他本加書了
元文四　九月九日　卜兼雄（二行朱筆）
右一冊者我二十代祖　御真筆也本紙　依令損之処遂新写　尤秘法唯一人之外　莫許他見矣
元文二五十二　神道長上卜部朝臣（花押）三一才
『神道聞書』
元文二年八月八日或人写置本也　一覧之次而遂書功不審繁多不足　信用雖然先書写了　卜（花押）三三歳
十一月二四日　吉田祭於祭庭奉幣
元文三年（原文には二年とあり）
正月一日　詣太元宮吉田社行神事
『神代上抜肝要抄』
元文三年四月三日加修補畢

正三位右兵衛督侍従卜部（花押）

『神道問答抄』

此本兼右卿御真筆也莫出間他牟　侍従卜（花押）（二行朱筆）

元文三年四月三日加修補訖　神道長上卜部兼雄（裏表紙見返し）

七月十五日　並同

二四日　叙正三位「去年一二月二二日分宣」

三月八日朝是議奏伝勅言　服暇之事令外家説可注進即今日注奏「白川　藤波並注進」

十一月十九日　天皇親御悠記主基神殿有大嘗事

元文四年

正月一日　詣太元宮吉田社行神事

『日本書紀神代巻王仁解』

右一冊者借修理大夫安部泰邦朝臣　写功了重而可書改尤珍書必莫外見矣

元文四己未歳正月二六日　二一日筆立同六日書終

右兵衛督侍従（花押）三五歳

『日本紀神代抄』

右兼倶卿御自筆之御抄　破本也反古之中ヨリ見分之間　集置

了追々見出シ次第何トソ　成就ヲ遂タキ者也仍而加書而已

元文四年卯月二九日　　卜部兼雄

『神道諸伝授』

右一冊以或人之本急ニ遂書写了　重而可書改者也

元文四年八月二七日　右兵衛督卜部（花押）三十五歳

『神道奥秘』

元文四年八月二七日一覧次而　遂書功了

正三位右武衛侍従卜（花押）三十五歳

『三種神器集説　全』

元文四年十月一日

卜部兼雄

元文五年

正月一日　詣社同上

八日　立春　亦同

十一月二四日　天皇親行新嘗之事「今年始再興」預有勅言不及奉仕

寛保元年

正月十日　男兼隆叙従五位下「去五日分宣」

十五日　詣太元宮吉田社行神事

十一月十八日　有新嘗之事陪神殿　代宮主祝詞事「自是毎年陪此儀」

『明金抄』

元文六年二月廿七日謹書畢

神道上長（花押）三十七歳

（一丁分空けて次の記事あり）

延享二年四月十五日於　禁裏中臣祓御講　自題号至神孫降臨段講了　此節一条右府通公御出座也

寛延二年八月廿九日於　院中御講　自国家経営段八百万神納受段講了　此節　近衛右大臣内府公　有栖川宮

中務卿　同常陸宮　八条中納言隆英卿　中院中納言通卿　烏丸中納言　園池三位　山本中将　高野少将　冷

泉侍従　等出座也

寛保三年

正月一日　参節会

寛保四年

正月一日　詣太元宮吉田社親行神事

七日　参節会

六月三日　上曰天皇召咫尺問　神道義即奉対数条

六日　咫尺龍顔奉伝神道即位潅頂日月御心念大事三種神籬大事等

而勅問数条及家業神道義即奉対

十一月十八日　新嘗祭也　在喪不能奉仕祝詞事「宮主卜部兼彦侯有故則令宮侯後倣之」

延享元年

『三種神器伝』

右極秘中之大事深々之重位　也莫許他見謹而遂書功了

延享元年九月日　神祇道管領卜部（花押）四十才

『神道相承深秘伝』（四冊本）

延享元年九月七日　神祇長上卜部兼雄　上（表紙）

初重　九月十八日　兼雄　四十歳（第一冊奥書）

安永元年十二月十三日　正二位　卜部兼雄　六十八才（第四冊奥書）

延享二年

正月一日　太元宮吉田社神饌親詣祭庭

七日　参節会

四月十五日　参朝於御前講中臣祓

『思瓊抄』

延享二年十月二十六日遂書了　神道長上卜部（花押）四十一才

（後続の奥書は寛延二年九月の項に記す）

『明義抄』

右一覧之次而以唯神院御真筆　遂書写了
延亨二年十一月二十七日　侍従卜（花押）四十一才
十一月二五日　参豊明節会
『諸神社本縁記』
右一覧之次而遂新写了
延亨二年十一月二九日　卜兼雄　四十一歳

延亨三年

正月一日　太元宮吉田社神饌親詣祭庭
七日　参節会
十一月二五日　参豊明節会

延亨四年

正月一日　列小朝拝　参節会
七日　参節会
十五日　太元宮吉田社神饌親詣祭
四月「五欤」二日　天皇譲位而移御桜町殿　東宮遐仁親王受禅
七日　奉伝祓併奉幣儀于于太上天皇　太上天皇始幸殿庭鎮守　入
夜有女房奉書　賜鮮肴　依今日拝神之慶也又依召参洞

宣言殿庭新社　明日有迁宮之事

（『雑聚抄』に柿本社正遷宮　延享四年五月十二日　兼雄公御勧請とあり）

延享五年「改元寛延」

正月一日　太元宮吉田社神饌親詣祭庭「兼隆相従」

九月十一日　太上天皇幸殿庭鎮守奉幣帛勤陪膳

二四日　任大蔵卿

十月十九日　申慶

十一月四日　参洞召御前奉伝六根清浄祓　聖語及神道義且大嘗会之事

即奉対数条

十七日　天皇幸悠紀主基神殿行大嘗儀代宮主奉仕祝詞之事

二二日　太元宮吉田社神饌親詣祭庭「兼隆相従」

寛延元年

『六根清浄大祓』

寛延元年十一月四日

神祇長上卜部朝臣兼雄　上

寛延二年

正月一日　太元宮吉田社神饌親詣祭庭「兼隆相従」

『歌道秘伝』

寛延二年三月五日令書写畢　猥不許他見　卜（花押）四十五歳

三月一七日　依召朝議奏伝宣賜絹斎服「即着御物也　去年大嘗時所願申也」

八月十三日　依召参洞院宣神斎之事　即奉対召御前命曰　神道行事壇可

御覧者　且中臣祓神代巻講可達聖聴者　十八神道行事可奉伝

一々承命而退

十五日　参同宗源行事壇十八神道行事壇　令餝設広御所以備聖覧勅問

条々即奉対

二一日　依召参洞陪御前命曰　来二九日可講中臣祓者　且来月一日

伊勢太神宮遷宮也　於院可読誦千座祓　其次第当汻進者

出座人々神斎之事等有聖問

二五日　参洞奉上千座祓次第　且奉赤玉一顆　是先所奉納者也

二七日　依召参洞院伝奏伝宣言　来月一日四日伊勢両宮迁宮日也

於広御所可有千座祓　其人々有御点「先日注進」所即蒙奉行

二八日　以移文示遣　千座祓出仕人々「葉室前大　烏丸中　八条前中

町尻三　飛鳥井侍従三位　石井三位　油小路中将　風早少将等也」

二九日　参洞　講中臣祓「去延享二年聊講発端　是其次通也」講後奉

上神代巻抄　又注進千座祓次第　此次神道之事聖問数条　且命言可奉授八雲神詠伝者　一々
受命而退
九月一日　内宮遷座也　今夜於院千座祓儀
四日　外宮遷座也　今夜於院行千座祓儀　是日奉上八雲神詠中臣
八ケ大事

『桜町院御所八雲御相伝留』

桜町御所寛延二年　九月四日　八雲御相伝留　上　兼雄（包紙表書）
五日　以院女房奉書有賜　是昨日依上中臣大事　所蒙聖息也
十一日　大上天皇　親事奉幣院庭鎮守奉仕幣使召御前聖問神代巻条々
十二日　摂政道香有而使言　有公事事可朝者即参朝而貫首宣言　去九日
上賀茂社開御戸処　内陣御帳　外陣御畳鼠喰損　此吉凶何如尊命神亀者
十四日　参朝賀茂社怪異卜吉凶之事勘文注進

『思瓊抄』

延享二年十月二十六日遂書了　神道長上卜部（花押）四十一才
寛延二年八月二九日先日院忝被召御前種々　神道御雑談之砌神代
抄御覧被遊度旨依　仰此本五冊　今日持参御講義相済以後遣上了
同九月十六日院参之砌以八条中納言隆英卿被返了　卜兼雄　四十五才

『和歌三神事口決』

右和歌三神之口決極　秘中之深秘也輙莫　外見矣

寛延二年十月日　神道長上卜部（花押）四十五才

『日本書紀神代巻二元鈔』（五冊本）

寛延二己巳冬霜月十二日　謹書畢　神祇道管領卜部兼雄四十五歳

寛延三年十二月十七日　加朱点了

侍従三位（花押）

『日本書紀神代巻二元鈔』（二冊本）

寛延二年己巳冬霜月十二日　謹書畢

神祇道管領卜部四十五歳

十二月五日　依召参洞　聖体不豫於夜御殿奉加持玉体

有栖川宮ニ御相伝ノケ条如左

『有栖川宮ニ御相伝ノケ条』

右奥書　寛延二年十二月一三日

神道管嶺長上卜朝臣御名乗（中臣祓の奥書、同様な切紙四枚あり）

十三日　又奉加持如五日

寛延三年

正月一日　太元宮吉田社神饌親詣祭庭「兼隆相従」
七日　参節会「白晝」
四月二一日　奉御守太上天皇於御三間奉加持
二三日　太上天皇崩
『三神三聖之口決・三神三聖之大事』
右口伝奥秘之趣也　輙莫許外見矣
寛延三年九月二二日　神道長上卜部（花押）四十六才
十一月十六日　新嘗祭代宮主如例
寛延四年
『日本書紀神代巻精妙玄義』
右神代鈔七巻者　極秘中之奥義　深々極位之秘鈔也　必莫許外見矣
寛延四年後六月十六日
神祇道管領正三位神祇大副侍従卜部朝臣（花押）四十七才
『日本書紀神代秘抄』（三冊本）
為宝暦元　寛延四年後六月二三日　加書畢
正三位神祇権大副侍従兼雄　四十七歳（第二冊奥書）
為宝暦元　寛延辛未後林鐘庚申日加首書

銀青光録太夫拾遺（花押）四十七才（第三冊奥書）

宝暦二年

正月一日　大元宮吉田社神饌親詣祭庭

七日　参節会

二月二七日　叙従二位「去月二二日宣」

四月二一日　吉田祭神饌親詣祭庭「兼隆相従」

『良延卿御筆　神道聞書』

宝暦二年九月二三日（虫損）

同五年四月二七日加（虫損）従二位侍従卜兼雄（虫損）歳

宝暦三年

正月三日　立春　太元宮吉田社神饌親詣祭庭「兼隆相従」

宝暦五年

正月二八日　任侍従

『神道百首和歌抄』

右一冊一覧之序書写了

宝暦五年三月十九日　従二位侍従卜兼雄　五十一歳

急ニ書写之置而可書改者也

七月二五日　辞侍従

宝暦六年

『十三伝秘訣』

右一覧之序為類本　新写了莫外見矣

宝暦六年後十一月十一日（花押）五十二歳

『六根清浄大祓抄』

宝暦六年後十一月十六日

神道長卜部（花押）五十二才

宝暦七年

『幽顕抄』

宝暦七年九月五日謹書畢

神祇道長上卜部朝臣　五十四才

宝暦八年

『中臣祓兼倶談』

右一覧之次令新写畢　尤秘本莫出庫外矣

宝暦八年九月十九日

神道長上卜部兼雄　五十四歳

宝暦十年

『和歌一事伝』

右二条家和歌一事伝也（三二四頁参照）

従二位卜部兼雄五十六才

『諸神記』

右三冊依所望　兼原遣了

宝暦十歳八月六日（花押）

『八雲神詠相伝之覚書』

宝暦十一年三月二十日書写了（花押）五十七歳

『六根清浄祓鈔』

宝暦十年七月十八日

謹而撰之

神祇道管領長上卜部朝臣兼雄　五十六才

宝暦十一年

『六根清浄大祓抄』

右一冊者加賀国大野湊神社神主　河崎出羽守定保所持之本也遂一覧

之砌書写了

宝暦十一年夷初九

卜（花押）五十七才

宝暦十二年

十月六日　参朝奉授神事伝于新帝「預有摂政内前公命　今日以一緘奉上」

宝暦十三年「十一月二七日　新帝即位」

『宝暦十三年　冷泉民部卿為村卿へ定家卿八雲誓書依書望書遣留』

宝暦十三年二月二十七日仰兼原案書了

五月十一日　授八雲神詠大事于民部卿「為村卿」

宝暦十四年「六月二日　改元明和」

十一月八日　天皇幸悠紀主基神殿行大嘗儀　代宮主奉仕祝詞之事

十三日　参朝奉賀大祀無事被遂行　頭中将定興「大祀奉行」伝命云

大祀自元文三度勤労以是回准　嚢祖兼熙卿兼倶卿旧例聴直衣　拝天息而退朝

十二月九日　依召朝議奏前権中納言頼言伝命言　免小番併清涼殿奉行聴

着纖

明和二年

八月二日　蔵人侍従経逸消息言　推叙神祇権大副　伯三位「資顕王」

消息云　自明日当代御手拝「至十月九日　于時摂政軽服伯有病者」

九月十日　摂政賜書言　明日例幣　当代御手拝
十一日　代御手拝「二座　尋常　例幣」
十六日　参朝依　親王不豫　直拝尊顔奉加持「於若宮殿二間也」
十一月九日　参親王御所咫尺御座奉加持
十一日　為奉祈玉体親王二宮安穏行魂魄安健法「去八日所奉勅也」
二二日　参親王御所奉加持親王及二宮而退座　於次座行太元延寿法

明和三年
二月二三日　奉加持親王「依不豫也」

明和四年
明和四年七月九日　従有栖川一品職仁親王拝領
『古今和歌潅頂図』

明和六年
十一月一日　始着白奴袴「于時六十五才」
十二月十八日　叙正二位「権大副　如元」

明和七年
五月三日　武家伝奏伝摂政命云　去年九月八日夜　女院蔵一宇火可行
亀卜者　亀兆所見注進之

八月二四日　依召朝議宗前権中納言行忠伝命云　享保以来公用神事無怠奉
仕以是故自今当陪近臣之免小番列者　拝天息而退

明和八年「去年十一月二四日譲位」

三月八日　参仙洞庭鎮守祠「蒙太上天皇聖許而後所参也」

十一月十九日　天皇幸悠紀主基神殿行大嘗事　代宮主奉仕祝詞事

二四日　参朝奉賀大祀無事被遂行於是勅曰　以大祀自元文四度勤労賞
譲孫兼隆推叙正五位下者　拝息而退

二八日　請摂政曰「頽齢頼ル杖　起居求人扶」禁庭清祓法願用老人拝者摂政許諾

安永元年

『神道相承深秘伝』

安永元年十二月十三日

正二位卜部兼雄六十八才

安永二年

四月十二日　内女房「藤内侍」奉書云　明日当代御手拝

五月十六日　又奉書云　当明日代御手拝

六月九日　為奉祈玉体安穏行魂魄安健略法（虫損）奉太上天皇勅也

『神意抄』

安永二年六月二四日卜部兼雄

『神楽岡縁起』

右神楽岡縁起一巻先祖　兼致朝臣真筆也元来未押　表題之間今度参

九条殿　之序懐此一巻請申表題　書写之儀之処則左府公尚実公　令書

写給仍加奥書畢

安永二年十一月十六日　正二位卜部兼雄

安永四年

『玄要抄』

右玄要抄五冊者秘中之奥儀　深々中之極秘也堅可禁外見敢　莫出戸

外仍加奥書而已

安永四年九月二十七日　正二位卜兼雄七十一才

安永八年

八月二二日　始自今日至二八日　奉祈玉体安穏依不豫也

十月二日　為奉祈玉体平癒行太元延寿法「四月以来不豫　男兼隆孫兼業

相替奉祈事八月以来及数度　今日祈願中日故行此法」

十五日　参朝奉加持

十七日　又奉

十八日　男兼隆始奉陪加持「終日在明　奉加持四度」
二九日　子時　天皇大漸倒履　朝兼業相従兼隆自昨在朝相共祈祷斎奉
加持
十一月二九日　天皇崩
安永九年
二月二八日　勅云　奉仕加持事　與泰邦卿資顕卿三人隔二箇月相替
可勤仕者
安永十年「改元天明」
九月三日　召兼隆即朝勅曰　父年已老自今免内侍所非常勤仕併参賀時々参賀
家業神事則非此限者也　兼隆拝息而退伝優詔勅
天明四年
三月二六日　勅聴杖朝
十一月十九日　免奉仕玉体加持「依有起居労久不奉仕　昨日所願今日免」
天明五年
二月九日　代御手拝
十日　自今日毎旦代御手拝
六月六日　自今日毎旦同「拾遺資延以消息達命」

十一月二六日　自今日毎旦同「消息亦同　自十二月朔不及奉代」
十二月十三日　自今日毎旦同「消息亦同至晦日」

天明六年

正月十五日　自今日毎旦同「消息亦同」

奥書年号不明の分

『日本書紀神代巻混成鈔』

兼雄撰

『神聞書』（七冊）

右者卜部兼右卿之子息神龍院　梵舜翁之真筆也可秘々々者也

右龍玄真筆也　一見了　　兼雄

『相承秘用抄』（墨付二十二丁）

右之本紙以唯神院御自筆加校合之処少々有落字　仍而加書了尤為正本者乎　兼雄（十四丁裏）

右唯神院御筆之御本ヲ以テ慎而書之　輙莫外見欽哉言々（花押）

『諸神深抄』

右龍玄真筆也深秘多　敢堅莫出間外矣　卜部兼雄

『神道相承抄』

此一冊兼右卿御集筆也莫出間外矣　　卜兼雄

『八雲抄』

右兼見卿真跡也　莫出戸外矣　卜部兼雄

『古今伝授切紙十ケ条　幽斎』（吉81・301）

兼雄の筆であるが奥書、識語類はない（三二三頁参照）

『古今伝授切紙　二十ケ条』（吉81・193）

右二十巻之相伝口授者　秘中之大事也曽以　莫許他見能陪深想恵

銀青光録太夫　（花押）（三二六頁参照）

『古今伝授切紙宗祇七ケ条』（吉81・305）

右一覧之序写功了　従二位卜部　（花押）（三二三頁参照）

『古今伝授切紙二十ケ条』（吉81・193）

不出間外可禁他見者也　（花押）（三二六頁参照）

『古今伝授切紙七ケ条』（吉81・300）

『深秘切紙　子孫外莫拝見　従三位卜部兼雄』（折本、表紙表書）

『諸社根元記』

右当家之秘本也　莫出戸外矣　兼雄

『北斗次第』

此一冊者　兼右卿御筆也　可禁外見仍加奥書之　已矣

神道長上卜（花押）

『厚顔抄』（日本紀歌略註と内題あり、契沖作）

右一冊一覧之次而仰他筆　令書写畢　（花押）

『卜部兼雄略伝』は、天理大学附属天理図書館本翻刻一〇九八号による翻刻である。

第六節　呼子鳥の行方

一　「よふことり」のある説

歌学秘伝史に於いて語られる「三鳥三木」は重要な秘事である。「三鳥」の一つである「よふことり」（以下、便宜のため「呼子鳥」と表記する）の「ある説」も、寓意性は豊かであったにもかかわらず、江戸時代の初期には、十分な展開を見せずに終ってしまっていた。

その「ある説」とは『徒然草』二百十段に「呼子鳥は春の物なりとばかり云て、いかなる鳥とも、定かに記せるものなし。或真言秘書の中に、喚子鳥鳴く時、招魂の法をば行なふ次第あり。是は鵺なり。万葉の長歌に、「霞立つ長き春日の」など続けたり。鵺鳥も、喚子鳥のことざまに通ひて聞ゆ」と記されている。

「おちこちのたづきも知らず山中に　おぼつかなくもなくよぶこどりかな」と『古今和歌集』の春の部（二九）に詠まれた「呼子鳥」とは、鵺のことであり、鵺の鳴く時は「招魂法」を行なうと、「或真言秘書」に書いてあると兼好は言う。その起源は真言の秘書にあるとされるこの説は、歌学者集団と真言宗の僧侶達とが密接な交渉を持っていたことを物語っている。歌学者集団とは、二条流と称する歌人達である。その人々の歌学書には、『徒然草』に言うことと殆ど同じ事が記されている。元弘元年（一三三一）の二条家の為明の奥書をもつ『古今秘歌集阿古根伝』には「喚子鳥ノ事、雖ドモ有種々ノ義、筒々鳥ト云義アリ。是、此鳥声似タリト喚ブニ人ヲ云也。鵺ト云義、出真言家ヨリ。喚子鳥啼時、傳秘法、傳授ト云義アリ。是時ハ鵺ト云、如何ナリ。両用有歟」と記されている。これが江戸時代の中期頃に、突然、歌道家の烏丸光栄（一六八九〜一七四八）の奥書を持つ書の中に招魂法として具体的な作法を伴って記されている。それは、霊力を持った僧侶が病人を蘇生させる法として説かれている。呪法を用いるこの秘密は、真言僧との関わりにおいて伝承されていたのである。これは「ある説」が真言僧の伝承の中に探し出せるのではないかとの期待を抱かせるものであった（注一）。

二　高野山遍照尊院栄秀

高野山遍照尊院は中世の記録にその名を見せ始め、天正元年（一五七三）以降に、第二百六代寺務検校となった頼宗智善を中興の祖とする学侶方の寺院である（注二）。明治十一年（一八七八）に遷化した遍照尊院の栄秀（注三）は、先の期待に応えてくれる「呼子鳥」の「ある説」を伝承している。

その事蹟については未詳の部分は多いものの、栄秀は江戸時代末頃から明治時代の初期頃にかけての優れた学僧であった。天保十三年（一八四二）八月に大阿闍梨隆鎮から持明院流の伝授を受けたことに始まり、元治元年（一八六四）八月に三宝院流憲深方日秀相伝分を受けるまで、研鑽の日々は続いている。随心院流、安祥寺流、観修寺流、三宝院幸心流他の三宝院諸流、松橋流、子嶋流、中院流諸流、保寿院流、西院流定祐方などの西院流諸流、伝法院流、西大寺流など真言宗諸流派からの伝授を受けた実態は、多くの「伝受聞書」、印可状などによって知ることが出来る。栄秀はこうして受けたものを嘉永三年（一八五〇）八月から明治七年（一八七四）四月に至るまでに多くの門弟に伝授し、研鑽の日々を続けている。栄秀は伝授されたもののほとんどを弟子に伝えているのであって、高野山の近世の学問の基盤を確立した人と言うことが出来る。

栄秀の伝授されたものは真言諸流の学問ばかりではない。三回にわたって神道伝授を受けている。一回目は天保十四年（一八四三）九月に受けた御流神道であり、二、三回目は嘉永元年（一八四八）六月と嘉永四年（一八五一）四月とに受けた雲伝神道である。

一回目の御流神道は左学頭鑁善を師として受けている。この伝授において注目されることは二つある。一つは御流神道の多様な変貌が知られることである。江戸時代も末期であるから、その変容は当然のこととは言えようが、伊勢神道、三輪流神道、吉田神道などの主要な流儀、思考方法は充分すぎる程に取り入れられている。すでに、室町時代後半には、御流神道は三輪流の神道流儀の中に取り込まれていたと考えられている（注四）。その帰結としての実態は、栄秀の伝えるものに見る事が出来る。栄秀の「伝受聞書」を見ると、八月十五日から九月九日までの記録の後に「已上御流神道了」とあり、続いて十日からは「唯一神道伝授」が、十三日からは「御流潅頂式」において三輪流の式伝授が行なわれている。中に、「諸社通用ノ大事」の講義においては「雲伝ニハ御流并三輪流ニ立川ニ似タルト云フ也」と記されている。当時、その勢いを伸ばしつつあった雲伝神道においては、御流と三輪流とは同一の基盤に立っており、立川流の教義にも類似したものを用いていたのである。御流として捉えられているものは三輪流の作法教義であり、立川流の考えも入っていると言う。立川流は、高野山においては早く十五世紀に高野山の高僧宥快によって厳しく排斥されていた。しかし、この江戸時代末頃においても、受け入れられていたのである。

もう一つの問題は神道理論の基本となる「日本紀」の相承とともに『麗気記』の相承が行なわれていることである。『麗気記』は伊勢神道の流れの中で増幅形成されたものであって、「日本紀」の新しい理解に基づいている。従って、どのような立場から『日本書紀』を理解すべきかは問題の多いところであった。栄秀も伝授に当たってこの問題に遭遇している。その結果「大日本記」相承の血脈図の裏に「私云　大日本記神道ハ嵯峨天皇ヨリ御相承　麗気記神道ハ大師ヨリ嵯峨天皇へ御相承云々」と注記している。「日本紀」と『麗気記』についての相伝は、嵯峨天皇と空海との関連において一体化していることを確認しているのである。しかし、この注記は本来の系図には記されていたものである。栄秀はこの間の事情に疎かったこともあってか書き込みを行ったのである。

ここに見えることは、諸流派を広く受け入れることが師のあり方であり、同時に諸流の混交によって生じてくる矛盾を統一的に理解させることが、新しい時代の師の器量であったということである。

このような問題は雲伝神道の伝授においても生じている。

嘉永元年に行われた伝授は大阿真蔵院量観が師であり、嘉永四年度の師は大阿闍梨隆快である。この二回にわたる雲伝神道伝授は、雲伝神道が高野山において権威化される経緯を示しているものである（注五）。

隆快を師とする「血脈」においては、天照皇大神宮に始まって以降、脈々と伝わって普摂和上―貞紀和上―飲光和上―法樹芯芻―隆快阿闍梨となって栄秀に伝わっている。この系図において、弘法大師からの伝授を受ける真雅僧正には、「神道趣傳　在原中将」と、また真雅僧正から三代後の観賢僧正には「神道奥義傳　紀貫之朝臣」と注記がなされている。この真雅僧正が「在原中将」に関わるとするのは、「呼子鳥」の諸説が創生される集団によって作られた『伊勢物語』の秘密に呼応して出来たものに関連している。同じことは観賢僧正が「紀貫之朝臣」という注記にも関わっている。これは、『伊勢物語』と『古今和歌集』は住吉明神から伊勢大神宮に伝えられたとする『古今秘歌集阿古根伝』などの秘事に基づいて考えられているものである。『古今和歌集』『伊勢物語』の秘伝の成立と共に神道の「趣傳」と「奥義傳」が作られたとするものを、雲伝流の「飲光和上」即ち「慈雲」が相伝してきているのである。歌学伝授の秘密を総括的に取り込むことによって雲伝神道は、新しい神道としての基礎を打ちたてているのである。そこに、三輪流や立川流などの考えが取り込まれているのである。

こうした三回にわたる神道伝受は、栄秀にかなりの重い比重をもって受け入れられたと考えられる。それは、伝授において用いられた起請文の文面に窺うことができる。

たとえば、栄秀に提出された「起請文」には、次のようなものがある。

起請文之事

右所奉傳受之西院流之法教如守眼肝　更不可生疎略之念又奉違背之儀不可有之尤非委任之仁者輙不可令傳授候　若於右之旨

違犯者奉始両部三宝八大祖師両大明神一々　知見弟子可令神罰之状如件
元治二乙丑年五月三日　　　報恩院　玉諦（花押）
大阿闍梨栄秀尊師

これは、元治二年（一八六五）に報恩院の玉諦が西院流伝授を受けた際に栄秀に提出したものである。両部三宝八大祖師のみならず両大明神である高野、丹生の神を視野に入れて、神仏に誓うことによって伝授の正当性が保持されるとしている。ここには神と共にある真言宗の仏の姿が如実に見えている。真言宗の歴史においては神は遠い存在であった。それが伝授という重い形式の中に登場してきているのである。神が登場する起請文は数の少ないものである（注六）。起請文形式は勿論、栄秀の創見になるものではなかった。しかし、この文面の変更は栄秀が行ったものである。
栄秀が残した古い起請文の中には、次のようなものがある。

敬白起請文之事
右奉傳受灶法門等以之可為本流也　但不慮之外事出来若又奉違背事候者悉可返上有候（略）若背此趣令違犯者両部三宝八大祖師一々知見弟子某身忽可令證罰之状如件
正徳二年六月二十六日　　堯昌（花押）
傳灯大阿闍梨雄勢尊師

正徳二年（一七一二）に雄勢は両部三宝八大祖師に誓わせて伝授の正統性を保たせている。神は登場していないのである。栄秀は高野山の雄勢をも師として伝授を受けている。雄勢師の所業を知りながらも、元治度の伝授には、両大明神を加える新しい形の起請文を書かせたのである。これは神道伝授を受けることによって変化した境地を現わしていると理解される。自らの立場を保持しながらも、新しい時代に立つ師の姿がある。

三　雲伝神道における「呼子鳥」

栄秀が相伝した雲伝神道の諸書の中には、従来全く知られていなかったものがある。

『古今三鳥伝　全』と『神代巻古歌口伝并八雲口授』との二書である。

『古今三鳥伝　全』と題する本の奥書には「于時天保二年歳次辛卯晩春下浣書写之了　阿陽徳府　満福蜜寺量観」とあり、『神代巻古歌口伝并八雲口授　古歌略註中　雲師傍註』と題する本には「于時天保二年歳次辛卯三月下旬書写之了　阿州徳島満福蜜寺量観」とある。この二つの奥書は『慈雲尊者全集』『神道大系　雲伝神道』に収載される量観関係諸本の伝播経路と良く一致している。この二書は、量観が自らの伝授体系を創る過程において組み込んだものであろう。しかし、それは量観が新しく作り出したものではなく、慈雲の思考、諸説を統合し、整理したものであった。

『古今三鳥伝　全』は、「秘密傳授　古今和歌集　二条家正流」と初めにあって、「和歌三神之事」「三鳥之事」など八個の秘事を記す歌学者流の書である。その「三鳥之事」の呼子鳥には『此鳥、季、春なり。季といふは鶯也。本とうふめといふ鳥也。此うふめといふは女の胎める侭にて死す其妄執魂魄の天地に帰らず。季ごとに胎める子の死なんことを悲しみ、鳥の如くに啼。前行もの也。おちこちの歌は下に其心ありて、上に木玉をよみし歌也。山彦といふも、木玉なり。天地の霊なる故、気、天地に満て、男は陰に和し、女は陽に和する也。是即木玉なり。紀貫之も深く隠し、題不知、詠人不知といふこと也。口傳の一説、山に答るを山彦といふ、水に答るを木玉といふことあり」と記している、又一説もあるとして「呼子鳥　延喜の帝を読給也（略）。うふめの胎める子を悲しむごとく帝も貫之を思たる故なり」と記している。

「呼子鳥」を「うふめ」と言う鳥とするのは、天地の間に浮遊する「魂魄」を見ることによって成立した鳥であるからという。また「山彦」説も、「霊」の観念に包含されたところに成立し、更に延喜の帝と貫之との密接な関係も「うふめ」の悲しみの感情に通ずる処によるとされる。こうした「呼子鳥」に「霊魂」の存在を見ることは、『神代巻古歌口伝并八雲口授』の書においても同じである。

『神代巻古歌口伝并八雲口授』の後半部分は『古今和歌集』序文において語られた素盞鳴尊の「やくも立つ」云々の詞を秘伝化した歌学者流『八雲神詠伝』の一書に相当するものである。その前半部分は古歌の注釈と歌学の秘伝であるが、中に、次のようなことが記されている。

㋑下照姫の歌

アミハリワタシ（略）網張ワタシテ稚彦、ワキヘユカレヌヤウニト也。密教ノ禁五路、タマシヒヲ諸天等ヘ行ク路ヲキンジテモドスユヘ禁五路ノ印ト云。

㋺三鳥　呼子鳥　稲負鳥　百千鳥

遠近ノ手付モシラス山中ニヲホツカナクモ呼子鳥哉。招魂ヲ聞ノ歌ナリ、魂魄ノ事也。招魂ノコト楚辞ニ見ユ。徒然草ニ呼子鳥ナク時ニ招魂ノ法ヲ修スト云ヘリ。招魂ハ何ニ有ゾト兼好ニ問フ。真言宗ニ入テ問ヘトイヘリ。烏瑟志摩明王軌ノ中ニ禁五路ノ印ト名ノミ有ッテ其印ナシ。地蔵院十四通ノ中ニアリ。

㋩神代下照姫ノ古実

下照姫ガ死セル天稚彦ヲ思フ、（歌省略）是正シク招魂ノ法也。〇本説神代降臨章ナリ。招魂トハ親ノ死後追善スルトキ、家ノ峰ニ上テ他界居ル処ノ者ヲマネキヨセテ、我家ニテ回向追善スル也。唐土ニテハ招魂ノ法アリ。此ニハ禁五路ノ大事ニ記焉スル也。

これは、『古今和歌集』の序文で天の歌とされた下照姫の歌に関わる秘説である。㋑では、死路を行く天稚彦を傷む歌に「アミハリワタシ」とあるのは、招魂法のことを歌っているのだという。これは㋺㋩で「禁五路の大事」として伝えられてきたものであり、㋺で唐土の「楚辞」、日本の『徒然草』に説かれることと同じであると言う。更に㋺で、「烏瑟志摩明王」の経文に説かれており、地蔵院に伝承されていると言う。「呼子鳥」の秘説は深い秘密の世界に入り込んでいる。

この秘密の本説として㋩で、「神代降臨章」にあると言うのは、『日本書紀』の解釈を記した「神代降臨章」のことである。慈雲の説を折紙としてまとめた『神道折紙類聚』（栄秀本による）には、この次第が記されている。その「神代四神出生之末十四紙」に、「泉津平坂　俗云死出山也。和歌ニ詠セリ之。口傳、支那招魂　不超此ノ山ヲ者、或ハ是レ還生ス。若超此ノ山ヲ已レハ、則無シ還生之事云々。支那招魂　楚詞　密家　呼子鳥啼時修招魂　徒然草」とある。

『日本書紀』神代の巻で素戔嗚尊が通り過ぎるヨモツヒラサカ（泉津平坂）は死出山と俗称されているが、これは中国で言う招魂に関わっており、『楚詞（楚辞）』に典拠がある。日本において密宗の行法にある招魂の法に相当する。それは『徒然草』に明らかであると言う。中国との対比で語られることにより、その重要性はより強調されている。

更に、慈雲は三種の神器の秘伝書『十種神宝聞書』において「死反玉」を説いて「禁五路ノ印ニテ開眼スル也」と述べている。「十種神宝」とは、言うまでもなく三種の神器の具体相である二鏡・一剣・四玉・三比礼である。この「四玉」の一つである「死反玉」は「禁五路ノ印」によって開眼すると言う。死者を生き返らせる「死反玉」は「禁五路」の法によって、その力を発揮すると言うのである。

ここに言う「禁五路」と言う言い方は、量観が文化九年（一八一二）に高野山高室院浄応から受けた「西院流　元諭方」の『聞書』（高野山大学図書館寄託本）に「召云　招魂也　三宝院流ニハ禁五路ノ法ト云ナリ」と見えている。真言密教の三宝院流においては「招魂法」を「禁五路ノ法」と称していたのであり、高野山にあっては公認された言辞であったのである。

「呼子鳥」は、慈雲によって「招魂法」に関わって理解され、それは「禁五路」という言説によって認識するものであった。その拠って立つところを明確に『徒然草』とすることによって「呼子鳥」は、みごとな復活を遂げているのである。

しかし、この復活の背景には、『徒然草』の享受史、真言宗史などさまざまな要因を考えなければならないが、ここでは二つの点に絞って考えておこう。一つは招魂法を発想する生命現象としての息の理解に関わることであり、二つには歌学秘伝に関わった神道者の和歌の理解度のことである。

慈雲の説法書の中で、息を述べるのは、先の「禁五路」の法に続く箇所である。すなわち『神道折紙類聚』の「神代四神出生之末十四紙」には「息　天地之噫気也。神道ハ是レ四大ヲ為主ト、五行次グ于此ニ。天地成立之後、地気蒸登、為風能動ク万物ヲ。大ニ而ハ満于宇宙ニ、小ニ而ハ入ル毛穴ニ。出入無間断、動静有軌度。風之利大ナルカナ矣哉」と記されている。

雲伝神道の理論の基点はどこにあるかというに、四大の考えにあり、五行の考えがこれに準じて用いられる。それは五行に含まれない風の重要性を認めるからである。天地開闢の際、地の気が昇っていくに従い万物の様が決められたが、それを決めたのが風である。風とは、大にしては天地に満ちる空気であり、小にしては鼻に入る息である。こうした日々の人の行為にも天地の気宇を観ずる風があると風の広大無辺さを説いている。

この風を重視する立場は呼子鳥を発想した歌学者集団でも同じであった。

為顕流の書である『和歌古今潅頂巻』（神宮文庫本による）には、次のような言がある。

六義ヲ風ニ納之ト云ヘリ。是ヲ即心ノ六義ト云也。心ト風ト一ツ成事、真言ノ至極之大事為秘曲也。（略）此風我等ガ身之気トモ又声トモ又動キ作ハタラクトモ、又心トモ命トモ成ナリ。サレバ心ヲ色ニ顕ハスヲバ、声之文字トス。文字ハ声ニアラザレバ不顕也。声ハ又風ナケレバ不出心ニ。若シ心ノ仏無クバ出入之気ノ風モ、不可有。凡三界ハ心ヨリ出テ、界又風ヨリ発ル。（略）真言ニ一字ノ風ト云傳アリ。𑖮字ノ風、吾等カ出テ入ル気也。

和歌の根本義は六義に言う風に収斂していく。風は人の立ち居振る舞いのすべてを決定するのであって、息もこの一である。それ故に真言宗には風の秘伝があると言う。

こうした風の理論は、栄秀にも引き継がれている。「𑖀字観無間断口授　正覚房流秘傳云々」と題する秘事は、高野山学頭快般から栄秀に傳授されたものである。それには「諸雑語并睡眠ノ間𑖀字観不間断秘訣以テ風指ヲ空ノ裏ニ書𑖀字ヲ　風ハ命息也　空ハ周辺無間断故、空中風ハ堅固ノ法也（略）」とある。これは阿字観の作法である。阿字観では日常の言語動作は言うまでもなく、睡眠の間も一瞬たりとも怠らず𑖀字を観ずることを説く。印を結ぶ風指をもって、𑖀字を空なる世界に観じ続けよ、「空」は無辺際であるからと言う。

「呼子鳥」の鳴くときに息を呼び戻し、生き返らせる招魂法を行なうとする考えは、こうした風の論理を背後に持っているのである。

この真言宗において重要な秘法である招魂法を「をちこちのたつきも」云々の和歌の内に見出す眼は、和歌への絶対的とも言える尊崇の念に培われたものである。

慈雲は『尊者御自筆神道折紙集』（神道大系所収本による）において「和歌の元由は万国を統御し皇国を永久に守るに在ル也」と述べ、和歌は先ず第一に皇国を守るものであることを言う。更には『神儒偶談』（神道大系所収本による）において「和歌にて国治まると云ふには非ず。歌は治国の花なり」と述べている。和歌は治国のための手段としてあるばかりでなく、和歌は良く治まっている国の「花」として見るべきだと言う。和歌は国の表象として捉えられている。慈雲の説いた神道は儒教精神の基盤に立ちながらも、「日本」の「天皇」が治める国の象徴として「和歌」を捉えているのである。この心が歌学者集団に支えられてきた「真言」の「秘書」に言う「呼子鳥」の説を支えてきたのであり、復活への原動力ともなっているのである。

長い時代の中で混交と精製を積み重ねてきた歌学秘伝史と真言宗史がある。歌学においては、天、地、人の三才が言葉として発した三首の和歌に『日本書紀』に基づく天皇制国家の成立基盤を見ていた。真言宗の歴史においても、嵯峨天皇の心は空海に連なるとして神と仏の融合した姿を見、揺るぎない天皇を頂く日本国の姿を見ていた。

この和歌を通して「皇国」への思いを馳せる心は、栄秀にも見事に引き継がれている。栄秀の詠草を収める『丁卯詠草』の巻頭は「鶯囀皇州春色闌」と題して「うぐひすのなれにし声か初春も　都のそらは長閑かりけり」とある。明治維新を迎える前年の慶応三年（丁卯）、高野山に日本国の安泰の報が届いたのである。栄秀はそれを感嘆する。

更には、「ものまなびの中に和歌よみ習ひ給へとて」の題詞をつけて「つたへこしわが敷島の道なれば　文みんことを君にすすめん」と、「敷島の道」として引き継がれてきた和歌の道に邁進するようにと和歌の詠作を友に勧めている。

三鳥三木の秘事として伝えられてきた説は十六世紀末には、天皇が受ける重い秘伝となっていた。この歴史の中で振り落とされたかに見えた『徒然草』の呼子鳥の一説は、人を生き返らせる真言の「禁五路ノ法」として伝承されていた。更に、雲伝神道の手を経ることによって、皇国を守り、国の花として和歌を讃える意味をも付与されていた。『古今和歌集』の和歌の秘事が創り出した世界は、天皇の姿を遥かに見つつ、風を観ずる時を刻んでいたのである。

注

(一)『歌学秘伝の研究』の第五章第二節二―二。

(二)『紀伊続風土記』、『高野春秋編年輯録』などによりつつ、『旧弘前藩主津軽家墓所石塔修復調査報告』(遍照尊院　昭和六十三年)に、遍照尊院の歴史は良くまとめられている。

(三)栄秀は文化四年(一八〇七)に生誕、明治十一年(一八七八)に没している。栄秀に関わる事蹟は次の書に記した。『近代高野山の学問―遍照尊院栄秀事績考』(二〇〇六年　新典社)

(四)『守覚法親王と仁和寺御流の文献学的研究』(平成十年　勉誠社)、『仁和寺資料　神道篇　神道灌頂印信』(名古屋大学比較人文学研究年報　第二集　二〇〇〇年)。

御流神道の諸状況については次の書が詳しい。

『中世天照大神信仰の研究』(伊藤　聡　二〇一一年　法藏館)

（五）この間のことは本書第四章第七節に記した。
（六）『真言密教成立過程の研究　続』（櫛田良洪　昭和五十四年　山喜房仏書林）には、いくつかの起請文が紹介されているが、神の名を記したものは見当たらない。

第七節　高野山に伝えられた雲伝神道

はじめに

前節においては歌学秘事の呼子鳥の秘説が雲伝神道に取り込まれている様相を考えて見た。しかし、雲伝神道の伝播状況がどのようであったかについてはあまり筆を費やすことがなく、また他の歌学秘事との関連についても考察することがなかった。本節においては、雲伝神道が伝播され、流布する状況と、その中での歌学秘伝との関わりについて少しく考えてみたい。

一　量観から栄秀への伝授

雲伝神道を開いた慈雲の功績については『慈雲尊者全集』全十七巻と補遺が編纂されて、その全容は容易に知ることができる。この内、神道関係については、『慈雲尊者全集』を参考にして『神道大系　第二十八巻　雲伝神道』（神

道大系編纂会編　平成二年）が整理編纂されて裨益する事が多くなった。また『慈雲尊者　雲伝神道集』（木南卓一編　昭和六十三年　三密堂書店）、『雲伝神道伝授大成』（稲谷祐宜編著　平成六年　青山社）などは、わかりやすい本文と論考を提供している。『雲伝神道研究』（木南卓一編　昭和六十三年　三密堂書店）、『真実の人　慈雲尊者』（慈雲尊者二百回遠忌の会編　平成十六年　大法輪閣）などは、多くの研究者の論考を編纂していて研究の動向を知ることができる。しかし、こうした資料や研究書によっても、雲伝神道が流布し、伝授されていった様態には不明なことが多い。

近時、高野山遍照尊院の蔵書を整理閲覧する機会に恵まれ、同寺の栄秀が雲伝神道を慈雲の弟子量観から伝授されており、その流伝の様態が幾分か明らかになってきた（注一）。

慈雲からの神道関係の口伝、書物などを精力的に整理書写し、伝授に力を尽し一つの流れを作ったのは、量観である。この量観について稲谷祐宜氏は「量観は高野山に学び、阿波の万福寺に仕したが、後に転じて大坂生玉神社の別当寺であった真蔵院に住職し、関西・四国方面において盛んに雲伝・唯一・御流などの伝授を行った。その後、万福寺は火災にあい、生玉の寺は廃寺となったので、量観の詳しい経歴は不明な部分が多い。今後の調査を期さねばならない」と『雲伝神道伝授大成』の解題に記されている。

二　雲伝神道における量観

量観が主として神道伝授にどのように関わっていたかを、『慈雲尊者全集』、『神道大系　第二十八巻　雲伝神道』、遍照尊院の栄秀関係資料及び高野山大学図書館の資料などをもとに、年代順に並べてみると次のようになる。

文化九年四月　西院元諭方を浄応より伝授される。

『西院元諭方伝授聞書』（高野山大学図書館光台院寄託本）表紙表書き。但し、「聞書」の整理書写は七月。

文化九年壬申四月四日　量観　阿闍梨高室院浄応

文化十五年二月『神祇潅頂清軌』を書写する（天保二年十二月参照）。

神道大系所収本（以下、大系本と略記する。原本は覚樹書写本）奥書。

于時文化十五歳次戌寅仲春写之　阿陽徳府満福寺現住　量観

時嘉永三年庚戌歳四月吉祥写了　月州樹

文化十五年二月『神道要集』を書写。

大系本（東北大学図書館本）奥書。栄秀所持伝来本（以下、栄秀本と称す）奥書なし。

文化十五戌寅歳仲春写之　満福寺現住　量観（印）

文政八年『神祇潅頂法則』・『盟約神事　全九帖』を書写（天保十一年三月参照）。

栄秀本奥書。

文政八年乙酉十一月書写之了　万福密寺量観

文政九年夏「輪王大事」（一名　四海領掌大事印信）を諦濡より伝授される（嘉永三年五月参照）。

「輪王大事」（高野山大学図書館光台院寄託本）。『雲伝神道伝授大成』所収のものも同じ。

文政九年丙戌之夏　伝燈阿闍梨諦濡　授量観師畢

弘法大師　真雅　源仁　聖宝　観賢　淳祐　元果　仁海（略）普摂　貞紀　飲光　諦濡　量観

文政十年七月『神道折紙類聚』を編纂書写。
神道大系本（高野山大学図書館本）奥書。高野山大学増幅院寄託覚龍本は観道の奥書なし。栄秀本奥書なし。
此類聚二冊、原一紙宛別紙也。後来恐其散失故為冊、以便後昆耳。
于時文政十年丁亥七月日　阿陽徳府満福密寺　現住量観
于時文政十年庚寅九月書写之了　阿陽徳島満福密寺資　観道
文政十三年三月『十種神宝聞書』を書写。
大系本（東北大学図書館本）奥書。栄秀本奥書なし。
文政十三年歳次庚寅季春　以類本校合之書写畢　阿陽徳府満福密寺現住量観
文政十三年三月『大祓折紙私記』を書写。
大系本（東北大学図書館本）奥書。栄秀本奥書なし。
文政十三年歳次庚寅晩春　以類本校合書写畢　阿陽徳府満福密寺　現住量観
文政十三年春『神祇潅頂或問』を書写。
大系本（東北大学図書館本）奥書。栄秀本は文政年次の奥書なし。
于時文化辛未仲冬於阿陽勢見山神殿　潅頂執行之時　答或人之疑問耳　城南千代岡陰士　天如俊山
于時文政十三年歳次庚寅春　以天如師之草本校合之補写畢　阿陽徳府満福寺量観
文政十三年十一月『神道相承伝授目録』『四海領掌大事』を書写。
大系本（東北大学図書館本）奥書。栄秀本奥書なし。『雲伝神道伝授大成』所収の『四海領掌大事』は、文政の奥書の後に嘉永三年の覚樹月州の奥書を記す。

文政十三年歳次庚寅仲冬　以類本校合書写畢　阿陽徳府満福密寺現住量観

文政十三年十一月『神道問訣』を書写。

大系本（東北大学図書館本）、栄秀本奥書共に同じ。

文政十三年歳次庚寅仲冬　以類本校合之書写了　阿陽徳府満福密寺　現住量観

天保二年三月『古今三鳥伝　全』を書写。

栄秀本奥書。

于時天保二年歳次辛卯晩春下浣書写之了　阿陽徳府満福寺量観

天保二年三月『神代巻古歌口伝并八雲口授』を書写。

栄秀本「神代巻古歌口伝」部分奥書。

于時天保二年辛卯三月下旬書写之了　阿州徳島満福密寺量観

栄秀本「八雲口授」部分奥書。

于時天保二年辛卯晩春書写之了　阿陽徳府満福密寺量観

天保二年十二月『神祇潅頂清軌』を書写。

栄秀本奥書。

于時天保二年歳次辛卯十二月書写之畢　阿陽徳府満福密寺現住量観

天保二年十二月『神代巻聞書』を書写。

大系本（東北大学図書館本）奥書。栄秀本奥書なし。

天保二年歳次辛卯十二月書写之畢　　阿陽徳府満福密寺　現住量観

天保六年十月『鼻帰書』を譲り受ける。

大系本（正祐寺本）奥書。

于時天保六歳次乙未初冬、高野山無量寿院門主得仁師使徒弟書写以所恵于予者也　摂州大阪活魂社真蔵院量観記之

天保十年十一月『神道潅頂教授式抄』を書写。

栄秀本奥書。大系本（高野山大学図書館真別所寄託本）奥書なし。

于時天保十歳次己亥仲冬　河州高井田村長栄寺智幢大和尚之諸本紙書写之畢　摂陽大坂生玉真蔵院現住量観

天保十一年三月『神祇潅頂法則』を法樹より伝授され書写。

大系本（高井田長栄寺本）奥書

天保十一年庚子春三月吉日　以先師所伝神道秘訣　授与量観阿闍梨畢　法樹謹識之

以量観阿闍梨御本拝写了　沙弥三千界

栄秀本包紙の表書き。

神祇潅頂法則　九帖一包　二帖一包合　法樹大和尚量観師従所受也外壇図二枚并教授式抄一冊相添　栄秀

栄秀本の奥書。

于時天保十一年歳次庚子仲春　河州高井田村長栄寺智幢大和尚之諸本紙書写之畢　摂陽大阪真蔵院現住量観

栄秀本『神祇潅頂壇図様』の包紙表書き。

以本紙河州高井田村長栄寺本紙　量観師写伝之本ヲ以写焉

栄秀本『神祇潅頂法則』・『盟約神事　全九帖』の奥書。

文政八年乙酉十一月書写之了　万福密寺量観

天保十一年五月『神道私記』（『神道或問』とも云う）を記す。

大系本（大阪府立中之島図書館本）奥書。『雲伝神道伝授大成』所収の『神道或問葛城伝』も同じ。

于時天保十一年歳次庚子季夏下浣　摂陽大坂生玉社真蔵院現住量観記之

天保十一年十一月『日本紀神代折紙記』を書写。

栄秀本奥書。大系本（慈雲筆高貴寺本）奥書なし。

右高貴寺慈雲大和尚神代巻折私記也　原本横本三冊也　恐其散失故私ニ合シテ一巻耳

于時天保十一年歳次庚子仲冬書写之畢　　摂州大阪生玉真蔵院現住法印量観

嘉永元年六月　栄秀に雲伝神道を伝授。

『雲伝神道聞書』の表紙表書き。

嘉永元年申六月一日　栄秀　　大阿真蔵院量観師

嘉永元年六月　宜然に雲伝神道を伝授。『雲伝神道伝授大成』所収の「折紙証印」「初鳥居」。

嘉永元年六月戊申六月三日　授宜然闍梨　　阿闍梨量観

嘉永元年六月　覚龍に雲伝神道を伝授。

伝神印証（高野山大学図書館増幅院寄託）。

嘉永元年戊申年六月　授与覚龍　阿闍梨量観

嘉永元年七月『六月晦大祓』を書写。

『六月晦大祓』（『雲伝神道伝授大成』所収本）奥書。

嘉永元年戊申七月　大阪生玉社真蔵院　量観

嘉永三年五月「輪王大事」（四海領掌大事印信）を覚樹に伝授。

大系本（和田大円蔵）奥書。

嘉永三年庚戌仲夏伝灯伝燈阿闍梨量観　授覚樹畢

弘法大師　真雅　源仁　聖宝　観賢　淳祐　元果　仁海（略）普摂　貞紀　飲光　諦濡　量観　覚樹

嘉永四年四月　栄秀　大阿闍梨隆快より雲伝神道を伝授される（参考）。

嘉永六年六月　中院流を隆鎮より伝授される。

『中院流伝授仮目録』（高野山大学図書館光台院寄託本）の表紙表書き。

嘉永六癸己仲夏朔　量観　　大阿闍梨円通律寺隆鎮大和上

安政五年四月　量観、某に雲伝神道伝授。

「神祇潅頂印信」（高野山大学図書館光台院寄託）。
阿州阿波郡王子山光福寺道場（「徳島宝珠山万福寺道場」と張紙）
　安政五年戊午四月十九日　女宿日曜
　　伝授大阿闍梨権大僧都法印量観（判）

安政五年四月　量観、某に雲伝神道伝授。
「印信」（『雲伝神道伝授大成』所収）。
右於阿州徳島宝珠山万福寺道場　授神祇潅頂於――畢
　安政五戊午年四月十九日　翼宿月曜
　　伝授阿闍梨権大僧都法印量観（判）

安政五年八月　量観、某に雲伝神道伝授。
「印信」（高野山大学図書館光台院寄託）。
右於阿州徳島宝珠山万福寺道場　授神祇潅頂
　安政五戊午年八月二十六日　翼宿土曜
　　伝授阿闍梨権大僧都法印量観（花押）

年月日不詳　量観、某に神道伝授。
「神證印」（高野山大学図書館光台院寄託）
「三長野殿　量観」「三長三木二紙　量観」「三箇ノ伝　量観」「御賀玉木陰題」「三長野殿」と表題する

折紙五枚あり。

三　雲伝神道の系統に関わること

右に記した年表からはいろいろな問題があるが、ここでは二つのことに絞って考えておこう。

第一の問題は、雲伝神道の系統の問題である。このことは、栄秀が雲伝神道を二回伝授されていることにも関わっている。

第一回めの栄秀への雲伝神道伝授は、嘉永元年六月に量観によって行われている。この伝授は系統からすれば、慈雲の高弟諦濡（字は明堂、高井田長栄寺第四世住職）からのものである。嘉永三年に量観は「輪王大事」を覚樹に伝えているが、この血脈に「普摂　貞紀　飲光　諦濡　量観　覚樹」とあるからである。しかし、嘉永元年の伝授は内容からすると、慈雲の高弟天如（俊山）からのものが主である。

天保十一年五月に量観が著した『神道私記』の「雲伝神道相承ノ次第」の項に「潅頂三印明及輪王大事等ハ高祖大師ヨリ嫡々相承シテ、南都西大寺ニ数代相伝シテ、高貴長老ヨリ恵猛河州野中寺、信光同、普摂摂州住吉郡法楽寺、貞紀同、飲光河州高貴寺字慈雲、天如河州之陰子字俊山号閑々子ト相承ス。予ハ天如師ニ再二是ヲ受ク」と述べ、天如からの正当な伝授であることを強調している。

栄秀に伝授した際にも、天如の考えに忠実な面を見せている。量観からの伝授状況を記す栄秀の『雲伝神道聞書』第一日めの記録は、次のようである。

嘉永元年中六月一日　八ツ時

一春山ヨリ受伝ハ目録蕨脱スルニ仍テ今ノ阿闍梨是ヲ類集ス

折紙目六三巻一帖ノ中ニアリ

神代巻ハ日本記ノ始メニテ三十巻ノ内ノ始メナリ

雲伝ト云フハ元ヨリ名ツクルニアラス　春山師諸流ニ混スルヲ恐レテ殊ニ名ツケタル也

御流神道八十通ハ三輪流ト云　春山ノ解也

○勢見ノ金毘羅ニテ神道潅頂ノ因縁

慈雲師ノ神道　春山師ノ処ニテ大ニヒラクルト云　仍テ春山ノ聞書悉クザリノ手ニアリ

○春山師八十通ノ印信ヲ不用由

神道講談ノコト　和泉ノ桜太夫ト云フ者　阿州ヘ下ルトキ講談セシト云々

一向宗東光寺トサクラ太夫ト神仏論ノ事　太守ヘ願ヘ送シシコトアリト云也

○春山師ヨリ　ザリ受伝ノ因縁也

神道折紙類集ノ訳

阿州ノ兵ザン比丘神道ニ委也

春山子モ後ニハ自身ノ筆作ヲヨムト云也

輝潭師ハ此折紙ヲ慈雲師ノ始メテ折紙トセラレシト云々

神道大意　天如　一帖

神道或問ノ終リニ慈雲師不光律師ニテイキニ授クルコト詳也
高井田ハ今ハ大ニ不用　聞書等甚疎也
今ノ神道者ハ行事ヲ神道ト心得テ神道ノ心行ヲ練ラサル也
儒見ハ高天原ヲ地下ニ見ル也

○
○
○

○本居ノ解
土金伝ハ山崎闇斎ノ伝也　ツチシマルト云義ナリ　元禅僧也　後ニ儒者トナリ　又神道ニ入ル　本居ハ是ヲ破スル也
或人ト云　竹図大著ハス　大和三教論ノ作者可尋
○外宮ノ神宝　天津教　ツハ助声也　悪作業ノコトハ改ム　此トキ善事トナル方便ト解スル也
三輪流ノコト　慶円上人ノ作歟ト云　サレトモ八十通ノ印信ノ拙キコト等アリ

まず、天如俊山（春山とあるのは聞書きによるシュンザンの音韻の当て字であろう）のものは、目録が失われている為に量観が体系をなしたという。これが先の年表に見たように各種の伝授書を精力的に書写整理したことに繫がっているであろう。殊に、文政十年七月『神道折紙類聚』、天保十一年十一月『日本紀神代折紙記』の散逸を恐れて一書にした行為に、その意志が顕著に現れていよう。折り紙による伝授形体は雲伝神道の独自なものであったから（輝潭師の言。

因みに栄秀は輝潭より御流神道の伝授を天保十四年に受けている）、『日本紀神代折紙記』の編纂は伝授体系の完成を目指した行為と言ってよく、この後に栄秀等への伝授が行われたのである。

栄秀への伝授の初日は、雲伝神道の体系の講義に始まっている。『神道大意』は天如の作であることは言うまでもなく述べられ、中に見える「春山師八十通ノ印信ヲ不用由」「今ノ神道者ハ行事ヲ神道ト心得テ神道ノ心行ヲ練ラサル也」などの言は『神道大意』の内にそのまま確かめることができる。『神道大意』を中心に据えることによって量観の伝授は成り立っているのである。と同時に「高井田ハ今ハ大ニ不用　聞書等甚疎也」との言には、量観が高井田在地派とは違った一流派をなしているとの主張がある。これは更に「雲伝ト云フハ元ヨリ名ヅクルニアラズ　春山師諸流ニ混ズルヲ恐レテ殊ニ名ヅケタル也」と述べることによって天如を立て、事新しく「雲伝神道」と名乗ることへの矜持も窺うことができる。高野山において、「雲伝神道」を伝授することへの高い誇りとも言える意識である。

こうした量観の意識とは別のところで雲伝神道は動いていた。それが、第二回めとなる栄秀への雲伝神道伝授である。

嘉永四年に栄秀が隆快から受けた雲伝神道関係のものには次のようなものがある。

「印信」

混沌未分印

自性所成明

天地開闢印

満足一切智々明

神祇生印
所願成就明
右於高野山西南院設
神祇壇授之
授與　栄秀
嘉永四辛亥四月七日　星宿水曜
神道大阿闍梨隆快（朱印）

「印信」
在家人　大祓詞
密教人　五秘密偈
沙彌已上　阿利沙偈
印　無所不至
明　帰命阿成就
帰命鑁成就
合掌
和光同塵利物之始八相

成道自證之終
八相成道利物之始和光
同塵自證之終
授與　栄秀
嘉永四年辛亥四月七日
神道阿闍梨隆快　（朱印）

「神道血脈」
天照皇大神宮―忍穂耳尊―（略）―嵯峨天皇―弘法大師―真雅僧正　神道趣傳　在原業平―源仁阿闍梨―聖宝尊師―観賢僧正　神道奥義傳　紀貫之朝臣―淳祐内供乃至―恭畏阿闍梨―有以阿闍梨―有厳阿闍梨―普摂和上―貞紀和上―欽光和上―法樹苾蒭―隆快阿闍梨―栄秀闍梨

他に「幣等切紙　栄秀」「御即位大事他　栄秀」と題する二包等、嘉永四年四月六日の隆快から圭雄への同種の印信、血脈がある。

この時、栄秀に伝授された「印信」を、嘉永元年次ものと比較すると、興味あることに気付く。

「印信」
初鳥居
金剛縛　五秘密偈

合掌　阿利沙偈

許可

印　無所不至

明　帰命阿成就

帰命鑁成就

偈曰

和光同塵利物之始

八相成道自證之終

八相成道利物之始

和光同塵自證之終

嘉永元年戊申六月三日　闍梨

入寺

授與　――　大法師

阿闍梨　量観

両者の「偈」の内容は同じでありながら、嘉永四年度には、「偈」を在家人、密教人、沙彌已上の三種の身分差によって分けている。しかし、嘉永元年度には、このような身分差は設けていない。これは量観が「今ノ神道者ハ行事ヲ神道ト心得テ神道ノ心行ヲ練ラザル也」と述べたことに幾分か関係していよう。それは「今」の「高井田」に居る法樹は身分という形式面に拘っているということである（天如作とされる『神祇潅頂清軌』には、印信を「在家ニハ不用之」の記載が見られる）。

この嘉永元年度の「印信」で、もう一つ注意されるのは被授与者の名が記されていないことである。これは、「折紙證印」でも、同じである。

「折紙證印」

一　入門　通計二十一紙

内九紙　神代

一　神代　九十八紙

合右九紙　則百七紙

一　神宝　十二紙

一　大祓　十四紙

河州葛城山高貴寺

慈雲大和尚伝

嘉永元年戊申　六月三日

授與　――　――闍梨

入寺

阿闍梨　量観　　　　　　　　　　　　　　　　　　　　　　　　　大法師

被授与者の名は自由に書き込まれるようになっている。栄秀の手元にこのような下書き風なものが残されているのは、高野山での伝授がどのように行われるべきかが量観と栄秀の間で思慮されたのではないかと考えられる。これは、量観にすれば、「高井田」は批判できても、高野山には一定の敬意を持たざるを得なかったことを意味している。

量観は嘉永元年を遡る三十五年前の文化九年四月に西院元諭方を浄応より伝授されている。その『伝授聞書』には、聖教目録及び最極は「一流の極秘」である故に記す事を禁じられたものの、「聖教」を持たない為に「忘失」することのないように書きおいたと七月の日付で記している。この伝授に際しては「聖教」の伝授または書写が許されなかったのである。その聞書き内容も「言水　諸流ト云コト」など初歩的なことが随分と多い。また受者も「武州金沢州崎村福寿院観明浄識　相州大住郡八幡村等覚院玉智恵俊　相陽鎌倉郡鶴岡香像院賢雄龍存　相州足柄上郡金子村東福院宝応泰禅」と「量観深秀」の四人である。山外の地方住侶と同席の場である。西院元諭方の伝授を受けた時の量観にある種の苦渋があったと見ても良く、それがこの嘉永元年の伝授に当たって、高野山への敬意と共に蘇っていたかもしれない。屈折した量観の心情がここに推察される。因みに量観が嘉永六年六月に中院流を隆鎮より伝授された時の聞書には、山内におけると同様な伝授形体と内容が記されている。嘉永六年には、量観は高野山において何の支障もなく対等に迎えられているのである。

さて、この嘉永元年の六月には、六月一日に栄秀への伝授が行われ、六月三日に宜然に印信を授与し、また六月某日に覚龍に印信を授与している。いずれも、雲伝神道の伝授が行われたのであるが、ここにも量観のある種の自信を持った姿勢が窺われる。

この嘉永元年の伝授系統は、先にも述べたように慈雲の高弟諦濡からのものであった。

一方、嘉永四年に栄秀が隆快から受けた伝授は、その血脈に見られるように「普摂和上―貞紀和上―飲光和上―法樹芯蒭―隆快阿闍梨―栄秀闍梨」とあるものである。慈雲（飲光）の高弟の法樹（字は智幢、天保四年から高井田長栄寺第六世住職となる）の教義が、高野山の高僧隆快に伝えられ、それが栄秀に伝授されたのである。

ここで、法樹を批判する量観の伝授を受けていた栄秀には少なからぬ問題が生じたようである。それは栄秀書の『神道聖教目録』と題する一冊が残されているからである。これは、伝授を受けたものの総量を記していると考えられるが、その表紙には「嘉永四年亥九月改」と記され、次のように記されている。

『神道聖教目録』

綴本之部

一　神道伝授目録　一冊　　　一　神道折紙類聚　上下二冊
一　神道要集上下合冊　　　一　神道問訣　全
一　神代巻聞書　全　　　一　神道相承伝授目録　全
一　神祇潅頂或問　全　　　一　神祇潅頂教授式抄　全
一　神代巻古歌口伝并八雲口授　全　　　一　古今三鳥伝　全

一　大祓折紙私記　全　　一　日本記神代折紙記　全
一　神道大意　全　　一　神祇潅頂清軌　全
一　十種神宝聞書　全　　一　厚顔抄　三巻
折紙部
一　神祇潅頂諸法則　九帖一包　　一　神祇潅頂法則　二帖一包　以上二種一括
一　鎌倉伝　十一紙一包　　一　幣等切形　五品入　二通リ
一　案上案下弊切形　二通リアリ　一包　　一　三長野殿　二紙一包
一　神拝略作法　一紙一包　　一　伝神證印　二通リ
一　御即位大事　地　一紙一包　　一　印信　一紙
一　遷宮略作法　一帖　　一　遷宮事　一帖
一　神霊御輿移作法　一帖　　一　神拝次第出雲流　一帖
一　神拝式神供則　一帖　　一　中臣祓六根清浄祓　一帖
一　十種神宝　伊勢本　高埜本　二軸　　一　榊葉　神道潅頂印信血脈一括
一　三元十八道　一帖
一　大麻　一本　　一　小麻　一本　　一　玉串　一括
外　伝授聞書　栄秀　一冊

『神道聖教目録』は「改」めて記されている。これは嘉永四年四月までに受けたものがあり、それを、嘉永四年九月に「改」めて整理した言と考えよいであろう。すなわち、嘉永元年の時は、量観の系統を受けた。法樹―隆快からの伝授は嘉永四年四月に行われた。嘉永四年四月に行われたものの記録であるならば、栄秀は、単に『神道聖教目録』と、書けばよいのである。四月から五ヶ月を経て「改」めて記すとは、それ以前に記した即ち嘉永元年四月の『神道聖教目録』との整合性を図ったものと考えられる。

隆快からの系統のものは、『雲伝神道伝授大成』に所収される「法樹・隆快相伝　三通」とあるものと同じである。嘉永二年三月に「神道潅頂」「神道潅頂印信并血脈」の三通が隆快から宜然に伝授されている。この「神道潅頂印信并血脈」の血脈には「飲光和上―法樹芯蒭―隆快阿闍梨―宜然」とあって、嘉永四年の法樹―隆快系統と同じなのである。隆快は高野山においては、栄秀より上に位置する「師」でもあった。その隆快が受けた雲伝神道は、高野山の神道として宜然に伝授されているのである。栄秀は両流の問題を考えざるを得ない立場に追い込まれている。嘉永四年の四月から九月までは苦悩の期間である。その苦悩の末の結論が『神道聖教目録』を「改」めて書くことであった。しかし、この間の具体的な相違や意味については、嘉永四年の際の栄秀の「聞書」が発見されていない現状においては、これ以上の推測は避けたほうがよいかも知れない。

量観は、この後、安政五年四月と九月に、万福密寺において某に伝授を行っている。栄秀の苦悩とは関係なく、量観の活躍は続いていたのである。

ところで、雲伝神道の系統に関わる印信などは、まだ他に存在する。それは『雲伝神道伝授大成』に所収される「仁泉相伝」とある印信類である。その「神道血脈」には「飲光和上―法樹芯蒭―智満阿闍梨―大円阿闍梨―仁泉前庭―祐宜」とある。法樹の系統は智満にも伝えられている。

『雲伝神道伝授大成』を編纂した稲谷祐宜氏は、慈雲の系統は諦濡、法樹の二系統があり、諦濡のものは量観に、法樹のものは隆快系と智満―大円系とになると「考」に記している。

この系統立ての考えは、栄秀を巡る伝授系統においても確かめられることであって、それが高野山に伝えられた時に複雑な問題が生じたということである。それは、結局、二系統として伝えられた新しい雲伝神道に対して、高野山は、どのように対処すべきかという問題に帰結している。これを、高野山は多くのものを自由に吸収した寛大な聖地と捉えることもできよう。しかし、高野山の優れた学僧の栄秀には、深い悩みが生じたのである。それは「雲伝神道」の量観という人物によって齎されたことであり、近世後期の高野山のあり方を問うことにも繋がる深刻な事態を招きもしたのである。

四　『八雲神詠伝』との関わり

年表の第二の問題として、雲伝神道に採り込まれている歌学秘伝との関係を考えてみたい。

雲伝神道に採り入れられた歌学秘伝のうち「呼子鳥」については前節で一通りの考察は行った。「呼子鳥」の秘伝は栄秀が受けた雲伝神道の『神代巻古歌口伝并八雲口授』と題する書の前半部に関わっていた。この書は『神道聖教目録』の中に含まれているものである。雲伝神道において、歌学秘伝に直接関わる書は『神代巻古歌口伝并八雲口授』と『古今三鳥伝　全』の二書である。

雲伝神道に歌学が採り入れられた要因も、前節に述べたように神道の基本である『日本書紀』に語られる素盞嗚尊の詞の解釈に関わっていたことにある。慈雲は、その神の詞の歴史を『古今和歌集』序文に述べる和歌の歴史に即して考えていた。その考えは、和歌の「元由」は「万国を統治し皇国を永久に守る」（『神道折紙類聚』）ことにあり、和歌は「治国の花」（『神儒偶談』）であるとの結論にいたっていた。ここに、和歌の秘伝世界に入り込む素地が形成され、「呼子鳥」の秘伝を自家薬籠中のものとすることができたのである。

「呼子鳥」の秘伝に関わる『神代巻古歌口伝并八雲口授』の前半部に対して、その後半部である「八雲口授」の部分は、『八雲神詠伝』についての口伝である。

『八雲神詠伝』の諸本は、吉田神道の聖典となって伝承されていった神道者流の系統と、十七世紀前半に松永貞徳の手を経て歌学の要素が採り入れられた歌学者流の系統との二つがある。それに、神道者流のものに基づいて、それぞれの立場から講釈した第三の系統に分類できるものがある。

「八雲口授」は、系統から言えば、この第三分類に属するものである。それも更に、文中に「程拍子」のことが見出されるから、歌学者流の系統の書をも参考にしていると考えられる。

慈雲が『八雲神詠伝』を見ていたことは、慈雲の伝書の中に確かめることができる。

『神道折紙類聚』は、慈雲が説いた『日本書紀』の重要な秘密と諸式を「折り紙」として伝授したものを量観が一書として編纂したものである。この書の「神代八雲六紙」の内の「八雲別伝」に「大凡屋宅ト與嫁娶相応スル也。故ニ婦ヲ称ス室ト。相與遘合　此レ我朝夫婦遘合之初也。此ノ後有胎生之児。亦有諸陵也。嫁娶之初也。　亦有宮殿居処。自上ノ八尋殿而顕見スル之儀也。素尊此時有一夫一婦。至テ于後ニ有衆多ノ婦。嫡妻妾媵亦分也。然大ニ不同ラ於支或那有九御之奢也。字妙　句妙　意妙　始終妙亦分也。」と記されている。

又、『尊者御直筆神道折紙集』は慈雲の直筆の折り紙を主として一書に編纂したものであるが、この書の「八雲六通」「詠　八雲」にも「大凡屋宅ト與嫁娶相応也。故ニ婦ヲ称ス室ト。相與遘合　此ハ是レ我邦夫婦遘合之初也。此ノ後有リ胎生之児。亦有ル諸陵也。嫁娶之初。亦有リ宮殿居処。自リ八尋殿而顕現スル之儀也。素尊此ノ時ハ是レ一夫一婦ナリ。至テハ于後ニ　即有衆多適妻。妾媵モ亦其ノ分也。然モ大ニ不同ラ於支那ノ有ルニ九御之奢也。此ノ詠五句三十一字、字妙　句妙　意妙。」と記されている。両書の表現には微妙な相違は認められる。しかし、およそ、素盞鳴尊の「やくもたつ」云々の詞には、夫婦婚姻の初めとなること、後に、一夫多妻となった素盞鳴尊のあり方は中国（支那）とは大いに違うこと、素盞鳴尊の「やくもたつ」云々の詞には字妙、句妙、意妙、始終妙の意があることを述べている。

この素盞鳴尊の詞に四妙があるということが『八雲神詠伝』に関わっている。『八雲神詠伝』の基本となる神道者流の書は、①定家から兼直への誓詞、②四妙之大事、③兼倶の奥書、④化現之大事の四項からできている。①はこの秘伝書が藤原定家と吉田家の祖兼直との関係を証明するもの、②は「やくもたつ」云々の詞が四妙であること、③は吉田兼倶がこの書を神道の極秘書としていること、④は和歌の守護神の住吉三神は三聖（人丸、赤人、衣通姫）に相応していることを説いている。

慈雲は「やくもたつ」云々の詞に四妙を見い出す『八雲神詠伝』②の部分に注目しているのである。

先に、慈雲は「呼子鳥」の秘事を説いていた。それは『古今和歌集』の序文では、「天」に位置する下照姫の詞についてであった。次には「地」に位置する素盞鳴尊の詞の意味を探らなければならない。その一端が『神代巻古歌口伝并八雲口授』の「神代巻古歌口伝」の「古今伝授聞書」と題する部分に次のように記されている。

　ヤクモタツイヅモヤエカキツマコメニヤエカキツクルソノヤエガキヲ
素戔烏尊御歌也
伊奘諾ノ尊曰　上ツ瀬ハ太ダ疾シ　下モツ瀬ハ太タヲソシトアリ
　左　人丸　人丸ハ西ニシテ日留義　赤人ハ東ニシテ　明日ノ義也
　中　衣通姫《ソトオリヒメ》　衣通姫ハ中ニシテ　国ノ外ヲ廻テ　内ヲ明ニスル義也
　右　赤人　赤人ノトノ字ト姫ノメノ字ハ　カリニモウケタ字也
赤人ハ日出ノ形ニシテ明日《アカヒト》トアリ　人丸ハ日没ノ義　日留《トトマル》ノ義也　」
　又一説ニ　衣通姫ハ地ノ底ヲ回テ陽ト陰ト合スル義モアリ
三神トイヘトモ　天照太神一体也　万ノ衆生ノ主也　天照太神ノ詠歌ト云フハ、無レトモ　言ニ発シタガ　歌
トナリ　即歌ノナイガ誠ノ歌也　住吉明神モ　同クナシ

素盞嗚尊の詞に示されることから、住吉の神は上筒男、中筒男、下筒男の三神であること、何故三神かと言えば、河の瀬の流れに緩急の差があったから、三神に分かれたことなどを言う。この三神は『八雲神詠伝』に言う三神が人丸、赤人、下照姫の三聖に応じているとする④の秘事のことである。

　赤人のとの字を除けばあかひ、即ち赤い日であり、明るい日となる。下照姫のめの字を除けばしたてるひ、即ち下照日、下に照る日である。人丸は日が留まる、すなわち、日没となるなどと同音異義語的な解釈をしての説明をしている。

『神代巻古歌口伝并八雲口授』の後半に当たる部分は「八雲口授」と題されているように『八雲神詠伝』の講釈である。奥書に「寛政元年戌酉六月　覚定上人」とあるから、講釈したのは覚定上人（伝不詳）である。続いて「于時天保二年辛卯晩春書写之了　阿陽徳府満福密寺量観」と記されているから、天保二年（一八三一）に量観が書写したのである。因みに前半部分にも「于時天保二年辛卯三月下旬書写之了　阿州徳島万福密寺量観」とあるから、ほぼ同じ時に量観は二つの部分を書写して、それを『神代巻古歌口伝并八雲口授』と題して、一書に纏めたのである。「神代巻古歌口伝」に書き込まれている部分が慈雲の考えなのであろう。続いて記されている「古今伝授」にも慈雲は関心があったのである。

人の道として新しい神の道を説く慈雲は、神に連なる道は和歌にあると見て歩む内に、和歌の秘事世界にまで踏み込んでいるのである。高野山の学問僧栄秀に、真言の秘法としての「呼子鳥」が伝えられた道には慈雲の眼差しがあるのである。

注

（一）遍照尊院栄秀の事蹟については、三輪著の『近代高野山の学問―遍照尊院栄秀事績考』（二〇〇六年　新典社）において述べた。

補注

二〇一一年に大阪府金剛寺の調査報告書『真言密教寺院に伝わる典籍の学術調査・研究―金剛寺本を中心に―』（成城大学後藤昭雄　編）が公刊された。金剛寺の聖教類の中に、量観より金剛寺の帰雄に伝授された雲伝神道関係書の所在が確認されている。海野圭介の執筆（「金剛寺東曜山蔵珠院帰雄手沢雲伝神道書類について」）によって、嘉永二年以降の金剛寺においての雲伝神道の伝授状況が明らかにされている。

『神代巻古歌口伝并八雲口授』は、他に類本を見ないものであるので、次に、全文の翻刻を掲げる事にする。

翻刻

『神代巻古歌口伝并八雲口授　古歌略註中雲師傍註』

乙登多奈波多迺《ヲトタナハタノ》　ヲトハ称美ノ詞ニテヲトコヲトメノ類　タナハタハ織具也　織具也ナレドモ天ヨリ縁語シテ織女也　此織具ヲ以テヲリテノ女ヲ称ス也　例セハ公家衆ヲ搢紳トヨブガ如シ

汗奈餓勢屡《ウナガセル》　所嬰《ウナゲル》也　ウナガセルハ懸ル心也

多磨迺弥素磨屡迺《タマノミスマルノ》　玉之御統也　盟約ノ章第一ノ一書ニ已而《スデニ》素戔嗚尊《ソサノヲノ》　以其頸所嬰《ミクビウナゲル》五百箇御統之瓊《イヲツノミスマルノタマヲ》云々ト云コトト同ジキ也

阿奈陀磨波夜弥《アナタマハヤミ》　アナハ歎美　嘆息ノ詞也　ハヤミハ早キ也　織女手キ、上手ノ織人也　ミハ助声ニフリミフリズ
ミノ例也
多尓輔拖和拖羅須《タニフタワタラスミ》　タニ、ヒカリガ行《ユキ》ワタルコトニテ　橋ガムコウヘ行ワタルヤウトルモノ也
阿泥素企多伽避顧祢《アヂスキタカヒコネ》　味秬高彦根《アヂスキタカヒロネ》也　アジスキハ地名　タカヒコハ人ノ名也
此歌ノ意ハ稚彦《ワカヒコ》ニニタルユヘ下照姫ガシタフタル歌也
云高彦根ヲ直ニシタフルト云　其趣キモアレドモヤ
ハリ底意ハ稚彦ヲシタフ意ナリ

又歌之曰
阿磨佐箇屡《アマサカル》　天疎也《アマサカル神功巻》　万葉ニハ天放トモ天離トモカケリ　ヒナトツ、ク
ヘキ枕詞ニテ
避奈菟謎迺《ヒナヅメノ》　夷津女也《夷津女也》　下照姫倦謙退ノ詞ニテ　在所女ト云コト也　ツハ天津国津ナドノ如ク助声

以和多羅素西渡《イワタラセド》　以ノ字ハ初語ノ詞　渡瀬《ワタルセ》ト也　ココハタ、ワタルトコトニテ石河カタフチニツヒテ西渡《セト》也　景行紀ノ歌云　マヘツキミイワタラスモ同シ　万葉ニ直独伊渡為児者《タ、ヒトリイワタリシコハ》云々　以嗣箇《イシカ》幡箇拖捕智《ハカタフチ》　石河片淵也

箇多輔智尓《カタフチニ》　片淵ニナリ

阿弥幡利和拖嗣《アミハリワタシ》　網張ワタシテ天稚彦ワキヘユカレヌヤウニト也　密教ノ禁五路タマシヒヲ諸天等ヘ行ク路ヲキンジテモドスユヘ禁五路ノ印ト云

妹炉豫嗣尓《メロヨシニ》　豫嗣　ミエルヨシニト云コト也　ミエメト反ル　或ニ妹女《メヲヲンナ》ノコトトスルハアタラヌ也　此豫《ヨシ》ハ由《ヨシ》也

豫嗣豫利拋称《ヨリコネ》　祢《善》リ来ネ也　祢《ネ》ハヤスメノ字也　コ、ノ豫嗣ハヨシサラバノ

ヨシナリ

以嗣箇幡箇拖捕智《イシカハカタフチ》　石河片淵ニテ第四ノ句ヲ再ヒ云ナリ　此歌ハヨヒモドフセヨト云意也　招魂ノ詞ニテタマヨバ
ヒノ歌也

此両首歌辞今号夷曲《コノフタウタハイマナヅクヒナブリト》　大人ハホムルソシルモケヤケヤシクハセヌモノ也　此上ノ一首ハスギテホムル詞アリ　下ノ一
首モ又謙退ノコトハハ穏和ナラズ　故ニヒナブリト名クル也

此二首　古人アヤマリ解タル也　古歌略註ニ契仲ガ意アリ　ミルヘシ　上ノ一
首　此度ノ古事記伝十三巻　六十五丁ウニ本居カ注アリ　ナヲナヲワルシ　ヨミテ知ルヘシ　出之

古今伝授聞書

長歌短歌セント履冠《クツカンムリ》輪廻傍題打越クミ入テンシュー根本五七五七七　一句スク
ナキヲ云フ歌　セントウハ頭辺ヲ読一句多ヲ云也

アウサカモ
ハテハユキヽノ
セキモイスク
タツネテトハコ
キミハカヘサシ

嵯峨天皇ヨリ弘法大師ヘ伝フルニ非ス　伝教大師慈覚大師智證大師前大僧正
慈円慈鎮和尚僧正遍照恵心僧都等也
古今伝ハ歌ノ伝ニ非ス　上一人ヲ師トシ　百官ノ模範トナル貫之《ツラユキ》ノ時　古今ニ
ヨセテ古今伝ト云フ也
和歌三神如常　和歌三神トハ　天照太神百王ノ祖也　一神ヲ三ツニ分ツ也　情ヨリ発シテ誠アルハ和歌也　古今
ニ　人ノ心ヲタネトシテ　天照太神ニハ詠歌ト云ハ　一首モナシ　ヤハリナイガ証明也　即チ御言ハカ御歌也　素戔
烏尊ニハ　歌有ル也　水ニスムカワヅノ御歌也　即三十一字ト歌ニ定ムルハ　此ノ時節也
ヤクモタツイヅモヤエカキツマコメニヤエカキツクルソノヤエガキヲ
素戔烏尊御歌也
伊奘諾ノ尊曰　上ツ瀬ハ太ダ疾シ　下モハ瀬ハ太タヲソシトアリ
左　人丸　人丸ハ西ニシテ日留義　赤人ハ東ニシテ　明日ノ義也
中　衣通姫《ソトオリヒメ》　衣通姫ハ中ニシテ　国ノ外ヲ廻テ　内ヲ明ニスル義也

右　赤人　　赤人ノトノ字ト姫ノメノ字ハ　カリニモウケタ字也
赤人ハ日出ノ形ニシテ明日《アカヒト》トアリ　人丸ハ日没ノ義　日　留《トトマル》ノ義也
又一説ニ　衣通姫ハ地ノ底ヲ回テ陽ト陰ト合スル義モアリ
三神トイヘトモ　天照太神一体也　万ノ衆生ノ主也　天照太神ノ詠歌ト云フハ、無レトモ　言ニ発シタガ　歌トナリ　即歌ノナイガ誠ノ歌也　住吉明神モ　同クナシ
十種ノ神宝二鏡一剣四玉三比礼也
日輪ヲトル　地ハデツフツ有ツテ角アル故八角也
邊津鏡ハ地ニ位シテ　天ヲ照ス　八葉ノ鏡也　内宮ノ神体也
瀛津鏡ハ天ニ位シテ地ヲ照ス形也　天ハ遍際ナキ故　円満ノ鏡ナリ
外宮ノ神則チ住吉明神モ三神ニカキ　世ノ中ニ世ノナカガアルナラハ　クヤシカルヘキ住吉ノ神　和歌三神ニ　住吉ヲ立ル　九ツ柱　三ツニ分ツ　中ニ三人　上ニ三人　下ニ三人　ヲキツノ神ニ数ニ合フ　ミソヒトモジ　ミタリノヲキナノコト
呼子鳥
三鳥　稲負瀬鳥　遠近ノ手付モシラス山中ニヲホツカナクモ
百千鳥　　呼子鳥哉　　招魂ヲ聞ノ歌ナリ
魂魄ノ事也　招魂ノ事　楚辞ニ見ユ　徒然草ニ呼子鳥ナク時ニ招魂ノ法ヲ修スト云ヘリ　招魂ハ何ニ有ソト兼好ニ問フ　真言ニ入テ問ヘトイヘリ　烏瑟志摩王軌ノ中ニ　禁五路ノ印ト名ノミ有ツテ　其印ナシ　地蔵院十四通ノ中ニ

アリ

神代下照姫ノ古実

阿妹奈屡夜《アモナルヤ》　乙登多奈波多酒《ヲトタナハタノ》　汗奈餓勢屡《ウナガセル》　多磨酒弥素磨屡酒《タマノミスマルノ》　阿奈陀磨波夜《アナタマハヤ》

弥《ミ》　多《タ》尓輔掩和掩邏須《フタワタラス》　阿泥素企多伽避顧祢《アヂスキタカヒコネ》

下照姫ガ死セル天稚彦ヲ思フ

天遠《アマサカル》　鄙女渡《ヒアツメノワタラス》　瀬戸《セト》　石河《イシカワ》　片淵《カタフチニ》　網張《アミハリ》　渡《ハタシ》

下照姫謙スル言ナリ　イシタウ

見由寄《メロヨシニ》　コネハ付字　石河カタフチ　是正シク招魂ノ法也

鳥ツツ　鳥鹿ヲ詠シ　猿ヲ詠　自ノ心ナリ　素戔嗚尊スカスカシ　日本呼フ声ナリ　舌音

カツホウ鳥ハ呼子鳥ニ非ス　郭公ホトトキス　雌ト云ハ朗詠ノ誤也

稲負鳥　セキレイ　是ハ稲負鳥トモ云義ハ　稲ヲオサメル時ニ　ナクユヘ　セキレイトモ云フ　鳥ハチイサキ尾ヲ　ヒコヒコト動シムルナリ

歌ニハ稲負瀬鳥ト読ハ　牛馬ニモ当テ読也　農民　稲ヲ収ルトキ　カリニ設テヨムナリ　天録ニ当テモ云　稲ハ天ノ

食スル処ナルユヘニ　天録ト云ヘリ　天　　　　　　　　　　公実　堀川院ノ中
子ハ　上ニシテ　農民下ニ有テ　上ヲ養フ故　民ヲ禄ニ当ル也　歌ニ　稲負鳥
カラニト云義　行列シテ賀義ニ上ル義也
ノ鳴クナヘニ　ケサ吹ク風ニ雁リハ来ニケリ
馬ノコト
イタハラノハラヲハタレトモハタレトモ　イナヲヲセ鳥ハマキカテニスル
古今伝授ニハ東宮太子　民間ニテハ長子緑家者ナリ
秋ハ　旧穀已後　新穀上ルトキ　天子即位ノ義也　稲ハ禄ナリ　天禄ヲ負フノ義也
○　本説　神代降臨章ナリ　招魂トハ　親ノ死後　追善スルトキ　家ノ峯ニ上テ　他界居ル処ノ者ヲ　マネキヨセテ
我家ニテ　回向追善スル也　唐土ニテハ　招魂ノ法アリ　此ニハ禁五路ノ大事ニ記焉スル也

百千鳥　春　━ ○ ╍ □ ╍ ━
陽　陰　陽　中陽
万民ヲ云也　百千鳥囀ル春ハ物毎ニ改レトモ我ソフリユク
其位ニ在テ居ラサル如ク　其徳有テ虚キカ如クナリ
ヲキツ鏡ヨリ河図ヲ出ツ　大極両義　四象

于時天保二年辛卯三月下旬書写之了
阿州徳島万福密寺量観
八雲神詠口授切（内題）
八雲たつ出雲八重垣つまこめに八重垣つくるその八重垣を
女色は移り安く邪路に入易し　賢も愚も色欲には国を亡し　家敷破り　余命も失ふ也　されとも　陰陽の二ツは万物の根元なれは　無ては叶はぬ物也　過不及を誡事也　可恐可慎
八重垣を上の句下の句ニ三重かさねられたるにて可知　心意識三ツハたゝ垣を堅して　色欲（よく）邪路に落入ぬ様にとの義也
素戔嗚尊始ハ業悪多クマシマセトモ　後ニ実道ヲ守リ行ヒ正路ニ帰シマシマセシ也　去レトモ賞罰正ク　此国於聊之事此神之利生ニ預スト言フコト無シ　即祇園牛頭天王是也　最倭歌守護神トス　是又人々誤ヲ顧テ正路ニ帰シ　其上ニモ旧悪ヲ不忘レ　心ニハ八重垣ヲ堅シ　邪路ニ帰ヌ様ニセヨトノ教也　誠ニ難有神慮之計ヒ也
妻篭　妻ト言ノ詞　男女ニ通ト　ツハ陽　マハ陰也　男ヲ妻ト云証歌　遠津人松浦佐與姫妻（ツマ）恋尓非礼振志與利於遍留山之名　女ヲ妻ト言者不及証歌　衣裙ニテ津末ト云　左ニ旋リ右ニ旋リ引違テ合スル　是モ陰陽ト会合スル道理ヲ以テ妻ト云也　妻戸モ同心也　陽神陰神左右ニ旋リテ遂ニ為夫婦（ミトノマグハヒスト）有ル意ニ能叶ヘリ
此神詠ニ有四妙　字妙　句妙　意妙　始終妙也
先字妙者三十一字数三十日ト極テ又朔日ト始ル　無窮ノ道理也　天地開シヨリ万々歳之後ニ至テモ　人心ニ偽ヲ含セジトノ神法ニ三十一字ニ定ラレシ神慮之広大ナル事可憶　陰陽ハ行キ止ム事ナク尽ルコトナシ　先老陽数六合テ

十五　少陽之数七ツ　少陰之数八ツ合テ十五　如此積リ一月ト成　一月過ヲ朔日ニ日マデ月不見　三日月ヨリ令月也
猶大小有テ三十日ト詰マラス　是万代不易理也　歌モ亦如斯
句妙ト云ハ分テ一首　定ム五ニ　是レ五体也　則五行五大五臓五音五色等ヲ主ル　森羅万象此五句ヲ出コトナシ
五句三十一字ニ極メ行ヘルニ有深秘　是叶音律ニ　天竺ニ三百六十律ヲ　唐土ニ八十二律トス　本邦約五句ニ　音律
節奏（ホトヒヤウシ）ニ能ク合ヘリ　天然之奇妙也　歌ニ程拍子之大事ト言アリ程拍子サヱ能合ヘハ　詠吟調ニ手仁
葉ナドノ違ト言コト更ニナシ　譬ハ三十六字マテハ字余リ之歌モ　其侭ニ三十一字之道理也　余ル出仁葉　一字ニテ
モ　程拍子ニ合サレハ　音律不調　歌之様ニモ聞エス者也　日月行道ヲ　初ノ万物ニ程拍子アリ　拍子ニ外レテハ
物トシテ而不可行
意妙トハ一篇意巧妙ニシテ而　動シ天地ヲ　感シテ鬼神　通和スル男女之中ヲ徳備ヘリ　神書勿論　百家之書　一
代蔵経之意モ　一首ノ中ニ詠シ顕スハ　歌也
始終妙ト者　二神之神詠ヨリ始ルトイヘトモ　其理リ　葦ノ芽ニ触ル風ノ音ニ　有律（フエ）如シ　天地ト共ニ初
ル歌ナルヘシ　五句三十一字　無変化　国在限（アランカキリ）無断滅　誓約シ玉フ意也
逸妙トハ　八雲神詠第五句之ソノノ字也　超大極秘也　ソハ外ヘツク息ニテ　陽也　ノハ内ヘツク息ニテ陰也　別
ニ切紙アリ
八重垣ト言フ垣ノ字　上二ツハ清テヨム　下一ツハ濁テヨム　上ハ天也　下ハ地也　一首之内天地アリ　妙也
八雲神詠之口訣　神代之極秘　唯授一人相承　実以和国之大事　不可過之　感賜懇志御伝授之条　三生之厚　於当

流正脈　一人者可伝授哉　自余雖為実子　敢不可相続之段　且任天神地祇証明而已

定家　判

建久元丙亥二月九日

兼直筆

冷泉権大副殿

右定家公伝来之歌道之秘訣　先格之通　不可有他見漏脱者也

井養堂

白飛　判

寛政元年戌酉六月

覚定上人

于時天保二年辛卯晩春書写之了

阿陽徳府満福密寺量観

第五章　明治時代に受け継がれたもの

第一節　『詠史百首』から『内外詠史歌集』へ

はじめに

与謝野晶子が御歌所派などを旧派と呼んで「明治の旧派のやうに独創のない、進歩の無い、平凡陳腐な、回顧的、常識的、概念的、非情熱的な題材にのみ停滞しているもの」（注一）と批判したのは、明治三十年代に顕著にあらわれてくる和歌に対してであった。この頃、御歌所の長官は高崎正風であり、香川景樹の流れを汲む税所敦子、小出粲、大口鯛二、阪正臣、黒田清綱等がその下に居た。これらの人々の歌集には平凡陳腐な歌も多いが、中に、詠史和歌と称する歌が多く織り込まれている。この詠史和歌とはどのような歌なのであろうか。

一　『詠史百首』をめぐって

『和歌大辞典』（注二）の「詠史和歌」の項の説明によれば、「歴史上の事実または人物を題として詠んだ和歌。「続日本紀」

中の竟宴に「聖徳帝王有名諸臣」を撰び和歌を詠んだのに始まる。以後、天慶六年（九四三）の日本紀竟宴和歌まで詠まれたが、その後の展開はなかった」云々とある。この説明は歴史書に関わって詠史和歌が詠まれたと述べ、天慶六年以降の展開はなかったと述べている。明治期の詠史和歌には言い及んでいない。

佐佐木信綱は『増訂　和歌史の研究』（注三）において「橘曙覧が詠史の歌」の一節において、詠史和歌は四分類することができ、「一、その人また事がらをそのまま叙したるもの　二、評論論賛を加へたるもの　三、比喩縁語をもてあやなしたるもの　四、その人の心になりてよみたるもの」になると述べている。橘曙覧の歌集『志濃夫廼舎家集』に詠まれた「楠公」から「頼山陽」に至る詠史和歌四十余首を分析し、「曙覧がいかなる人格を慕うてそを歌に詠じたかといふ点、随って曙覧の人格もわかる」としている。曙覧の詠史和歌に注目はするものの、その歌の内容には立ち入っての考察はない。

曙覧の「頼山陽」を詠じた歌に「外史朝廷おもひにますらをを　励ませたりし功績おほかり」（注四）とある。『日本外史』を著して、日本国の歴史を説き明かし、もののふの武士を励ました頼山陽の功績は大きいと言う。諸外国の勢力に脅かされながら開国へと向かう江戸時代後期の状況下に、天皇によって守られてきた日本を改めて思い、臣下の在り方の典型を山陽に見ているのである。天皇の下に臣下が国家を思い、国を支えてきたとする考えは、『古今和歌集』を読み継いできた人々が、国のあり方に君臣合体の理念を見い出していたのと同じ基盤に立つものである。詠史和歌は、国家を支え、国家を担っているのはどのような人であるべきかを詠んでいる。

明治の代になって現れる詠史歌集の始めは、加藤千浪の著した『詠史百首』（注五）である。『明治大正短歌資料大成』（注六）を繙いてみても、「詠史」の名を以て編纂された歌集は、『詠史百首』であると確かめることが出来る。

正続二編からなる『詠史百首』を詠んだ加藤千浪は、『現代短歌大系　第一巻』の「収載歌人小伝」、及び『和歌大辞典』の「加藤千浪」の項によれば、文化七年（一八一〇）に生まれ、明治十年（一八七七）に没している。しかし、その伝において「とくに詠史歌に名がある」と評価されているにもかかわらず、『詠史百首』の成立時期は不明であったし、どのような意味で評価できるかは明らかにされていない。その手掛かりとなる架蔵本を先ず紹介する。

架蔵本は、縦二六・四糎、横一八・五糎の大きさで、用紙は楮紙、全七丁墨付き、袋綴の一冊。表紙は本文料紙と同じ楮紙で、その中央に直接「千浪　／詠史百首」と二行に記されている。第一丁表に「詠史百首」と内題があり、第二行に百首の第一首めにあたる歌の題が「神武天皇」とあり、その下に続いて「千浪」とある。人名と和歌一首は各一行に記されている。第七丁裏には「木村重成」の歌があって本文が終わっている。「木村重成」の歌のあと、一行をおいて「明治二年己巳十一月源興院主張宏師のもとめ／によりて／　荻園主人千浪詠」と三行に記されている。源興院主張宏師については不詳であるが、本書（以下、架蔵本と称する）は明治二年十一月には成立していたことが確かめられる。

架蔵本は正編のみであるから、続編は明治二年十一月以降、千浪の没年までの間に編纂されたかと考えられるが、事実は異なっている。続編は正編の続きにもなっていないし、補完にもなっていない。翻刻本と架蔵本との間にも、収載和歌の順番、出入り、語句などに相違があるからである。

正編である架蔵本は第三首めに「武内宿弥」として「呉竹のよの長人とのらししも　すぐなるふしのあれは也けり」の歌が記されている。この歌は翻刻本の続編の第五番めにあたる。架蔵本はここに一首増加したことにより、翻刻本の九五番に当たる「加藤清正」の歌がなくなって、都合百首となっている。架蔵本も百首歌としては完結した形となっている。正編と続編、それに正編である架蔵本とは、それぞれ目的を異にして編纂されていたと考えられる。正編において、架蔵本と翻刻本とが持っていた目的とは何であったのであろうか。

架蔵本の正編は、「神武天皇」に始まり、「木村重成」の歌に終わっている。第一首めの「神武天皇については「神倭ふみましゝより萬世に　うごく事なき高御座哉」と、詠まれている。神武天皇が日本国を治め初めて以来、威容は厳然としているの意である。この歌に続いては「神功皇后」を「日の本にあまる光をたらし姫　ひとの国までたらはしにけり」と詠んでいる。日本国中にその威光を十分に発揮した姫は、他国までもその威力を示されたと「息長余足姫」の本名に引きかけて詠んでいる。次の第三首めには、「武内宿弥」として「呉竹のよの長人とのらししも　すぐなるふしのあれは也けり」と詠んでいる。「武内宿弥」が別名としてもつ「呉竹のよの長人」の意味は、宿弥が真率な性格をもっていたからであるというのであり、第二首めと連想的にもよく続いている。ところが、翻刻本の第三首めは「日本武尊」の「もののふの鏡とも見よ大御名に　かけのよろしきやまと心を」の歌になっている。この歌は武勇の誉れ高い古代の日本人の持った大和心を誉めたたえている。また、翻刻本の九十五番には「加藤清正」の歌が「鬼とのみ思ひのほかの情さへ　あればや人もなびきよりけり」と記されている。架蔵本には記されないこの歌は、清正は虎をも拉ぐ武勇のみでなく、人の心の優しさで朝鮮の国の人の信望を得たと詠じている。これはその二番前に「豊太閤」を詠んで「日の本にさる物ありと犬じもの　唐人さへもかしこみにけむ」とあり、秀吉に朝鮮の人が従ったのはその武勇によるものとの意を受けて、清正の「人の情」によって従ったとの視点が強調されている。朝鮮において武勇を誇ることの視点は、翻刻本八、九番（架蔵本も同じ）にも見る事が出来る。百済の伊企灘とその妻大葉子が新羅の攻撃に対して大和心を奮って戦ったとする。この件は『日本書紀』（注七）欽明天皇二十三年七月の条によると考えられるが、この事件を詠じた歌の心は秀吉の心にも通じている。古代の人も秀吉らも朝鮮との戦いにおいて勝れた大和心を発揮し、清正はそれに加えて人間性にも優れていたことが強められているのである。朝鮮での戦いは肯定され、賛同する意が強くなっているのである。この歌が翻刻本に挿入された背景には、明治十年を頂点とする征韓論が考慮されてくる。『詠史百首』の成立する明治二年前後には、いくつかの動きはあるものの未だ重要視されなかった征韓論は、明治六年が転機となって十年の西郷隆盛の追放へと動いている。翻刻本は歴史に名を留める秀吉の朝鮮出兵を良しとすることによって、征韓論は正しいものとする意思表示になっている。

しかし、翻刻本、架蔵本共に百首めとなる歌は「木村重成」を詠じ、「今はにも心をこめしたきものの　香ぐはしき名は世ににほひけり」となっている。重成は出陣の最後の時に当たっても、心を込めて兜に香を薫きしめた優雅な感性を持つ武士であったと称賛している。これは二十三番（翻刻本では二十二番）に「清少納言」を詠じて「巻あげしをすのとやまの雪にこそ　ふかき心はあらはれにけり」と、御簾を巻いて雪見をした風雅な心を称えた歌の心と一脈通ずるものとなっている。武勇の士も単なる力の象徴としての武士ではなく、雅びを解する人であったとする。冒頭と集末において同じ趣意を持つ統一された構成の中に、清正の歌を挿入することによって、元の集の持っていた意味は変えられているのである。千浪の時の政治的動向への関心は、詠史和歌を一段と意味ある歌へと押し上げているのである。

このような政治的な問題への関心は皇統の見方に顕著に表れている。翻刻本七十五、七十六、七十七番（架蔵本では、七十六、七十七、七十八番）は、橘正成、橘正行、北畠顕家などを惜愛する情を詠じており、南朝方の立場を良しとする見方である。

架蔵本は、南朝を正統とする考えの下に、日本国は古来から大和心を大切としつつ、風雅を旨とする生き方が尊ばれてきた。それ故に、日本国は風雅を解する武人によって守られてきたとの歴史が語られているのである。

これに対して翻刻本は、南朝を正統とし、武勇と風雅を解する人々に支えられる天皇と国を称える考えには変わりはないものの、武勇を誇る力強さと共に、その人間性においても朝鮮の人に共感されたとし、時の征韓論に与する姿勢を示しているのである。

こうした正編のあり方に対して、続編には、日本に対しての中国との対比が行われていることに特質がある。第一首めには、「仁徳天皇」を詠じて「弥来る新すの煤に知られけり　煙もしげききみがめぐみは」とある。『日本書紀』に見られる仁徳天皇の仁政の心を詠んだものである。以下八十六首めに『源氏物語』の宇治大姫君を詠んで後、八十七首めからは「許由」を詠じ、以下百首めの「孔明」までの十四首を中国の人物に当てている。この日本と中国との人物を対比する方法は、明治時代半ばに至ると多く現れてくる。例えば、明治十三年に出版された『類題明治新和歌集』(注八)では、その詠史の部を、神代に始まり大石良雄に至る日本人を対象の和歌十五首、中国の愚王から張良に至る八首の和歌で構成している。日本と中国の偉人を掲げての歴史を語り継ぐ方法は、『古今和歌集』の序文を注釈しての和歌三国伝来説、仏教の三国伝来説話などにおいて用いられてきた。それは、日本の国の権威を高めるために考え出された有効な方法であった。『詠史百首』においても同じである。例えば、「孔明」を詠んで「鶯も雪のふる巣をいでめやも　声をきゝしるひとのとはずは」と言う。「孔明」の名を聞き知る人さへも尋ねてくれないのだから、その古い巣を早く飛び出なさいと忠告している。西欧の考え方を学び、新しい国となっていく日本の姿が誇らしく詠じられている。新しい国とは言っても雅の伝統はしっかりと受け継がれているとして、例えば七十七首めには「光君」

を詠み「隈もなくすきとほりたる心より　世に光るとはいひ始めけむ」と光源氏の名前の謂れを言いつつ優美な心のあることを詠じている。『源氏物語』などに描かれた世界を通じて雅を見る眼がある。単に武勇に勝れて歴史に名を留める人物の羅列とはなっていないのは正編の考えと同じである。この正編の考えを基本として、中国との人物の対比を行うことによって、日本の勝れたことを言うのが続編の特色となっている。

このような特徴を指摘できるのは、『内外詠史歌集』との比較において、それなりに浮かび上がってくるものがあるからである。

二　『内外詠史歌集』をめぐって

『内外詠史歌集』（注九）の編纂意図は、その序文に明らかである。

新代のみまつりごと、しげくおはしますうちにも、ふりにし道を興し給はむの大御心にやおはしますらん。御まへ近く侍ふらふ人々に題を賜はりて歌を奉らしめ給ふこと、一日もおこたらせ給はで、あまた年になりぬ。されば、月花の類は言ふも愚かなり、折に触れては、詠史の題なども出させ給へるに、」（現文は平仮名表記であるが適宜漢字をあて、句読点を付して記す）と始まる序文には、和歌道の再興を願った明治天皇の御側に近く仕えた人々が、天皇からの出題を得て詠んだ和歌が多くなった。中でも、詠史和歌については研鑽を積んで多くの人々の歌を得ることができたので、初心の人のために、出版するに至ったと言う。御歌所歌人の税所敦子の編纂になる本書は、明治二十八年に時の御歌所長官高崎正風の許しを得てのことなのである。『内外詠史歌集』は明治天皇に仕える人々の意識を最も明確に著した和歌集と言ってよいであろう。

この集に詠まれる対象の人々は当代に限らず、江戸時代の国学者、鎌倉時代の藤原の定家、更には遡って奈良、平安時代の歌人、神話時代の神々に至っている。こうした日本に対して中国を主とする諸外国の人々も詠まれている。本書の題名にもこの趣旨が活かされて「内外」とされているのである。対象となった人々は部類分けされている。日本については、神代之部として三十二人、天皇之部に四十一人、皇后之部に五人、皇子之部に二十八人、人臣之部に四百三十二人、隠逸之部に十九人、釈史之部に二十六人、女流之部に八十人が挙げられている。外国については、「外国之部」と表題があって二百人がその対象となっている。内訳は中国人は百七十三人、その他の諸外国人が二十七人である。

そのおよその時代と人物を知る目安として、その初めと終わりの人物を上げてみよう。神代之部は天御中主尊から鵜葺草葺不合尊まで、天皇之部は神武天皇から後村上天皇まで、皇后之部は佐保姫命から建礼門院まで、皇子之部は五瀬命から良純親王まで、人臣之部は可美真手命から二宮尊徳まで、隠逸部は浦島子から池大雅まで、釈氏之部は道昭法師から僧月照まで、女流之部は稚足姫から玉蘭女まで、外国之部は中国の人として神農から賓客頭櫨まで、諸外国は釈迦から徐世賓までである。

まず日本は神代之部から始まる。第一番に歌われるのは天御中主尊である。渡忠秋の詠で「ひとりこそなり出けらし久方の　あめにさきだち天におくれて」とある。天地が出来上がった後に、独り生まれた神と言うのは『古事記』（注十）『日本書紀』の何れにも記されている。しかし、『日本書紀』では一書とされる文であって、書紀本文では国常立尊が第一の神とされている。これは神代之部の第二番に、国常立尊として、村田春海の詠で「あしかひの浪のきざしも遠からず　天津日嗣の始とおもへば」の和歌が置かれていることによって、『古事記』を基本に置いて歴史を見ていることになる。『古事記』は天御中主神を天地開闢の初めの神としており、以下五神を別天神として、次に国常立神となる形となっているからである。しかし、『内外詠史歌集』は、これ以降に詠まれる神々の記事には『古事記』には必ずしも限定できるものでなく、『日本書紀』も参考にされていると考えるのが妥当である。

天皇之部の初めは「神武天皇」で九首が並ぶ。その一番は、先に記した加藤千浪の歌である。神武天皇の厳とした姿を称えている。以下、天皇としての資性の豊かさを見ての詠が多い。その九首めに「人のよとなりて三十もじ一文字は　大御歌こそはじめなりけれ」（渡忠秋、以下作者名を括弧内に記す）をあげ、神武天皇は人の世の和歌の始めを詠んだ人とされる。人の世の和歌を初めに詠んだのは誰かとの問いは『古今和歌集』以来の課題であったが、ここにも一つの答えを見る事が出来る。第三番の和歌に「大君はかみにしませば御軍に　やたからすさへいで、つかへき」（重道）とあるのは、人の世となったとは言え、神としての資性は継がれていると言う。

天皇之部は後村上天皇を「三吉野の青峰が苔のむしろにも　天津日かげはくもらざりけり」（綾継）と詠む歌に終わっている。南朝方の正統性を順徳天皇の後、亀山天皇、後醍醐天皇と続けて、後村上天皇の没後もその威光は消えなかったと言う。この南朝方への思いは皇子之部にも明瞭に引き継がれている。鎌倉時代の式子内親王の後は、南朝方の皇子によって占められている。宗尊親王、護良親王、宗良親王、懐良親王、恒良親王、良純親王と続く親王等の辿る運命への哀感が詠われている。この皇子之部の初めには五瀬命を詠じて「流矢をいきとほろしみかま山に　雄たけびましてかくりまし剣」とある。神武天皇の遠征に従った五瀬命が紀の国竈山にあって矢傷のために亡くなったこと（『古事記』中巻、神武天皇の条によるか）を、雄々しい死と称えている。しかし、惟喬親王になると「よをすててをの山深くすみぞめの　袖いかばかり露けかりけん」（慰子御方）と詠じている。不遇な身となった親王に涙を禁じ得ない心境を詠むのである。皇子之部全般を通して見ると、悲哀の情は痛切に感じられようになっている。

人臣之部では、神武天皇の東征に際して、大和宇陀の地においての道臣命（『古事記』中巻、神武天皇の条によるか）を、「秋つしま大和のくには道臣の　みちびきよりぞひらけそめける」（福井享長）と詠じている。大和の国の政の「導きの道」を作ったのは道臣命の功績によるとの記述は『日本書紀』によれば「汝、忠ありて且つ勇あり。また能く導の功あり。是を以て、汝が名を改めて道臣とす」とある。『日本書紀』は、その功を忠と勇とに求めている。忠と勇との理念は人臣四百三十二人の多くの歌に詠じられており、重要な視点となっていた事が判る。その一方、平将門が起こした事件は、反乱として厳しく糾弾されている。「くれ竹の園生としひてなのるとも　まがれるねざし末通らめや」（重道）と、例え、一時は正当を唱えての将門の事件ではあっても、根本が誤っている限り長くは続かないと言う。平清盛に対しても同じであって、「のも山もみな我ものといもがこの　はひゝろごるも哀れ一とき」（小野務）と詠ずる。野山に至るまで全てが我がものと、その威を誇っても、それはほんの一時にすぎないと言う。いずれの歌にも、根底が正しくない限り、一時の夢に終わるとされる。天皇に忠を尽くさないことは厳しく戒められるのである。

南朝方を正統とする視点は、この人臣之部においても明瞭である。北朝方の始とされる足利尊氏に対しては十首が詠まれている。一番めに「いかなれば此みなもとのにごり水　末もあまたのよに流れけん」（村山松根）と言う。悪の根源であるこの濁り水は、いかなる由縁で永い世の中を流れてきたのだろうかと、余りに永く尊氏の系統が続いたことへの嫌悪とも言うべき情が述べられている。二番めには「南さす楠の大枝のかれしより　こころのままにふくあらしかな」（八木真門）とある。南朝を守った楠氏、特に大枝である正成の死後は、尊氏は意の赴くままに嵐の如く振る舞ったという。これに続く八首もみな同じ趣意であって、尊氏を悪の権化と見ている。これに対して南朝方の人臣は、当然のことながら称賛の嵐のなかにいる。楠正成には六十一首（忌日の歌を含む）、楠正行には三十七首、児島高徳には三十八首、源親房には三十七首、新田義貞には二十八首（関連する歌を含む）、名和長年には二十四首など多くの歌が詠まれている。楠正成は「かつらぎの神とも神とはかりけん　跡こそ千よの守りなりけれ」（渡忠秋）と詠まれている。神となった正成は、葛城の神とも計略を練ったのであろうか、その御蔭により末々の世に至るまで神の守りは続いていることだと、神格化される正成を詠ずる。正行には「いかばかりみにしみにけん桜井の　さとす言葉のふかき匂ひは」（河合広満）と詠む。父正行との桜井の駅での別れの言葉はいかに深く心にしみたことであろうかと情を寄せている。児島高徳については、「武士のやまと心をさくら木に　うつせばよゝにかをるからうた」（中島真誠）と詠ずる。武士としての忠誠心を漢詩に託して、桜の樹に彫りこんだその大和心は代々に香り続けていくことだと言う。源親房には「神ながら天つ日嗣のつたはれる　しるしはきみが文に見えけり」（飯田年平）とある。親房が著した『神皇正統記』によって、神の国の正統であることは美事に伝わっていると、その功の大きいことを称える。

こうした視点の貫かれていく時代の移りの中で、征韓論に関わることが出てくる。『詠史百首』において豊臣秀吉と加藤清正の歌からその背景を考えたように『内外詠史歌集』でも同じく秀吉と清正の歌を見てみよう。秀吉については六首が記される。「大ぞらにかけりし龍の末つひに　よもの海さへのまんとぞせし」（八田知紀）とあるのは、日本の空を駆けめぐった龍は、遂に四方の海までをも飲み込もうとしたと、その威勢の広く及んだことを言う。これに対して、清正については、八首のうち六首までが朝鮮に足跡を残したことを称賛する歌である「風をおこす虎てふ名のみ聞てだに　草木をののくもろこしが原」（山本則忠）と詠じて、風を巻きおこす虎の名を聞くだけで、朝鮮の草木までも恐れ戦くと言う。虎を倒したとする清正の武名の高さを言うのである。しかし、この事柄は簡単には征韓論を妥当とする姿勢には結びついていない。それは、明治の時代の移りに応じて西郷隆盛の扱われ方に変化があるからである。西郷隆盛は明治の人物としては一番多く八首を詠まれている。その中で征韓論に敗れた様を「つるぎをれ駒はたふれしから歌を　謡ひし時やかなしかりけん」（綱安）と詠まれている。剣折れ駒も倒れて敗戦となる韓を討つ心を謡ったときは、どんなに悲しかったことかと心を寄せられている。他の七首は薩摩の海に散ったことを悲しむ歌であるが、八首めには「千年川清きそこひはみえながら　などにごる名を世に流しけん」（萩原弘済）と詠まれている。西郷の事件は清き心から起こったものであるのに、なぜ濁る名を残してしまったかと嘆ずる。尊皇攘夷の考えを抱き、征韓論に敗れる西郷には、もう一つ大きな立場からの視点が欠けていたことが指弾されている。明治二十二年には、西郷の復権はあったものの、『内外詠史歌集』を編纂する立場からは積極的には評価されないのである。ここに千浪が『詠史百首』で見せた明治初年頃との大きな違いが見られるのである。

『内外詠史歌集』において、もう一つ注目されるのは、外国之部に詠まれた人々のことである。中国の人物については、それなりの評価が下されて詠まれているが、それに続く西欧の人物に対しての認識には特異なものが伺われる。その特異性とは、余りに低い評価であり、それは余りの無知に基づいているものである。例えば華盛頓（ワシントン）を詠んで二十首をあげるものの「国をおもふ心づくしもしられけり　うちなびきたる民の草葉に」（董子御方）と詠う。アメリカ合衆国の建国に尽くしたその力の大きさを、人民の言葉に知ることが出来るという。その華盛頓の心はどのように捉えられているかと見れば「身にあたる玉はころもにとゞまりて　つらぬくものは誠也けり」（小出燦）とある。戦いの中から独立を勝ち取った華盛頓にあったものは誠の心であったという。誠という余りにも日本的な心情においてしか捉えられない限界がここにはある。これはミルを詠んで「西の海深きみしまに生るみるの　ふかきねざしをしる人やたれ」（近藤芳樹）と詠む立場にも似ている。イギリスの経済学者ジョン・スチュアート・ミルを、その名の「ミル」に懸けて海藻の「みる」を読み込む技巧が辛うじて歌を保っているに過ぎない。ミルを理解できる人は誰であろうかと疑問を投げかけては見るものの、それは無知な自分に帰ってくる問いかけとなっている。ミルが明治の世に与えた思想的な影響などは、ここには少しも見ることが出来ない。

新しい時代における西欧への理解の程度の低さがありありと見えており、同時に、和歌の形を用いて詠史和歌を詠むことの限界も見えている。

注

（一）『晶子歌話』（大正八年　天祐社）一〇頁。
（二）『和歌大辞典』（昭和六十一年　明治書院）。
（三）『増訂　和歌史の研究』（昭和二年　京文社）三七七頁。
（四）『校註　国歌大系第二十巻　明治初期諸家集　全』（昭和三年　国民図書）一二三頁。
（五）「詠史百首」は『続日本歌学全書　第十一編　明治名家家集　上巻』（佐々木信綱編　明治二十六年　博文館）に正続二篇が収められ（以下、この本を翻刻本と称する）、この翻刻本によって『現代短歌大系　第一巻』（昭和二十七年　河出書房）に正編が収載されている。
（六）『明治大正短歌資料大成Ⅱ』（小泉苳三編著　昭和十六年　立命館出版部）昭和五十年に鳳出版から復刻された本文による。
（七）『日本書紀』は、日本古典文学大系（坂本太郎他校注　一九六七年　岩波書店）所収本による。
（八）『類題明治新和歌集』（猿渉容盛編　明治十三年五月　萬笈閣梓）大阪女子大学図書館本による。
（九）『内外詠史歌集』（税所敦子編纂　明治二十六年　秀英舎）、立命館大学情報センター蔵白楊荘文庫本による。

（十）『古事記』は日本古典文学大系（倉野憲司他校注　一九五八年　岩波書店）所収本による。

第二節　『詠史歌集』と『前賢故実』

一　『詠史歌集』をめぐって

前節において、明治時代における詠史和歌の持つ意味は、どのようなものであったかを、『詠史百首』と『内外詠史歌集』を通して考えてみた。しかし、この過程では、橘曙覧以降から『詠史百首』に至るまでの間に著された作品の考察を行わなかった。江戸時代末期に編纂され、多くの和歌を収載し、その内に詠史和歌集を含む『類代和歌鴨川集』（以下、『鴨川集』と称する）は考察しなければならない集である。

『和歌大辞典』（注一）『鴨川集』の解説（安東守仁執筆）は「初編は「類題和歌鴨川集」、二編は「類題和歌鴨川次郎集」、以下、三郎・四郎・五郎と続刊。長澤伴雄編。初編は嘉永元年（一八四八）、二編は同三年、三編同四年、四編同五年、五編同七年に出版。版本は静嘉堂文庫ほか蔵。活字本として「類題和歌鴨川集」の書名のもとに全編を収めたものが、明治二十七年（一八九四）交盛館などから出る。当時の有名無名の作者の和歌を、四季・恋・雑に部類し、題別に配列したもの。無名の作者が全国にわたっているのは、投稿や推薦の中から撰んだためである。総歌数約一万一〇〇〇首」と述べている。また、同じ辞典の『詠史歌集』の項には「長澤伴雄編。嘉永六年（一八五三）刊。二冊。いわゆる詠史の歌は近世の類題集では雑之部に収めたが、伴雄の『類題和歌鴨川集』では、文芸的に注目すべき特殊な分野として別に一書としてまとめた。」（山本嘉将執筆）とある。この後者の解説には若干の補足が必要である。嘉永六年に編纂されたのは『詠史歌集　初編』の二冊である。長澤伴雄が収集した詠史和歌はすべてが出版された訳ではない。明治四十四年の本居豊頴の序文を付して、大正二年に『詠史歌集　二編』二冊として子息の（故）長澤六郎の名によって出版されている。したがって当初の『詠史歌集』は、四冊になる構想の大きなものであったことが知られる（以下、『詠史歌集』は、右解説にある嘉永六年版の架蔵本を用いる）。

さて、『和歌大辞典』では、『詠史歌集』が「文芸的に特殊な分野」として「詠史」の部を立てたことを指摘している。しかし、詠史和歌をどのように捉え、『類題和歌鴨川集』とは別に一書を編纂したのはなぜかについては言及されていない。この事については『詠史歌集　初編』に記された序文がその幾分かを語っている。嘉永五年八月「洛西陰士瓢々斎」（平塚瓢斎）による推薦文に続いて、伴雄の「大むね」と題する序文が、嘉永五年十一月の年時で記されている。

「大むね」は、次のように始まる。

詠史の歌とて、世に見えそめたるは、天慶六年に、日本紀の饗宴をさせたまひしとき、分史とて、題をたまはりて、よませられたるぞはじめなる。それより後のしふどもにも、をりをり見えたり。其はもと、詩に詠史といふがあるにならひて、文章の生などの、物ごのみのすさびより、ふとおこりそめしなめれど、学問のためには、いとよきわざなりけり。それにならへるにかあらん、近きころは、専ら、わざとよみいでたる歌どものここら見えしらがへるを、ひろひあつめて、かくはものしつるなり。

日本における詠史和歌の起こりは二つの事にあると言う。第一に日本紀、即ち『日本書紀』の饗宴に求められると言う。これは、前節にも引用したとおり、現代における研究者においても同じ考えである。『日本書紀』の饗宴の会によって詠史和歌を詠む意識は形成されてきたと言う。第二には、中国で行われた詩の詠史を真似て行われ、それがやや専門領域化してきたことによると言う。これは、漢詩の理念を採り入れて和歌の領域が広がり、日本国家が改めて意識されたとする経緯を踏まえての考えである。こうした二つの起源が相俟って詠史和歌は詠み続けられてきたが、現在はその本源が忘れられて詠史という事だけが意識して詠まれていると「大むね」は言う。ここには歴史を個人的な事実の並列的連続とし、個人を基本とする英雄観によって叙実されるとする立場が見えている。それは次に続く「大むね」に明らかである。

そもそも、この集なるは、神の御名、天皇の御上、はたやんごとなき古人たちの事の蹟につきて、何くれと沙汰したるたぐひすくなからねば、いとかしこく罪おかしとも、いひつべかめれど、作者のざえのきはも、あはれの深さも、かつがつ知られて、すなはち古学せむ梯立ともなれ、ば、かの月花にむかひて諷詠いづなるごとき、調をいたはり、章をもとむるかいなでのと、ひとしなみいふべきにはあらずなむ。

詠歌の対象は「神の御名、天皇の御上、はたやんごとなき古人」という神、天皇、貴人などの事蹟である。それらの人々の事蹟を詠み込んだ和歌は、月花という花鳥風月を対象とする詠歌とは、明らかに相違しているという。この結果、伴雄は当代のことについて「しかるに、このごろ世にいでくる類題しふどもの中には、その月花とおなじ列についでたるもあるは、いともかしこく、なめくこそ覚ゆれ。予がえらべる鴨川集、既に四郎におよびなんとするに、詠史の歌とては、一首も収ざりしは、かかる志のあるによりてなり。」という。つまり、現今の類題集は「詠史」を特に意識することなく従来の部類の一部の中に収めている。しかし、それは明らかに間違っていると言う。「月花」

の詠歌を叙景歌とするならば、詠史和歌は、まさに人事歌であるとする理念の表明がある。それ故に、『鴨川集』としてすでに第四部までを出版しているが、その中には詠史和歌を一首も入れなかったという。

ここに見える伴雄の強い意志表明は詠史和歌の分野に新しい意味合いを与えているものと考えられる。その意味合いを具体的にみてみる事にしよう。

『詠史歌集　初編』の第一冊目は「詠史歌　上」と初めにあり、神祇から始まる。続いて、皇親、文臣、武臣となり、この武臣の中の楠木正成からは「詠史歌　下」として第二冊目に入る。この武臣は木下長嘯子で終わり、次に歌人、儒林、孝子、義勇、女流、貞婦、遊女、方伎、釈氏、姦臣、叛臣、逆臣、古戦場、大御代の部類となっている。二冊に分冊された理由は特に認められないが、強いて言えば下巻巻頭で楠木正成を際立たせる目的があったのかもしれない。

さて、この分類概念の一覧から留意されるのは、文臣、武臣の扱い方についてである。これは、その序文に、広く文官は文臣とし、武官は武臣とし、いわゆる武家は文臣としたと説明されている。つまり、律令制度が行われた時代においては、武官を帯びた公家殿上人は武臣と分類し、天慶、承平以降の武家の発生後は、武官を帯びた公家殿上人を文臣と分類したという。これは、和歌を支える公家殿上人の力量関係の変遷を考慮しながらも、「武」を名目的なものでなく、実質的な武力という力が意味を持つ身分を前提とした考えによるものである。

次に注意される点は、文臣、武臣に続く人物の分類の方法である。これも序文に「孝子、義烈、姦臣、叛臣など類をわかちたるは漢めいたるわざにはあれど、初学の徒の見やすからむためにとてなり。故実わきまえたる人にいふにはあらず」とある。孝子、義烈などの分類には特別な配慮はしていない。いかにも従来の唐風の概念ではあるが、すべて初学の徒のための配慮によるという。しかし、これは、謙遜が過ぎる言葉である。後に見るように、伴雄の意識には長上者への畏敬、更には勧善懲悪的といってよい道徳的基準が強く働いているからである。

こうしたことが各部類の詠歌対象及び対象者に、どのように現れているかを次にみて見よう。

「神祇」は、神概念についての七首に続いて、伊勢を初めとして、度会宮、日前宮、国懸宮、名草浜宮、熊野、住吉、松尾、梅宮、日吉祭、貴船、龍田、布留、三輪、鹿嶋、丹生に終わる十六社、続いて『古事記伝』饗宴の時に詠まれた神直日神、志那都比古神、須佐之男神、事代主神の四神を挟んで、少彦名神、大国主神、杵築、祇園、猿田彦神、天宇受売神、木花開耶姫、釜山、斎宮、香椎、石清水、竹生嶋、白山、藤白、金御歌、北野の二十神、これに詠史二十首、保元物語を読みて、平家物語を読みて、承久記よみける時の三首、また詠史八首の後、残桜記を書きおへてのあと、詠史三首を並べる構成となっている。

「皇親」は、その名をすべて記すと、白梼原宮（神武）、磐余若桜宮（神功）、軽島明宮（応神）、難波高津宮（仁徳）、近江大津宮（天智）、後大津宮（大友）、明日香浄見原宮（天武）、藤原宮（持統）、乃楽宮（元明）、平安宮（桓武）、亭子院、醍醐院、後三条院、鳥羽院、崇徳院、安徳帝、土御門院、亀山院、後醍醐院、同関係の芳野宮他、五瀬命、日本武尊、忍熊王、菟道太子、上宮太子、舎人親王、惟喬親王、貞純親王、前中書王、大塔宮、宗良親王となっている。

「文臣」は、大伴宿祢家持卿、安倍仲麿などに始まり、北畠准后親房卿、北畠中納言源顕家卿、北畠内大臣源顕能公に終わる三十四人である。

次には「武臣」である。塩椎翁、珍彦、道臣命などに始まり、時政、同義時、同泰時、同時頼を経て、相模太郎時宗、青砥基綱、工藤新左衛門、長崎次郎で上巻は終わる。下巻は贈中将楠正成卿、楠正行朝臣、楠正之、楠正儀に始まり、浮田秀家、加藤清正、片桐且元、真田幸村、木村重成、酒井忠次、木下長嘯子に終わる九十四人である。

次の「歌人」は柿本人麿、山部赤人に始まり、京極中納言定家卿、壬生二位家隆卿、六歌仙に終わる五十七人と一集団である。

次の「儒林」は、源順朝臣、大江広元、熊沢蕃山の三人である。

次の「孝子」は、大中臣朝臣父頼基朝臣に打たれる、隋身公助父武則に打たれる、曾我兄弟、五郎時政、日野阿新麿の五人である。

次に「義勇」は、壱伎直真根子、調吉師伊企儺、大石良雄、大高源吾の四人である。

次に「女流」は、光明皇后、上東門院、建礼門院に始まり、松下禅尼、千代能尼、阿佛尼、加茂神主基久女、淀君に終わる三十一人である。

次の「貞婦」は、田道妻、上毛野臣形名妻、引田辺赤猪子、松浦佐用媛、袈裟、尼将軍将子、静女、大磯駅虎女、楠正行朝臣母、伊賀局、細川忠興朝臣妻の十一人である。

次に「遊女」は、上総末之珠名、桜児、鬘児、真間手児那、桧垣嫗、伎王伎女、佛女、横笛、熊野、亀菊、江口君、十一人と地獄の一事項である。

次に「方伎」は、白箸翁、巨勢金岡、博雅三位、浦島子、蝉丸、曾呂利新左衛門の六人である。

次に「釈氏」は、役小角、伝教大師に始まり、源空上人、日蓮上人、兼好法師、一休和尚に終わる二十二人である。

次の「姦臣」は、石田光成の一人、「叛臣」は弓削道鏡、平将門、悪右衛門督信頼、木曾義仲、今井兼平、赤松円心、赤松則祐律師、金吾中納言秀秋の八人、「逆臣」は、蘇我宿祢馬子、明智光秀、明智光俊の三人である。

最後は「古戦場」九首、「大御代寿」二首である。

さて、以上の部類内容を一覧するだけでも、先に、伴雄の「大むね」に記された、神を頂点として忠臣に支えられる国家が意識されていると理解した事の誤りでないのが了解されよう。

まず、「神祇」の分類においては、伊勢神宮を第一として伊勢神宮の分社を挙げる。続いて、二十二社式に基づく格式順に神社が配列されている。この系列の中に本居宣長の『古事記伝』の饗宴歌が入れられている。ここに、神概念は「神」を語ることに始まり、宣長を中心として確立した国学が歴史の枠組みを形作っているとする理念が確認される。これは、『保元物語』『平家物語』『承久記』などの書物が、同類に扱われていることにも関係している。現在においても、その虚構性が認められる故に、歴史物語と称することの有無が問われるこれらの書は、神概念を核とする国家があり、それを引き継ぐ歴史の事実を確認する書として扱われているのである。その新たな神概念は、『古事記』を基本としているのである。こうした神概念は、次の「皇親」の部類にも引き継がれている。神武天皇を初めとして歴代の天皇は、奈良朝の成立期前後、平安時代の聖帝と呼称される宇多醍醐期、院政期から源平の戦乱前後、それに亀山院から後醍醐天皇へと続く南朝方期と、大きく四期に別けられ、それは南朝方の正統性を主張することへと連なっている。この南朝を正統とする考えは、親王の列記においても同じであって，南朝の象徴的存在である宗良親王で終わる形となっている。

以上の二つの「神祇」「皇親」の部類が、南北朝時代で終わっている事は注目されてよいことである。それは、次に続く部類の「文臣」が同じく南北朝時代の北畠一族で終わっているからである。これは、神に発する天皇及び文臣の系列は、南北朝期で一つの区切りをもって語られるという主張とみることができる。これは、「武臣」の分類においても、ほぼ、室町時代の末までを記し、江戸時代は酒井忠次、木下長嘯子の二人のみを挙げていることにも関係している。天皇と忠臣の関係は、文の面では南北朝時代まで、武の面では、室町時代末までとする考えがあるのである。こうした歴史の理解は、「歌人」の部類にも顕著に表れ、柿本人麿を「なゐかきのもとのその身はしたながら　ことの葉高くあふぐこの神」（本居太平）と、歌神として崇めることに始まり、鎌倉時代初期の定家、家隆をあげ、六歌仙画を題材に採り「七草に今一くさはたらねども　これぞいろ香のかぎりなりける」（岩崎美隆）と六歌仙を称えて、歌の世界の神、神に等しい世界の創出は鎌倉時代で終わるとしているのである。

また、江戸時代に挙げるべき武臣が少ないとする「武」の衰退論は、正義に基づく「義勇」の四人という少なさによって現わされている。これに対して「姦臣」、「叛臣」、「逆臣」は合わせて十二人を挙げ、改めて反逆の精神を戒めている。義を褒めるというよりは、逆臣を戒める教訓的傾向が強調されているのである。このことはまた、女性に対しては先ず「女流」の項を立て、初めに光明皇后を「御佛にたむくるあかとなりつらん　かたいにそそぐ御湯の雫は」（松田直愛）と、貧しい民に注いだ情は仏への捧げ物となったと詠み、「女流」の終わりには淀君を「ちりのこる桐のこずえに色はえて　そむるははその杜のもみじば」（有彰）と、秀吉亡き後も、勇に振る舞う姿を賞賛している。これに続く「貞婦」の項では、更に鑑となる女性が語られる。これに対するように次の「遊女」の項では、遊女としての女性に悲しみの情は寄せるものの、その生涯の最後を地獄とみて地獄の題で「かりそめのすがたの花にまつはるるこてふの夢のうき世とや見ん」（有彰）と詠じている。遊女のこの世の浮き姿は胡蝶の夢のようなものであり、地獄に落ちる定めを背負っているとされている。女性の生き方に貞節、貞淑さを要求する教訓的傾向が強く打ち出されているのである。

以上の大勢を受けて、巻の終わりに置かれる「大御代寿」の二首は「国々をそのくに人にまもらせて　君はたひらの都にぞます」（和田正主）「いにしへのいくさのつづみおとかへて　ときもる御代とうちしづめけれ（伴雄）」である。戦乱の時代を過ぎて、それぞれの御代の治めも良く、天皇は平和な都に坐すと言い、また、戦乱で打ち鳴らされた鼓は、当今の江戸では御代を守り静める音を響かせていると言う。天皇によって平和に治められている国のありさまは、言うまでもなく神の力によるものである。それが、冒頭の「神祇」の項に緊密に結びついて『詠史歌集　初編』は編纂されているのである。

その「神祇」の項は「たがためとたれかおもはんよをてらす　天つやしろも国つやしろも」（荷田宿祢春満）「ほとけらはたまのうてなにいつかれて　神はあめもる小屋のしきやに」（本居宣長）と始まっている。先に国学が歴史意識の枠組みを形成していると述べた。それは、この「神祇」の冒頭の作者にも明瞭に現れている。荷田宿祢春満、本居宣長に続いての第三番めには本居大平の詠が並べられている。本居宣長によって大成された国学の正統性が主張されている。その詠まれている内容においても、春満の歌は、天神、地祇の神々は何物をも区別する事なく世を照らすと言い、宣長は、仏は玉台に座し、神は社の内で天下を守っていると言い、神の大きさを称揚している。

以上に見られる歴史評価に関わる問題の一つとして、なぜ『詠史歌集　初編』は、江戸時代の末期において編集されながら、江戸時代については筆を費やすことが少ないのかと言うことがある。ここに、『詠史歌集　初編』を編纂するに当たって参考にされた特殊な書の存在が予想される。

二　『前賢故実』との関わり

『詠史歌集　初編』の編纂意識に近いものを、同時代の中に求めてみると、『前賢故実』（注一一）を挙げることができる。

この書物は、その題名からも察せられるように歴史上の賢人とされる人物の事蹟を考証し、これに人物画像をも添えているもので、主に絵画史の分野で注目されてきた書である。その序文によれば、人物画像を添えたと言う言い方は正しくなく、歴史上の著名な人物の事蹟を絵画によって表現した書と言うことになる。この序文の言い分は，歴史上の人物を絵画という判り易い表現を用いて行なった歴史書を著作したと理解しても良いものである。全十巻からなる書の序文は、次のようなことを述べているからである。

序文は天保七年（一八三六）に、菊地武保によって記され次のように始まる。

「前賢故実之編、為訓童蒙而作焉於戯、我神州、剖判以来、皇統一定、万古不易、治教之盛明、風俗之醇美、所以冠絶万国、蓋由神皇聖后丕承緝熙、内外脩斉之所致也云々」

童子の為に著作するとの謙遜常套的方法で序文は始まるとは言え、それは判り易さを手段として歴史を語ろうとしている事は確かである。次に続いて、日本の歴史はどのように創られてきたかを易しく述べている。わが日本は、神国として陰陽の神による創生以来、皇統は絶えることなく不易なものとして存在する。国が穏やかに治まり、風俗習慣の美しいことは、世界に冠たるものがある。その故は、神たる天皇、聖人たる皇后は、絶えることなく広く知識を内外に求めて治めているからである。この恩恵に預からないものはなく、このことの所以を童蒙に教えたいと言う。そして、「賢輔良弼、忠臣孝子、義夫烈女、及文雅才芸之徒」即ち、儒教的倫理道徳に勝れた忠臣、孝子、殊に義夫、烈女という義勇に勝れた者、また文芸、芸能に勝れた者などをその対象にすると述べる。更に、その対象とした人物の時代範囲は「自上古至南北朝之末、総計五百余人」と言う。歴史的に模範となる人物を各分野から選別し、時代としては上代から南北朝時代末までの五百人余を掲げると言う。その時代が南北朝時代までに限定される理由は述べられていないが、「皇統一定」という表現に注目すれば、その理由は本文のうちに見出すことが出来る。それは第十巻の後村上帝他四十三名中にあげる北畠親房の評伝に「親房深嘆中興不終、皇統垂絶。著神皇正統記」とあり、『神皇正統記』を皇統の正統を著わした書として高く評価していることに見てとれる。更に、また、楠木正勝（楠木正成孫）は、義満が南帝に和を請うたとき雄々しく帝に従ったとし、楠木正義（正勝弟）は、義満を倒すに奮然と戦い悠然と死に赴いたとする説明に、南朝の帝に忠義を尽くす功が尊ばれてのことと知られる。こうした皇統の正統理念は南北朝時代に終わったとしているのである。神である天皇を忠臣が支えてきた、その忠臣の事蹟を語ることがこの書の主眼なのである。

この考えは先に見た『詠史歌集　初編』、『内外詠史歌集』においても明確であった。それぞれの著作目的には幾分かの視点の違いはあるとしても、『前賢故実』と『詠史歌集　初編』、『内外詠史歌集』との間には、歴代の天皇及び天皇に仕える忠臣のあり方に共通する理念のあることが判る。その具体的な例を少しく見てみよう。

先に『詠史歌集　初編』には「義勇」と「逆臣」の理念に特徴があると述べた。『詠史歌集　初編』は「義勇」の第一として「壱岐直真根子」をあげ、「かたちまで似れば似しかなまめならん　心をつねにまね子ますらを」（伴雄）（『内外詠史歌集』も同じ歌をあげる）と詠ずる。姿形まで似ているといえばよく似たものだ。つねに実直に仕えた故であろう。その名が「まねこ」とあるのも大丈夫と呼ぶに誠に相応しいことだと言う。『前賢故実』は、応神天皇九年、武内宿祢が筑紫にあるとき、讒訴にあい死を賜った。時に、真根子は宿祢の誠のあることを訴え、相貌がよく似ていることから身代わりとなって死んだ。宿祢は京に上り、疑いを解いて死を免れたと記す。これに実直そうな真根子の座姿が描かれている。『詠史歌集　初編』は、容貌までも良く似ていたのは、常に真面目に仕えていたからであると、心の実直さを重んじて詠じている。心のあり方は姿形をも変えるものであるとし、義の心は忠節を尽くすことによって評価されるとする。両書は相通ずる理念を説いているのである。

『詠史歌集　初編』は「義勇」の第二として調吉師伊企儺をあげている。『詠史歌集　初編』は「今さらになにをくらはん我国の　足穂の稲にあげる身にして」（伴雄）（『内外詠史歌集』は、同じ和歌を読み人知らずと記す）と詠う。いまさらこうまでなって何を食べようというのか、稲穂のたれる食に充分な日本国の民としてと、その意気高い国民性を言う。『前賢故実』は、欽明天皇の時、新羅への遠征に加わった伊企儺は捕虜となった。幾多の責めにも屈しないで、終には尻を食えと言ったがために死に至った。その子は父を追って死に、妻は悲痛な歌を詠んだ。朝廷はその父子の忠孝を賞したという。絵は伊企儺が尻をまくって嘲笑する姿を描いている。『詠史歌集　初編』は、『前賢故実』が前半で言う伊企儺の新羅に対する日本国の誇り高い心に焦点を絞って、国家への義の心を詠っているのである。『内外詠史歌集』は、「いたづらにいきながらへば韓国に　やまと心のなをたてめやも」（千浪）「から人にしりくらへとて終に身の　死にていきなの名は立に剣」（昌言）など五首をあげ、『詠史歌集　初編』と同じく、名を立て、日本国の誉れとなった事を讃え、『前賢故実』が記す故実のすべての事象を詠じている。

『詠史歌集　初編』は「義勇」の第三として、大石良雄と大高源吾を挙げている（この項は『前賢故実』は比較対照にはならないが、「義勇」の意味規定には必要である）。大石良雄の第一首目は「世にしのぶ色を見せじとしばらくは　そめぬ心を花になしけん」（治堅）とあり、その十二首目には「秋の霜に身こそはきゆれ雪のよの　いさをは世々のあとに残れり」（芳秀）として終わっている。「義」は忍ぶ事によって培われ、清冽な雪の夜に散った「勇」は、後の世まで残ったと、赤穂浪士を褒め称えている。国家あるいは主君に忠実に仕える精神が「義勇」と捉えられているのである。大高源吾についても「山をぬくちからもともに松の雪　きえてもきえぬ君がみさをや」（精芳）（『内外詠史歌集』も同じ歌を挙げる）と詠まれている。主君に良く仕え、力を蓄え、機会をじっと待った高い志は末長く消え失せることはないと言う。『内外詠史歌集』は、大石良雄については、第一首目に「かぎりなき功はよよに残りけり　身はむさしの の露ときえても」（正矩）とあり、十二首目に「山しなの落葉がくれの石ずえも　くだけて後ぞあらはれにける」（有彰）とある。これらの歌の底に流れるものは、死して後も忠臣としての功績が残っていることへの称賛である。『詠史歌集　初編』の「義勇」と同様な理念によって詠まれていると判断できるものである。

次には、「女流」の項にみれば、さきに、『詠史歌集　初編』の女性は、貞節、貞淑であることが求められていた。この理念を三書に共通して取り上げられている松下禅尼に付いて考えてみよう。『前賢故実』は、後深草天皇朝の三名の一人として取り上げ、その事蹟は時頼の母として、明障子を手ずから貼ったと記して「凡物有小損、早補之、則不至大壊」と物事は大事に至らない内の小事に注意すると教えていたので、時頼は勤倹を守り「政理寧静」となったと言う。これを「母訓悔」のためと評している。絵は禅尼が障子を貼りながら、厳しい表情で振り返る姿（この視線の先には時頼が居るのである）を描いている。『詠史歌集　初編』は「大かたはしらじな松の下かげに　のりとるあまのふかきこころを」（務）の一首で、障子を貼る尼の深い心の内は多くの人には判らないであろうという。『内外詠史歌集』も同じ歌を初めにおき、八首目に「たらちねの母となるべき人はみな　この老松によるべかりけり」（正夫）と詠じている。教訓的色彩は濃く、女性に求められる徳性の典型として語られている。女性に必要とされる資性は、我が子に対しても貞節、貞淑によって育まれるものなのである。

こうした「義勇」の士、「義勇」を支える女性に支えられている天皇、その下に仕える武臣、文臣は、どのように捉えられているのであろうか。

『詠史歌集　初編』は「皇親」の部に、第一代の天皇である神武天皇について「もろこしのひじりの君にまさるとは　つたはるみよを見てもしるらん」（務）（『内外詠史歌集』も同じ歌を挙げる）と言う。中国の聖帝に対してのなんらかの劣等感は、神武天皇からは全く変わってしまった、その事蹟を見れば一目瞭然であると強い調子で詠われている。これは第二番におかれる神功皇后を「出たたすみふねの浪のなみならぬ　君がみいつはかしこかりけり」（杉本清雄）と詠み、新羅遠征に出発する姿の神々しい雄々しさを称えている事にもつながっていく。外国（中国、朝鮮という）に対して日本の力が発揮され、それを正義とする意識が強く表明されていると言って良いであろう。『内外詠史歌集』においても、神武天皇に続いての神功皇后の第二首めには「から人のぬかづくまでに神国の　神のみいつをしめしけるかな」（高世）と詠まれている。皇后の戦勝は誇らかなものとして捉えられている。

こうした聖帝に仕える「文臣」も、『詠史歌集　初編』では、中国を意識した者として詠われている。第一番の大伴家持は「もろこしのこしのたち山ぬけいでて　今さへさやに見ゆることのは」（契沖）（『内外詠史歌集』は人臣の部に入れて、同じ歌をあげる。ただし、「もろこし」は「もののふ」となっている）と、越の国にいた家持は北国の立山を越え、唐の国さへも越えて、いまここに鮮やかに士太夫の剣を抜き、勝れた言葉を伝えてきていることよと言う。和歌が漢詩の心をも乗り越えた事を称賛している。これは第二番の安倍仲麿を「もろこしもおなじ国とやみかさ山　さし出る月を夢ならで見し」（契沖）（『内外詠史歌集』も同じ歌を人臣の部にあげる）と詠み、唐の国で、三笠山を夢ではなく、実際のものとして見たのだと、日本国を唐と同等とする気概に溢れたものとなって、家持の心と相通ずる心情が詠われている。『前賢故実』は孝謙天皇朝七名の内の一人として取り上げる安倍仲麿を、唐の国で厚遇され明州で別離の和歌を詠み、これを漢詩として示したところ唐の国の人々は感泣したという。両国の詩歌に秀で、誇り得る人物像が創造されている。こうした日本国は唐の国と同等、更にはそれを越えていたとすることによって日本の勝れたことが強調され、南朝方の「文臣」の心にまで受け継がれているとする。その一人、北畠親房を『前賢故実』は、先に述べたように、南朝の将として良く奮闘し、『神皇正統記』を「皇統一定」の精神を示すために著したという。絵は書物を机上に文人学者風な重厚な容貌に描かれている。『詠史歌集　初編』では、「いまはよにしる人もなきしき島の　やまとだましひ君ぞつたへし」（務）（『内外詠史歌集』も同じ歌をあげる）と詠んでいる。江戸時代の終わりごろになると薄れてきた大和魂は、親房が伝えきたものだと言いつつ、今こそ大和魂が必要とされるとの思いが込められている。大和を思う心には、同時に、相手としての唐の国が強く意識されているのである。

『詠史歌集　初編』の「武臣」においては、第一番の神代「塩椎翁」を三首めで「しほつちのをぢにしあらずはわたつみの　深き心をたれかはからん」（秋実）（『内外詠史歌集』も同じ歌をあげる）と、塩椎翁が海神に仕える深い心のほどは一体だれが推測できるであろうかとその思慮深さを称賛する。こうした思慮に富んだ武勇の持ち主が称賛され、「武臣」の鑑として南朝の将、楠木正成らが語られていく。『前賢故実』は、都合四頁を用いて、戦略に勝れた「功」を称え、子息正行には「忠義」を説き、その死に当たっては、帝はその策を用いなかったことを悔やみ泣き、「天下義士皆為之号慟」とする。絵は帝輿を守る武士の一団と親子が跪く図とを載せる。『詠史歌集　初編』においての正成には「さみだれて大内山もくらきよに　にほふもあやなあたらたちばな」（力石重遠）「民草にまじりてさぐる橘の雲の上までかをりぬるかな」（直養）（『内外詠史歌集』も同じ歌をあげる）と詠ずる。世の中が乱れ、天皇さえもその位置が危ないときに、正成は天皇の側近としてその橘の匂を匂わせたが、惜しい事に報われなかったといい、また、人々の間で苦心惨憺する正成の名も心も、天皇にまで届いた事だと、忠義を尽くして天皇の為に役立つ「功」の尊さを示している。これは後醍醐天皇をめぐる諸事象においても同じである。児島三郎高徳を「うちつけにかくことのは は世にくちぬ　名を桜木にきざむなりけり」（景樹）（『内外詠史歌集』も同じ歌をあげる）と、急ぎ記した言の葉は桜木に刻まれて、朽ちることのない名を残すことになったと言う。村上義光については、「さくら花ちるべき時とちりにけん　いさほは高しみよしのの山」（千広）（『内外詠史歌集』も同じ歌をあげる）と、桜の花は散るべき時をしっかりと弁えて散ったことだ、その故に吉野山に勲功はいやがうえにも高まったと言う。天皇に仕えてその名と功をあげることが、第一とするのは『前賢故実』も同じである。児郎高徳を「忠勇」に励む徒とし、刀剣で木に詩を刻む野武士風な姿を描き、村上義光については、護良親王の身代わりとなって壮絶な死を遂げたと言い、敵軍を踏みつけ投げ飛ばす勇姿が描かれている。

次に注目されるのは，豊臣秀吉の朝鮮遠征をどのようにみるかの問題である（『前賢故実』は、この問題は採りあげていないので比較対照することはできない）。これは、先に『詠史歌集　初編』の「武臣」が室町時代の末で大筋が終わっていたことにも関係している。秀吉の第一首めには「民草の中より出てから国に　えださしおほふ桐もありけれ」（大橋長広）とある。桐の紋を家紋とする秀吉は、名もない人草から身を起こし、遂に唐国にまで、その手を伸ばし勝利を手にしたと言う。こうした朝鮮との関係の捉え方は一貫しており、その将であった加藤清正については、「清正朝臣朝鮮の役にて不尽山見たる所」と題して「神風になびくを見ればふじのねの　ふもとなりけりもろこしが原」（幸年）と詠む。朝鮮遠征において勝利した姿を、富士山の雄姿になぞらえつつ、朝鮮は神風の吹く日本に平伏したとする。朝鮮遠征は日本の勝利と捉えられている。このような視点は、『内外詠史歌集』では、いくぶんか調子が低くなり、秀吉は「大ぞらにかけりし龍の末つひに　よもの海さへのまんとぞせし」（知紀）、加藤清正は「風おこす虎てふ名のみ聞てだに　草木をののくもろこしが原」（則忠）と、勝利は得なかったものの充分に日本国の威勢は示されたと捉えられている。

『詠史歌集　初編』と『内外詠史歌集』とは共に、海外の国、特に朝鮮を意識しての日本国の勇姿を強調する姿勢が顕著であることが認められる。外に向かって目覚める事を目的として編纂されていると言っても良いであろう。

こうした二書に対して『前賢故実』も、天皇と忠臣とのあり方において同じ考えに立っているものと理解される。その時代をほぼ南北朝時代までと限る理念においても、共通した考えがあり、対外的な問題においても日本国は優れているとする姿勢に共通性が指摘できる。細部においては相違点も見られるものの、『詠史歌集　初編』は『前賢故実』と共通の基盤から歴史を捉え、『内外詠史歌集』は、それを更に拡大して編纂された書と言うことができるであろう。

注

（一）『和歌大辞典』（明治書院　昭和六十一年）。

（二）『前賢故実』（菊池武保輯画　明治三十六年　桜井庄吉）、架蔵本による。

第三節　詠史和歌の行方

一　歌仙歌集類をめぐって

前節までにおいて、明治二十八年に成立した『内外詠史歌集』は、江戸時代末期に成立した『詠史歌集　初編』の影響を強く受けていると考えた。この『詠史歌集　初編』は、絵を伴って歴史上の人物の伝記を語る『前賢故実』とも、その構成や理念の点において深い関係があるものと認められた。この絵あるいは伝記を伴って、歴史上の人物を和歌で語る形式のものに、歌仙（歌撰）歌集と呼ばれる一群の歌書がある（以下、歌仙歌集と呼称する）。その多くは明治時代前半期に出版されている。

『明治大正短歌資料大成Ⅱ』（四一九頁注六参照）を基にして、明治二十年頃までの歌仙歌集の類（人物像あるいは略伝のいずれかを記す事を基準とする）を列挙してみると、次のようになる（人物像がある場合は「絵」、略伝がある場合は「伝」と略記する）。

明治二年『近世殉国　一人一首伝』（伝）
明治三年『近世報国　志士小伝』（伝）
明治六年『読史有感集』（伝）
明治七年『義烈回天百首』（伝）

明治八年『近世　報国百人一首』（絵・伝）
明治十年『明治現存　三十六歌撰』（絵）・『皇朝　近世詩文歌集』（伝）
明治十三年『現今　英名百首』（絵・伝）
明治十四年『明治三十六歌撰』（絵・伝一部）・『明治烈婦伝』（伝）
明治十五年『近世英名百首　全』（絵・伝）
明治十八年『明治現存　続三十六歌撰』（絵）
明治二十二年『明治歌友肖像千人一首』（絵・伝）

右に見るとおり、明治の初めごろから明治二十年頃ごろまでに多く編集されている。この中から、二つの集を取り上げて幾分かの検討を加えてみることにする。

明治十三年刊の『現今　英名百首』（注一）は、人物像と略伝を備えたもので、報国、殉国などと銘打って華々しく出版される書の続きになるものである。この書について『明治大正短歌資料大成Ⅱ』は、「序は駿男誌。口絵婦女礼式之図。本文は三条実美以下島津久光にいたる一百名の肖像に歌一首を毎頁の約三分二に書し、上欄にその略歴を誌す。全文振仮名附きにて婦女童幼によみ易からしめてゐる。近世紀よりの延長なる啓蒙的なこの種の何々百人一首の刊行はこの前後に相当多くある。童戯百人一首（明六、八）義烈回天百首（明七、九）近世報国百人一首（明八、一）等とともに一資料といふべきである。本書に撰まれている百人中には松本順、福沢諭吉、西村勝蔵、福地源一郎、成島柳北、榊原謙吉、三井高福、岩崎弥太郎、川田剛、田中平八、五代友厚、山川浩、海老楼小紫等に世相の推移を思はしめられるものがある。」と説明してゐる（注二）。

右の解説でおよそのことは了解されるが、その人物の選択には、明治国家の建設に功のあったことを称賛する意が含まれていることは明らかである。序文に「明治のはじめつかたより身を投げうちて皇家（すめらぎ）に功勲（いさほし）を建て、若しは御国の衰を憤り悲歌慷慨のあり口すさみあるは」とあるように、明治初年から十二年半ばに至るまで、その身を天皇、国家に捧げた者の「勲功」を称える列伝であると共に、国の力の衰えを嘆く人々の感慨をも詠じている。口絵として描かれているのは、婦女礼式之図と言うよりは、新しい国を寿ぐ正月の儀式を描いたものである。有栖川熾仁親王の詠として「家毎にかかぐる旗の朝日影　みやこもひなもあふぐ年かな」をあげ、朝日の昇る元旦、国旗を掲げ都（東京）も田舎も隈なく国家を寿いでいると言う。図は、親王が蓬萊の飾り台を前に据え、正月の祝いの酒盃を手にし、周りに女官を配して、順次新年の挨拶を交わす様である。明治天皇の下に、維新に功あった親王も平穏な正月を迎えたのであり、新政府が十余年の年月を経て一先ずの安泰を得ているのである。

百人として選ばれる第一に挙げられるのは、三条実美である。実美は、三条実篤の子にして、安政六年の事件に関わり、天朝幕府の間に議論を醸して後、所謂六卿落ちをし、その後、明治元年に天皇を守護して関東に下向、太政復古の「功」を建て、従一位太政大臣に登用されたと略伝は述べる。その功ある人を「年なみをかぞへて見ればもろ手にも　みつる隅田の秋の月かな」と詠ずる。新国家の建設に尽力し、既に十余年が経って安逸を得た心境が、隅田川に映る月影に映えて詠まれている。図は衣冠正しく厳しい容姿として描かれており、天皇を補佐し、忠を尽した苦難の跡が忍ばれる姿である。次に記される岩倉具視は、諸国を巡り、征韓論を破り「皇国を捕翼」したと評されている。続く木戸孝允は、「王政復古の功臣」と、大久保利通も「維新の功臣」、山縣有朋も、維新の際「朝廷に忠を尽く」し、西南征討には、有栖川総督と共に、賊軍を「平定」した功をあげたと語られている。何れも忠を尽くしたことが称賛されている。次には柳原愛子が記され、「歌書」を好み、「志操」雄々しく「諸書」に通じ「なさけ」あり、善悪の判断に誤りがなかった女官とされる。男性ばかりでなく、女性の功も語られるのである。こうした維新に功あり、天皇を補佐する男女の忠臣振りを書いた後、新しい明治社会に必要とされる役割を担った人物が列挙されてくる。その功とされる業績を分類してみると、次のような事柄にまとめる事が出来る。業績は必ずしも一人に一つとは限らず、重なり合っている場合もあるが、便宜、一人には一つの功として百人を記してみよう。

維新の士、西南征討等の内乱を経て国事に奔走―三条実美・板垣退助・大久保利通・山縣有朋・後藤象次郎・河村純義・野津道貫・大久保翁一・大木喬任・鳥尾小弥太・大熊重信・山岡鉄太郎・川路利良・陸奥宗光・黒田清隆・勝安芳・大鳥圭介・山川浩・松平太郎・綿貫吉直・西郷従道・由利公正・秋月種樹・島津久光

和漢、洋学（経済学など）に精通し、国の基礎を作り、諸外国とも交渉する政治家、官吏―岩倉具視・木戸孝允・福沢諭吉・頼支峯・深川紅蘭・榎本武揚・渋沢栄一・井上馨・箕作鱗祥・寺島宗則・玉乃世履・鮫島尚信・神田孝平

国事に奔走するも西南の征討に戦死―西郷隆盛・谷干城・大山綱良・村田新八・桐野利秋・池辺吉十郎・篠原国幹

西南の征討、及びその後の活躍―三好重臣・林友幸・中原尚雄・大州鉄然

書画、詩歌の達人にして名望を博す―奥原晴湖・福島柳圃・大沼枕山・柳田正斎・跡見花渓・釈行誡・柴田是真・長三州・川田剛・渡辺小華・小竹庵春湖

商才あり富国強兵のための資を蓄える―高嶋嘉衛門・西村勝蔵・大倉喜八郎・三井高福・岩崎弥太郎・田中平八・五代友厚

娼妓としての優れた才―金瓶今紫・河内家奴・海老楼小紫
医学に尽くす―佐藤尚中・松本順・森田治兵衛
新聞により開化進歩を促す―福地源一郎・岸田吟香・成島柳北
悲憤慷慨の徒―関口隆吉・向山黄村・島津珍彦・松平春嶽
武道の心を忘れぬ臣―榊原謙吉
国学に通じ和歌を良くする―加藤千浪
貞婦の鑑―伊達富媛・小勝女
列女の意気―芦沢鳴尾女・天障院・阿部伊幾女・松か門三草子
和漢の学に通じ学校を起こす―田中不二麿・小野友五郎
民権を重んじて地方自治に尽くす―渡辺昇・白根多助
演劇、講談の改良―河竹竹水・伊藤潮花
寺社の職にあり人民を教化―平山省斉・佐田介石
官軍に抵抗するも後に恭順―林昌之輔・松平容保・徳川慶喜

右の業績の羅列から見えて来るものは、第一に、時代区分的な面においては、明治維新を境とする時期、第二に征韓論を境とする時期の二つの時を設定できよう。この間における主要な事蹟は、維新の功者は正当に認められるものの、西南征討（征韓論の意）においては、功罪相半ばの評価が与えられている。西郷隆盛の復権が確定する明治二十二年に至るまでの明治国家は、未だ充分な力を蓄えるに至らず、一概に西郷を非難できなかったことが反映されていると見ることが出来る。この間に明治政府が採った政策は、富国強兵であり、産業の振興、自由民権運動を幾分か許容しながら憲法制定を約束すること等であった。これらの一つ一つの政策は相互に矛盾しながらも、新しい天皇制国家の構築という共通項で結ばれていた。それが第二の特色として指摘でき、この政策の実現のために功のあった強い軍人精神の持ち主、商才に長けた者ばかりでなく、広く諸外国を巡り、洋学に通じ、同時に和漢の学をも修める多才な人物が評価されることになっているのである。中央、地方を治める政治家に限らず、日本を幅広く見つめる人物として、武道、医学、書画、詩歌、演劇、講談などの分野にも目配りがされ、開化に必要な知識を与える新聞事業、学校の開設、地方における教化指導などの分野が積極的に取り上げられる結果となっている。第三には、女性においても広く知識教養が求められ、貞婦であると同時に、困難を乗り切る烈婦、才覚のある娼妓などが、その名を連ねることになっている。ここに、維新の混沌期から、西南征討を経て国家としての形を整えて行く様相が見えているのである。

こうした明治十年代前半において、『現今　英名百首』とは、やや異なった視点を持つ書が出版されてくる。それが『明治三十六歌撰』である。

明治十四年に出版された『明治三十六歌撰』は、当代の著名人を三十六人あげ、各人の和歌一首と、人物像を描いたものである（注三）。この書について『明治大正短歌資料大成Ⅱ』は、「御製、皇后及び徳川慶喜まで三十六人の肖像と各一首の歌を掲げ毛利元徳以下二十四人には略歴を記してある。この類の多くは、小倉百人一首に真似たものか或は三十六歌仙形式をとってゐるものが多い。編輯者は多く江戸末期からのひきつゞきの戯作者であった。たゞ内容に明治維新の功労者を持来つてゐるところに時代の相をうかがふことができよう」と述べている（注四）。

この書は、新しい天皇制国家の実現に関わる事蹟を詠う歌を多く掲げている。

表紙には二品親王熾仁の像が描かれており、『現今　英名百首』が、色付き口絵で親王を強調したと同じ意図を読み取ることができる。親王の歌には「としもたち鶯もきてなく声に　のどけしと聞くほかなかりけり」とあり、新年の平安な様が長閑に表現されている。本文の初めは天皇御製として、「小車の小簾巻揚て見つる哉　朝日輝くふじのしらゆき」とある。伊勢神宮に関わる小車の模様ある簾を揚げて初春の富士の雪を見る景を詠み、絵も同じ景で御簾に隠れた天皇が御簾を巻き上げる格好である。『枕草子』に著された中国の故事を踏まえての教養を示し、それを絵柄としているところに、それなりの才が示されている。続いて、皇后宮、一品親王幟仁、二品親王熾仁、二品親子内親王と皇族が続き、次に徳大寺実則、徳川慶勝、高倉寿子、福羽美静、万里小路博房、松平春嶽、坊城俊政と、華族、人臣と続いている。次の毛利元徳からは略伝が記され、維新に功あり、国事に奔走し、政治家、官吏となった人々が取り上げられている。藤堂潔、三条実美、東久世通喜、勝安芳、大久保一郎、島津久光、大久保利光、木戸孝允、山縣有朋までは、新政府の樹立に過去も現在も重要な位置を占める人物として略伝は記されている。続く、桐野利秋、加陽斉竪は、薩摩藩士で西郷に味方し、或いは、神風党を起こすが、事叶わずの運命を辿ったと語られる。加陽斉竪の詠「あだなりと人なをしみそ紅葉ばの　散りてぞ赤きこころなりけり」に見られるように、例え、死を迎えようとも烈々たる志の高いこと、それは言うまでもなく天皇制の実現に奔走した事が賞賛されているのである。これは女性でも同じであるとして、烈婦いき子が記される。新風党阿部景器の妻いき子は、事破れての後、夫とともに自害したと言う。次の太田黒伴雄、宮崎車之助は、官軍に対し勇敢に戦うも討たれてしまう。しかし、宮崎の詠に「よの中にうき名立つとも丈夫の　清き心は神ぞしるらん」とあり、日本人の心として培われてきた丈夫の精神は高く評価されている。太田黒の伝には「洋風を忌み嫌ひ」とあり、急速な洋化によって変化することへの強い批判の姿勢が見えている。ここにも、純粋とも言ってよいほどの天皇護持の精神が見て取れる。次の、里見の妻よし子は、太田黒の仲間として戦いに敗れた夫を偲ぶ貞婦として描かれる。次に丸山作楽は、世相の動きに反し、獄に繋がれた後、自由民権運動に反対したと説かれる。その詠に「白虎をてうちになさんきほひにて　黒龍がはをさかのぼらまし」とある。征韓論は依然として有効であると主張する。この趣意は、仙台藩の勤皇の志、三好監物のあとに江藤新平、西郷隆盛をあげ、征韓論に敗れた人物を称えることへと連なっている。征韓論のみならず、太田黒の戦いも賛美され、これに組した上野堅吾、前原一誠、加々見十郎も取り上げられ、新政府の進む影で倒れた者への愛惜の情が語られている。これらの人物の戦いは、天皇を護持するに真摯であったことは言うまでもない事である。こうした最後に徳川慶喜が選ばれてくる。徳川十五代将軍として「聡明英知」、「民情を察知」し、大政奉還に際しては「旗下の藩士を諭し」、駿州閑居後は「風流を楽し」んだと言う。その詠には「年くれて残る日数もふたつみつ　にほひ出にけり梅の初花」とある。本文の冒頭に詠われた御製に「朝日輝く」元旦の日の出は、年の暮れの残り少ない日々へと収斂されてはくるものの、春を呼ぶ梅の花は、二つ三つ綻んでいると言う。決して滅びる事のない幕府の意義と、流れて途絶える事のない季節の時間が巧みに織り込まれている。天皇に政権を委譲した功が語られ、余生は「風流」という最も日本的情緒の中に生きているのである。事成した後は、隠遁するという隠者の持った生き方は、なお脈々と受け継がれていることが知られるのである。

『明治三十六歌撰』は、明治二十二年に発布される憲法に守られて、天皇が全権を掌握して国家を創り上げていく様相を先駆けて描いていると言えるものである。それを、もし幼童のための啓蒙書であり、百人一首に似せて歌が有効であったという評価に終わらすのであれば、過小評価の誘りを受けることになろう。歌仙歌集の類は、従来、あまりに軽く評価されてきた嫌いがある。しかし、以上のような例を見ると、時代に対しては鋭敏な目をもっていたと言うことができる。和歌には時代の中の尖鋭的な事柄を歌う役割があることを教えているとも言う事が出来る。歴史的な発言を和歌の形を通して行うことが未だ有効であったと言えるのである。和歌は、強い政治的な主張をするものであったことに注目しなければならない。

二　詠史和歌の行方

明治二十年代に入ると、詠史和歌は、様々な歌集の中に、一つの部立としての位置を占めてくる。その状況を知るために、多くの個人歌集、結社の歌集等から実例を採取する労を省くならば、当時著された詠歌法、或いは和歌史の類を繙いてみることが手っ取り早いであろう。

明治二十年代の新しい和歌の提唱者として特筆される落合直文に『新撰歌典』がある。この書は明治二十四年十月の直文の序文を付して同年十一月に博文館から出版されている。その序に「この書は、はじめて歌を修めむとするもののために、著したるものなり。さては類語作例の如き、すべて解し易もののみを撰びたり」と、初学者のための入門書として著したと、その目的を述べている。続いて「四季は節序として春夏秋冬に関せず、今の十二ヶ月にわかつ方しかるべし、恋は区域をせばむる方しかるべし。雑はすくなくも、神祇、人倫、史伝、祝賀、別離、羇旅、軍陣、述懐、懐旧、哀傷、天地、地理、人物、動植、飲食、器材雄などにわかつ方しかるべし」とあり、部立の具体的な立て方を記している。ここに「史伝」とあるのが、詠史和歌の事であって、本文の該当個所には、「史伝、これは歴史上の人物を題にてよむものにて、古来詠史といひしにおなじ」と、記している。詠史和歌は、確実に集の一部を占めていることが知られる。その詠史の対象として取り上げられる人物は、初めに大和武尊、菟道太子、舎人親王、護量親王が記された後は、身分、職階、男女などの区別なく、すべて時代順に並べられている。その第一番には、大和武尊で「むな手にとなにおほしけむ伊吹山　神のいぶきのありけるものを」（忠順）の詠を揚げている。伊吹山麓で息を引き取る尊が、神の威厳のままであり続けて欲しいと詠うのである。この感情は、第二番の菟道太子の「武士の八十氏川の水をはやみ　あたら山吹とく散りにけり」（宣光）の歌にも引き継がれている。皇太子の位に容易に着かず、若くして亡くなったことが悼まれている。二首ともに、神あるいは神に連なる者の早世を悼むのである。南朝方の護量親王については三首をあげ、その初めに「くもりなき天つ日影もあらがねの　つちの下をば照らさざりけむ」（吾海）と言う。天皇の下で、世に入れられないで亡くなった親王への情を詠んでいる。楠木正成を詠じては「湊川かへらぬものはむかしにて　今なほさむき水のおとかな」（翁満）、「今も猶かぐはしき名になみださへ　よゝにながるる菊のした水」（内遠）等の懐旧の情に満ちて忠臣を称えるものとなっている。一方、足利尊氏については「いかなればこの源のにごり水　末もあまたの世にながれけむ」（松根）と、非難の対象として捉えられ、その末々までも許されない人物と詠じられている。この歌は『内外詠史歌集』にも採られており、尊氏を評価する基準となったものであろう。また、豊臣秀吉については「いづこよりいかなる種のこぼれてか　かくなり出しひさごなるらむ」（有園）、「君しばし露ときえずは靡きふす　はて見むものを唐土が原」（宣光）と詠じて、その出自の卑しさを言うものの、どのような種が瓢箪となったことかと詠嘆を込めて称えている。朝鮮遠征においては、命永らえれば、見事に成功したであろうと慨嘆もしている。江戸時代にあっては、大石良雄一人が取り上げられ、「夜半にふる雪にきほひて出て行く心の駒のたけくもあるかな」（重技）と、雪降るなかでの本懐を遂げた心を高く評価している。このあと、「古戦場をよめる歌ども」と題して十五首が挙げられる。初めの二首をみてみると「かさぎ山あすのしぐれをさきだてて　みだるる雪にあらしふくなり」「稲村の汐を干しめてわたつみの　神もみかたとなりにけるかな」とある。一首目は元弘の変に際して笠置山が南朝にとって悲惨な戦場となったことを、二首目は稲村ガ崎での新田義貞の刀を捧げての祈りが神意に叶った事と詠じている。何れも、戦場での悲しみを見ている歌である。

詠史和歌として歴史を詠じる歌の選択において、落合直文の基本的な姿勢は、神代の心を引き継いでいる天皇、南朝の正統性、秀吉の朝鮮遠征などの点において、江戸時代後半に成立してくる詠史和歌の見方と大きくは変わっていない。ただ、何れの歌においても、悲哀といってよい感情が溢れている事に、一つの特色を見出す事が出来る。明治二十年代に起きてくる文学或いは宗教の分野で語られる「悲哀」の感に相通じているものがある。それが、和歌改良論を唱えた落合直文の新しい姿勢の一つと言ってよいものと考えられる。

こうした詠史和歌の隆盛となる状況について、斎藤茂吉は「明治大正短歌史概観」（注五）において、次のような考えを示している。斎藤茂吉は、明治十年前後から明治二十年前後に至る約十年間を、明治時代の短歌の第二期と捉えて、「この期間で著しいのは、既に明治十年ごろから、『詠史』の歌が盛になり、競ってさういふ歌を詠じたことである。加藤千浪の如きは「詠史百首」、「続詠史百首」を世に出したほどであり、それに刺戟せられて、後日海上胤平がこの「詠史百首」を評し、『凡そ詠史の感情深きは人の能く知る処なり。随って格調亦漫なるべからず。後の詠史を学ぶもの此評論を見て調格を了得すれば、方に優々舒暢し、詠出自ら感を含まん。小径に迷ひ荊棘を踏み、加藤千浪が終身労して功なきが如きこと勿かれ』と言った如きは、稍当時の風潮を察するに難くはない。詠史がさかんになるにつれて、詠史の題の範囲が広くなった。例へば、税所敦子の家集を見ても、漢文帝とか顔子孫子などは余りめづらしくないが、華盛頓（ワシントン）、徐世賓（ジョセヒン）などの題のあるのは、宮中歌人に於いてすでにこの実行のあったことを証するのである。」と記している。ここには、時代区分、加藤千浪の評価、海上胤平の評価、新題歌、宮中歌人の事など多岐にわたって論じられている。詠史和歌の歴史を概観するには、良く特徴が抑えられて纏められていると言って良いであろう。

落合直文、斎藤茂吉などの発言を踏まえて見た時、先に述べた明治二十八年に出版される『内外詠史歌集』は、詠史和歌の歴史に一つの頂点を示したものと考える事が出来る。頂点という言い方をするのは、明治二十八年以降においても、詠史和歌は多く詠まれてはいるものの、更なる展開は見られないからである。

その後半の時期を代表することとして、三つの事について述べておくことにする。一つは黒田清綱の詠んだ詠史和歌のことであり、二つは大正二年に出版される『明治六歌仙』のことであり、三つには長澤判雄の編纂になる『詠史歌集』の第二編が同じ大正二年に刊行されている事についてである。

黒田清綱の歌業については、そのおよそのことは既に述べている（注六）。しかし、清綱の詠史和歌については言及していないから、ここに幾分かのことを記しておこう。清綱の個人歌集としての『瀧園歌集』のなかに、詠史の部が立てられている。三篇に分かれる『瀧園歌集』は、初編が明治三十年、二編が明治三十四年、三編が大正四年に出版されている。詠史和歌は、初編に三十九首（全歌数五百六十三首）、二編に五十二首（全歌数六百四十二首）、三編に五十首（全歌数五百十八首）が載せられている。部立は、四季、恋、羈旅、哀傷、祝賀、雑、俳諧の各部であって、この各部立とほぼ均等の割合の数を以って構成されている。詠史の歌は三集共に、時代は古代から江戸時代までの人物を取り上げている。三編に若干の新しい人物が入れられてはいる。相互の集に重複する人物はいない。斎藤茂吉の言う詠史和歌にみる新題歌に相当するものは三編に華盛頓を詠む一首があるのみである。日本と中国との人物の対比による方法は採られている。初編では、日本三十人に中国九人、二編では、日本四十八人に中国四人、三編では、日本三十九人に、中国十人である。以上に見る集としての構成上の点からは、江戸時代末期に見られた詠史和歌の取り扱い方からは、ほとんど離れていないことが確認される。辛うじて三編にみる新題歌が新しい時代の精神と言うことになる。その華盛頓についても「そのむかし君なかりせばあめりかの　いまのみやこの盛見ましや」とあり、平凡な発想と読みぶりであり、「盛」の文字に人名の掛詞的な技法が認められるに過ぎないものである。

次に、対象とされる人物の詠まれ方を見てみよう。三編では神功皇后を「くにのためあまつ矢たばさみ百済野にみかりたたしし秋の雲はも」と詠み、朝鮮遠征に当たっての勇姿を称えている。南朝方を正統とする考えについてみれば、二編で楠木正成、新田義貞、児島高徳、北畠顕家、楠木正行等を取り上げ、その忠臣の様を称えるに止まっている。三編では江戸時代の人物を取り上げる事が多くなっている。山縣大弐を詠じて「いにしへに世をかへさんと吹立し　ひびきぞ高き甲斐の山風」と、復古への志の高かったことの尊さを言う。蒲生君平を「むかし思ふ深き心をみささぎの　苔の下までこめし君かな」と詠じて、忠臣の深い心は尚、引き継がれていると言う。平田篤胤には「霊ちはふ神ながらなる道といふ　みちのふる道分し君はも」と、古き神の道を明らかにした功を称えている。香川景樹を「麻もよし紀の川水の浅からぬ　そこの心は君ぞくみたる」と、古き和歌の心を汲み上げ新しく歌の境地を開いた功を言う。これら江戸時代の人物にあっては、復古的な精神を称える事に共通な物を見る事が出来る。三編において僧月照を「西の海のあら磯波にくだけても　玉のひびきは世にぞ残れる」と詠んでいる。西郷隆盛と行動を共にして西海に命を落とした月照は世に残る響きとなっていると最大級の賛辞を捧げている。西郷を称賛する歌は二篇にあり、西郷の復権が行われ、明治国家の体制の中にしっかりと位置付られる様を称えている。復古の志、忠臣の心、女性にあっては貞淑であることが、清綱の歌の心を支えている事は間違いのないところである。概して、江戸時代からの詠史和歌の特色と見てきたことから踏み出すような歌を見ることは出来ない。時代を見る眼も、極めて一元的で現体制に依存する姿勢は顕著である。そこに、大正天皇の御歌拝見役に推薦された清綱の特色があるのである。

このような黒田清綱の持つ特色をよりよく示して編纂されているのが『明治六歌仙』（注七）である。

『明治六歌仙』は、大正二年に、大町五城によって編纂され、御歌所寄人の鎌田正夫、御歌所参候の遠山英一の閲を経て出版されたもので、八田知紀・間島冬道・税所篤子・太田垣蓮月・小出粲・高崎正風の六人の歌を集めている。これら六人は、明治の初めから大正年間に至るまでの代表的歌人として、六歌仙に倣って選ばれている。初めに六人の自筆短冊を掲げ、次に個人別に略伝を記し、「歌集」と題して、各個人歌集の中から適宜歌が選び出されている。

それを、初めの八田知紀歌集についてみれば、知紀の歌集のおよそ六集が参考にされて、その原歌集の形が重んじられて編纂されている。四季、恋、旅、名所、神祇、釈教、祝賀などの部が立てられ、詠史の歌も、その中に組み込まれている。全歌数二百六十三首のうち、詠史和歌は二十八首を数えることができる。詠史和歌は第二番目に属すると思われる集から引用され、菅丞相・親房卿・新田義貞・香川景樹・車胤・朱買臣・李白の名が並んでいる。菅丞相は「大君のみけしのかをりみにしめて　ながめし秋を思ひこそやれ」と、恩賜の御衣の場面をしみじみとした感情で捉え、道真とともに知紀もその場を思う趣向の面白さで詠じられている。親房卿は「ささげつるふみの林にくらぶれば　よしのの奥もはやまなりけり」と、『神皇正統記』の著書の重さは、吉野山の奥深さにも比べものにならないと言う。この書が、南朝方天皇を正統とする確実な裏づけとなったことを称賛するのである。新田義貞は「君がためいのるまことは海神の　うけひくしほのうへにみえけり」と、稲村ガ崎での祈りは「誠」の溢れるものであったので、海神の受けることとなったという。先の『新撰歌典』に引用された詠史和歌と同じ稲村ガ崎での場面であるが、これを「誠」を持つ人の心と捉えてのところに、幾分かの特徴は認められるであろう。香川景樹は「あれはてしうたのあらす田きみなくば　きの河みづをいかで引かまし」と、歌の道の再興にかけた功績を高く評価する。これも先の『新撰歌典』と同じく、景樹の功を紀の河との関係で詠うもので、詠史和歌として詠む形が決まっていたものと考えられる。

万世一系の天皇の下に忠義を尽くし、和歌の道を重んずる知紀の姿勢は、江戸時代から間断なく詠われてきた中で育成されてきたものである。知紀の第五番目に属すると思われる集からは、静女・佐藤忠信・大塔宮・正行朝臣・村上義光・西行法師・陶淵明・伯夷叔斉・韓信・白蔵主の歌が選ばれている。ここにも、南朝の忠臣が、良く知られている場面を舞台にして、称えられ詠じられている。中で、静女については、「よしの山はなのたもとのかへるまはみねの嵐もふきたゆみつつ」とある。静の舞の姿を吉野山に映して、嵐も一時は止むことよと、美しい感覚で詠み上げている。第六番目に属すると思われる集からは業平朝臣、小督局、小野小町の歌が採られている。小督局を「あはれよのさが野における露のみを　雲井のつきにしられつる哉」と詠じている。嵯峨野に隠れ住んだ小督の心情をよく汲んで悲しみの情を詠んでいる。このあと、「神功皇后のかた竹内大臣御子をいだきたる」、「芭蕉翁」と題する二首がある。芭蕉翁を「かれえだになきしからすの一声は　いまもみにしむあきの暮かな」と詠じている。「枯れ枝に烏のとまりけり秋の暮」を踏まえてなお感慨に耽る細やかな情を表している。

八田知紀においては、歴史的事件を国家の枠組みの中において詠ずる時は、新しい感覚で捉えて表現はできないものの、これを一旦外れた個人的な状況においては、繊細優美な世界を表出していると言える。先に見た落合直文の持つ姿勢とも通じた、人の持つ悲しさを詠じているのである。しかし、それも知紀が明治六年に没した事を考えあわせて見ると、この感情は伝統に培われてきた叙情歌の心であったと言った方が良いのかもしれない。

では、明治六歌仙の最後に位置し、明治四十五年に没した、高崎正風の場合はどうなっているであろうか。高崎正風の歌集は知紀とは違って、全体が一つの歌集の形に組まれている。四季（春五十一首、夏七十五首、秋六十三首、冬三十六首）・懐旧述懐十一首・雑春他十二首・祝賀三首・詠史八首・雑哀傷他二十首・恋七首の合計二百八十六二首で構成されている。詠史は七人、八首で、神武天皇、源融、北条時宗、藤房卿、橘逸勢女、小式部内侍、孔丘の順に配列されている。神武天皇は「みとらしの弓はずにとまる鳶の羽の　かがやくものは威稜なり梟」と、神武天皇が戦いに望むとき、手にした弓に金色の鳶が止まったことの雄々しさが詠われている。源融は「都にてたてしけぶりはやくしほの　からきよ知らぬすさびなり梟」と詠われる。『伊勢物語』流布本八十一段に言う状を踏まえて、源融の都での閑居を、俗世間から離れたものと捉えて、いくぶんかの哀惜の念をも込めて詠っている。北条時宗については「鎌倉のたつの口にぞのまれける　やしまゆすりてよせしあだなみ」「もののふの心つくしのはてにこそ　うへ神かぜはふきおこりけれ」と、二首を詠んでいる。時宗の元寇の戦いにおける武士の心意気と勇気とが、終に神風を吹き起こしたとして「もののふ」振りが称えられている。小式部内侍については、「波ならぬ言葉のたまのほとばしる　其みなもとはいづみなりけり」と詠う。小式部の得た栄誉は、和泉式部の助けによるものというのであるが、「天橋立」の歌の連想から、波、ほとばしる、みなもと、泉と縁語による手法で詠みあげ、小式部と共に和泉式部を褒めるのである。

何れの歌においても、新しい視点、発想の豊かさなどは窺うことはできない。

このような形で詠史和歌が詠われていた頃、『詠史歌集』初編の続編となる『詠史歌集　二編』(注八)が発行される。『明治六歌仙』の発刊と同じ大正二年のことである。

その序文に「この書は、おのが父長澤伴雄翁の編集にして、嘉永六年に初編を発行し、世に流布せるものの第二編なり。翁は安政二年、公のかしこまりにて幽囚の身となれるが、当時すでに脱稿したるをもてをりふし来寓せりし石見の人金子杜駿に浄書せしめ、梓に植えさむとしつつ終に果たさざりしを、人しれぬうもれ木となさむも口をかしく、かつは多くの作者に対してもやすからず思ひて、こたび刊行することとなしぬ」と、「男　長澤六郎」は語る。長澤伴雄は、『詠史歌集』の第二編を安政二年(一八五五)には脱稿していた。それが、安政の事件に関わって出版に至らず、漸く六郎の代になって、発行にこぎつけたと言う。六郎は多くの作者にも申し訳ないとの責任感もあってのことと言う。しかし、詠史和歌の意義が未だに生きているこの時期に、その先駆者としての意義を認めさせようとの意志をこの行為の背後に見ることは容易である。詠史和歌はその命が終わっていないのである。詠史和歌という分野は、歴史意識を最も簡潔に、容易に表現できるものとして機能していたのである。それは、意識するにせよ、意識しないにせよ、国家の全き存在を前提にし、その枠組みを良く認めることにおいて有効であった。その枠組みの中に、いつのまにか組み込まれた歌人が詠史和歌を詠み、和歌史を彩っていたのである。『前賢故実』の系列になる歌仙歌集類が描いた絵は、歴史の事件を現実のものとして認めさせるに役立つ一方、自由な発想による多様な表現の可能性を閉ざし、詠歌を固定化への道へと導いていたのである。

現実の事象はある種の類型化を伴って語られてくる時、歴史的事実として知識の領分で語られる。和歌は、詠史和歌という分野を獲得する事によって、知的作業の分野に入り、情感を排した世界に足を踏み入れていたのである。江戸時代後半の閉塞状態、国内での混乱と、諸外国勢力との競合という抜き差しならない状況が、詠史和歌の分野を育て、詠史和歌を歌集の中に確立させていったのである。

明治維新、征韓論に始まる西南の役、自由民権運動、憲法制定、日清日露戦争と続く事件は国家を意識せずには済まないものであった。それらに関わる人物、事件はすべて、国家に関わって考えるものであった。

国家は天皇が治め、人臣は共に力を発揮しなければならないものと考えた。天皇を頂点とする国の始まりは神であり、神が初めて発した言葉は和歌三十一文字であった。この和歌を業とする天皇を守ることが人臣の業であった。国を守ることが歌を守ること、この奇妙にして単純な論理は崩れることなく守られてきた。

『古今和歌集』を読み解く作業には常にこの論理が付いて回っている。そこに秘事を設定した。秘事の世界は神と仏を取り込んで新たな世界を創り上げていたのである。

注

（一）『現今　英明百首』（沼尻純一郎編纂　明治十三年出版）は架蔵本による。なお同書は幾分か体裁を変えて明治十四年にも出版されている。また、明治十四年に出版される『近世英名百首　全』は、『現今　英明百首』に似せつつ、口絵に六歌仙風に三条太政大臣他六人の歌会の場を描き、百人の初めに三条太政大臣、終わりに有栖川熾仁親王を配している。

（二）『明治大正短歌資料大成Ⅱ』（小泉苳三編著　昭和五十年　鳳出版）二八頁。

（三）立命館大学総合情報センター蔵白揚荘文庫本による。

（四）注二の書の三二頁。

（五）「明治大正短歌史概観」は、昭和四年に発表されたものであるが、『斎藤茂吉全集　第二十一巻』（岩波書店　昭和四十八年）収載のものによる。

（六）「黒田清綱の歌業」（「人文学論集　第十七集」一九九九年　大阪府立大学人文学会）

（七）立命館大学総合情報センター蔵白揚荘文庫本による。

（八）『詠史歌集　二編』上下二冊本は大正二年に帯伊書店から刊行されている。架蔵本による。

本書の論考の要旨と初出発表年

本書に掲載した論考は、過去に発表したものを基にして補説訂正を行っている。それら論考の要旨を記し、初出発表年次を併せて記す。

第一章　歌学秘伝史とは

第一節　歌学秘伝史を展望するために

本書の中心課題である歌学秘伝史は、どのように組み立てられるかを概略した。

第二節　歌学秘伝史を『八雲神詠伝』に見る――一如への道

歌学秘伝史を吉田兼倶の創った『八雲神詠伝』を中心に据えてみた時、どのような史的展開が見られるかを考えた。一如への道と副題につけてはいるが、仏教的概念に言う一如の意味としてではなく、広義の緩やかな概念の言葉として用いている。従って、歌道の求める境地は天台宗に言う境地でもあり、真言宗に言う境地でもあり、吉田神道で言う境地でもあり、王道が求める境地にも通じているとの意となっている。それぞれの道において捉えられる究極のものは、それぞれ特異な言葉によって表現されている。しかし、そのように対象を絶対化する姿勢には、ある種の共通性があるとみての副題である。

一如への意志は、『古今和歌集』において素盞嗚尊の「やくもたつ」云々の詞を和歌の初めと認めたことに始まっている。和歌は神の言葉そのものであるとすることによって、神の心は和歌道の求めるものとされたのである。藤原俊成は、この神の言葉の持つ世界は天台宗の求める境地と同じであるとした。この考えは俊成の子孫らに引き継がれて深められていく。この歴史の中から、吉田兼倶は『八雲神詠伝』を著わし「やくもたつ」云々の詞には、吉田神道の求める境地が込められているとし、日月の運行によって理解される世界観を表明した。同じ頃、連歌師心敬は連歌の求める境地は和歌のそれと同じであるとして和歌仏道一如観を『ささめごと』に著わした。『八雲神詠伝』の考えは、それ以降の秘事伝授の世界に受け継がれ、天皇の執り行うべき道とも同じであるとの考えが深められ、江戸時代の吉田神道家の兼雄によって、歌道、王道、神道は一つのものによって貫かれているとの考えに至った。

本稿は、平成二十三年度和歌文学会第五十七回大会の公開講演会（於龍谷大学）において「和歌を支える心―八雲神詠伝をめぐって―」と題して行った原稿を基にしている。

第二章　潅頂伝授期の諸相

第一節　『愚秘抄』の形

俊成の子孫らは、口伝によって秘事の伝授を受けているとして、様々な書を著わしている。中でも二条家の為実系の書と考えられる『愚秘抄』は『三五記』と対を成して鵜鷺系歌論の代表的な書とされている。この『愚秘抄』の一つの形である正和三年の奥書を持つ東北大学図書館本を用いて、この書の構成はどのようなものであるかを考えた。中国の詩は神女―尭・舜―白楽天と受け継がれているとの理解に応じて、日本の和歌は神仙の翁―延喜・天暦の帝―

人丸によって支えられてきたとの構想がある。しかし、この構想は十分な論の展開を見ないままに、多様な歌論を述べるに至っている。その結果、『愚秘抄』『三五記』には複雑な形の書が出来ている状態を明らかにした。

本稿は、『和歌文学論集七　歌論の展開』（平成七年　風間書房）に、「偽書の歌論―『愚秘抄』のばあい」と題して発表したものを基にしている。

第二節　『竹園抄』の流伝

俊成の子孫らの一人である二条家の為顕によって著わされた『竹園抄』は、当時の歌学においては斬新な親句・疎句の論、遍序題曲流などの論を展開している。その奥書を見ると多様な変遷の様が覗える。中に、口伝を受けていることの重要性を記している本がある。伝書は、その作者が誰であるかよりは、口伝の有無によって評価されていた状況を知ることができる。

本稿は本書のために書き下ろした。

第三節　心敬をめぐる三つの秘書

和歌仏道一如観に至った心敬には秘伝とは関わりのないことが強調されてきた。しかし、当時、師として立つには、秘伝を持つことによって、その地位を確固とした側面がある。そのことを心敬著の連歌寄合書『私用抄』、『大胡修茂寄合』、それに連歌論書である『ささめごと』の三書を通して考えた。

『私用抄』は心敬の著わした唯一の連歌寄合書で、太田備中守に伝授された。島津忠夫氏によって、天満宮文庫本、京都大学図書館本などの検討が行われ、諸本の間には校合することのできないほどの差異のあることが指摘された。天理図書館本『竹馬抄』を加えて比較検討を行ってみても、同じ結論が得られる。それぞれの本には伝承者の考えが加えられている。このような変容は、秘伝書の持つ典型的な特質と捉えることができる。天理図書館本の後半に記される「心敬三十五ヶ条」は、後人による付加と考えられてきた。しかし、この部分も連歌初心者に与えられる故実秘伝書としての特質をよく示している。心敬が伝授したものと考えてよいものである。天理図書館本『竹馬抄』を含む『私用抄』は、心敬を師と仰ぐ人々に伝えられた秘伝書なのである。

本稿は昭和四十七年六月発行の「名古屋大学　国語国文学三〇号」に「天理図書館蔵、心敬「竹馬抄」の紹介」と題して発表したものを基にしている。

『大胡修茂寄合』は、心敬が大胡新左衛門尉藤原修茂に伝授した書である。従来から知られていた京都大学国語国文学研究室蔵頴原文庫本、大田武夫氏蔵本に、三輪の蔵する本を加えることによって、三本の比較対照を行い、諸本の位置を考えた。三輪本は古い形を伝えてはいるものの、その原型を留めているのでもない。諸本は相伝する間に変容している。『私用抄』と同様に、秘書としての変容をよく示している連歌寄合書である。

本稿は一九九五年三月発行の「大阪府立大学人文学論集　第十三集」、一九九六年一月発行の「大阪府立大学人文学論集　第十四集」、及び一九九七年一月発行の「大阪府立大学人文学論集　第十五集」に「連歌寄合集『修茂寄合』(三輪本)の研究と本文(一)(二)(三)」と題して発表したものを基としている。同稿の基礎稿は西田正宏氏が執筆している。

『ささめごと』には心敬の和歌仏道一如観がよく示されており、心敬が独自に到達したものとされている。しかし、この考えは俊成に始まり、その子孫の為顕や、藤原家隆の子孫らに引き継がれて、滝頂流の秘事として体系化されたものである。心敬はその伝授を受けている。『ささめごと』の下巻を執筆したのも上巻の補足ではなく、秘伝を持つことによって、より明確な境地に至ったことを表明することにあった。穂久邇文庫本には、滝頂流の秘事である遍序題曲流の事が記されている。

本稿は「心敬のささめごとにおける古今集淹頂伝授の影響について」と題して、中世文学会昭和四十七年度秋期大会（於福岡女子大学）においての口頭発表、及び「心敬寛正百首の世界―古典享受の二方向」と題して、昭和五十六年度和歌文学会関西例会（於大阪女子大学）においての口頭発表の原稿を基とし、『歌学秘伝の研究』において淹頂流の秘事の実態を明らかにしたことを加えて構成した。

第四節　暗号化された秘事

国立国会図書館本『和歌秘伝抄』は、俊成の子孫、為顕らが作った秘事の「阿古根浦口伝」「三鳥三木伝」を用いて、秘事を暗号化して伝えようとした書である。暗号化に当たっては、漢字の音訓・漢字の一部分を用いること、新しい漢字の創造などの諸種の方法によってイロハの文字を考え出している。しかし、そうして創造された暗号文字は、秘事の暗号化には必ずしも有効に機能していない。しかし、秘事を伝える行為の中から考案された新たな文字の創造へと働いた知性は高く評価されてよいものである。

本稿は「暗号化された秘事―国会図書館本『和歌秘伝抄』の「阿古根浦口伝」「三木伝」から―」と題して『和歌史論叢　後藤重郎先生傘寿記念』（二〇〇〇年　和泉書院）に発表したものを基にしている。

第三章　切紙伝授期の諸相

第一節　切紙の総体

歌学で扱う切紙の諸相を考えた。一定の大きさに一定の項目が記された切紙は多様な変遷を遂げている。紙の大きさは流派毎に異なっており、また、記される内容も、それぞれに異なっていた。常緑から宗祇に伝授された際の切紙には、北畠親房の『神皇正統記』に言う三種の神器の理念が応用されている。宗祇はこの考えを切紙の中心理念に据え、「当流切紙二十四通」の原型を作り、『宗祇流切紙口伝』にも応用している。清原宣賢も同じ考えの下に『宣賢伝』を創り、為顕流の秘事などと組み合わせて、新たな秘事体系を創っていた。

本稿は本書のために書き下ろした。

第二節　切紙を読む—近衛流切紙集の変容

宗祇は切紙の一つの形を近衛尚通に伝授している。その資料としては、細川幽斎が書き留めたものの他に、三輪の蔵するものがある。河内守戸田光通に伝授された架蔵の切紙は、近衛家の家職とも言ってよい関白職の重要さを強調している。宗祇は尚通に寄せる期待を切紙に込めていたのである。近衛家の当主は伝授に当たって、『古秘抄別本』を作成し、必備の書として利用していた。

本稿は本書のために書き下ろした。

第三節　切紙に託された願い

前第二節の論旨から、宗祇の関わった切紙には、宗祇の意志が込められていると考えられた。宗祇が三条西実隆に伝授した切紙は、天皇の資質を問いつつ、天皇のあるべき姿を言うものである。近衛尚通に伝授した切紙には、天皇の下にあって関白が務めるべき心得を説いている。連歌師肖伯に伝授したものは、秘事伝授をより広く親しみやすい形で伝えようとしている。玄清に伝授した『宗祇流切紙口伝』には、吉田神道が言う神を喧伝する意図がある。宗祇は伝授する人の資質に応じて切紙を構成し、秘事伝授を通して日本国の有り方を問う壮大な世界を構想していた。その根本には「和」の心が秘められており、古と近、神と人、神と仏、男と女の和する様が考えられていた。

本稿は本書のために書き下ろした。

第四章　神道伝授期の諸相

第一節　貞徳流の軌跡―墨流斎宗範をめぐって

細川幽斎からの伝授を受けた松永貞徳は江戸時代初期に一流派を成した。この貞徳流に属した墨流斎宗範の所持していた本（三輪蔵）によって、地下の伝授の様相を考えた。宗範に伝授された本の奥書、形態からは、書物のみの伝授も行われ、それは「付与」とされていたこと、伝授過程を示す奥書が尊重されたこと、伝授儀式の簡略化が進行していたこと、伝授書物には値段がつけられていたこと、伝授書への書き込みも自由であったことなどが判明した。

本稿は『日本文学とその周辺』（大取一馬編　二〇一四年　思文閣出版）に「地下伝授の相承と変容―墨流斎宗範」と題して発表したものを基にしている。

第二節　『月刈藻集』の形

江戸時代の説話集として扱われてきた三巻からなる『月刈藻集』は吉田神道の理念によって編纂された歌学説話集であることを述べた。下巻の冒頭を占める日本国名の由来説は、吉田神道の考えであることを明らかにし、上巻、中巻にも吉田神道の考えが応用されて歌人説話が語られていることを明らかにした。

本稿は『説話論集　第三集』（一九九三年　清文堂出版）に「『月刈藻集』下巻冒頭部を読む―吉田神道との関わり」と題して発表したものを基にしている。

第三節　荷田春満の神道説の成り立ち

荷田春満の考えた神道説は、吉田神道の考えを基礎にしていることを明らかにした。春満は吉田兼従の門下であったことは『玄要抄』に記される「講談伝授之系」によって明らかである。『玄要抄』は、吉田神道家の門人、源直之が『日本書紀講習次第抄』を刊行したのに対して、他の門人が結束を固めるために諸説の統一を図って編纂した書である。春満は『玄要抄』に記された説を基にして、『旧事記』の取り扱い方、『日本書紀』の本書と一書との関係、『准南子』からの引用の意味、道徳説の構築などを行っている。

本稿は平成二十年二月発行の「朱　第五一号」（伏見稲荷大社社務所編）に「荷田春満と吉田流神道との関わり」と題して発表したものである。

第四節　吉田神道の再興―『玄要抄』をめぐって

『玄要抄』は、吉田兼従の講義集に門人たちが補足を行っている。吉田兼雄は『玄要抄』の論を基本として、事実と論理の融合を目指して、理気一元論を取り込み『幽顕抄』を著わした。次に、兼雄は桜町院への講義に当たって『幽顕抄』を帝王学に相応しいものとして書き改め『思顕抄』を著わした。この間にあって、『八雲神詠伝』は兼雄の手によって神道伝授の中核を成すものとして整備されていった。兼雄は吉田神道を再興した人物である。

本稿は『中世の文学と思想』（大取一馬編　二〇〇八年　新典社）に「吉田神道の変容―『玄要抄』の周辺」と題して発表したものを基にしている。

第五節　吉田兼雄の事蹟

吉田兼雄は吉田神道の再興を成し遂げた。冷泉為村に『八雲神詠伝』を授ける一方、歌道、神道、王道の一如であることの理念を抱くに至っている。この兼雄の業蹟を天理図書館蔵『卜部兼雄略伝』を基にして、神道、歌学関係書類を整理して、年譜として著わした。

本稿は『典籍と史料』（大取一馬編　二〇一一年　思文閣出版）に「神道歌学の成立―卜部兼雄の業績」と題して発表したものを基にしている。

第六節　呼子鳥の行方

『徒然草』に真言の秘伝と記された「呼子鳥」の秘事は、高野山の秘法として伝承されていた。高野山遍照尊院栄秀所持の雲伝神道資料の内に含まれ、高野山では死者を蘇生させる「禁五路」の法として行われていた。

本稿は平成十七年二月発行の「仏教文学　第二十九号」に「呼子鳥の行方―近世後期高野山一学侶の窓から―」と題して発表したものである。なお、同論稿は平成十六年度仏教文学会第五十六回大会（於大正大学）においての公開講演の原稿を基にしている。

第七節　高野山に伝えられた雲伝神道

慈雲によって開かれた雲伝神道は、量観によって高野山遍照尊院栄秀に伝えられている。栄秀は高野山の隆快師からも雲伝神道の伝授を受けている。雲伝神道は二流派によって高野山に伝えられていたのである。栄秀は江戸時代後期から明治前半期にかけての優れた学僧であった。

本稿は『中世の文学と学問』（大取一馬編　二〇〇五年　思文閣出版）に「中世歌学秘伝の変容―雲伝神道の中で―」と題して発表したものを基にしている。

第五章　明治時代に受け継がれたもの

第一節　『詠史百首』から『内外詠史歌集』へ

『古今和歌集』を基にして歴史を説明する方法は、歴史上の人物の事蹟を詠むことであった。この方法は明治時代には詠史和歌として行われた。加藤千浪の編纂した『詠史百首』正編は明治二年には成立していた。正編は仁徳天皇に始まり、木村重成に終わるものであって、南朝方の歴史を重んじている。続編では、正編を補いつつ征韓論に組する姿勢を見せている。明治二十八年に刊行された『内外詠史歌集』は明治天皇の下に研鑽に励んだ人々の詠史和歌を編纂している。『詠史百首』の南朝方を重んずる歴史観の上に、諸外国の人物に関心を寄せている。しかし、諸国の人物の捉え方は皮相的であり、新しい考えを伝えるものとはなっていなかった。与謝野晶子によって旧派和歌と呼ばれる所以であった。

本稿は「明治時代における詠史歌の意味（一）―晶子の新しい和歌の背景―」と題して二〇〇〇年三月発行の「大阪府立大学人文学論集　第十八集」に発表したものである。

第二節　『詠史歌集』と『前賢故実』

前節の考察に見える詠史和歌の一種の保守的類型的傾向は、江戸時代末期に編纂された『類題和歌鴨川集』に含まれる『詠史歌集　初編』にすでに始まっていた。『詠史歌集　初編』に詠まれた歴史上の人物の事蹟は『前賢故実』の考えに共通することが多い。天保七年に著わされた『前賢故実』は人物画像を伴って歴史を説明する書であり、当時の歴史意識の形成に預かった書と考えられる。

本稿は「明治時代における詠史歌の意味（二）」と題して二〇〇二年二月発行の「大阪府立大学人文学論集　第二十集」に発表したものである。

第三節　詠史和歌の行方

『前賢故実』に用いられた方法は詠史和歌の分野においても用いられ、絵画と略伝とを記して歴史を語る多くの歌集の発行を見た。明治十年発行『現今　英名百首』、明治十四年発行『明治三十六歌撰』などを基にしてみると、明治維新以降における天皇制国家を寿ぐ傾向が強く表れている。大正二年に編纂された『明治六歌仙』は、明治時代の和歌を代表する人物の歌仙歌集であるが、八田知紀を初めとする六人の詠史和歌には何ら新しい方向を見出すことができない。詠史和歌の行方を示唆しており、旧派和歌としての限界が見えている。

本稿は二〇〇二年三月発行の「大阪府立大学言語文化研究　第一号」に「明治時代における詠史歌の意味（三）」と題して発表したものである。

『歌学秘伝の研究』正誤表

『歌学秘伝の研究』の校正不備の箇所を次に記す。

頁・行	誤	正
四一・一	続いてく	続いていく
一六七・一六	いものよりる	いるのより
三六一・五	五年	五月
三七八・一〇	梵舜日記	舜旧記
四〇八・一一	恐らしく	恐らく
四五五・三	一六九八	一六八九
四六〇・六	三　遍之後	三遍之後
四六二・一	無為常位	無為常住
四六六・六	表	表ス
四六七・二	仁之必	仁之心
四七三・二	一切印	一切即
四七三・三	実相知印	実相知即
四七三・五	是密印	是密即
四七九・二	[illegible]極秘	最極秘

あとがき

『歌学秘伝の研究』に続くものとして『歌学秘伝史の研究』と書名をつけてみた。史と名前を付けたからと言って、明確な歴史観を持ってのことではない。

和歌、それを支える歌学を通して、日本人は何を考えてきたかを時代の流れの中においてみようとした作業である。この作業がゆるぎないものとして通し得ているのは『古今和歌集』があるからである。

『古今和歌集』には、早くから関心があった。不思議な音のハーモニーによって和歌が創られていることを明らかにしようとして卒業論文を書いた。音に敏感な感覚を持っていたのは藤原俊成である。俊成はその『古来風体抄』に「歌は、ただよみあげもし、詠じもしたるに、何となく艶にもあはれにも聞ゆる事のあるなるべし。」との有名な言葉を残している。和歌は声に出されて詠まれ、心地よい響きを伝えるものでもあった。この音の響き合いに注目したのが『竹園抄』である。その親句疎句の論は、和歌一首を音韻の響き合いによって構成すると説いている。この『竹園抄』の周辺には、不可解な歌壇状況がある。このあたりの状況を修士論文として記した。

『古今和歌集』に導かれての道は、いつの間にか、明治時代にまで及んでいた。この過程において見えてきたことは、日本人の物の考え方の根底には、仏教と神道の考えが深く浸透していることであった。しかし、明治維新によって廃仏毀釈の運動が行われた。一つの時代を生きるために、過去のものの考え方が捨てられたのである。仏を捨て、神を尊び、天皇を尊びして近代国家という名前の国が創られてきた。しかし、近代国家は戦争への道を確実に歩んでいる。『古今和歌集』に秘密を見出した人々は、平和の論理に辿り着いている。自分の存在は他のあらゆる存在と和することによって成り立っていると考えている。

今は、どのような平和の論理を見出しているのであろうか。他力でもなく、自力だけでもない論理などは求められないであろう。しかし、きな臭い匂いの中で動きつつある今日にあっては、どうしても平和への道を歩まないといけない。

『歌学秘伝史の研究』は、こんなことを教えてくれたのである。

『歌学秘伝の研究』に続いて、風間書房においては出版の労を取ってくれた。蕪雑な原稿を形あるものとしてくれたことに、心からの感謝の意を捧げたい。

『歌学秘伝の研究』の執筆時は、脳出血を患っていた。今回は脊柱管狭窄症に苦しんでいる。病から離れられないわが身と共に、四十数年間を過ごしてきた妻満智子にも感謝の意を表しておきたい。

多くの師友、図書館関係者、図書所蔵者等から受けたものは計り知れない。唯々、感謝するのみである。

書名・事項索引

一　書名・事項の読みは、慣用に従った。
二　事項は広い概念で括り「〜の事」と記した。
三　関連する事柄で、必ず参照すべき事は、「→」印で示した。
四　（　）内に、必要と思われる注記をした。

か行

さ行

た行

は行

ま行

や行

ら行

わ行

著者略歴

三輪　正胤（みわ　まさたね）

昭和13年生まれ
昭和41年　大阪大学大学院文学研究科博士課程単位修得
大阪府立大学名誉教授

〒639-1056　奈良県大和郡山市泉原町5-2

歌学秘伝史の研究

二〇一七年一〇月三一日　初版第一刷発行

著者　三輪正胤
発行者　風間敬子

発行所　株式会社　風間書房
101-0051　東京都千代田区神田神保町一―三四
電話　〇三―三二九一―五七二九
FAX　〇三―三二九一―五七五七
振替　〇〇一一〇―五―一八五三

印刷　平河工業社
製本　高地製本所

NDC 分類：911. 101
ISBN978-4-7599-2185-4　Printed in Japan